Herausgegeben von
Melissa Andersson
und
Gerd Rottenecker

David Farland

DIE HERREN DER RUNEN 2

Der Kreis aus Stein

Ins Deutsche übertragen
von Caspar Holz

Knaur

Die amerikanische Originalausgabe erschien 1998
unter dem Titel »Runelords: The Sum of All Men,
Chapters 24–61« bei Tor Books, New York

Redaktion: Andreas Helweg

Deutsche Erstveröffentlichung Oktober 1998
Copyright © der Originalausgabe 1998 by David Farland.
Published in agreement with Baror International, Armonk,
New York, USA
Copyright © der deutschsprachigen Ausgabe 1998
by Droemer Knaur Verlag, München
Umschlagkonzept: Melissa Andersson
Umschlaggestaltung: Agentur Zero, München
Umschlagillustration: Keith Parkinson, »Return of the Banished«
Satz: Ventura Publisher im Verlag
Druck und Bindung: Clausen & Bosse, Leck
Printed in Germany
ISBN 3-426-70107-3

2 4 5 3

KARTEN

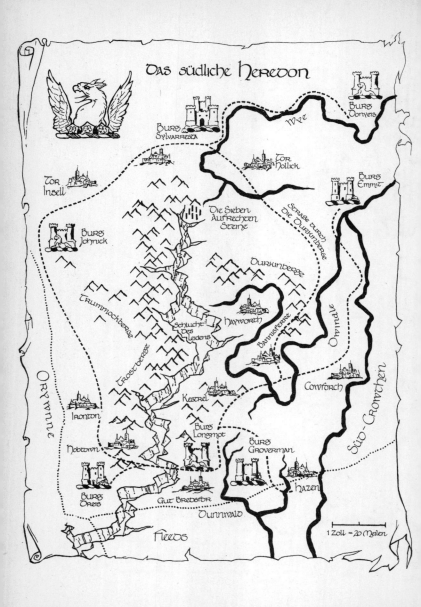

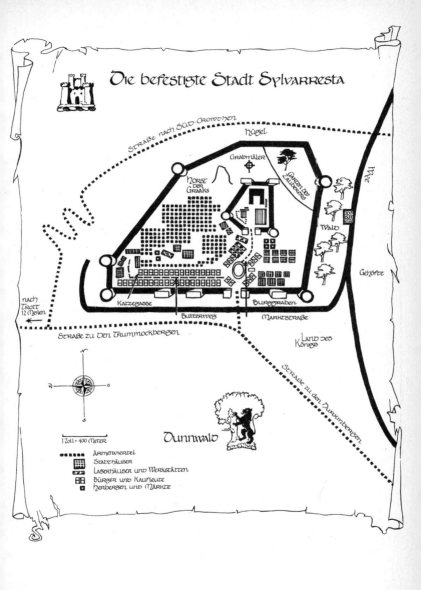

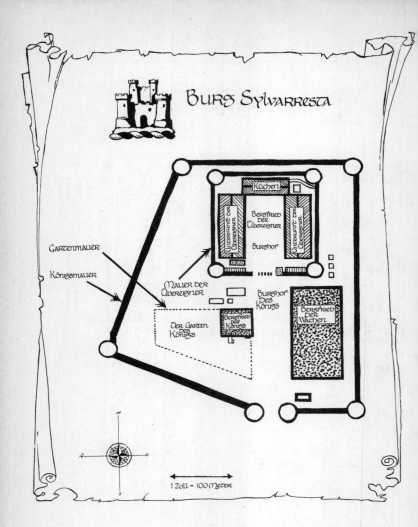

ERSTES BUCH

Der 21. Tag im Monat der Ernte: Die Hunde im Nacken

KAPITEL 1
Hoffnung für ein geschundenes Volk

Als am späten Vormittag ein Unwetter aufkam, wurde die Straße nach Longmot schlammig. König Orden zog im Eilmarsch bis zum Dorf Hayworth, eine Entfernung von achtundneunzig Meilen. Es war ein friedlicher Ort, der sich längs der beiden Ufer des Dwindell ausbreitete und eine kleine Mühle besaß. Grüne Hügel erstreckten sich nach Süden, so weit das Auge reichte, jeder einzelne mit mächtigen Eichen bestanden.
Die Menschen führten ein ruhiges Leben. Die meisten waren Faßbinder, die Fässer für Wein und Getreide herstellten. Im Frühling, wenn der Fluß anschwoll, banden die Männer Hunderte ihrer Fässer zusammen und trieben sie zum Markt.
Mendellas Orden gefiel es nicht, daß er die Brücke niederbrennen mußte. Er hatte hier auf seinen Reisen oft haltgemacht und das ausgezeichnete Bier genossen, das im Gasthaus zum Dwindell gebraut wurde, welches neben dem Fluß auf einem Felsvorsprung erbaut war.
Aber als Orden in der Stadt eintraf, hatte Regen das Holz der Brücke durchdrungen. Große, runde Tropfen prasselten auf seine Soldaten herab und rannen durch die Ritzen der mächtigen, vierzölligen Planken. Seine Männer versuchten, unter dem Nordende der Brücke, wo dichte Traubenranken wucherten, ein Feuer anzuzünden. Doch die Flußufer waren steil und die Straße so abschüssig,

daß das die Straße hinunterlaufende Wasser zu einem regelrechten Sturzbach anschwoll.

Orden hatte geglaubt, ein paar mit reichlich Öl getränkte Fackeln würden genügen, wie sich jedoch herausstellte, waren selbst die kaum zu entzünden.

Der König verfluchte sein Schicksal, als ein paar Dorfjungen den alten Stauer Hark aus dem Wirtshaus herbeizerrten. Als Besitzer des Wirtshauses hatte er Orden oft mit seiner Gastfreundschaft erfreut.

»Augenblick, Euer Lordschaft, was habt Ihr vor?« rief der Gastwirt, als er die Straße heruntergewatschelt kam. Ordens eintausendfünfhundert Soldaten schienen den Gastwirt nicht im geringsten zu beunruhigen. Er war ein schwergewichtiger Mann in ausgebeulten Hosen, mit einer Schürze über seinem mächtigen Bauch. Sein dickes Gesicht schimmerte rot unter seinem grauen Bart hervor, und der Regen lief ihm übers Gesicht.

»Ich fürchte, wir müssen eure Brücke niederbrennen«, sagte Orden. »Heute abend wird Raj Ahten über diese Straße kommen. Ich kann nicht zulassen, daß er mich verfolgt. Ich werde dem Dorf die Unannehmlichkeiten gern ersetzen.«

»Oh, ich glaube kaum, daß Ihr die Brücke so bald niederbrennen werdet«, lachte der Gastwirt. »Vielleicht kehrt Ihr besser ein und trinkt etwas. Ich kann Euch und Euren Kommandanten einen schönen Eintopf bereiten, wenn Ihr nichts gegen eine dünne Suppe habt.«

»Warum sollte sie nicht brennen?« wollte König Orden wissen.

»Magie«, erklärte der Besitzer des Wirtshauses. »Vor fünfzehn Jahren schlug der Blitz dort ein, und sie brannte bis auf die Pfeiler ab. Nach dem Wiederaufbau haben wir sie von einem Wasserzauberer mit einem Zauber belegen lassen. Feuer findet auf diesem Holz keine Nahrung.«

Orden stand im strömenden Regen, und die Worte des Wirtes raubten ihm den Mut. Hätte er seinen eigenen Wasserzauberer dabeigehabt, hätte er den Zauber leicht aufheben können. Leider war das nicht der Fall. In diesem Regen ließ sich die Brücke nicht in Brand setzen.

»Dann werden wir sie in Stücke schlagen müssen«, sagte Orden.

»Augenblick mal«, brummte der Wirt, »das ist nicht nötig. Wenn Ihr die Brücke unbenutzbar machen wollt, dann reißt sie ein, aber laßt die Bohlen ganz, damit wir sie nach dem morgigen Tag wieder aufbauen können. Wir können das Holz drüben in der Mühle unterbringen.«

Orden dachte über den Vorschlag nach. Stauer Hark war nicht nur der Wirt, wie Orden sich erinnerte. Er war auch der Bürgermeister, ein Mann mit einem scharfen Blick für Geschäfte. Die Brücke bestand aus gewaltigen Bohlen, die man angebohrt und verdübelt hatte. Drei Steinpfeiler, die man in den Dwindell gesetzt hatte, stützten sie. Das Bauwerk Stück für Stück abzutragen, würde ein wenig mehr Zeit kosten, doch mit fünfzehnhundert Mann würde es nicht lange dauern. Die Mächte wußten, daß selbst seine Kraftpferde eine Rast benötigten.

Außerdem spielte auch Freundschaft eine Rolle. Orden konnte dem Mann nicht einfach seine Brücke zerstören. Sonst würde er auf seiner nächsten Reise durch den Ort statt Bier nur noch Essig aufgetischt bekommen. »Ich

wäre dir dankbar, wenn du mir etwas zum Abendessen besorgen könntest, mein alter Freund«, sagte Orden, »während wir die Brücke hier für euch verstecken.«
Der Handel war besiegelt.
Derweil seine Männer im strömenden Regen schufteten, betrat König Orden das Gasthaus und setzte sich nachdenklich vor das große Feuer im Kamin.
Man hatte ihm ein schnelles, aus einem halbfertigen Eintopf bestehendes Abendessen versprochen, eine halbe Stunde später jedoch trug der Wirt persönlich etwas Brotpudding und ein aufgewärmtes Stück Schwein auf – das stammte von einem großen Eber, die man im Dunnwald jagte. Das Fleisch duftete köstlich, war mit Pfeffer und Rosmarin gewürzt, in dunkles Bier eingelegt und dann auf einem Bett mit Karotten, Wildpilzen und Haselnüssen geschmort worden. Es schmeckte ebenso ausgezeichnet, wie es roch.
Und natürlich war es verboten. Gewöhnlichen Bürgern war es nicht gestattet, die Wildschweine des Königs zu jagen. Stauer Hark hätte dafür ausgepeitscht werden können.
Das Fleisch war ein hervorragendes und angemessenes Gastgeschenk. Hark hatte zwar gehofft, Ordens Laune zu heben, aber seine freundliche Geste erzielte den gegenteiligen Effekt und versetzte Orden in tiefe Melancholie. Der König starrte ins Feuer, strich sich den Bart und zweifelte an seinen Plänen.
Wie oft hatte er auf seinen Reisen zu Sylvarresta in diesem Gasthaus gespeist? Wie oft hatte er sich die Köstlichkeiten dieser Wälder schmecken lassen? Wie oft

war er beim Gebell der Hunde erschauert, wenn sie die großen Eber jagten, hatte den Speer geworfen, wenn er ein Wildschwein in die Enge getrieben hatte?

Die Gastfreundschaft des Wirtes und das köstliche Essen stimmten Mendellas ... traurig.

Fünf Jahre zuvor, als Mendellas hier gejagt hatte, war ein Meuchelmörder in seinen Bergfried eingebrochen und hatte seine Gemahlin zusammen mit ihrem neugeborenen Kind in ihrem Bett erschlagen. Damals hatte es erst sechs Monate zurückgelegt, daß zwei Töchter bei einem früheren Angriff umgekommen waren. Die Empörung über die Ermordung von Königin Orden und ihrem Kind führte zu Ausschreitungen, und der König wäre fast an der Trauer zerbrochen. Aber der Mörder war nie gefaßt worden. Fährtenleser waren seiner Spur gefolgt und hatten den Meuchelmörder in den Bergen südlich von Mystarria verloren. Er konnte sowohl südöstlich nach Inkarra geflohen sein als auch südwestlich nach Indhopal.

Orden hatte auf Indhopal oder Muyyatin getippt. Doch er konnte seine Nachbarn nicht blindlings, ohne Beweis, überfallen.

Also hatte er gewartet und gewartet, daß die Meuchelmörder ein weiteres Mal zuschlügen und sich ihn persönlich zum Ziel nähmen.

Sie hatten es nie getan.

Orden wußte, daß er ein Stück von sich verloren hatte. Er hatte seine Frau verloren, die einzige Liebe seines Lebens. Er hatte nie wieder geheiratet und hatte auch nicht die Absicht, dies zu tun. Wenn man eine verlorene

Hand, ein verlorenes Bein schon nicht ersetzen konnte, wie konnte man dann hoffen, die Hälfte von sich selbst zu ersetzen?

Viele Jahre lang hatte er den Verlust in seiner ganzen Härte gespürt. Dank seiner vielen Gaben der Geisteskraft konnte er sich noch ganz genau an ihre Art zu reden, an ihr Gesicht erinnern. In seinen Träumen war Corette noch immer an seiner Seite und sprach zu ihm. Oft, wenn er an einem kalten Wintermorgen aufwachte, stellte er überrascht fest, daß ihre weiche Haut ihn nicht berührte, nicht versuchte, seine Wärme aufzunehmen, wie sie es getan hatte, als sie noch lebte.

Es fiel ihm schwer, die Gefühle zu beschreiben, die er empfand. Nur ein einziges Mal hatte Mendellas versucht, sie sich selber klarzumachen.

Dabei glaubte er gar nicht, keine Zukunft mehr zu haben. Seine Zukunft lag in seinem Sohn. Er würde fortbestehen und ohne ihn weitermachen, wenn die Mächte dies so wollten.

Er hatte auch nicht das Gefühl, daß er seine Vergangenheit verloren hatte, denn Mendellas wußte noch ganz genau, wie Corettes Küsse in ihrer Hochzeitsnacht geschmeckt hatten und wie sie vor Freude geweint hatte, als sie Gaborn zum erstenmal die Brust gegeben hatte.

Nein, es war die Gegenwart, die er verloren hatte. Die Möglichkeit, bei seiner Frau zu sein, sie zu lieben, jeden wachen Augenblick in ihrer Gesellschaft zu verbringen. Doch als König Orden im Gasthaus zum Dwindell saß und Schweinebraten von einem edlen Porzellanteller aß, wurde ihm deutlich bewußt, daß ihm ein weiteres Mal etwas genommen worden war.

Seine Vergangenheit war dahin. Noch war König Sylvarresta, soweit Orden dies wußte, nicht tot, aber irgendwann heute abend würde Borenson versuchen, seinen Befehl auszuführen. Mendellas war gezwungen, den Mann zu töten, den er am meisten liebte und bewunderte. Eine widerwärtige Angelegenheit, ein bitteres Gewürz auf einer köstlichen Speise.

Vielleicht verstand Stauer Hark, wie ihm zumute war, denn der Wirt setzte einen dünnen Eintopf für einige der Männer auf, dann kam er, um sich ein paar Augenblicke lang zu Ordens Füßen niederzulassen und ihm sein Mitgefühl zu zeigen.

»Gestern abend haben wir die Neuigkeiten von Burg Sylvarresta gehört«, meinte er leise. »Schlimme Nachrichten. Die schlimmsten meines Lebens.«

»Ja, die schlimmsten seit vielen Generationen«, brummte Mendellas und sah den alten Wirt an. Stauer Hark waren dieses Jahr ein paar weiße Haare in seinen Koteletten gewachsen. Sein Haar war jetzt schon eher grau als angegraut.

Es hieß, jedes Jahr läuteten die Lords der Zeit eine silberne Glocke, und mit dem Läuten dieser Glocke alterten alle, die sie hörten, um ein Jahr. Denjenigen, denen die Lords der Zeit nicht günstig gesonnen waren, konnte die Glocke mehr als einmal geläutet werden. In Gegenwart derer, denen die Zeitlords wohlgesonnen waren, wurde eine solche Glocke dagegen vielleicht nie geläutet.

Dieses Jahr waren die Zeitlords Stauer Hark nicht wohl-

gesonnen. Seine Augen wirkten müde. Weil er zuwenig geschlafen hatte? Nein, der Mann hatte vergangene Nacht sicher überhaupt nicht geschlafen – nach solchen schlimmen Neuigkeiten.
»Glaubt Ihr, Ihr könnt dieses Ungeheuer vertreiben?« fragte Stauer. »Er ist Euch zahlenmäßig überlegen.«
»Ich hoffe es«, antwortete Mendellas.
»Wenn, dann seid Ihr unser König«, stellte der Wirt entschlossen fest.
Über diese Möglichkeit hatte Mendellas noch nicht nachgedacht. »Nein, die Nachfolge ist geregelt. Wenn das Haus Sylvarresta fällt, ist die Gräfin von Arens die nächste Thronfolgerin.«
»Das ist nicht wahrscheinlich. Die Menschen werden ihr nicht folgen. Sie ist in Seward verheiratet, zu weit fort, um hier zu herrschen. Wenn Ihr Heredon zurückgewinnt, wird das Volk keinen anderen als Euch zum Lord wollen.«
Mendellas Herz geriet bei der Vorstellung kurz ins Stocken. Er hatte die Wälder und Berge Heredons immer geliebt. Er mochte die anständigen, freundlichen Menschen, die frische Luft.
»Ich werde Raj Ahten vertreiben«, versprach Mendellas. Er wußte, es würde nicht genügen, Raj Ahten aus diesem Land zu jagen. Er würde mehr tun müssen. Ein Wolflord war nicht zu packen wie ein junger Welpe. Man mußte ihn erschlagen wie einen tollwütigen Hund.
Vor seinem inneren Auge sah König Orden, wie sich der Krieg entfaltete, und er erkannte, daß er sich darauf vorbereiten mußte, nach Süden zu marschieren, um Deyazz und Muyyatin und im Frühjahr Indhopal anzu-

greifen. Von dort mußte er sich nach Süden wenden, nach Khuram und Dharmad und den Königreichen jenseits davon.

Bis alle Übereigner Raj Ahtens tot darniederlagen und der Wolflord selbst erschlagen werden konnte.

Wenn er diesen Krieg gewann, dann würde es Länder geben, die man plündern konnte. Die meisten Königreiche im Süden interessierten ihn nicht, etwas jedoch würde er in seinen Besitz bringen: die Blutmetallminen von Kartish, südlich von Indhopal.

König Orden wechselte das Thema, sprach mit dem Wirt über alte Zeiten, über die Jagdgesellschaften mit Sylvarresta. Orden scherzte: »Sollte irgendwann der Tag kommen, an dem ich König von Heredon bin, werde ich dich wohl zu meiner nächsten Jagd einladen müssen.«

»Ich fürchte allerdings, das wäre die einzige Möglichkeit, wie Ihr mich am Wildern hindern könnt, Euer Lordschaft«, lachte Stauer Hark, dann versetzte er dem König einen Schlag auf die Schulter, eine vertrauliche Berührung, wie niemand sonst in Mystarria sie gewagt hätte.

Orden konnte sich aber vorstellen, daß Sylvarresta häufig von Freunden einen Schlag auf die Schulter bekommen hatte. Er war der richtige Mann dafür. Die Sorte Mann, die nicht kühl und abweisend sein mußte, um königlich aufzutreten.

»Also einverstanden, mein Freund«, sagte Orden. »Du wirst mich auf meiner nächsten Jagd begleiten.« Abermals wechselte er das Thema. »Heute abend wird Raj Ahtens Armee vermutlich hier eintreffen und sehen, daß die Brücke unpassierbar ist. Ich bitte dich um einen Gefallen.

Erinnere seine Leute daran, daß die Wildschweinfurt flach genug ist, um den Fluß dort zu durchqueren.«

»Nun, dort würden sie es doch sowieso versuchen, oder?« fragte Hark.

»Sie sind fremd in diesem Land«, erklärte Orden. »Vielleicht sind auf den Karten ihrer Spione nur die Brücken verzeichnet.«

»Plant Ihr eine Überraschung?« fragte Hark. Orden nickte. »Dann werde ich es ihnen ausrichten.«

Damit machte der Wirt sich wieder an die Arbeit. Kurz darauf ließ der Regen nach, und König Orden verabschiedete sich und verließ das Wirtshaus, um den Marsch fortzusetzen.

Er vergewisserte sich, daß die Brücke in Hayworth abgetragen, ihre gewaltigen Balken und Planken sicher verstaut worden waren, danach gönnte er seinen Männern und ihren Pferden eine kurze Essenspause.

Seine Kommandanten kauften Getreide für die Pferde, und für seine Leute wurden Fässer mit Bier angezapft. Zwar hatten seine Männer eine Stunde auf ihrem Ritt verloren, danach jedoch fühlten sie sich wieder gestärkt. Sie machten sich also gut erfrischt auf den Weg und marschierten um so schneller nach Longmot.

Für den Rest des Nachmittags setzten sie ihren Weg durch das Durkingebirge fort und hielten sich in der Nähe der Berge, um Longmot vor Sonnenuntergang zu erreichen. Burg Longmot stand auf einer steilen, schmalen Anhöhe inmitten einiger grasbewachsener Hügel. Im Süden und Südwesten lag ein freundliches kleines Städtchen. Für eine Burganlage war es nicht besonders groß, die Mauern aber waren unglaublich hoch. Die Erker oben an den Mauern waren stabil gearbeitet. Bogenschützen hatten von hier aus freien Schuß, und ohne große Gefahr für das eigene Leben konnte man siedendes Öl und Steine auf die Angreifer herabregnen lassen.

Die Steinmetzarbeit an den Mauern war außerordentlich. Viele Steine wogen zwölf bis vierzehn Tonnen, trotzdem waren die Fugen so eng, daß ein Mann Mühe hatte, mit den Fingern Halt zu finden.

Viele hielten Longmot für uneinnehmbar. Niemand hatte die Außenmauern je erfolgreich erstürmt. Ein einziges Mal war die Burg gefallen, vor fünfhundert Jahren, als es Sappeuren gelungen war, den Westwall so zu untergraben, daß er einstürzte.

Davon abgesehen, war die Burg niemals eingenommen worden.

Als die Truppen sich Longmot näherten, ertappte König Orden sich dabei, wie er sich nach ihrer Geborgenheit sehnte. Auf das Bild der Zerstörung, das sich ihm bot, war er nicht vorbereitet.

Das muntere kleine Dorf am Fuß der Burganlage war niedergebrannt worden – Hunderte von Wohngebäuden, Scheunen und Lagerhäusern, alle bis auf die steinernen Fundamente ein Raub der Flammen. Über einigen der Häuser stieg noch kräuselnder Rauch auf. Auf den Wiesen weideten weder Rinder noch Schafe. Kein einziges Tier war zu sehen.

Die grauen Fahnen von Longmot wehten hoch oben an Stangen auf den Burgtürmen und hingen von den Mauern herab. Doch die Banner waren allesamt zerfetzt,

zerrissen. Ein paar Dutzend Soldaten bemannten die Wehrgänge.
Orden hatte erwartet, die Stadt so vorzufinden, wie er sie das letzte Mal gesehen hatte. Er fragte sich, ob hier eine große Schlacht gefochten worden war, von der er nichts wußte.
Dann sah er, was geschehen war. Die Soldaten von Longmot hatten die Stadt am Morgen bis auf die Fundamente niedergebrannt und alle Herden in der Annahme, daß Raj Ahtens Besatzertruppen die Stadt innerhalb der nächsten Tage belagern würden, ins Innere der Mauern geschafft. Mit der Zerstörung der Stadt hatten sie den Besatzertruppen jeden brauchbaren Schutz genommen. Hier in diesen Bergen, angesichts des nahen Winters, wäre Schutz eine wertvolle und nützliche Sache gewesen. Orden sah die Erleichterung in den Gesichtern der Wachen oben, als seine kleine Armee durch das Burgtor ritt. Jemand stieß in ein Kriegshorn, eine kurze Tonfolge, die nur geblasen wurde, wenn freundliche Verstärkung gesichtet wurde.
Die Zugbrücke senkte sich.
Als König Orden an der Spitze seiner Armee durch das Tor ritt, brachen die Männer auf der Burg in Jubel aus – doch es waren so wenige Stimmen, so wenige.
Er war auf den Anblick, der sich ihm hier bot, nicht gefaßt: überall längs der Mauern innerhalb des Bergfrieds lagen Leichen, und verwundete Stadtbewohner hockten unter freiem Himmel. Viele trugen Rüstungen – Schilde und Helme, die sie Raj Ahtens toten Soldaten abgenommen hatten. Das Mauerwerk entlang der äuße-

ren Wehrgänge war blutverschmiert. Fenster waren eingeschlagen. Äxte, Pfeile und Speere steckten in den Balken der Gebäude. Der Turm eines hochherrschaftlichen Hauses war ausgebrannt.
Dort, draußen vor dem Bergfried des Herzogs, baumelte der Herzog an seinen eigenen Eingeweiden aus einem der Fenster, genau wie die Herzogin Emmadine Ot Laren es geschildert hatte.
Überall Spuren des Kampfes, nur wenige Anzeichen von Überlebenden.
Orden verstand. Fünftausend Menschen hatten hier gelebt. Fünftausend Männer, Frauen und Kinder, die mit allem zur Verfügung Stehenden darum gekämpft hatten, Raj Ahtens Männer zu vertreiben.
Sie hatten keine Soldaten, die zahlreiche Gaben besaßen und jahrelang gedrillt worden waren. Sie besaßen keine schweren Waffen. Sie hatten – vielleicht – das Moment der Überraschung und ihren ungeheuren Mut auf ihrer Seite.
Und so hatten sie sich gerade eben behaupten können. Anschließend waren die Familien aus Angst vor Raj Ahtens Vergeltungsmaßnahmen geflohen.
Jetzt bemannten ein paar Bauern und die Soldaten von Longmot die Mauern, Männer, die Raj Ahtens Vektoren Gaben abgetreten hatten.
König Orden hatte darauf gehofft, daß vier-, fünftausend Menschen diese Burganlage mitsamt Stadt bevölkerten, Menschen, die er zur Unterstützung bei der Verteidigung der Burg einsetzen und von denen er Gaben übernehmen konnte.

Doch die meisten Überlebenden waren vor den anrückenden Armeen geflohen.
Hühner und Gänse hockten auf den Dächern des Bergfrieds. Schweine wühlten im Burghof im Dreck.
Schwacher Jubel begrüßte Orden, doch selbst der verebbte schnell. Ein Mann auf dem Bergfried der Übereigner rief etwas.
»König Orden, welche Neuigkeiten bringt Ihr von Sylvarresta?«
Orden schaute hoch. Der Mann trug das elegante Gewand eines Kommandanten. Das dürfte Kommandant Cedrick Tempest sein, der Adjutant der Herzogin, der vorübergehend die Verantwortung für die Burg übernommen hatte.
»Burg Sylvarresta ist gefallen, und Raj Ahtens Männer haben sie besetzt. Man hat den König zu einem Übereigner Raj Ahtens gemacht.«
Auf Kommandant Tempests Gesicht zeichnete sich kaltes Grauen ab. Der Mann hatte sich offensichtlich bessere Nachrichten erhofft. Er konnte nicht mehr als einhundert Mann zur Verteidigung dieser Mauern gehabt haben. Eigentlich konnte er die Festung mit so wenigen Männern gar nicht halten, verteidigen, sondern nur darauf hoffen, daß Sylvarresta Hilfe schickte.
»Faßt Mut, Männer von Sylvarresta«, rief Orden, dessen Stimmgewalt seine Worte von den Wänden widerhallen ließ. »Noch hat Sylvarresta ein Königreich, und das werden wir für ihn zurückerobern!«
Die Wachen auf den Mauern jubelten: »Orden! Orden! Orden!«
Der König wandte sich an den Mann, der neben ihm ritt,

Kommandant Stroecker, und sagte leise: »Kommandant, reitet alleine nach Süden zum Gut Bredsfor und seht Euch den Pastinakengarten an. Sucht nach frischen Grabspuren. Dort müßtet Ihr etliche vergrabene Zwingeisen finden. Wenn dem so ist, dann bringt mir zwanzig mit den Runen des Stoffwechsels und vergrabt die übrigen danach wieder. Aber versteckt sie gut.«

König Orden lächelte und winkte den geschundenen Verteidigern von Longmot zu. Es hatte keinen Sinn, sämtliche Zwingeisen hierher zurückzuschaffen – nicht, wenn die Möglichkeit bestand, daß Raj Ahten angriff und die Burg auf der Suche nach ihnen schleifte.

Nur drei Personen wußten, wo die Zwingeisen versteckt lagen – er selbst, Borenson und nun auch Kommandant Stroecker.

König Orden wollte sichergehen, daß es dabei auch blieb.

KAPITEL 2
Einflüsterungen

Sie waren erst eine Stunde im Dunnwald, als Iome die Kampfhunde zum ersten Mal bellen hörte, ein unheimliches Geräusch, das wie Nebel aus dem Talgrund hinter ihnen heraufzog.

Gerade eben waren die ersten dicken Regentropfen gefallen, und ferner Donner erschütterte das Gebirge. Drehende Winde, die von allen Seiten bliesen, wehten das Gebell der Hunde mal ganz klar hörbar zu ihnen hin, trieben es dann wieder davon und brachten es abermals zurück.

Hier, auf einem steinigen, kahlen Bergsattel, schien das Gebell sehr weit entfernt, meilenweit sogar. Doch Iome wußte, daß die Distanz täuschte. Kampfhunde mit Gaben der Muskelkraft und des Stoffwechsels legten selbst Meilen in kürzester Zeit zurück. Die Pferde wurden bereits müde.

»Hört Ihr sie?« rief Iome Gaborn zu. »Sie sind nicht weit hinter uns!«

Gaborn warf einen Blick nach hinten, als sein Pferd durch hohes Heidekraut sprang und wieder in den tiefen Wald eintauchte. Sein Gesicht war bleich, er runzelte konzentriert die Stirn. »Ja«, rief er. »Beeilt Euch.«

Und das taten sie. Gaborn packte seinen Kriegshammer, und statt sich durch die Bäume hindurchzuwinden, trieb er sein Pferd vorwärts und schlug Äste herunter, damit Iome und ihr Vater ihnen nicht auszuweichen brauchten.

Iome befürchtete, daß dieser Wettlauf sinnlos war. Ihr Vater wußte nicht, wo er war, noch daß er in Gefahr schwebte. Er blickte einfach starr nach oben und sah zu, wie ihm die Regentropfen entgegenfielen. Selbstvergessen.

Ihr Vater schien sich nicht zu erinnern, wie man zu Pferd saß.

Die Männer, die sie verfolgten, waren bestimmt meisterhafte Reiter.

Gaborn begegnete der Gefahr, indem er sie zu noch größerer Eile anspornte. Als sie das große Waldstück aus Fichten verließen, hetzte er sein Pferd einen Bergsattel hinunter, hinein in einen tieferen Wald, nach Westen.

Der stampfende Hufschlag, der angestrengte, hechelnde Atem der Pferde, all das wurde von mächtigen, dunklen Bäumen geschluckt, die höher waren als alle, die Iome sich erinnerte, im Dunnwald je gesehen zu haben.

Hier liefen die Pferde mit frischer Energie. Gaborn ließ den Rössern ihren Willen, so daß sie die Schlucht fast hinabflogen, hinein in die zunehmende Dunkelheit. Oben hallte der Himmel unter dem Krachen des Donners wider. Die höchsten Äste der Fichten schwankten im Wind, und die Bäume knarrten bis hinunter in die Wurzeln, doch hier im Wald trommelte kein Regen auf Iome herab. Sicher, manchmal fanden ein paar dicke Tropfen ihren Weg zwischen den Ästen hindurch, aber viele waren es nicht. Die Pferde galoppierten über dunklen Boden.

Und weil die Tiere in diesem Wald so schnell liefen,

machte es Iome nichts aus, daß Gaborn jetzt tiefer und tiefer in die Schlucht hineinritt, wo sie dem Fuß eines Berges folgten und ein Stück weit im Bogen zurück zur Burg Sylvarresta ritten.

Nein, entschied sie nach einer Weile – nicht zurück zur Burg, sondern weiter westlich, auf den Westwald zu. Zu den Sieben Aufrechten Steinen im Herzen des Waldes.

Der Gedanke beunruhigte sie. Niemand näherte sich den Sieben Aufrechten Steinen und kam mit dem Leben davon – jedenfalls hatte seit Jahrzehnten keiner mehr jemanden gesehen. Iomes Vater hatte ihr erzählt, sie brauche die Geister, die dort in Wäldern bei den Steinen spukten, nicht zu fürchten. »Als Erden Geboren noch lebte, hat er uns diese Wälder zum Geschenk und uns zu Herrschern über dieses Land gemacht«, hatte er gesagt. »Er war ein Freund der Duskiner, und damit sind auch wir ihre Freunde.«

Doch selbst ihr Vater hatte die Steine gemieden. Einige behaupteten, das Geschlecht der Sylvarresta sei im Laufe der Generationen schwach geworden. Andere waren der Ansicht, die Geister der Duskiner erinnerten sich nicht mehr an ihren Eid und beschützten jene nicht mehr, die nach den Steinen suchten.

Eine Stunde lang dachte Iome über diese Dinge nach, während Gaborn nach Westen galoppierte, zwischen den Bäumen entlang, die mit jedem Schritt älter und düsterer waren. Schließlich erreichte die kleine Gesellschaft eine bestimmte ebene Anhöhe; Iome entdeckte im Waldboden unter den dunklen Eichen überall kleine Löcher, aus denen fernes Rufen und das Klirren von Waffen erscholl,

das Wiehern von Pferden und der Lärm längst vergessener Schlachten.
Sie kannte diesen Ort: Die Schlachtfelder von Alnor. Diese Löcher waren Verstecke, in denen die Wichte sich vor dem Tageslicht verbargen. Sie rief: »Gaborn! Gaborn reitet weiter südlich!«
Er sah sich nach ihr um, sein Blick war ziellos, wie bei jemandem, der sich im Traum verlor. Sie zeigte nach Süden, rief: »Dort entlang!«
Zu ihrer Erleichterung schwenkte Gaborn nach Süden ab, gab seinem Pferd die Sporen und jagte es einen langen Hang hinauf. Fünf Minuten später erreichten sie die Spitze eines Berges, kamen wieder aus der Schlucht heraus und ritten in einen Wald aus Birken und Eichen, wo die Sonne schien. Aber die Äste dieser Bäume reichten oft bis dicht über den Boden, und darunter wucherte ein dichtes Gestrüpp aus Stechginster, weshalb die Pferde langsamer gingen.
Plötzlich sprangen sie über einen kleinen Grat hinweg in eine Suhle, wo ein Rudel großer Wildschweine sich im Schatten der Eichen zur Ruhe gelegt hatte. Der Boden hier sah aus wie gepflügt, so sehr hatten die Schweine ihn nach Eicheln und Würmern durchwühlt.
Die Wildschweine quiekten wütend, als sie die Pferde sahen. Ein riesiger Keiler, dessen Rücken bis an die Schulter von Iomes Pferd reichte, erhob sich grunzend und schwenkte drohend seine gekrümmten Hauer.
Eben noch raste ihr Pferd auf den Keiler zu, dann wich es geschwind aus und warf Iome fast ab, während es an den Schweinen vorbei den Hang hinunterraste.

Iome drehte sich, um zu sehen, wie die Schweine reagieren würden, um zu sehen, ob der Keiler die Verfolgung aufnahm. Oft griffen die Keiler einzelne Reiter an. Mit ihren rasiermesserscharfen Hauern konnten sie einem Pferd den Bauch aufschlitzen.

Diese Kraftpferde jedoch waren so schnell, daß die Wildschweine nur überrascht grunzten und dann aus dunklen, runden, glänzenden Augen beobachteten, wie Iome verschwand.

Gaborn ritt inmitten von Birken einen langen Grat hinunter zu einem kleinen, vielleicht vierzig Fuß breiten Fluß. Der Wasserlauf hatte ein Kieselbett und war nur wenige Zentimeter tief.

Als sie den Fluß sah, wußte Iome, daß sie sich vollkommen verirrt hatte. Sie war bei vielen Gelegenheiten durch den Dunnwald geritten, hatte sich jedoch stets am östlichen Rand gehalten. Diesen Fluß kannte sie nicht. War es der Oberlauf des Wye oder der Frobach? Wenn es der Frobach war, hätte er zu dieser Jahreszeit eigentlich trocken sein müssen. Handelte es sich um den Wye, dann waren sie während der letzten Stunde weiter nach Westen gelangt, als selbst sie angenommen hatte.

Gaborn drängte die Pferde ins Wasser, ließ sie einen Augenblick haltmachen, damit sie trinken konnten. Die Tiere waren schweißgebadet, schnauften. Die an ihren Hälsen eingebrannten Runen zeigten, daß jedes vier Gaben des Stoffwechsels besaß, dazu weitere der Muskelkraft und des Durchhaltevermögens. Iome stellte rasch ein paar Berechnungen an. Sie vermutete, daß sie die

Pferde fast zwei Stunden lang ohne Nahrung und Wasser gehetzt hatten, das jedoch entsprach dem Ritt auf einem normalen Tier von deren acht. Ein normales Pferd wäre bei diesem halsbrecherischen Tempo längst dreimal gestorben. Nach dem Keuchen und Schwitzen zu urteilen, war sie nicht sicher, ob diese die Tortur überleben würden.

»Wir müssen die Pferde ausruhen lassen«, meinte Iome leise.

»Werden unsere Verfolger ebenfalls haltmachen, was meint Ihr?« fragte Gaborn.

Sie wußte, daß sie es nicht tun würden. »Aber wir reiten die Tiere zuschanden.«

»Sie sind kräftig«, erwiderte Gaborn. »Die Pferde unserer Verfolger werden vorher verenden.«

»Könnt Ihr da so sicher sein?«

Gaborn schüttelte ungewiß den Kopf. »Das hoffe ich nur. Ich trage ein leichtes Kettenhemd, die Rüstung der Kavallerie meines Vaters. Raj Ahtens Unbesiegbare dagegen tragen schwere Brustpanzer – mit noch schwereren Handschuhen und Beinschienen und einem Kettenpanzer darunter. Jedes ihrer Pferde hat einhundert Pfund mehr zu tragen als unser am schwersten beladenes Tier. Ihre Pferde eignen sich hervorragend für die Wüste – mit ihren breiten Hufen und den schmalen Eisen –, aber im Wald sind sie nicht so beweglich.«

»Ihr glaubt also, sie werden lahmen?«

»Ich habe die steinigsten Grate ausgesucht. Deshalb denke ich, daß ihre Pferde bald die Hufeisen verlieren. Eures hat auch bereits eines verloren. Wenn ich mir überhaupt

eine Schätzung erlauben kann, dann lahmt bereits die Hälfte ihrer Tiere.«
Iome starrte Gaborn fasziniert an. Sie hatte nicht bemerkt, daß ihr Pferd ein Hufeisen verloren hatte, jetzt jedoch blickte sie angestrengt hinunter ins Wasser und sah, wie ihr Tier den linken Vorderhuf schonte.
»Ihr habt eine recht ausgefallene Art zu denken, selbst für einen Orden«, sagte sie zu Gaborn. Es war als Kompliment gedacht, sie fürchtete jedoch, daß es wie eine Beleidigung klang.
Er schien sich nicht gekränkt zu fühlen. »Auseinandersetzungen wie diese werden selten mit Waffen entschieden«, antwortete er. »Sondern durch einen gebrochenen Huf oder den Sturz eines Reiters.« Er sah hinunter auf seinen Hammer, der wie eine Reitgerte quer über seinem Sattelknauf lag. Dann fügte er mit rauher Stimme hinzu: »Wenn unsere Verfolger uns einholen, mache ich kehrt, um zu kämpfen, und versuche, Euch die Flucht zu ermöglichen. Aber eins sage ich Euch gleich, ich habe weder ausreichend Waffen noch Gaben, um Raj Ahtens Soldaten zu besiegen.«
Sie verstand. Sie wollte unbedingt das Thema wechseln. »Wohin wollt Ihr eigentlich?« fragte Iome, die erkannte, daß Gaborn vielleicht noch um mehr Ecken dachte, als sie vermutet hatte.
»Wohin?« fragte er. »Zur Wildschweinfurt, dann nach Longmot.«
Sie betrachtete seine Augen, die halb verborgen unter seinem übergroßen Helm lagen, um festzustellen, ob er log oder einfach nur verrückt war. »Die Wild-

schweinfurt liegt südöstlich von hier. Ihr seid in den beiden letzten Stunden fast nur nach Nordwesten geritten.«

»Tatsächlich?« fragte er überrascht.

»Allerdings«, sagte sie. »Ich dachte, Ihr wolltet vielleicht Borenson in die Irre führen. Habt Ihr Angst, uns nach Longmot zu bringen? Wollt Ihr mich vor Eurem Vater in Schutz nehmen?«

Iome bekam es mit der Angst zu tun. Sie hatte Borenson nicht getraut, so, wie er sie angesehen hatte. Er hatte sie töten wollen und war überzeugt, das sei seine Pflicht. Gaborn schien das nicht zu bekümmern. Und als Borenson gesagt hatte, er müsse Raj Ahtens Truppen im Auge behalten, hatte Iome sich verpflichtet gefühlt, ihm diese Erklärung abzunehmen. Trotzdem fraß sich der Zweifel wie ein Wurm in ihren Schädel.

»Euch vor meinem Vater in Schutz nehmen?« fragte Gaborn, offensichtlich von dem Vorwurf kaum überrascht. »Nein.«

Iome wußte nicht, wie sie ihre nächste Frage in Worte fassen sollte, aber dann sagte sie ruhig: »Er wird uns tot sehen wollen. Er wird es als Notwendigkeit betrachten. Er wird meinen Vater töten, und wenn er die Frau nicht töten kann, die als mein Vektor zu Raj Ahten dient, wird er auch mich töten wollen. Seid Ihr deshalb von Eurem Weg nach Süden abgewichen?«

Hatte er solche Angst vor diesem Gang nach Süden, daß er vom Weg abgewichen war, ohne darüber nachzudenken, ohne es überhaupt zu merken? Wenn König Orden es als Notwendigkeit ansah, Sylvarresta zu töten, würde

Gaborn ihn gewiß nicht davon abbringen können. Der Prinz vermochte sie nicht zu retten.
»Nein«, meinte er ziemlich ehrlich und runzelte verblüfft die Stirn. Dann richtete er sich auf. »Hört Ihr das?«
Iome hielt den Atem an und lauschte. Sie erwartete das Gekläff von Kampfhunden oder die Rufe ihrer Verfolger, doch da war nichts. Nur der Wind, der plötzlich in die gelben Birkenblätter fuhr.
»Ich höre nichts«, gestand Iome. »Eure Ohren müssen besser sein als meine.«
»Nein – horcht doch, da oben in den Bäumen! Hört Ihr das?« Er deutete auf den Kamm über ihnen, nach Norden und nach Westen.
Unvermittelt legte sich der Wind, die Blätter raschelten nicht mehr. Iome lauschte angestrengt – auf das Knacken eines Astes, das Geräusch verstohlener Schritte? Aber sie hörte nichts.
Plötzlich stellte sich Gaborn in den Steigbügeln auf und starrte in die Bäume.
»War da etwas?« flüsterte Iome.
»Eine Stimme, mitten unter den Bäumen«, antwortete Gaborn. »Sie hat etwas geflüstert.«
»Und was?« Iome drängte ihr Pferd vor, schaute in das Dickicht, von dem er gesprochen hatte, versuchte es aus einem anderen Winkel. Doch sie konnte nichts erkennen – nur die weiße Rinde der Bäume, die grün und golden flatternden Blätter, und die Schatten weiter drinnen in dem kleinen Wäldchen. »Was hat sie gesagt?«
»Ich habe sie heute schon dreimal gehört. Zuerst dachte ich, sie hätte meinen Namen gerufen, diesmal jedoch

habe ich sie ganz genau verstanden. Sie rief ›Erden, Erden Geboren‹.«

Iome lief ein eiskalter Schauer über den Rücken.

»Wir sind zu weit westlich«, tuschelte sie. »Hier gibt es Wichte. Sie sprechen zu Euch. Wir sollten nach Süden reiten, jetzt sofort, bevor es dunkel wird.« Die Dunkelheit würde frühestens in drei Stunden einbrechen, dennoch waren sie zu nahe an den Westwald herangekommen.

»Nein!« sagte Gaborn und drehte sich zu Iome um. Er hatte einen entrückten Ausdruck in den Augen, als sei er halb eingeschlafen. »Wenn dies ein Geist ist, dann will er uns nichts Böses!«

»Vielleicht nicht«, zischte Iome wütend, »aber das Risiko lohnt sich nicht!« Sie fürchtete sich vor den Wichten, trotz der Beteuerungen ihres Vaters.

Gaborn sah sich nach Iome um, als hätte er einen Augenblick lang vergessen, daß sie dort stand. Oben auf der Anhöhe raschelten die Birkenblätter wieder. Iome blickte zum Wäldchen hinüber. Aus den Wolken nieselte es, ein feiner, grauer Regen, der so gleichmäßig fiel, daß es schwierig war, zwischen den Bäumen etwas zu erkennen.

»Da, da ist es wieder!« rief Gaborn. »Hört Ihr das nicht?«

»Ich höre gar nichts«, mußte Iome gestehen.

Plötzlich blitzten Gaborns Augen auf. »Ich sehe es! Jetzt kann ich es sehen!« flüsterte er mit Nachdruck. »Erden Geboren – so heißt ›Erdgeboren‹ in der alten Sprache. Die Wälder sind über Raj Ahten erzürnt. Er hat sie mißbraucht. Ich bin Erdgeboren. Sie wollen mich beschützen.«

»Woher wollt Ihr das wissen?« fragte Iome. Mit der Behauptung, er sei ›Erdgeboren‹, verriet Gaborn mehr, als er ahnte. Erden Geboren hatte als letzter großer König Rofehavan regiert, als es noch eine geeinte Nation gewesen war. Er hatte die Wälder hier seinem Gouverneur, Heredon Sylvarresta, zum Geschenk gemacht – nach dessen hervorragenden Diensten in den Kriegen gegen die Greifer und die Zauberer von Toth. Mit der Zeit waren auch Iomes Vorfahren zu Königen ernannt worden – zu Königen aus eigenem Recht –, aber sie waren geringere Könige als jene, die von Erden Geboren abstammten. In den sechzehn Jahrhunderten seit jener Zeit hatte sich sein Blut unter dem Adel von Rofehavan verbreitet, bis es schwierig geworden war, festzustellen, wer am eindeutigsten mit dem großen König verbunden war.

Dank der Vereinigung der Familien Val und Orden konnte Gaborn jedoch mit Sicherheit um diese Ehre wetteifern: vorausgesetzt, er besaß den Mut dazu. Indem er sich ›Erdgeboren‹ nannte, beanspruchte Gaborn plötzlich diese Wälder, dieses Königreich für sich.

»Ich bin ganz sicher«, antwortete Gaborn. »Diese Geister – wenn es denn Geister sind – wollen uns nichts Böses.«

»Nein, das will ich gar nicht wissen«, sagte Iome. »Wie könnt Ihr so sicher sein, daß Ihr Erdgeboren seid?«

»Binnesman hat mich so genannt«, meinte Gaborn ganz unbefangen, »in seinem Garten. Der Erdgeist bat mich, einen Eid zu schwören, die Erde zu beschützen, und Binnesman hat mich mit Erde bestreut und Erdgeboren genannt.«

Iome fiel die Kinnlade herunter. Sie kannte Binnesman von Geburt an. Der alte Kräutersammler hatte ihr einmal erzählt, daß die Erdwächter früher neuen Königen ihren Segen gegeben und sie mit dem Staub der Erde gesalbt hätten, die zu schützen sie geschworen hatten. Doch diese Zeremonie war seit Hunderten von Jahren nicht mehr abgehalten worden. Laut Binnesman hatte die Erde den gegenwärtigen Königen ›diesen Segen entzogen‹.

Jetzt erinnerte sie sich an Binnesmans Worte im Bergfried ihres Vaters, als Raj Ahten den alten Zauberer ausgefragt hatte. »Der neue König der Erde kommt.« Sie hatte angenommen, Binnesman habe von König Orden gesprochen, denn er war es gewesen, der am Tag, als die Steine sprachen, in das Reich ihres Vaters vorgedrungen war. Jetzt erkannte sie, daß es nicht der alte König war, den die Erde angekündigt hatte: es war Gaborn, der einmal König werden würde …

Raj Ahten aber glaubte, daß Mendellas Orden jener König sei, den seine Feuerdeuter in den Flammen gesehen hatten. Mendellas Orden war der König, den er fürchtete, den zu vernichten er nach Longmot ritt.

Plötzlich fühlte sich Iome so schwach, daß sie absteigen mußte, um nicht vom Pferd zu fallen, denn sie spürte eine düstere Vorahnung, hatte Angst, Mendellas Orden könnte in Longmot mit Raj Ahten zusammenstoßen, und keine Macht der Welt vermöge ihn in dieser Schlacht zu retten.

Sie ließ sich aus dem Sattel gleiten, stand einen Augenblick lang im Bach und ließ das kalte Wasser um ihre Knöchel spülen. Sie versuchte nachzudenken. Sie hatte

Angst, nach Longmot zu reiten, denn eines war gewiß: König Orden wollte sie tot sehen. Gleichzeitig fürchtete sie, nicht hinzugehen, denn wenn Binnesman recht hatte, gab es nur einen, der Mendellas retten konnte – Gaborn. Ja, vielleicht mußte sie ihr Leben und das ihres Vaters gegen das von König Orden eintauschen – für einen Mann, den sie nie hatte leiden können. Doch auch wenn sie den Mann nicht mochte und ihm nicht traute, durfte sie ihn nicht einfach sterben lassen.
Andererseits konnte sie ihren Vater unmöglich für König Orden opfern.
Im Augenblick hockte ihr Vater auf dem Pferd und starrte dumpf in den Bach, taub gegen alles, was rings um ihn gesprochen wurde. Vereinzelt fielen Regentropfen klatschend auf ihn herab, und er sah mal hier, mal dort hin, um festzustellen, was ihn wohl getroffen hatte. Hoffnungslos. Für sie hoffnungslos verloren.
Gaborn blickte Iome an, als sei er um ihre Gesundheit besorgt, und sie erkannte, daß er blind für ihr Dilemma war. Der Prinz stammte aus Mystarria, einem Königreich am Meer, wo sich die Wasserzauberer trafen. Die Legende der Erdwächter kannte er nicht. Er hatte keine Ahnung, daß er zum König der Erde gesalbt worden war. Er hatte keine Ahnung, daß Raj Ahten sich vor ihm fürchtete und ihn töten würde, sobald er seine wahre Identität erfuhr.
Wieder ging ein Windstoß über den Hügel hinweg, und Gaborn horchte auf, als würde er eine ferne Stimme hören. Vor ein paar Minuten hatte sie sich gefragt, ob er verrückt geworden sei. Jetzt wurde ihr bewußt, daß etwas

Wundervolles geschah. Die Bäume sprachen zu ihm, riefen ihn, aus Gründen, die weder sie noch er verstanden.

»Was sollen wir jetzt tun, mein Lord?« fragte Iome. Sie hatte nie einen anderen Mann als ihren Vater mit diesem Titel angesprochen, sich nie einem anderen König untergeordnet. Doch falls Gaborn die unerwartete Veränderung in ihrer Beziehung auffiel, ließ er sich das nicht anmerken.

»Wir sollten nach Westen reiten«, antwortete er leise. »In das Herz der Wälder. Tiefer hinein.«

»Nicht nach Süden?« fragte Iome. »Euer Vater könnte in Gefahr sein – mehr, als er dies ahnt. Vielleicht können wir ihm helfen.«

Gaborn mußte über ihre Worte schmunzeln. »Ihr sorgt Euch um meinen Vater?« sagte er. »Dafür liebe ich Euch, Prinzessin Sylvarresta.« Die Worte hatte er einfach so dahingesprochen, trotzdem entging ihr sein Tonfall nicht. Er war ihr wirklich dankbar, und er liebte sie.

Die Vorstellung ließ sie erschaudern. Sie wollte ihn sehnsüchtiger als jeden anderen Mann. Iome war für Magie stets empfänglich gewesen und wußte, ihr Verlangen nach Gaborn entsprang aus den Erdkräften, die in ihm heranwuchsen. Er war nicht gutaussehend, das mußte sie sich allerdings eingestehen. Eigentlich sah er nicht besser aus als jeder andere.

Und doch fühlte sie sich zu ihm hingezogen.

Wie kann er mich lieben? staunte sie. Wie kann er dieses Gesicht lieben? Dieser Verlust der Anmut, ihr Verlust an Selbstvertrauen und Hoffnung stand wie eine Mauer zwischen ihnen. Doch wenn er mit ihr sprach, ihr seine Liebe versicherte, wurde ihr ganz warm ums Herz. Sie wagte wieder zu hoffen.

Gaborn legte grübelnd die Stirn in Falten und sagte ruhig: »Nein, wir sollten nicht nach Süden reiten. Wir müssen unseren eigenen Weg gehen – nach Westen. Ich fühle, wie die Geister mich dorthin ziehen. Mein Vater geht nach Longmot, wo er von Burgmauern umgeben sein wird. Den Gebeinen der Erde. Die Erdkräfte können ihn beschützen. Er ist dort sicherer als wir hier.«

Mit diesen Worten drängte er sein Pferd vorwärts und reichte Iome die Hand, um ihr in den Sattel zu helfen.

Mit dem Wind wehte das Gebell der Hunde heran, die in den fernen Bergen kläfften.

KAPITEL 3
Ein Geschenk

Stundenlang jagten sie durch die Berge, sprangen über windgefällte Espen, kletterten bergauf und bergab. Iome ließ Gaborn vorausreiten und wunderte sich ein wenig über die Wege, die er einschlug.

Die Zeit verschwamm – die Bäume verloren ihre klaren Umrisse, die Zeit verlor an Schärfe.

Irgendwann wies Gaborn darauf hin, daß Iomes Vater besser zu reiten schien. So, als hätte sich ein Teil seines Erinnerungsvermögens geöffnet, und als wüßte er wieder, wie man mühelos in einem Sattel sitzt.

Iome war sich da nicht so sicher. Gaborn ließ die Pferde in einem Bach haltmachen, und ihr Vater beobachtete eine Fliege, die um seinen Kopf herumsummte, während der Prinz ein ums andere Mal fragte: »Könnt Ihr reiten? Wenn ich Euch die Hände vom Sattel losschneide, werdet Ihr Euch dann festhalten?«

König Sylvarresta antwortete nicht. Statt dessen schaute er hinauf in den Himmel, blinzelte in die Sonne und gab dabei Laute von sich, die wie »Gaaaagh, Gaaagh« klangen.

Gaborn drehte sich zu Iome um. »Vielleicht meinte er ›ja‹.«

Doch als Iome ihrem Vater in die Augen blickte, sah sie dort keinen Glanz. Er antwortete nicht, er gab einfach nur sinnloses Gelalle von sich.

Gaborn zog ein Messer hervor, bückte sich und schnitt die Seile durch, die König Sylvarrestas Hände am Sattelknauf hielten.

König Sylvarresta schien von dem Messer wie hypnotisiert, versuchte danach zu greifen.

»Faßt die Klinge nicht an«, warnte ihn Gaborn. Iomes Vater griff trotzdem danach, schnitt sich und starrte verwundert auf seine blutende Hand. Es war nur ein kleiner Schnitt.

»Haltet Euch am Sattelknauf fest«, erklärte Gaborn König Sylvarresta, dann legte er die Hände des Königs um den Sattelknauf. »Nicht loslassen.«

»Glaubt Ihr, das wird gutgehen?« fragte Iome.

»Ich weiß es nicht. Noch umklammert er ihn fest genug. Vielleicht kann er sich auf dem Pferd halten.«

Iome fühlte sich hin- und hergerissen. Einerseits wollte sie ihren Vater sicher am Sattel festgebunden wissen, andererseits wollte sie ihn weder einschränken noch behindern.

»Ich werde auf ihn aufpassen«, sagte Iome. Sie ließen die Pferde eine Weile längs eines Hanges nach süßem Gras suchen. Über den Bergen grollte ferner Donner, und Iome verlor sich in Gedanken. Feiner Nieselregen setzte ein. Ein goldener Schmetterling flatterte an ihrem Vater vorbei und erregte seine Aufmerksamkeit. Der König sah ihm eine Weile hinterher und streckte die Hand nach ihm aus, als der Falter davonflog.

Kurz darauf ritten sie in den Wald hinein, in die tiefe Dunkelheit. Die Bäume boten Schutz vor den kurzen Regenschauern. Sie ritten eine Stunde weiter, während es immer dunkler wurde, bis sie an einem Bach auf einen alten Weg stießen.

Als sie diese Stelle passierten, flatterte ein weiterer Chrysippusfalter aus ein paar Farnen hervor. Iomes Vater griff danach und stieß einen Ruf aus.

»Halt!« schrie Iome und sprang aus dem Sattel. Sie rannte zu ihrem Vater, der schief im Sattel hing, auf den Atem seines Kraftpferdes lauschte und lahm eine Hand ausstreckte.

»Schme – er – ling!« brüllte er und versuchte, nach dem goldenen Chrysippusfalter zu greifen, der blitzschnell nach vorne flatterte, als wollte er mit den Pferden um die Wette fliegen. »Schme – er – ling! Schme – er – ling!« Ihrem Vater kullerten die Tränen über die Wangen, Tränen der Freude. Falls sich dahinter ein Schmerz verbarg, irgendeine Kenntnis dessen, was er verloren hatte, dann bemerkte Iome nichts davon. Das waren Tränen der Freude über eine Entdeckung.

Ihr Herz klopfte. Sie packte das Gesicht ihres Vaters, versuchte, es zu sich zu ziehen. Sie hatte gehofft, daß er ein wenig von seiner Geisteskraft zurückgewinnen würde, mindestens soviel, daß er sprechen konnte. Jetzt war es geschehen. Wenn er ein Wort wußte, dann konnte er weitere hinzulernen. Er hatte seine ›Erweckung‹ erlebt, jenen Augenblick, in dem die Verbindung zwischen einem neuen Übereigner und seinem Lord sich festigte, wenn die Bande der Gabe stabiler wurden.

Mit der Zeit lernte ihr Vater vielleicht sogar ihren Namen und begriff, daß sie ihn furchtbar liebte. Mit der Zeit lernte er vielleicht, seinen Darm zu kontrollieren und allein zu essen.

Als sie jedoch in diesem Augenblick versuchte, ihn zu sich zu ziehen, sah er ihr zerstörtes Gesicht, schrie vor Entsetzen auf und zuckte erschrocken zurück.

König Sylvarresta war kräftig, sehr viel kräftiger als sie. Dank seiner Gaben befreite er sich mühelos aus ihrem Griff und stieß sie so fest von sich, daß sie Angst hatte, er habe ihr das Schlüsselbein gebrochen.

Das spielte keine Rolle. Der Schmerz tat ihrer Freude keinen Abbruch.

Gaborn kam zu ihnen zurückgeritten, beugte sich über sein Pferd und nahm König Sylvarrestas Hand. »Ganz ruhig, mein Lord, habt keine Angst«, beruhigte er ihn. Er zog seine Hand zu Iome, legte die Hand des Königs auf ihren Handrücken, erlaubte ihm, sie zärtlich zu berühren. »Seht Ihr? Sie ist nett. Das ist Iome, Eure wundervolle Tochter.«

»Iome«, wiederholte Iome. »Weißt du noch? Kannst du dich an mich erinnern?«

Doch falls der König sich an sie erinnerte, so ließ er es sich nicht anmerken. Seine aufgerissenen Augen waren voller Tränen. Er streichelte ihre Hand, mehr konnte er ihr im Augenblick nicht geben.

»Iome«, meinte Gaborn leise, »steigt wieder auf. Ich weiß, Ihr könnt sie nicht hören, aber hinter uns im Wald heulen die Mastiffs. Wir haben keine Zeit zu verlieren.«

Iomes Herz klopfte so heftig, daß sie Angst hatte, es könnte stehenbleiben. Bis zum Einbruch der Dunkelheit war es nicht mehr lange hin. Der Regen hatte vorübergehend aufgehört.

»Also gut«, sagte sie und sprang auf ihr Pferd. In der Ferne bellten Kampfhunde, und ganz in der Nähe erhob ein Wolf zur Antwort seine Stimme.

KAPITEL 4
Die Nicht-Begünstigten

Jureem schaute aus dem Schatten der Birken nach unten. Die Unbesiegbaren seines Herrn nutzten den Augenblick, um sich auszuruhen, und ließen sich zu Boden fallen. Hinter dieser Hügelkette wurden die Berge faltig und steil wie zerknittertes Metall, die Bäume riesig. Gaborn floh in das finstere Herz des Dunnwalds.

Jureem wußte jedoch genug, um dieses Gebiet zu fürchten, genau wie die Unbesiegbaren. Auf den Karten war der Westwald nur als weißer Fleck verzeichnet, in dessen Mitte sich eine grobe Darstellung der Sieben Aufrechten Steine des Dunnwalds befand. In Indhopal hieß es, das Universum sei eine riesige Schildkröte. Auf dem Rücken der Schildkröte stünden die Sieben Steine, und auf den Steinen ruhe die Welt. Eine dumme Legende, das war Jureem klar, trotzdem faszinierend. In uralten Büchern stand geschrieben, vor Tausenden von Jahren hätten die Duskiner, die Lords der Unterwelt, die Sieben Steine errichtet, um ›die Welt zu stützen‹.

Die Unbesiegbaren suchten den Erdboden unter den Birken nach Gaborns Spur ab. Irgendwie entzog sich ihnen die Witterung des Prinzen, und auch die Mastiffs standen jetzt nur noch mit hochgereckter Schnauze blöde kläffend da.

Soweit hätte es nicht kommen dürfen. Der junge Prinz Orden wurde von zwei Personen zu Pferd geleitet. Ihre

Witterung hätte deutlich in der Luft hängen, ihre Hufe sich tief im Boden abzeichnen müssen. Doch nicht einmal Raj Ahten konnte sie wittern, und der Boden war so trocken und steinig, daß er keinen Abdruck zuließ.
Die meisten von Raj Ahtens Männern hatten bereits ihr Pferd verloren. Zwölf Tiere sowie mehrere Hunde waren tot. Die Männer zu Fuß hätten eigentlich imstande sein müssen, mit Gaborn Schritt zu halten, doch sie beschwerten sich dauernd: »Der Boden ist zu hart. Darauf können wir nicht laufen.«
Es stimmte. Einer der Unbesiegbaren hockte auf einem umgestürzten Stamm und zog einen Stiefel aus. Jureem sah die schwarzen, wunden Stellen unter seiner Fußsohle, die großen Blasen an Ferse und Zehen. Die rauhen Berge waren den meisten Pferden und Hunden zum Verhängnis geworden. Sie würden auch die Männer umbringen. Bislang konnte Jureem von Glück reden, daß sein Pferd noch nicht verendet war, auch wenn ihm der Hintern derart weh tat, daß er nicht wagte abzusteigen, aus Angst, er würde nicht wieder hinaufkommen. Schlimmer noch, er befürchtete, sein Pferd könnte jeden Augenblick sterben. Mit diesen Männern Schritt zu halten, dazu war er nicht imstande, und sie würden ihn hier im Wald zurücklassen.
»Wie stellt er das nur an?« fragte sich Raj Ahten laut. Sechs Stunden verfolgten sie Gaborn nun und wunderten sich, wie es dem Prinzen immer wieder gelang, sich ihnen zu entziehen. Und jedesmal geschah dies in einem kleinen Birkenwäldchen. Immer hatten sie Gaborns Spur vollständig verloren und mußten einen Bogen um die

Bäume machen, bis sie wieder auf Fichten stießen. Trotzdem wurde es schwieriger und schwieriger, die Fährte des Prinzen zu entdecken.

»Binnesman«, sagte Jureem. »Binnesman hat den Prinzen mit einem Zauber des Erdwächters belegt, der ihn verbirgt.«

Gaborn führte sie an einen Ort, zu dem keiner von ihnen wollte.

Einer von Raj Ahtens Kommandanten, Salim al Daub, meinte mit weicher, weibischer Stimme: »Vielleicht sollten wir diese sinnlose Jagd besser aufgeben. Die Pferde krepieren. Euer Pferd wird noch krepieren.«

Raj Ahtens ausgezeichnetes Tier wies zwar Zeichen der Erschöpfung auf, dennoch hielt Jureem es kaum für möglich, daß es verendete.

»Außerdem«, fuhr Salim fort, »ist das nicht normal. Wohin wir auch gehen, ist der Boden härter als Stein, trotzdem fliegt das Pferd des Prinzen darüber hinweg wie der Wind. Blätter legen sich über seinen Weg und verdecken seine Fährte. Selbst Ihr könnt ihn nicht mehr wittern. Wir befinden uns zu nah am Herz des Waldes, wo es spukt. Hört Ihr das nicht?«

Raj Ahten verstummte, und sein wunderschönes Gesicht erschlaffte, während er lauschte. Er besaß Gaben des Gehörs Hunderter von Männern. Er richtete sein Ohr auf den Wald und schloß die Augen.

Jureem vermutete, daß sein Herr das Geraschel seiner Männer hören konnte, das Schlagen ihrer Herzen, ihren Atem, das Knurren ihrer Mägen.

Davon abgesehen ... herrschte vollkommene Stille. Eine

unverfälschte, tiefe Stille, die sich über die dunklen Täler erstreckte. Jureem lauschte. Kein Vogel rief, kein Eichhörnchen schnatterte. Es schien, als hielten selbst die Bäume erwartungsvoll den Atem an.

»Ich höre es«, sagte Raj Ahten leise. Jureem konnte die Kraft des Waldes fühlen und staunte. Sein Herr hatte Angst, Inkarra anzugreifen, weil auch dieser Ort uralten Mächten Zuflucht bot – den Mächten der Arr. Hier im Norden jedoch lebte das Volk von Heredon in Nachbarschaft zu diesem Wald, offenbar ohne diese Mächte für sich zu nutzen, ohne mit ihnen in Verbindung zu treten. Ihre Vorfahren waren ein Teil dieser Wälder gewesen, doch heute hatten die Menschen aus dem Norden das alte Wissen vergessen.

Oder vielleicht auch nicht. Gaborn bekam Hilfe vom Wald. Raj Ahten hatte die Fährte des Jungen verloren, hoffnungslos verloren.

Nun drehte Raj Ahten seinen Kopf nach Nordwesten und ließ den Blick über die Niederungen schweifen. Ein Sonnenstrahl traf Raj Ahten kurz, als er in ein tiefes Tal weit unten schaute.

Lag dort das Herz der Stille?

»Gaborn will nach dort unten«, sagte Raj Ahten mit Bestimmtheit.

»Großer Strahlender«, flehte Salim. »Haroun bittet Euch, ihn hierzulassen. Er spürt die Gegenwart von Geistern, die uns Böses wollen. Eure Flammenweber haben den Wald angegriffen, und die Bäume verlangen nach Rache.«

Jureem wußte nicht, wieso dies seinen Herrn so verärgerte. Vielleicht, weil es Salim war, der so bettelte. Salim war lange Zeit ein ausgezeichneter Soldat gewesen, als Meuchelmörder aber gescheitert. Er hatte Raj Ahtens Gunst verspielt.

Der Wolflord ritt zu Haroun hinüber, einem zuverlässigen Mann, der auf einem Stamm hockte und seine malträtierten Füße rieb. »Ihr wollt hierbleiben?« fragte Raj Ahten.

»Wenn ich darum bitten dürfte, Großer Herr«, jammerte der Verwundete.

Bevor Haroun sich rühren konnte, zückte Raj Ahten einen Dolch, beugte sich vor und stieß ihn dem Mann ins Auge. Haroun stockte der Atem, er versuchte aufzustehen, dann kippte er mit einem würgenden Geräusch nach hinten über einen Stamm.

Jureem und die Unbesiegbaren starrten ihren Lord verängstigt an.

Raj Ahten fragte: »Na schön, und wer von euch will sonst noch hierbleiben?«

KAPITEL 5
Bei den sieben aufrechten Steinen

Gaborn ritt in vollem Tempo, und obwohl sein Pferd eines der kräftigsten Jagdtiere in Mystarria war, spürte er gegen Nachmittag, wie es unter ihm zusammenzubrechen drohte.

Der Hengst japste rasselnd nach Luft. Seine Ohren hingen schlaff herab, waren fast flach angelegt. Ernste Zeichen der Erschöpfung. Wenn er jetzt über einen Baumstamm oder einen Ginsterstrauch hinwegsprang, tat er dies sorglos, leichtsinnig, ließ sich die Hinterläufe von Dornengestrüpp zerkratzen, setzte seine Füße auf, ohne rechten Halt zu finden. Sollte Gaborn nicht bald Rast machen, würde das Tier sich verletzen. In den vergangenen sechs Stunden war er über hundert Meilen weit geritten.

Gaborn war ziemlich sicher, daß Raj Ahtens Späher inzwischen die ersten Tiere verloren hatten. Er hörte nur noch zwei oder drei Hunde bellen. Selbst sie waren der Jagd inzwischen müde geworden. Müde genug, wie er hoffte, um Fehler zu begehen.

Er ritt weiter, führte Iome durch eine enge Felsschlucht. Die Schatten der Nacht senkten sich herab.

Er konnte hier recht gut sehen. Als hätte der Augentrost vom Abend zuvor seine Kraft noch nicht verloren. Das war erstaunlich. Er hatte erwartet, die Wirkung müsse längst abgenommen haben.

Ihn überkam das Gefühl, sich vollkommen verirrt zu haben, er hatte keine Ahnung, wohin es ihn verschlagen hatte, und trotzdem ritt er leichten Herzens hinunter in eine tiefe, mit Fichten bestandene Senke.
Dort stieß er auf etwas, das er so tief im Dunnwald niemals vermutet hätte – eine uralte gepflasterte Straße. Fichtennadeln hatten sich im Lauf der Zeit über sie gelegt, und Bäume wuchsen mitten auf ihr in die Höhe. Alles in allem jedoch ließ sich der Weg recht gut verfolgen, während er tiefer in die Felsschlucht hineinritt.
Die Straße sah entschieden seltsam aus, zu eng selbst für einen schmalen Wagen, so als wäre sie für kleinere Füße angelegt worden.
Iome hatte diese Straße offenbar genausowenig erwartet, denn sie betrachtete sie mit großen Augen, blickte mal hier-, mal dorthin. Ihre Pupillen weiteten sich in der Dunkelheit.
Während der nächsten halben Stunde wurde es still im Wald, und sie begegneten immer größeren Bäumen. Die kleine Gesellschaft kam schließlich aus dem Fichtenbestand in ein kleines Wäldchen aus mächtigen Eichen, Bäumen, die höher waren als alles, was Gaborn je gesehen oder sich vorgestellt hatte und die ihre leise knarrenden Äste weit über ihren Köpfen in der Dunkelheit ausbreiteten.
Gaborn sah nach oben. Selbst die untersten Äste befanden sich achtzig Fuß über ihren Köpfen. Greisenbart hing in gewaltigen Schleiern von ihnen herab, dreißig, vierzig Fuß lang.
Auf dem Hang seitlich von ihm, unter den Bäumen, sah

Gaborn zwischen den Stämmen Lichter blinken. Unter einen Felsvorsprung waren winzige Löcher gegraben worden. Gaborn sah einen Ferrinkrieger mit peitschendem Schwanz vor dem Licht davonhuschen.
Wilde Ferrin, die sich von Eckern und Pilzen ernährten. Einige bewohnten Höhlen hier oben, andere lebten in den Hohlräumen der Rieseneichen, deshalb konnte Gaborn zwischen den gewaltigen Wurzeln und Stämmen die Lichter ihrer Lampen sehen. Stadtferrin zündeten selten Feuer an, denn das lockte Menschen an, die die Ferrin dann aus ihrem Bau ausgruben. Irgendwie hatte die Gegenwart dieser Wesen etwas Tröstliches.
Er lauschte angestrengt auf Zeichen dafür, daß sie verfolgt wurden, doch alles, was er hörte, war der Fluß rechts von ihm, der sich die Schlucht hinunterstürzte.
Der Pfad führte weiter bergab.
Die Bäume wurden älter und noch gewaltiger. Unter ihnen gediehen nur wenige Pflanzen – weder Stechginster noch rankender Kletterahorn. Statt dessen war der weiche Boden mit Moos bedeckt und von Fußspuren unberührt.
Doch dann, während sie so dahinritten, stieß Iome plötzlich einen Ruf aus und zeigte tiefer in den Wald hinein. Ganz hinten im Schatten hockte eine graue Gestalt – ein untersetzter, bartloser Mann, der sie aus ungeheuer großen Augen musterte.
Gaborn rief dem alten Knaben etwas zu, der aber löste sich in nichts auf wie Nebel in der Sonne.
»Ein Wicht!« rief Iome. »Der Geist eines Duskiners.« Einen Duskiner hatte Gaborn noch nie gesehen. Kein mensch-

liches Wesen hatte je einen zu Gesicht bekommen. Das hier sah jedoch ganz und gar nicht aus wie der Geist eines Mannes – es war zu gedrungen, zu rundlich.

»Wenn es der Geist eines Duskiners ist, dann ist alles in Ordnung«, sagte Gaborn, der versuchte, eine gute Miene zum bösen Spiel zu machen. »Sie haben unseren Vorfahren gedient.«

Allerdings war er keinen Augenblick davon überzeugt, daß alles in Ordnung war. Er spornte sein Pferd an, noch ein wenig schneller zu laufen.

»Wartet!« rief Iome. »Wir können nicht weiter geradeaus. Ich habe schon von diesem Ort gehört. Es gibt eine alte Duskinerstraße, die hinunter zu den Sieben Aufrechten Steinen führt.«

Diese Mitteilung ließ Gaborn zusammenzucken.

Die Sieben Aufrechten Steine standen im Herzen des Dunnwalds und bildeten das Zentrum seiner Macht.

Ich sollte fliehen, wurde ihm jetzt klar. Und doch wollte er zu diesen Steinen. Die Bäume hatten ihn gerufen.

Er lauschte einen Augenblick nach den Verfolgern. In der Ferne hörte er, wie die Bäume sich im Wind wiegten, etwas sagten ... er konnte es nicht genau verstehen.

»Es ist nicht mehr weit«, ermunterte Gaborn Iome und befeuchtete sich die Lippen. Sein Herz schlug wie ein Hammer. Er wußte, das stimmte. Was immer vor ihnen lag, es war nicht weit entfernt.

Er spornte sein Pferd zum Trab an, wollte das letzte, schwindende Tageslicht ausnutzen und so schnell wie möglich vorankommen.

Also ritt er voraus und hörte weit entfernt ein Schnarren – dem Rasseln einer Klapperschlange ähnlich.

Zu Tode erschrocken erstarrte er im Sattel. Er hatte das Geräusch noch nie zuvor gehört, erkannte es aber aus den Erzählungen anderer wieder. Es war das Schnarren eines Greifers, aus dessen Lungen Luft entwich.

»Halt!« brüllte er und wollte sein Pferd herumreißen und fliehen.

Doch fast unmittelbar darauf hörte er vorne einen Ruf. Das war Binnesman. »Bleibt stehen! Bleibt stehen, sage ich!« Er klang, als hätte er entsetzliche Angst.

»Beeilt Euch!« rief Gaborn, der jetzt ritt wie der Sturm, während die Hufe seines Pferdes unter den schwarzen, überhängenden Ästen über die moosbewachsene Straße trommelten.

Er zog seinen Kriegshammer und trieb die Fersen in die Rippen seines geschwächten Tieres.

Vor sechzehnhundert Jahren hatte Heredon Sylvarresta im Dunnwald eine Greifermagierin erschlagen. Die Tat war Legende. Er hatte ihr eine Lanze durch die Gaumenplatte gebohrt.

Gaborn besaß keine Lanze, wußte nicht mal, ob ein Mann einen Greifer überhaupt mit einem Kriegshammer töten konnte.

Iome schrie: »Wartet! Haltet an!«

Die Straße führte weiter in die endlose Senke hinab, so daß Gaborn, als er nach oben hinter das dunkle Geäst blicken wollte, zu allen Seiten und auch oben den Eindruck endlosen Landes hatte.

›Die Erde wird dich verbergen ...‹ Die Worte gingen ihm

durch den Kopf. Iome und ihr Vater folgten Gaborn. Langsam bekam der Prinz das Gefühl, jeden Augenblick in den Bauch der Erde geschluckt zu werden.

Er galoppierte unter den riesigen Eichen hindurch, die sich weiter über ihm ausbreiteten, als er je für möglich gehalten hätte, und fragte sich, ob sie hier seit der Geburt der Welt gewachsen waren – dann plötzlich sah er das Ende der Bäume, das Ende des Pfades weiter vorn. Das Schnarren des Greifers kam von dort.

Ein paar hundert Meter vor ihm lag ein Ring aus unförmigen Steinen. Dunkel, geheimnisvoll, ein wenig wie nicht vollends ausgestaltete Menschen geformt. Gaborn raste im Licht der Sterne auf sie zu, sauste unter dunklen Bäumen hindurch.

Irgend etwas stimmte ganz und gar nicht. Eben gerade noch war die Sonne oben auf dem Berg hinter dem Horizont verschwunden. Abenddämmerung. Hier jedoch, mitten zwischen den zu allen Seiten steil aufragenden Bergen – hier in dieser tiefen Senke, war es bereits tiefste Nacht.

Überall leuchteten die Sterne gleißend.

Auch wenn dieser Ort in der Legende ›die Sieben Aufrechten Steine‹ hieß, so schien der Name für den Ring nicht ganz zu passen. Nur ein einziger Stein stand aufrecht – jener, der Gaborn am nächsten war, der Stein ihm gegenüber. Doch es war mehr als ein Stein. Früher war es vielleicht ein Mensch gewesen. Die Züge waren zerklüftet und vom Alter abgeschliffen, und die Statue erstrahlte schwach in einem grünlichen Schimmer, so als spiele ein phosphoreszierendes Licht über ihre Züge. Die anderen sechs Steine, alle von ähnlicher Machart, schienen in längst vergangenen dunklen Zeiten umgestürzt zu sein. Sie alle waren vom Mittelpunkt des Rings nach außen gekippt.

Einerseits waren sie von ähnlicher Machart, andererseits auch wieder nicht. Denn die Hand des einen lag leicht seitlich, und das Bein eines anderen ragte in die Luft, während ein dritter aussah, als wollte er davonkriechen.

Eine gewaltige Explosion aus Licht brach aus einem Etwas hervor, das Gaborn für einen großen Felsen gehalten hatte – ein Balken aus Feuer, der zu Füßen der stehengebliebenen Statue einschlug. Gaborn sah eine Bewegung, als der Fels einen Schritt machte, dann gab es eine zweite Explosion, eine Explosion aus Kälte, die die Luft gefrieren ließ und die Kanten der Statue zersprengte und die Splitter fortriß.

Vor dieser einen Statue wirbelte eine Greifermagierin herum, um Gaborn zu begrüßen.

Binnesman rief: »Gaborn! Nehmt Euch in acht!« Gaborn konnte den alten Zauberer kaum erkennen.

Zuerst sah er den Kopf des Greifers, die Reihen kristalliner Zähne, die im Licht der Sterne wie Eis funkelten, als er den Mund öffnete.

Er hatte keine gemeinsamen Vorfahren mit den Menschen, glich keiner anderen auf Erden wandelnden Kreatur, denn seine Art hatte sich in der Unterwelt entwickelt, stammte von Organismen ab, die sich Äonen zuvor in tiefen Blasen des Vulkangesteins gebildet hatten.

Gaborns erster Eindruck war der von ungeheurer Größe – der Greifer maß an der Schulter sechzehn Fuß, so daß sein gewaltiger lediger Kopf, so breit und lang wie ein kleiner Karren, über Gaborn in die Höhe ragte, obwohl er zu Pferd war. Er besaß weder Augen noch Ohren, nur eine Reihe haarähnlicher Fühler, die seinen Hinterkopf säumten und wie eine lange Mähne der Linie seines Kinns folgten.

Der Greifer bewegte sich krabbelnd und flink wie eine Schabe auf vier Beinen, die aus geschwärzten Knochen zu bestehen schienen und die den schleimigen Unterleib ein gutes Stück vom Boden hoben. Als Gaborn näherkam, hob er drohend seine wuchtigen Arme und schwenkte einen Stalagmiten als Waffe, einen langen Stab aus purem Achat. Runen des Feuers brannten in diesem Stab. Unheilverkündende Symbole der Flammenweber.

Gaborn fürchtete sich weder vor den eisigen Zahnreihen noch vor den tödlichen Krallen an jedem seiner langen Arme. Greifer waren grausame Krieger, doch Greifermagierinnen waren noch grausamere Hexen.

Tatsächlich war die gesamte Kunst der Runenlords aus der Nachahmung der Greifermagie hervorgegangen. Denn wenn ein Greifer starb, verzehrten andere seiner Art den Leichnam des Toten, nahmen sein Wissen auf, seine Kraft und seine angesammelte Magie.

Und von allen Greifern waren die Magierinnen die gefürchtetsten, denn sie besaßen die Kräfte Hunderter ihrer Toten.

Diese hier machte einen Ausfall zur Seite, und Gaborn spürte ihren Atem, der aus den Schlitzen auf ihrem Rücken entwich, als sein Pferd vorwärtsstürmte. Er vernahm ein Flüstern in diesem Brodem, den Singsang eines Zauberspruchs.

Gaborn brüllte, legte seine ganze Kraft in diesen Schrei. Er hatte von Kriegern mit so mächtiger Stimme gehört, daß sie Männer mit einem Schrei betäuben konnten.

Über eine solche Fähigkeit verfügte Gaborn nicht. Er wußte aber, daß Greifer Bewegungen spüren – sei es ein Geräusch oder die Erschütterungen von etwas, das unter ihren Füßen buddelte –, und er hoffte, sein Gebrüll würde das Ungeheuer verwirren, es blenden, sobald es angriff.

Der Greifer richtete seinen Stalagmiten auf ihn, stieß ein wüstes Zischen aus, und eine Kälte bohrte sich durch Gaborn, ein unsichtbarer Balken, der beißend wie der tiefste Winter war. Die Luft um diesen Balken wurde zu Frost, und Gaborn hob seinen kleinen Schild.

In der Legende hieß es, die mächtigsten Zauber der Flammenweber könnten einem Mann die Wärme aus dem Körper, aus Herz und Lungen, saugen, genauso wie sie einem Feuer oder der Sonne die Hitze entzogen, und ihr Opfer an einem sonnigen Tag erfrieren lassen.

Doch der Zauber war so kompliziert, verlangte ein so hohes Maß an Konzentration, daß Gaborn noch von keinem Flammenweber gehört hatte, der ihn gemeistert hätte.

Jetzt spürte er die Berührung durch den Zauber und warf sich im Sattel zur Seite, ließ sich mitten im Galopp vom Pferd fallen. Der Frost traf ihn bis ins Mark, und ihm stockte der Atem, während er hinter dem Pferd herrannte und beim Angriff hinter dessen Körper Deckung suchte.

»Nein! Zurück!« rief Binnesman von irgendwo hinter dem Ring aus Steinen.

Gaborn holte tief Luft, als er sich auf das Monster stürzte. Der Greifer hatte keinerlei Geruch. Den hatten Greifer nie. Denn sie nehmen den Geruch der Erde an, die sie umgibt.

Jetzt jedoch schnarrte der Greifermagier in fürchterlicher Wut. Zischend entwich die Luft aus dem vorderen Teil seines langen Körpers.

Gaborns Pferd geriet unter dem Kältestrahl ins Straucheln, und der Prinz sprang über das fallende Tier hinweg, warf sich dem Greifer auf Bauchhöhe entgegen, schwenkte seinen Kriegshammer mit voller Wucht.

Der Greifermagier versuchte zurückzuweichen, versuchte ihn mit seinem Stab zu pfählen. Gaborn tauchte unter dem Hieb weg und schlug nach seiner Schulter, vergrub den Kriegshammer tief in der ledrig grauen Haut des Greifers. Rasch zog er das Metall heraus und holte zu einem zweiten Schlag aus, in der Hoffnung, es noch tiefer in der Wunde zu versenken, als der Greifer plötzlich mit dem Achatstab auf ihn niederdrosch.

Der Hammer traf seine große Pranke, knickte einen Finger ab, und das eiserne T seines Hammers traf krachend auf den glühenden Stab. Der Achatstab zersplitterte auf der gesamten Länge, und Flammen sprangen in die Greiferpranke, ein heißer Blitz, der mit explosionsartiger Wucht hervorbrach und den hölzernen Griff des Kriegshammers in Stücke fetzte.

Jetzt kam Iome hinter Gaborn angeritten und brüllte das Ungeheuer an, während König Sylvarrestas Tier zur Seite sprang. Das Getöse und die tänzelnden Pferde versetzten die Bestie so sehr in Erregung, daß sie mit ihrem großen Schlund mal hier-, mal dorthin schnappte.

Was dann geschah, konnte Gaborn nicht erkennen, denn in dieser Sekunde entschloß der Greifer sich zur Flucht – rannte über ihn hinweg und stieß ihn mit seinem gewaltigen Unterleib zurück.

Gaborn ging zu Boden. Die Luft wurde ihm aus dem Leib gepreßt, während der Greifer auf allen vieren von dannen krabbelte. Er fragte sich, ob die Verletzung ihn töten würde. Als Junge war er beim Lanzentraining einmal aus dem Sattel gefallen, und ein voll gepanzertes Schlachtroß war über ihn hinweggetrampelt. Der Greifer war weit schwerer als das Schlachtroß.

Gaborn hörte, wie seine Rippen brachen. Lichter blitzten vor seinen Augen auf, und er hatte das Gefühl zu fallen, langsam kreisend wie ein Blatt, das in einen tiefen, bodenlosen Abgrund trudelt.

Als er das Bewußtsein wiedererlangte, klapperten seine Zähne. Er roch ein paar süße Blätter unter seiner Nase. Binnesman hatte die Hand unter Gaborns Kettenpanzer gesteckt und war dabei, die Brust mit Heilerde einzureiben, während er leise sprach: »Die Erde möge dich heilen. Die Erde möge dich heilen.«

Als die Erde Gaborns Haut berührte, schien sich diese zu erwärmen. Ihm war immer noch entsetzlich kalt, er fror bis auf die Knochen, doch die Erde wirkte wie eine wärmende Kompresse, bewirkte auf jeder Wunde Linderung.

»Wird er es überleben?« fragte Iome.
Binnesman nickte. »Diese Heilerde hier ist sehr wirkungsvoll. Seht Ihr – er öffnet die Augen.«
Gaborns Lider flatterten. Er starrte verständnislos ins Leere. Seine Augen fanden kein Ziel. Er versuchte, Binnesman anzusehen, doch das kostete zuviel Kraft.
Der alte Zauberer stand über Gaborn gebeugt und stützte sich auf einen hölzernen Stab. Er sah fürchterlich aus. Sein Gesicht war dreck- und blutverschmiert. Seine Kleider rochen verbrannt, aber als seine rechte Hand Gaborn berührte, fühlte sie sich kalt an wie der Tod.
Der Greifer hatte versucht, auch Binnesman zu töten, wie Gaborn jetzt sah.
Seltsamer noch war sein Blick. Der Zauberer zitterte, als hätte er Schmerzen, als stände er unter Schock. Das Entsetzen stand ihm ins Gesicht geschrieben.
In der einzigen, aufrecht stehenden Statue pulsierte Licht. Gewaltige Stöße eiskalter Luft hatten Ecken aus ihr herausgebrochen und ihr Risse zugefügt. Gaborn blieb einen Moment liegen und spürte bitterkalten Frost in der Luft. Die Hexenkunststücke des Greifermagiers.
Weit entfernt kläfften Kampfhunde. Binnesman fragte im Flüsterton: »Gaborn?«
Die Statue schien zu schwanken, und das in sie hineingemeißelte, gealterte, halbmenschliche Gesicht sah auf ihn herab. Gaborn traute seinen Augen nicht. In diesem Augenblick jedoch erlosch das Licht im Innern der Statue, und sie wurde schwarz, als hätte man eine Kerze ausgelöscht.
Ein gewaltiges berstendes Krachen zerriß die Luft.

»Nein! Noch nicht!« rief Binnesman und blickte hoch zu dem aufrecht stehenden Stein.

Als wollte er sich seiner Bitte widersetzen, brach der Stein entzwei und kippte um. Sein Kopf landete fast zu Gaborns Füßen. Der Boden ächzte, als würde die Erde in Stücke gerissen.

Gaborns Gedanken wurden träge. Er starrte die riesige Statue an, die nur zehn Fuß von ihm entfernt war, und horchte auf das Gekläff der Kampfhunde.

Die Sieben Steine sind gefallen, erkannte er. Die Steine, die die Erde stützten. »Was ... ist passiert?« keuchte Gaborn.

Binnesman sah ihn an und sagte leise: »Dies ist vielleicht das Ende der Welt.«

KAPITEL 6
Eine Welt steht kopf

Binnesman beugte sich über Gaborn und besah sich die Verletzungen im Schein der Sterne. »Licht«, brummte er. Ein fahles, grünes Licht begann, aus seinem Stab hervorzuleuchten - nicht der Schein von Feuer, sondern das Leuchten Hunderter von Glühwürmchen, die sich auf seinem Knauf versammelt hatten. Einige flogen auf und umkreisten Binnesmans Gesicht.
Gaborn konnte den alten Mann jetzt deutlich erkennen. Seine Nase war blutig, und Schlamm verkrustete sein Gesicht. Er schien nicht ernstlich verwundet zu sein, war aber offensichtlich innerlich aufgewühlt.
Der Zauberer lächelte Gaborn und Iome grimmig an, spitzte die Ohren und lauschte auf das Gekläff der Hunde im Wald. »Kommt, meine Freunde. Tretet in den Kreis, dort sind wir sicherer.«
Dies mußte man Iome nicht zweimal sagen. Sie schnappte sich die Zügel ihres Pferdes und die des Pferdes von ihrem Vater und zog beide Tiere um die gestürzten Statuen herum.
Gaborn wälzte sich auf die Knie, betastete seine wunden Rippen. Das Atmen schmerzte. Binnesman bot ihm seine Schulter an, und Gaborn humpelte in den Steinkreis.
Sein Pferd stand bereits darin und zupfte am kurzen Gras, wobei es das rechte Vorderbein schonte. Gaborn war

froh, daß es den Zauber des Greifermagiers überlebt hatte.

Und doch betrat er den Kreis nur widerstrebend. Er spürte die Kraft der Erde. Dieser Ort war alt – ein furchtbarer Ort für alle, die nicht hierhergehörten, dessen war Gaborn sicher.

»Kommt, Erdgeboren«, drängte ihn Binnesman.

Iome ging staksig und achtete darauf, wohin sie trat. Offenbar verunsicherte sie die Kraft, die von unten heraufströmte. Gaborn spürte deutlich, wie sie unter ihm aufstieg und jede Faser seines Seins schwächte. Er kniete nieder, um sich die Stiefel auszuziehen, um das Gefühl noch deutlicher zu spüren. Die Erde in diesem Kreis hatte einen starken, mineralischen Geruch. Er staunte. Zwar wuchsen gewaltige Eichen zu allen Seiten, höher, als er sie je gesehen hatte, doch in der Kreismitte wuchs keine einzige – nur ein paar niedrige Büsche voller weißer Beeren. Die Erde roch zu stark, zu eindringlich, als daß hier etwas anderes wachsen könnte. Gaborn zog sich die Stiefel aus und setzte sich ins Gras.

Binnesman stand da und sah sich um wie ein Krieger, der sein Schlachtfeld inspiziert. »Habt keine Angst«, sagte er leise. »Für Erdwächter ist dies ein Ort von großer Macht.« Aber völlig überzeugt klang er nicht. Er hatte hier mit dem Greifer gekämpft und verloren.

Der Zauberer griff in die Tasche seines Gewandes und holte ein paar rautenförmige Hundstodblätter hervor, zerrieb sie und warf sie in die Luft.

Oben auf der uralten Straße wurde das Hundegekläff immer aufgeregter – ein helles Japsen, das zwischen den

Stämmen der uralten Eichen hindurchhallte. Es jagte Gaborn eisige Schauder über den Rücken.
Als er sich aufsetzte, drehte sich alles vor seinen Augen. Er sagte: »Ich habe gehört, wie die Bäume mich hierhergerufen haben.«
»Ich habe sie darum gebeten«, meinte Binnesman mit einem Nicken. »Und ich habe Euch mit schützenden Zaubern belegt, um zu verhindern, daß Raj Ahten Euch folgt. Wenn sie auch auf diese Entfernung nur wenig haben ausrichten können.«
»Wieso haben die Bäume mich beim falschen Namen genannt?« wollte Gaborn wissen. »Wieso nennen sie mich ›Erdgeboren‹?«
»Die Bäume hier sind alt und vergeßlich«, sagte Binnesman. »Aber sie erinnern sich immer noch an ihren König, denn dieser Wald ist Erden Geboren treu ergeben. Ihr seid ihm sehr ähnlich.
Abgesehen davon hätte Euch Euer Vater Erden Geboren nennen sollen.«
»Was soll das heißen, er ›hätte mich so nennen sollen‹?«
Binnesman sagte: »Die Zeitlords haben einst erklärt, wenn der Siebente Stein fällt, wird Erden Geboren zusammen mit seinem Erdwächter und einem Gefolge aus treuen Prinzen und Königen zu diesen Steinen zurückkehren, um hier gekrönt zu werden, um hier das Ende ihrer Zeit zu planen in der Hoffnung, daß die Menschheit überlebt.«
»Ihr hättet mich zum König gesalbt?« fragte Gaborn.
»Wenn die Welt nicht Kopf stehen würde«, meinte Binnesman.

»Und Raj Ahten?«
»Wäre einer Eurer glühendsten Anhänger – in einer vollkommenen Welt. Der Obalin hat ihn heute hierhergelockt, genau wie Euch und König Sylvarresta.« Binnesman deutete mit einem Nicken auf die umgestürzte Gestalt, die wie eine Statue aussah.
Der Obalin, so hatte man ihn genannt. Gaborn hatte den Ausdruck allerdings noch nie gehört.
»Gaborn, wir sind in schrecklicher Gefahr. Nichts ist so, wie es sein sollte – die Könige aus ganz Rofehavan und Indhopal hätten heute abend hier sein sollen. Männer, die eigentlich in dem bevorstehenden Krieg zu großen Helden werden sollten, sind entweder erschlagen worden oder liegen als Übereigner in den Bergfrieden von Raj Ahten. Sämtliche Mächte werden in diesen Kriegen toben, doch die Beschützer der Erde sind gering an Zahl und schwach.«
»Das verstehe ich nicht«, sagte Gaborn.
»Ich werde versuchen, es genauer zu erklären, sobald Raj Ahten eintrifft.«
Plötzlich brachen die dunklen Umrisse der Mastiffs unter den Bäumen hervor. Ihr Kläffen war noch aufgeregter.
Männer und ein paar Pferde folgten den Hunden. Nur drei Soldaten saßen noch hoch zu Roß. Die anderen Tiere waren während der Verfolgungsjagd verendet. Zwölf Soldaten liefen neben den Reitern her. Die Tatsache, daß diese zwölf Männer so lange gerannt waren, in voller Rüstung, über so unversöhnliches Gelände, machte Gaborn nervös. Solche Krieger waren bestimmt erschreckend stark.

Die gräßlichen Köter mit ihren roten Maulkörben und den widerlichen Halsreifen rannten bis einhundert Fuß vor die umgestürzten Steine, knurrten und sprangen dann, als wären sie gegen eine Wand gestoßen. Sie trauten sich nicht in die Nähe von Binnesmans Hundstod. Sie tollten umher wie Schatten eines flackernden Feuers. Ein paar von ihnen rannten um die umgestürzten Steine herum.
»Still!« rief Binnesman den Hunden zu, und die wütend grimmigen Mastiffs zuckten zusammen, klemmten die Stummelschwänze zwischen die Beine und wagten nicht einmal mehr zu winseln.

Jureem folgte seinem Herrn zum Kreis der umgestürzten Steine. Sein Hengst war schweißgebadet, so naß, als hätte er einen Fluß durchschwommen. Die Lungen des Tieres rasselten wie Blasebälge. Ohne eine Pause hätte es keine weiteren zehn Meilen dieser Hatz mehr durchgestanden. Ein wenig überrascht nahm er zur Kenntnis, daß Prinz Gaborns Pferde noch lebten und lahmend zwischen den umgestürzten Statuen herumliefen.
Ein seltsamer Geruch lag in der Luft – von Rauch und Eis und Staub.
Raj Ahten starrte Gaborn an, den Kopf leicht zur Seite geneigt, als suchte er nach etwas.
Hier ging etwas Seltsames vor sich, stellte Jureem fest. Alle Sieben Aufrechten Steine lagen umgestürzt wie nicht zu Ende ausgestaltete Menschen – entstellt wie im Todeskampf. Der Geruch von Rauch und Eis deutete darauf hin, daß hier ein Kampf stattgefunden hatte.

Binnesman war verwundet, sein Gesicht schmutz- und blutverschmiert.
Ein lauer Wind wehte. Die gewaltigen Eichen winkten den Sternen zu. Ein fahler Lichtschein schimmerte im Kreis der umgestürzten Steine.
Der Erdwächter stand da und sah Raj Ahtens Männer unter buschigen Brauen hervor prüfend an. Das Sternenlicht glänzte auf seinem dünnen Bart. Selbstsicher. Verdreckt und blutverschmiert. Trotzdem, der Zauberer wirkte zu selbstsicher. Jureem wünschte, die Flammenweber seines Herrn wären hier. Es war ein Fehler gewesen, ohne sie in diesen Wald hineinzureiten.
Endlich ließ Raj Ahten sich vom Rücken seines müden Pferdes gleiten, blieb stehen und hielt die Zügel seines Tieres. Er lächelte. »Prinz Orden«, rief er mit seiner verführerischsten Stimme, während seine Männer das Herumgelaufe um die Steine einstellten. »Eure Flucht nähert sich dem Ende. Ihr braucht Euch nicht vor mir zu fürchten. Ihr müßt nicht länger fliehen. Kommt her, mein Freund.«
Jureem spürte den ehrfurchtsgebietenden Sog dieser Stimme. Ganz sicher würde der Prinz jetzt auf das Große Licht zugehen.
Doch der Prinz blieb standhaft.
»Prinzessin, wenigstens Ihr werdet Euch mir doch nicht verweigern?« fragte der Großmächtige. Zufrieden registrierte Jureem, daß Iome schwankte und sich gezwungen sah, näher heranzutreten.
»Niemand wird Euch begleiten«, sagte Binnesman und stellte sich vor sie. »Ihr könnt nicht näherkommen, Raj

Ahten – ebensowenig wie Eure Hunde und Eure Krieger.«
Der Zauberer zerbröselte drohend Blätter in der Hand.
Hundstod. Selbst, wenn es nicht von einem Erdwächter eingesetzt wurde, vertrieb Hundstod Hunde so wirksam, wie Solomons Siegel Cobras verscheuchte. Raj Ahtens Männer wichen von den Statuen zurück. Hundstod würde sie nicht töten. Doch ihre Hunde fürchteten bei dem Geruch um ihre Nasen.

»Warum seid Ihr hergekommen?« wollte Raj Ahten von Binnesman wissen. »Dies ist nicht Eure Angelegenheit. Geht jetzt, und niemand wird Euch Schaden zufügen.«

»Wichtiger wäre«, wandte Binnesman ein, »wieso *Ihr* hierhergekommen seid. Ihr seid ein König der Menschen. Habt Ihr die Bäume rufen hören?«

»Ich habe nichts gehört«, antwortete Raj Ahten.

Aber Binnesman schüttelte den Kopf. »Überall an diesem Ort gibt es Runen der Geheimhaltung. Mächtige Runen. Niemand hätte ihn ohne Hilfe finden können. Irgendeine größere Macht hat Euch hierhergelockt.« Er nickte wissend, und sein Tonfall ließ keinen Widerspruch zu.

»Vielleicht ... Ich habe ein Flüstern gehört, Erdwächter«, sagte Raj Ahten. »Aber es war sehr schwach, wie die Stimmen der Toten.«

»Das ist gut. Ihr seid stark an Erdkräften, und nur sie können uns bewahren. Das Ende eines Zeitalters steht uns bevor. Wenn unser Volk überleben soll, müssen wir einen Rat abhalten. Die Erde hat Euch gerufen, Raj Ahten, genau wie sie die Könige ruft, die Ihr zu Sklaven gemacht habt. Könnt Ihr sie jetzt hören?« Binnesman stand unbefangen da und blickte dem Wolflord tief in die Augen.

»Ich fühle es«, erwiderte Raj Ahten. »An diesem Ort ist die Macht stark vertreten, der Ihr dient.«
Binnesman stützte sich auf seinen Stab. Das Licht der Glühwürmchen ließ sein Gesicht in einem eigenartigen, metallischen Glanz leuchten. Vielleicht war Binnesman einst ein Mensch gewesen, seine Hingabe an die Erde jedoch hatte ihn ein wenig dieser Menschlichkeit beraubt. Jureem erkannte, daß der Zauberer den Menschen vielleicht ebenso fremd war wie jeder Frowth oder Ferrin.
»Und Ihr?« fragte Binnesman. »Könntet Ihr dieser Macht dienen? Könntet Ihr einer Sache dienen, die mächtiger ist als Ihr?«
»Warum sollte ich?« wollte Raj Ahten wissen. »Meine Flammenweber bitten mich immer wieder, ich solle mich ihren Feuern gegenüber zu größeren Diensten verpflichten. Aber warum? Die Mächte dienen den Menschen nicht.«
Binnesman legte den Kopf schief, so als lausche er genau auf Raj Ahtens Worte. »Und doch tun sie das – und zwar oft –, vorausgesetzt, wir haben die gleichen Ziele. Und sie wiederum dienen denen, die ihnen dienen.«
»Sie erwidern diese Dienste widerstrebend, wenn überhaupt.«
Binnesman nickte. »Euer Mangel an Glaube beunruhigt mich.«
Raj Ahten hielt dagegen: »So wie Euer Glaube mich.«
Binnesman zog die buschigen Augenbrauen hoch. »Ich hatte nicht die Absicht, Euch zu beunruhigen. Sollte ich Euch gar beleidigt haben, so bitte ich um Verzeihung.«
Raj Ahten neigte den Kopf zur Seite und betrachtete den

jungen Gaborn. »Verratet mir, Erdwächter, was ist das für ein Zauber, daß ich den Prinzen nicht erkennen kann, sondern an seiner Statt Felsen oder Bäume sehe, wenn ich ihn anschaue? Ein solcher Zauber würde mir gute Dienste leisten.«

Diese seltsame Frage erstaunte Jureem, denn der Prinz schien ihm ... durchaus gut sichtbar. Er trug weder Maske noch Umhang.

»Das ist eine Kleinigkeit, dieser Zauber«, antwortete Binnesman. »Aber einen Augenblick zuvor hattet Ihr mir noch eine andere Frage gestellt. Und ich gestehe, ich habe Euch hierhergeführt. Da ist etwas, um das ich Euch bitten möchte.«

»Was wollt Ihr?« fragte Raj Ahten.

Binnesman deutete mit einer Handbewegung auf die Steine. »Dies sind die Sieben Aufrechten Steine des Dunnwalds. Ihr habt zweifellos von ihnen gehört. Vielleicht wißt Ihr sogar, welch unheilvolles Omen es ist, daß sie umgefallen sind.« Er sagte dies mit großer Trauer, so als spürte er einen großen Verlust.

»Ich sehe sie«, sagte Raj Ahten. »In Eurer Sprache heißen sie die Obalin. In meiner werden sie Coar Tangyasi genannt – die Steine der Wachsamkeit, jedenfalls laut den alten Schriftrollen. Man sagt, die Duskiner hätten die Wächter zum Schutz der Menschheit hier aufgestellt.«

»Das ist richtig«, stimmte Binnesman zu. »Ihr seid also mit den alten Schriften vertraut. Dann wißt Ihr auch, daß die Duskiner große Zauberer waren. Daneben ist meine Macht ein Nichts. Sie besaßen die Kräfte aus der Tiefe der Erde – die Kraft, zu gestalten und zu bewahren. Ich besitze die Kraft der Oberfläche der Erde – den Gebrauch von Kräutern und die Zucht von Pflanzen.

Vor langer Zeit führten die Greifermagier Krieg gegen die Unterwelt und erschlugen die Duskiner. Die Duskiner konnten sich nicht angemessen verteidigen. Bald war ihnen klar, daß sie vernichtet werden würden und daß die Greifer auch danach trachten würden, die Menschheit auszulöschen. Also waren sie darauf aus, uns zu beschützen, uns Zeit zum Wachsen zu geben. Sie errichteten die Obalin des Dunnwalds und flößten ihnen Leben ein.

Bald wurden sie die Sieben Aufrechten Steine genannt. Mit Augen aus Stein haben sie für uns über die Orte in der Tiefe der Erde gewacht.

Oft haben die Obalin unseren Königen zugeflüstert und sie vor der Anwesenheit der Greifer gewarnt. Doch die Stimmen der Obalin können nur von denen gehört werden, die auf die Erde eingestimmt sind. Daher wurden unter den Menschen diejenigen zu Königen erwählt, die am empfänglichsten für die Erdkräfte sind.

Ihr, Raj Ahten, habt sicher dringende Bitten gehört, die Euch rieten, Patrouillen auszusenden, um die Greifer zu bekämpfen. Ihr habt es meisterhaft verstanden, ihre Pläne zu durchkreuzen. Bis jetzt! Die Kindheit der Menschheit ist vorbei. Die Greifermagier aus der Unterwelt sind frei!«

Raj Ahten hatte Binnesmans Erläuterung nachdenklich über sich ergehen lassen. »In der Vergangenheit habe ich die Greifer durchaus erfolgreich bekämpft. Aber ich fürchte, Ihr setzt zu viel Vertrauen in Eure Steine. Die Duskiner hatten weder eine Ahnung von den Runenlords, noch konnten sie sich vorstellen, welche Macht wir dereinst haben würden. Es spielt keine Rolle, ob ein Stein im Dunnwald umgestürzt ist.«

Binnesman gab zurück: »Redet nicht leichtfertig über sie. Die Obalin waren mehr als einfach nur Gestein, weit mehr.« Er senkte ergeben den Blick. »Ihr jedoch, Raj Ahten, müßt die Greifer fürchten, die Eure Grenzen unsicher machen. Vielleicht ist Euch das Ausmaß der Bedrohung nicht recht klar. Als die Obalin noch lebten, konnte man eine Menge lernen, wenn man sie berührte. Vielleicht wißt Ihr es nicht: die Greifer sind in Kartish eingefallen.«

In Kartish befanden sich die Blutmetallminen. Wenn die Greifer die in die Hände bekamen ...

Binnesman fuhr fort. »In Eurer Leichtgläubigkeit habt Ihr Euch mit den Flammenwebern verbündet, denn sie sind stark im Krieg. Es ist jedoch kein Zufall, daß die Greifer ebenfalls dem Feuer dienen. Es war auch kein Zufall, daß heute abend ein Greifer erschienen ist und dem letzten Obalin eine tödliche Verletzung beigebracht hat – in dem Bemühen, das Ende der Menschheit zu beschleunigen.«

Binnesman kehrte Raj Ahten den Rücken zu, als hätte er nichts mehr mit ihm zu schaffen. »Dennoch gibt es stärkere Kräfte als die, die die Flammenweber beherrschen.«

Der Wolflord ging vorsichtig auf den Zauberer zu, so als hätte er die Absicht, ihn anzugreifen. Von allen hier anwesenden Kriegern hatte allein Raj Ahten niemals eine Gabe von einem Hund übernommen. Daher konnte nur er Binnesmans Hundstod widerstehen. Der Zauberer und seine Begleiter wären ihm wohl kaum gewachsen.

»Bleibt stehen«, sagte Binnesman und wirbelte herum. »Niemand sollte auch nur mit dem Gedanken spielen, er könnte einem anderen auf diesem Boden etwas antun. Dieser Ort ist stark an Erdkräften, und diese müssen dazu benutzt werden, das Leben zu schützen, es zu bewahren. Nicht, es zu nehmen.«

Zu Jureems Überraschung hielt Raj Ahten inne und steckte seine Waffe wieder ein. Doch als er darüber nachdachte, fiel ihm auf, daß in den Worten des Zauberers ein zwingender Unterton mitgeschwungen hatte.

›Niemand soll auch nur mit dem Gedanken spielen, er könnte einem anderen auf diesem Boden etwas antun ...‹

Binnesman fixierte Raj Ahten mit den Augen. »Ihr sagt, Ihr wollt meine Hilfe bei der Bekämpfung der Greifer. Nun gut. Ich werde Euch helfen, wenn Ihr Euch mir anschließt. Gebt Eure Zwingeisen auf. Schließt Euch mit uns zusammen, um die Erde zu retten, Raj Ahten. Laßt deren Kräfte Euch Kraft spenden.«

Raj Ahten machte einen Gegenvorschlag: »Überzeugt König Orden, mir die Zwingeisen zurückzugeben. Dann werden wir weitersehen ...«

Binnesman schüttelte traurig den Kopf. »Ich glaube, nicht einmal dann würdet Ihr Euch mit uns zusammentun. Ihr wollt nicht so sehr die Greifer bekämpfen, sondern Ihr wollt den Ruhm, den ein Sieg über sie mit sich brächte.«

Gaborn trat vor und sagte ernst: »Bitte, hört auf die

Stimme der Vernunft, Raj Ahten. Die Erde braucht Euch. Dient der Erde, so wie ich. Ich bin sicher, wenn ich mit meinem Vater spreche, können wir gemeinsam einen Plan ausarbeiten. Wir können die Zwingeisen unter beiden Völkern aufteilen, so daß keines das andere zu fürchten braucht ...«

Der Prinz stand zitternd da, als hätte er Angst, auch nur das wenige anzubieten. Offenbar mißtraute der junge Mann seiner Fähigkeit, ein Komplott erfolgreich zu Ende zu bringen. Dabei wirkte er so ernst wie der Zauberer.

Raj Ahten tat Gaborns Vorschlag mit einem abschätzigen Blick ab und wandte sich an Binnesman. »Ihr habt recht. Ich werde mich nicht mit Euch zusammentun, Erdwächter – nicht weil ich auf Ruhm aus bin, sondern weil Ihr den Schlangen und den Feldmäusen ebenso dient wie den Menschen. Ich traue Euch nicht. Unsere Angelegenheiten sind Euch gleichgültig.« Als er von den Schlangen und Feldmäusen sprach, bedachte Raj Ahten den jungen Prinz Orden mit einem verächtlichen Blick.

»Die Angelegenheiten der Menschen sind mir ganz und gar nicht gleichgültig«, entgegnete Binnesman. »Meiner Einschätzung nach sind Menschen vielleicht nicht bedeutender als Feldmäuse, aber gewiß auch nicht unbedeutender.«

Raj Ahten sagte in verführerischem Ton: »Dann werdet mein Diener.«

Binnesman sprang mit dem ganzen Elan eines jungen Mannes auf den umgestürzten Stein. Er starrte hinunter zwischen den winzigen weißen Blumen hindurch, die dort im Kreis der Steine im Sternenlicht leuchteten, und

bedeutete mit einer Handbewegung Prinz Orden und den anderen, zurückzutreten.
An Raj Ahten gewandt sagte er: »Ihr seid darauf aus, mich als Waffe zu benutzen. Euch fehlt der Glaube an die Kraft, der ich diene. Nun gut. Ich will Euch eine Waffe demonstrieren ...«
Jureem vermutete, der Zauberer würde irgendeinen Stab der Macht hervorholen, der im Gras verborgen lag, oder irgendein uraltes Schwert, das niemals zerbrach.
Binnesmans Gebaren bekam plötzlich etwas Düsteres, und er schwenkte seinen Stab in drei langsamen Schwüngen über seinem Kopf, dann zeigte er mit der Spitze des Stabes ein paar Fuß weit nach vorne.
Plötzlich wurde ein langer Grasstreifen mitsamt seinen Wurzeln aus dem Boden gerissen.
Dort auf der dunklen Erde konnte Jureem etwas erahnen, das wie Knochen aussah, so als wäre dort vor Generationen etwas verendet und hätte faulend unter der Erdoberfläche gelegen.
Doch bei genauerem Hinsehen erkannte Jureem, daß es keine Knochen waren – sondern bloß Steine und Stöcke und Wurzeln, die dort versteckt waren. Sie schienen in der Gestalt eines Menschen ausgebreitet worden zu sein.
Jureem erkannte das erst, als Binnesman sich einem wie ein Schädel geformten Stein näherte. Rings um den steinernen Schädel waren vergilbte Stoßzähne eines Ebers angeordnet worden – gewaltigen Zähnen gleich. Der Stein wies dunkle Vertiefungen auf, die an Augenhöhlen erinnerten.
Der Berater des Wolflords schaute hin und sah, daß

andere Steine die Knochen der Hand darstellten – Ochsenhörner breiteten sich von ihnen aus wie Krallen.
Aber wenn diese Steine und Teile eines Baumstamms das Skelett eines Menschen bildeten, dann war dies ein seltsamer Mensch. Zwischen den Steinen und Sparren lagen Wurzelranken herum, die ein eigenartiges Geflecht bildeten – Adern ähnlich, die sich durch das riesige Skelett zogen.
Binnesman hob seinen Stab. Plötzlich schienen die Eichen auf den Hängen zischende Laute von sich zu geben. Wind fuhr ins Geäst, so daß die Blätter ihnen eine Stimme zu verleihen schienen. Hier auf der Lichtung aber stand die Luft vollkommen still.
Plötzlich war Jureem von Entsetzen erfüllt, denn er spürte, daß die Kraft der Erde wie auf eine unausgesprochene Bitte aus dem unterirdischen Gestein aufstieg und dieses kleine Feld ausfüllte. Am liebsten wäre er davongelaufen.
Binnesman schwenkte seinen Stab erneut mit langsam kreisenden Bewegungen und sang:

>*»Krieg dämmert. Frieden bricht,*
>*auf dieser Lichtung hier.*
>*Erde atmet. Leben wird*
>*aus Einigkeit mit ihr.«*

Binnesman hörte auf, seinen Stab zu schwenken und richtete den Blick starr auf den Haufen aus Steinen und Holz. Er atmete schwer, als hätten ihn diese wenigen Worte größte Mühe gekostet.

Der Rhythmus des Sprechgesangs verlor sich, während Binnesman wie gebannt auf den Boden starrte. Leise sprach er zu dem Staub: »Ich habe der Erde gedient und werde dies immer tun. Ich gebe mein Leben. Du sollst meiner Schöpfung Leben einhauchen. Gib ihr einen Teil des Lebens, das ich geopfert habe.«

In diesem Augenblick geschah eine eigenartige und grauenerregende Verwandlung. Ein smaragdfarbenes Licht begann in Binnesmans Brust zu leuchten, wurde zu einer strahlenden Kugel, die explosionsartig aus ihm hervorbrach und vor ihm wie ein Meteorit in den Boden schlug.

In diesem Augenblick, diesem unendlichen Augenblick, schrie Binnesman vor Schmerzen auf und umklammerte seinen Stab, auf den er sich plötzlich stützen mußte, um sich auf den Beinen halten zu können. Sämtliche Glühwürmchen auf dem Stab flogen auf und schwirrten summend herum, so daß Jureem keine Mühe hatte, den Zauberer zu erkennen.

Binnesmans Haar, das nußbraun und mit ein paar grauen Strähnen durchsetzt gewesen war, färbte sich im Licht der Sterne plötzlich silbern. Er stützte sich auf den Stab wie ein gebeugter alter Mann. Sein grünes Gewand wurde in diesem Moment in Rot getaucht – in die rostroten Farben des Herbstlaubes.

Jureem stockte der Atem, als ihm klar wurde, was vor sich ging: der alte Zauberer hatte diesem Haufen Äste und Knochen zu seinen Füßen Jahre seines Lebens geopfert.

Die Erde hob sich plötzlich wie aus Dankbarkeit über

Binnesmans Geschenk und ächzte wie schwankende Baumstämme. Falls sich in diesem Stöhnen Worte verbargen, verstand Jureem sie nicht. Doch Binnesman lauschte, als spräche die Erde zu ihm.
Langsam, mühevoll hob er seinen Stab – er wirkte totenmatt –, dann ließ er den Stab erneut kreisen, und nun stieben Funken von ihm in einer glühenden Wolke auf. Binnesman stimmte einen Sprechgesang an:

>*»Dunkel fließt dein Blut.*
Bleich liegen deine Knochen.
Dein Herz schlägt im Inneren des Steins.
Der Tag erleuchtet deine Augen, erfüllt deinen Geist
Mit dem Bild von reißenden Zähnen und Krallen.«

Die Steine und Hörner und Wurzeln auf dem Erdboden begannen zu zittern und zu beben. Die Sparren, die die Knochen eines Armes gebildet hatten, rollten einen Schritt zurück. Binnesman schleuderte den Stab zu Boden und rief: »Erhebe dich nun von der Erde, mein Kämpe! Werde Fleisch und Blut. Ich rufe deinen wahren Namen: Erretter von dem Bösen, Edler Vernichter!«
Es gab einen Donnerschlag, als der Staub der Erde sich beeilte, seinem Befehl zu gehorchen und auf die Steine und das Holz zuströmte, als wäre es Wasser oder ein tiefhängender Nebel. Blätter und grünes Gras, Äste und kleine Steine mischten sich in diesen Wirbel.
Eben noch hatte nichts weiter als ein Häufchen Kehricht in seltsamem Muster auf dem Boden verstreut gelegen, jetzt bildeten sich Sehnen und Knochen. Muskeln zogen

sich zusammen und streckten sich, Lungen nahmen keuchend einen tiefen Atemzug. Blätter und Zweige und Gras wurden mit dem Fleisch verflochten und gaben dem Körper eine eigenartige Färbung aus Tönen von Grün, Braun, Rot und Gelb.

Das alles geschah so schnell, daß Jureem nicht genau erkennen konnte, wie der Staub hochwirbelte, um dem Wesen Gestalt und Leben zu verleihen.

»Erretter vor dem Bösen, Edler Vernichter« hob eine unglaublich lange Hand, als sich das Fleisch bildete. Zuerst schien es nur ein Geschöpf aus Staub zu sein, doch rasch härtete sich die Haut und schimmerte smaragdgrün an Hals und Rücken, durchsetzt mit den gelben Tupfern welker Blätter.

Er erschafft einen Krieger, dachte Jureem. Das Grün von Gras und das Weiß von Kieselsteinen leuchteten im Gesicht und am Hals des Kriegers auf.

Die Gestalt kam mühsam auf die Knie und reckte den Hals, als das Licht der Sterne seine Augen traf. Diese waren flach und tot wie Kiesel aus dem Bett eines Flusses, bis der Glanz der Sterne sich in ihnen spiegelte und sie erstrahlen ließ. Klugheit funkelte in diesen Augen – und Frieden, ein Gefühl von Frieden, das in Jureem die Sehnsucht erweckte, an einem anderen Ort, etwas anderes zu sein.

Er wußte, was dieses ... Wesen bedeutete. Viele Zauberer trachteten danach, die Kräfte der Erde zu beherrschen. Die fähigsten unter ihnen waren die Arrdun, die großen Tüftler und Schöpfer magischen Handwerkszeugs im Volk der Arr. Verglichen mit ihnen galten menschliche

Erdwächter oft als schwach, denn nur wenige mischten sich in die Angelegenheiten der Menschen ein, und jene, die es taten, brauchten Jahrhunderte, um heranzureifen. Es hieß jedoch, ein vollausgebildeter Erdwächter sei eines der furchterregendsten Geschöpfe, denen man begegnen konnte.

Und seine Vollendung tat er kund, indem er seinen Wylde auf den Plan rief – ein Geschöpf, geboren aus dem Blut und den Gebeinen der Erde, ein lebender Talisman, der für seinen Herrn kämpft. Eldehar hatte ein Riesenpferd geschaffen, um gegen die Toth in die Schlacht zu ziehen. Eldehar hatte gesagt, sein Wylde könne zwar ›zerstört, niemals jedoch besiegt‹ werden.

Jureem verstand solche versteckten Anspielungen auf Erdwächter und ihre Wyldes nicht. Das Wissen über sie war über die Jahrtausende verblaßt.

Und jetzt, als der Wylde Gestalt annahm, erhob sich überall ein fürchterlicher Wind, peitschte pfeifend durch die Wipfel über der Lichtung und strich durch Jureems Haar. Die Böe war schnell und heftig aufgekommen, geradezu ein Sturm.

Dann begann dem Krieger Haar zu wachsen – langes, grünes Haar wie Seegras, das ihm über den Rücken und die Schultern fiel und seine ... Brüste bedeckte.

Er staunte, als sich die Gestalt vollends ausformte, denn er sah weibliche Rundungen.

Eine Frau. Eine Frau entstand, eine große und wunderschöne Frau, mit elegantem Körperschwung, langem Haar und makellosen Gliedern.

Jureem stockte verblüfft der Atem. Der Wylde stieß einen

Ruf aus, der die Erde erzittern ließ, als der Wind zupackte und die Frau in die Luft hob – so daß sie zu einem grünen Streifen wurde, der über den Bäumen Richtung Süden in die Höhe stieg. Dann war sie verschwunden.
Auf der Lichtung wurde es still. Der Wind legte sich.
Jureem war sprachlos. Er wußte nicht, ob dies Binnesmans Absicht gewesen war. Hatte sich sein Wylde mit irgendeinem Auftrag davongemacht? Hatte der Wind die Frau davongetragen?
War es überhaupt eine grüne Frau gewesen?
Sein Herz klopfte. Er stand atemlos da, tief beeindruckt, verwirrt.
Rasch blickte er nach rechts und links, um zu sehen, wie die Soldaten reagierten. Es war alles schnell gegangen.
Prinz Ordens Pferd wieherte zu Tode erschrocken, bäumte sich auf und schlug nervös mit den Hufen in die Luft. Für das Tier, erkannte Jureem, mußte es so gewesen sein, als hätte die Frau einfach zu seinen Füßen Gestalt angenommen.
»Sei friedlich«, forderte Binnesman das Pferd auf. Es beruhigte sich auf seine Ermahnung hin, und der Zauberer schaute starr nach oben, wo sein Geschöpf am Himmel entschwunden war.
Er wirkte ... niedergeschlagen.
Irgend etwas stimmte nicht. Binnesman hatte nicht erwartet, daß sein Wylde auf diese Weise davonfliegen würde.
Jetzt war der Zauberer ausgelaugt. Geschwächt. Alt und gebeugt in seinem karminroten Gewand. Falls er geplant

hatte, daß der Wylde für ihn kämpfen sollte, dann war sein Plan entsetzlich fehlgeschlagen. Binnesman ließ den Kopf sinken und schüttelte ihn verzweifelt.
»Pah«, zischte Raj Ahten. »Was habt Ihr getan, Ihr alter Narr von einem Zauberer? Wo ist der Wylde? Ihr habt mir eine Waffe versprochen.«
Binnesman schüttelte den Kopf.
»Seid Ihr tatsächlich so unfähig?« wollte der Wolflord wissen.
Binnesman sah Raj Ahten an, bedachte ihn mit einem vorsichtigen Blick. »Es ist kein leichtes, einen Wylde aus der Erde heraus entstehen zu lassen. Er hat seinen eigenen Willen und kennt die Feinde der Erde besser als ich. Vielleicht haben ihn dringende Angelegenheiten an einen anderen Ort gerufen.«
Er richtete die Hand auf Raj Ahtens Pferd. Die drei verbliebenen Pferde reagierten darauf, indem sie auf ihn zukamen, und Jureem mußte einen Augenblick lang mit seinem Reittier kämpfen, um zu verhindern, daß es ebenfalls vorwärts ging.
»Was tut Ihr da?« fragte Raj Ahten.
Binnesman antwortete: »Es ist spät. Für die Feinde der Erde wird es Zeit, ihre Augen auszuruhen und vom Frieden zu träumen.«
Jureem kämpfte mit seinem Pferd und beobachtete überrascht, wie Raj Ahten und seine Soldaten – fast augenblicklich – einschliefen. Raj Ahten blieb im Schlaf auf der Stelle stehen, wie auch andere der Soldaten. Die meisten jedoch fielen laut schnarchend zu Boden.
Der alte Zauberer betrachtete die schlafenden Krieger

und sprach leise: »Hütet Euch, Raj Ahten. Hütet Euch vor Longmot.«

Dann hob er den Kopf und zog damit Jureems Aufmerksamkeit auf sich. »Ihr seid noch wach? Was für ein Wunder! Ihr seid als einziger von ihnen kein Feind der Erde.«

Jureem war überrascht. Sein Herr wurde überwältigt, und der alte Zauberer und die ihm Anvertrauten waren noch am Leben. Er suchte stammelnd nach Worten.

»Ich ... diene meinem Herrn, aber ich wünsche der Erde nichts Böses.«

»Ihr könnt nicht *ihm* und gleichzeitig der Erde dienen«, erwiderte Binnesman und bestieg Raj Ahtens Pferd. »Jetzt kenne ich seine Seele. Er würde die Erde vernichten.«

»Ich bin ein Mann des Königs«, sagte Jureem, denn etwas anderes fiel ihm nicht ein. Sein Vater war ein Sklave gewesen, ebenso dessen Vater. Er wußte, wie man ein Diener seines Königs war, und zwar ein guter.

»Der Erdkönig kommt«, sagte Binnesman. »Wenn Ihr einem König dienen wollt, dann dient ihm.«

Mit einem Nicken bedeutete er Prinz Orden und Iome aufzusitzen. König Sylvarresta hockte noch immer im Sattel.

Binnesman sah Jureem lange an. Dann ritten der Zauberer und seine Schützlinge in die Nacht, zurück die Straße hoch, die sie gekommen waren.

Eine ganze Weile blieb Jureem auf dem Pferd sitzen und sah zu, wie Raj Ahten schlief.

Die Nacht schien dunkler als alle anderen in seiner

Erinnerung, und das, obwohl die Sterne durchaus hell leuchteten. »Ein König ist im Land«, hatte die Feuerdeuterin vor ihrem Tod gewarnt. »Ein König, der Euch vernichten kann.« Und nun war, so hatte Binnesman behauptet, der Erdkönig auf dem Weg hierher. Seit Erden Geboren hatte sich kein Erdkönig mehr im Land erhoben. Auf Longmot traf König Orden sicher schon Vorkehrungen für Raj Ahtens Angriff.

Jureem sah hinunter auf die Obalin. Wo einst die Sieben Aufrechten Steine gestanden hatten, lagen die Geschöpfe jetzt in Trümmern. Er fragte sich, welch böses Omen dies war. Sein Herz klopfte, und er blieb eine ganze Weile auf dem Pferd sitzen, fühlte die warme Nachtluft, schmeckte den unverwechselbar mineralischen Beigeschmack der Erde in der Luft. Fast hätte er kehrt gemacht und wäre dem Zauberer nachgeritten. Doch wenig später schon hatte sich der Hufschlag im Wald verloren.

Er starrte seinen Herrn an.

Über Jahre hinweg hatte Jureem dem Großmächtigen alles überlassen, hatte jeder seiner Launen nachgegeben. Hatte sich bemüht, ein guter Diener zu sein. Jetzt blickte er tief in sein eigenes Herz und begann sich zu fragen, warum.

Vor Jahren hatte es eine Zeit gegeben, in der Raj Ahten oft davon gesprochen hatte, eine Armee aufzustellen, die Königreiche des Südens unter einem einzigen Banner zu vereinen und die Angriffe der Greifer zurückzuwerfen.

Irgendwie hatte sich der Traum mit den Jahren verändert und verzerrt.

Das Große Licht, so hatte Jureem ihn genannt. So als

wäre er einer der Hellen oder Glorreichen aus dem Jenseits.

Jureem wendete sein Pferd.

Ich bin der Schwächste hier, sagte er sich. Aber vielleicht nimmt Orden meine Dienste an.

Ich wäre ein Verräter, überlegte er. Wenn ich davonreite, wird Raj Ahten glauben, ich sei der Spion, der Orden von dem Versteck der Zwingeisen unterrichtet hat.

Er dachte nach. Ja, er wußte viele Geheimnisse, die er enthüllen konnte. Und wenn er ging, dann bedeutete dies, daß Raj Ahten noch immer einen Spion in seiner Mitte hatte.

Er wird erwarten, daß ich nach Süden reite, nach Longmot, überlegte Jureem. Und das werde ich nach einer Weile auch tun, um Orden zu suchen.

Heute abend jedoch würde er nach Norden reiten und sich eine Scheune oder einen Schuppen suchen, um darin zu übernachten. Er war zum Umfallen müde und hatte nicht genug Kraft für einen langen Ritt. In forschem Tempo ließ er sein Pferd in die Nacht hineintraben.

ZWEITES BUCH

Der 22. Tag im Monat der Ernte: Ein Tag des Blutvergießens

KAPITEL 7
Der Tod kommt ins Haus eines Freundes

An diesem Nachmittag blies ein böiger Wind aus Südwesten und brachte den Geruch von Regen mit sich. Dunkle Wolken zogen von Süden her auf und legten sich über den Wald. Borenson hörte fernen Donner, aber auch Gewieher im Wind, und er roch Pferde. Raj Ahtens Truppen marschierten über die verbrannten Berge.
Es war erst eine halbe Stunde her, daß Gaborn auf sein Pferd gestiegen war und Borenson ihnen ein gutes Vorankommen gewünscht hatte. Augenblicke später waren sein Prinz, Iome und König Sylvarresta den aschebedeckten Hang hinauf in den Schutz des Waldes gesprengt. Nur das Knacken einiger Äste und das Schnauben eines Pferdes hatte ihren Aufbruch verraten, doch die Tiere waren so schnell gewesen, daß auch diese Geräusche kurz darauf verklungen waren.
Borenson lenkte sein Schlachtroß auf einen anderen Weg, ebenfalls an den Rand des stillen Waldes. Vor ihm stand eine Baumreihe aus uralten Eichen und Eschen – an vielen davon waren die Spitzen der Äste verbrannt.
Doch als er sich der Baumreihe näherte, fiel Borenson etwas auf, daß ihm erst jetzt unglaublich seltsam vorkam: es schien ihm, als hätte er eine unsichtbare Mauer vor sich, hinter der keiner der Bäume Feuer gefangen hatte. Nicht ein einziger brauner Ast hatte sich entzündet, kein einziges Spinnennetz war dem Brand zum Opfer gefallen.

Als hätten ... die Flammen vor dieser Mauer gewütet und alles eingeäschert, bis die Bäume gesagt hatten: »Dieser Wald gehört uns. Weiter dürft ihr nicht.«

Oder vielleicht, überlegte Borenson, war das unnatürliche Feuer aus ganz eigenen Gründen abgedreht. Die Urgewalt hatte die Flammen eine Zeitlang bewußt gesteuert, bevor ihre Konzentration nachgelassen hatte.

Borenson machte dicht vor der Baumreihe halt und horchte. Er hatte Angst hineinzureiten. Kein einziger Vogel zwitscherte in den Bäumen. Keine Maus und kein Ferrin raschelten unter den Ästen im toten Laub. Greisenbart hing merkwürdig, Vorhängen gleich, von den alten Eichen herab. Dieser Wald war uralt, unergründlich.

Borenson hatte in diesen von Geistern heimgesuchten Wäldern oft gejagt, aber war nie allein durch sie geritten. Er kannte die Gefahr.

Nein, es war nicht das Feuer gewesen, das sich abgewendet hatte, schloß Borenson. Der Wald hatte es gebremst. Hier lebten alte Bäume, Bäume, die noch erlebt hatten, wie die Duskiner zum erstenmal die Sieben Aufrechten Steine der Macht angebetet hatten. Hier gingen alte Seelen um, Mächte, denen kein Mann allein gegenübertreten sollte.

Jetzt glaubte er zu fühlen, wie sie ihn musterten. Eine böswillige Kraft, die die Luft schwer machte. Er hob den Kopf und sah den grau werdenden Himmel, die immer tiefer hängenden Wolken, die von Südwesten her aufzogen.

»Ich bin nicht euer Feind«, sagte Borenson leise zu den

Bäumen. »Wenn ihr Feinde sucht, die werdet ihr früh genug finden. Sie sind schon unterwegs.«
Vorsichtig, ehrfürchtig, trieb Borenson sein Pferd unter die dunklen Äste. Nur ein paar Meter, gerade weit genug, daß er das große Schlachtroß in einer flachen Mulde anbinden und dann zurück zum Waldrand schleichen konnte, um zu beobachten, wie Raj Ahtens Armee unten auf der Straße vorüberzog.
Er brauchte nicht lange zu warten.
Wenige Augenblicke später kamen zwanzig Mann über den Hügel unten galoppiert. Vor ihnen hetzten Kampfhunde her. Zu Borensons Entsetzen führte der Wolflord sie persönlich an.
Einen Augenblick lang fürchtete Borenson, die Spurenleser würden seiner Fährte folgen, sie machten jedoch lange unten am Fluß halt und suchten den Boden an der Stelle ab, wo Gaborn Torins Rüstung angelegt hatte.
Borenson konnte ein paar gedämpfte Rufe ausmachen, verstand aber den indhopalischen Dialekt nicht, den die Männer sprachen. Sie stammten aus einer Provinz im Süden, Borenson dagegen kannte nur ein paar Flüche in der Mundart des Nordens.
Raj Ahten erkannte, daß Gaborns Gruppe sich aufgeteilt hatte.
Sie folgten Gaborn. Er bekam es mit der Angst zu tun. Wieso führte Raj Ahten persönlich einen Trupp, der seinen Prinzen einfangen sollte? Vielleicht maß der Wolflord Iome und Sylvarresta eine höhere Bedeutung zu, als Borenson vermutet hatte. Vielleicht wollte er auch Gaborn als Geisel.

Im stillen drängte er Gaborn, sich zu beeilen, scharf und schnell zu reiten und nicht nachzulassen, bis er Longmot erreicht hatte.

Die Spurenleser waren kaum über den Hügel links von Borenson galoppiert, als die Armee des Wolflords die Straße entlangmarschierte, die goldenen Wappenröcke leuchtend hell in den letzten Strahlen der Sonne vor dem aufziehenden Unwetter.

Erst kamen die Bogenschützen, Tausende von Männern stark, in Viererreihen. Es folgten Ritter hoch zu Roß, eintausend Mann. Dann kamen Raj Ahtens Berater und Zauberer.

Die Soldaten des Wolflords interessierten Borenson nur wenig. Statt dessen beobachtete er, was als nächstes folgte. Ein riesiger Karren, von Holz umschlossen. Ein Karren mit Übereignern – wahrscheinlich weniger als drei Dutzend. Der Wagen wurde von Hunderten Unbesiegbarer scharf bewacht.

Ein Pfeil konnte die hölzernen Wände nicht durchdringen. Einem einzelnen Mann würde es unmöglich sein, die Insassen des Karrens anzugreifen.

Raj Ahten konnte nur einige Vektoren mit auf die Reise nehmen und darauf hoffen, daß niemand die Hunderte armer Übereigner in Sylvarrestas Bergfried erschlug – oder in anderen Bergfrieden, die er womöglich hier im Norden erobert hatte.

Schließlich eilten die Köche, die Waffenmeister und die Marketender und weitere eintausend Schwertkämpfer vorbei, gefolgt von den letzten eintausend Bogenschützen der Nachhut. Erbittert mußte Borenson erkennen, daß es unmöglich war, Raj Ahtens Übereigner umzubringen.

Er würde sich darauf konzentrieren müssen, in den Bergfried der Übereigner auf Burg Sylvarresta einzubrechen. Besorgt fragte er sich, wie viele Wachen ihn dort wohl erwarteten.

Lange Stunden hockte er am Waldrand, während das Unwetter sich zusammenbraute und die Wolken sich den Himmel unterwarfen. Der böige Wind wehte trockenes Laub aus dem Wald heraus. Als es Abend wurde, zuckten die ersten Blitze herunter. Ein dichter, unerbittlicher Regen ging hernieder.

Borenson zog sich eine Decke über den Kopf und dachte über Myrrima nach, die in Bannisferre wartete: Sie hatte drei Übereigner – ihre schwachsinnige Mutter und zwei häßliche Schwestern. Die drei hatten soviel aufgegeben, um die Familie zu vereinen und den Kampf gegen die Armut zu gewinnen. Myrrima hatte Borenson auf dem Weg zu ihrem Haus erzählt, wie ihr Vater zu Tode gekommen war.

»Meine Mutter wuchs in einem eleganten Haus auf und besaß selbst Gaben«, hatte sie erzählt. »Und mein Vater war früher ein wohlhabender Mann. Er verkaufte feines Tuch auf dem Markt und stellte Wintermäntel für die Damen her. Doch ein Feuer zerstörte sein Geschäft und sämtliche Mäntel. Das gesamte Gold der Familie muß in diesem Brand verlorengegangen sein, denn wir haben nie etwas davon wiedergefunden.«

Eine stolze Art zu sagen, daß ihr Vater bei einem Raubüberfall ermordet worden war.

»Mein Großvater lebt noch, aber er hat sich eine junge Frau genommen, die mehr ausgibt, als er heranschafft.« Borenson hatte sich gefragt, worauf sie hinauswollte, bis sie ihm leise den Anfang eines alten Sprichworts aufsagte. »Das Glück ist ein Boot ...« *in einer stürmischen See, das mit jeder berghohen Woge steigt und fällt.*
Myrrima, soviel hatte er verstanden, hatte ihm sagen wollen, daß sie dem Glück nicht traute. Vielleicht erschien ihr diese arrangierte Heirat im Augenblick als Glück, aber das lag nur daran, daß sie sich gerade auf einem Wellenkamm befanden, sie dagegen befürchtete, ihr kleines Boot könnte jeden Moment in ein tiefes Wellental stürzen und vielleicht für immer versenkt werden. Und genauso fühlte sich Borenson in diesem Augenblick, versenkt, kurz vor dem Ertrinken, ohne große Hoffnung, sich über Wasser halten zu können. Schon die Idee, als einzelner Mann in einen Bergfried der Übereigner einzudringen, war verrückt. Aller Wahrscheinlichkeit nach würde Borenson am Bergfried eintreffen, ihn gut bewacht vorfinden und sich daraufhin zurückziehen.
Doch er wußte, er wußte es ganz genau, selbst wenn er nur eine hauchdünne Chance hatte, in den Bergfried einzubrechen, würde er sie ergreifen müssen.
Am Abend, als das Unwetter vorbei war, saß er immer noch still da und lauschte, wie das Wasser verstohlen von den Bäumen tropfte, wie die Äste leise im Wind knarrten. Er roch das modernde Laub, die fette Erde des Waldes, den reinen Duft des Landes.
Es gefiel ihm ganz und gar nicht, Übereigner zu ermorden. Stundenlang versuchte Borenson seine Entschlos-

senheit zu stählen, indem er sich vorstellte, wie es sein würde – wie er im Sturm die Mauern überstieg, gegen die Wachen kämpfte.

Borenson stellte sich vor, wie er in die Burg hineinritt, zum Tor des Bergfrieds der Übereigner, alles an Verteidigern niederritt und seine traurige Pflicht erledigte.

Ein solcher Angriff würde vermutlich heldenhaft aussehen und ihn wahrscheinlich das Leben kosten. Er wollte es tun, wollte diese schreckliche Aufgabe hinter sich bringen, ja, er hätte diesen selbstmörderischen Angriff durchgeführt – wäre da nicht Myrrima gewesen.

Wenn er bei Tageslicht versuchte, in den Bergfried vorzudringen, konnte das seine Mission zum Scheitern verurteilen. Mehr noch, selbst wenn er sich Zutritt in den Bergfried verschaffte und es ihm gelänge, die Übereigner niederzumetzeln, wäre er anschließend gezwungen, zu seinem König zurückzukehren und Bericht zu erstatten … darüber, was sich zwischen ihm und Gaborn abgespielt hatte und wieso er Sylvarresta das Leben gelassen hatte.

Mit diesem Gedanken konnte Borenson sich nicht abfinden. Er konnte König Orden nicht anlügen und so tun, als habe er Gaborn nicht getroffen.

Also sah er zu, wie die Sonne im Westen unterging, wie sie ihr goldenes Licht über die Wolken breitete, während am Horizont bereits das nächste Unwetter heraufzog.

Er holte sein Pferd und ritt zum Hügel südlich von Burg Sylvarresta.

Ich bin nicht der Tod, sagte er sich, auch wenn er lange trainiert hatte, um ein guter Soldat zu werden. Ein in jeder Hinsicht vorzüglicher Soldat. Und jetzt würde er die Rolle des Meuchelmörders spielen.

Ein Bild blitzte vor seinem inneren Auge auf: Fünf Jahre zuvor war Königin Orden mit ihrem Neugeborenen im Bett ermordet worden. Borenson hatte versucht, den Kerl zu pfählen, einen riesigen Mann, der sich bewegt hatte wie eine Schlange, ein Mann in einem schwarzen Gewand, das Gesicht verdeckt. Doch der Meuchelmörder war entkommen.

Die Erinnerung daran war schmerzhaft. Noch schmerzhafter war die Gewißheit, diesen namenlosen Meuchelmörder an Ruchlosigkeit noch zu übertreffen.

Im Näherkommen sah Borenson, daß an diesem Abend nur wenige Soldaten auf den Mauern von Burg Sylvarresta Wache hielten. Sylvarrestas treue Krieger waren arg dezimiert worden. Raj Ahten hatte niemanden zurückgelassen, um die leeren Hüllen zu bewachen. Auf den Mauern des Bergfrieds der Übereigner konnte Borenson keinen einzigen Mann entdecken.

Das stimmte ihn traurig. Alte Freunde – Kommandant Ault, Sir Vonheis, Sir Cheatham – hätten auf diesen Mauern stehen sollen. Aber falls sie noch lebten, befänden sie sich jetzt im Bergfried der Übereigner. Er erinnerte sich, wie er vor drei Jahren Melasse zur Jagd mitgenommen und sie auf eine Fährte im Wald gestrichen hatte, die zu Derrow führte, und er dann die Stiefel des Kommandanten eingeschmiert hatte.

Als Derrow dann beim Aufwachen feststellen mußte, daß ein Bärenweibchen ihm die Füße leckte, hatte er das gesamte Lager mit seinem Schrei geweckt.

Borenson holte das weiße Fläschchen hervor, zog den Stopfen heraus und ließ den Nebel ausströmen.

So kam es, daß er eine halbe Stunde später seine Rüstung ablegte und sich auf den Weg zu seinem einsamen Sturmangriff machte. Im Schutz des Nebels, der sich über ihn legte, erklomm er die äußere Mauer auf der Westseite der Stadt.

Dann begab er sich zur inneren Mauer, der Königsmauer, und kletterte rasch hinüber. Auf der Mauer hielt nur ein einzelner junger Mann Wache, und der kehrte ihm in diesem Augenblick den Rücken zu.

Gegen Mitternacht erreichte Borenson den Sockel des Bergfrieds der Übereigner und beobachtete ihn aufmerksam. Er verließ sich nicht auf seine Augen, denn er befürchtete, im Turm des Königs könnten sich möglicherweise Wachen verbergen. Daher erstieg er dessen Ummauerung von Norden her und erreichte ihn durch das Wäldchen bei den Grabstätten, wo die Gefahr, entdeckt zu werden, geringer war.

Regen prasselte auf den Bergfried herab, was es erschwerte, zwischen den Mauersteinen Halt zu finden. Es dauerte lange Minuten, bevor er den oberen Rand der Mauer erreichte.

Dort stellte er fest, daß die Wehrgänge sämtlich unbemannt waren. Als er aber die Stufen in den Innenhof hinunterrannte, entdeckte er zwei Stadtgardisten – junge Männer mit wenigen Gaben –, die sich wegen des heftigen Regens in den Schutz des Fallgatters verzogen hatten.

Ein Blitz erleuchtete den Himmel, da stürzte er sich auf

sie und erschlug sie, als der Donner den Bergfried erzittern ließ. So hörte niemand ihre Schreie.

Borenson war noch immer von Staunen erfüllt, während er die jungen Männer tötete. Kein einziger Unbesiegbarer? Kein einziger Soldat, um all diese Übereigner zu bewachen?

Ihm kam es vor wie eine Falle. Vielleicht versteckten sich die Männer zwischen den Übereignern.

Er drehte sich um und betrachtete das nasse Pflaster im Bergfried. In den großen Sälen brannte kein Licht, in den Küchen leuchtete allerdings noch eine Laterne. Ein wüster Wind blies durch das Fallgatter herein und peitschte den Regen durch den Innenhof.

Übereigner umzubringen, war eine Kunst, eine Wissenschaft. Einige der Übereigner dort drinnen, das wußte Borenson, waren selbst Krieger, Männer wie er, die über Dutzende von eigenen Gaben und langjährige Erfahrung verfügten. Sie waren vielleicht Krüppel, taub oder blind, stumm oder ohne Geruchssinn, dennoch stellten sie durchaus noch eine Gefahr für ihn dar. Die meisten von ihnen waren mit Sicherheit Männer.

Wenn man eine solche Aufgabe zu erledigen hatte, gebot der gesunde Menschenverstand, daß man zunächst die Übereigner der Übereigner tötete und so die gefährlicheren Feinde schwächte.

Daher erschlug man als erstes die Frauen und Kinder. Man achtete stets darauf, mit den Schwächsten zu beginnen. Wenn man einen Mann mit zwanzig Gaben tötete, würde man feststellen, daß zwanzig Übereigner erwachten, die Alarm schlagen oder sich wehren konnten.

Es schien vielleicht reizvoll, einen oder zwei Übereigner zu verschonen – die Wahrheit war jedoch, daß sie die Garde riefen, wenn man es tat. Also tötete man sie alle. So ermordete man einfach Bürger, die nur Gaben abgetreten und nie welche übernommen hatten. Und man fing ganz unten im Bergfried an, versperrte alle Ausgänge und arbeitete sich dann in die oberen Stockwerke hoch. Es sei denn natürlich, irgend jemand im Bergfried war wach.

Am besten nehme ich mir zuerst die Köche vor, sagte sich Borenson. Er schloß das Fallgatter, damit niemand den Bergfried betreten oder aus ihm fliehen konnte, dann machte er sich auf den Weg. Die Tür war abgeschlossen, aber er schob sein Kurzschwert in den Spalt. Mit Gaben der Muskelkraft von acht Männern war es kein großes Kunststück, die Tür aus den Angeln zu heben.

Als er in die Küche stürzte, begegnete er einem Mädchen, dem man aufgetragen hatte, in der Nacht den Boden zu fegen. Ein junges Ding, vielleicht acht, mit strohblondem Haar. Er erkannte es wieder, beim letzten Hostenfest hatte es Prinzessin Iome bedient. Zu jung, um eine Gabe abzutreten, hätte er gedacht. Sylvarresta hätte von ihm bestimmte nie eine Gabe übernommen.

Aber Raj Ahten war hier gewesen, wie Borenson erkannte. Das Mädchen hatte ihm eine Gabe abgetreten.

Als es Borenson in der Tür sah, öffnete es den Mund und wollte schreien. Kein Laut kam heraus.

Eine Stumme, die ihrem Lord die Stimmgewalt abgetreten hatte.

Fast hätte Borenson nicht die Kraft gehabt, seinen Plan

durchzuführen. Ihm war schwindelig, übel. Aber er war ein guter Soldat. Er war immer ein guter Soldat gewesen. Er durfte nicht zulassen, daß das kleine Mädchen sich durch das Gitter des Fallgatters hindurchquetschte und Hilfe herbeirief. Dieses Kind würde sterben, aber sein Opfer konnte Tausenden in Mystarria das Leben retten.
Er warf sich auf das Mädchen, riß ihm den Besen aus der Hand. Es versuchte zu schreien, versuchte sich aus seinem Zugriff zu befreien, schnappte nach dem Tisch, stieß in seiner entsetzlichen Angst eine Bank um.
»Tut mir leid!« stieß Borenson grimmig hervor, dann brach er dem Mädchen das Genick. Er wollte nicht, daß es lange litt.
Sachte legte er den Leichnam auf den Boden und hörte in der Vorratskammer ein Stampfen – hinten im Schatten der Lampe. Dahinten stand noch ein kleines Mädchen, dessen schwarze Augen in der Dunkelheit leuchteten.
Bei all seinen heldenhaften Phantasien an diesem Tag – das hatte er sich nicht träumen lassen – ein unbewachter Bergfried, in dem er Kinder erschlagen mußte.
Und damit begann die grauenvollste Nacht in Borensons Leben.

KAPITEL 8
Eine Zeit für Fragen

Die Pferde galoppierten unter den schwarzen Bäumen durch die Wälder. Binnesman hielt seinen Stab in die Höhe, damit alle bei seinem schwachen Lichtschein sehen konnten. Doch bereits das war offenbar ermüdend, denn der Zauberer wirkte ausgezehrt und alt.
Die Bäume flogen vorbei.
Gaborn brannten tausend Fragen auf der Seele. Er wollte mit Binnesman sprechen. Im Augenblick jedoch hielt er sich zurück. In Mystarria galt es als unfein, einen Fremden auszufragen, wie Gaborn es jetzt mit Binnesman vorhatte. Er hatte diese Regel der Höflichkeit stets nur für einen Brauch gehalten, der ohne Grund entstanden war, jetzt jedoch erkannte er, daß mehr dahintersteckte.
Dadurch, daß man Fragen stellte, drang man in die Unsichtbare Sphäre des anderen vor. Zumindest raubte man ihm seine Zeit. Außerdem hatten Informationen oft ihren eigenen Wert, ebenso wie Land oder Gold, so daß man jemanden bestahl, wenn man sie von ihm entgegennahm.
Um nicht ständig an die Obalin und den Verlust von Binnesmans Wylde zu denken, konzentrierte sich Gaborn auf diese Erkenntnis, und fragte sich, wie oft es vorkam, daß höfliche Manieren in dem Bedürfnis eines Menschen wurzelten, die Sphären eines anderen zu respektieren. Er

verstand durchaus, wie Worte und Gesten des Respekts in den größeren Zusammenhang paßten.

Doch Gaborns Gedanken entfernten sich rasch von diesen Dingen, und er überlegte sich statt dessen, was er eigentlich mit angesehen hatte.

Seiner Vermutung nach wußte Binnesman sehr viel mehr über die bevorstehende dunkle Zeit, als er vor Raj Ahten hatte sagen wollen, vielleicht sogar weit mehr, als er hatte sagen *können*. Die Studien der Zauberer waren lang und mühsam, und Gaborn hatte einmal gehört, daß bestimmte Grundprinzipien erst nach Wochen oder Monaten intensiven Studiums begriffen werden konnten.

Nach etlichen langen Minuten entschied er, daß es Dinge gab, nach denen man einen Zauberer überhaupt nicht fragte. Welchen Preis hatte Binnesman wohl gezahlt, um dem Wylde Leben zu schenken? überlegte er.

Jetzt bog der Erdwächter von der Straße ab und suchte sich umständlich seinen Weg auf den verschlungenen Pfaden zwischen den Bäumen entlang. Kein Späher hätte sich in dieser verrückt machenden Dunkelheit zurechtfinden können. Gaborn überließ den Zauberer schweigend seiner Arbeit, eine Stunde lang, im Licht der Sterne, bis sie auf eine alte Straße stießen. Von dort aus jagte Binnesman die Pferde nach Norden, bis die Straße plötzlich steil abfiel und man im Tal die ausgedehnten Felder vor Trott sah, einem Dorf zwölf Meilen westlich von Burg Sylvarresta.

Auf der Ebene unten standen Hunderte bunter Zelte von den vielen Händlern aus dem Süden, die zum Hostenfest in den Norden gereist waren, die man aber, als Raj Ahtens

Truppen die Stadt bestürmten, gezwungen hatte, die Felder vor Burg Sylvarresta zu räumen.

Binnesman hielt an und ließ den Blick über die im Dunkeln daliegenden Felder schweifen. Das Gras war von der Spätsommersonne weißgebrannt, so daß man selbst im kargen Licht der Sterne etwas erkennen konnte.

»Seht!« flüsterte Iome. Gaborn folgte ihrem Zeigefinger und entdeckte einen dunklen Schatten, der quer über die Felder auf die Zelte mit den Pferden und Maultieren für die Karawanen zuschlich.

Dort unten waren Nomen unterwegs, die sich auf dem Bauch kriechend auf der Suche nach Nahrung dem Lager näherten. Im Osten, parallel zum Felsgrat, sah er, wie sich mehrere große Felsbrocken bewegten, und erkannte, daß auch eine Dreiergruppe Frowth-Riesen am Rand des Waldes umherstreifte.

Hungrig. Sie waren bloß hungrig auf Fleisch. Raj Ahten hatte die Riesen und die Nomen bis hierher geführt, und sie hatten die Schlacht im Morgengrauen überlebt, aber jetzt waren sie hungrig.

»Wir werden uns in acht nehmen müssen«, mahnte Gaborn. »Die Pferde müssen grasen und sich ausruhen. Aber solange wir nicht im sicheren Gebiet sind, sollten wir vielleicht über die offenen Felder reiten, wo man uns nicht überraschen kann.« Er lenkte sein Pferd nach Osten, um zurück Richtung Burg Sylvarresta zu reiten. Von dort aus konnten sie die Straße durch die Durkinberge nach Süden nehmen.

»Nein, wir sollten von hier aus nach Westen reiten«, schlug Iome vor.

»Nach Westen?« fragte Gaborn.

»Die Brücke in Hayworth ist unpassierbar. Im Wald können wir die Pferde nicht schnell laufen lassen, demnach fällt auch die Wildschweinfurt für uns aus. Außerdem wollen wir Raj Ahtens Armee nicht im Dunkeln in die Arme rennen.«

»Sie hat recht«, meinte Binnesman. »Laßt Euch von Iome führen.« Seine Stimme klang müde. Gaborn fragte sich, wie sehr die Zauberei an seinen Kräften gezehrt hatte.

»Nach Westen ist unsere einzige Möglichkeit – über die Straße durch die Trummockberge«, erklärte Iome. »Sie ist sicher. Der Wald hat die Straße nicht unpassierbar gemacht. Die Männer meines Vaters haben ihn zurückgeschnitten.«

Binnesman gönnte den Pferden ein paar Augenblicke Pause. Die Gruppe stieg gemeinsam ab, vertrat sich die Beine, zog die Sattelgurte nach.

»Kommt«, forderte sie Binnesman viel zu bald auf. »Uns bleiben noch ein paar Stunden, bis Raj Ahten aufwacht. Die wollen wir nicht ungenutzt lassen.« Er trieb sie den Hang hinunter in die Ebene. Obwohl die Pferde hungrig waren und das Gras hier hoch wuchs, war es doch auch trocken und ohne Samen und als Futter wertlos.

Gemächlich ritten sie eine Stunde lang über eine unbefestigte Straße, und hier endlich fühlten sie sich ruhig genug, um sich zu unterhalten und Pläne zu schmieden.

»Mein Pferd wird auf dieser Straße das schnellste sein«, sagte Binnesman. »Wenn es Euch nichts ausmacht, werde ich vorausreiten. Ich werde auf Longmot bestimmt gebraucht, außerdem hoffe ich, meinen Wylde dort zu finden.«

»Ist es noch weit, was meint Ihr?« fragte Iome.

»Ich weiß es wirklich nicht«, antwortete Binnesman und schien offenbar nichts weiter sagen zu wollen.

Kurz darauf erreichte die Gesellschaft ein kleines, vom Wetter gezeichnetes Bauernhaus neben einem gewundenen Bach.

Hinter dem Hof befand sich ein kleiner Obstgarten und ein windschiefer Schuppen für ein paar Schweine. Dem Anschein nach hatte der Bauer, der hier lebte, Angst vor Überfällen, denn draußen vor dem Haus hatte er eine Laterne in einen Pflaumenbaum gehängt und eine weitere neben die Tür zum Schweinestall.

Der Bauer hatte auch allen Grund, sich zu fürchten, wie Gaborn bemerkte. Die Hütte lag abgeschieden, der nächste Nachbar war meilenweit entfernt. Und an diesem Abend streiften Nomen und Frowth durch die Nacht.

Iomes Vater ritt seine Stute bis vor die Laterne, hockte da und starrte das Licht wie hypnotisiert an, als hätte er so etwas noch nie gesehen.

Dann dämmerte Gaborn, daß der König wohl tatsächlich noch keine gesehen hatte, jedenfalls konnte er sich nicht daran erinnern. Die ganze Welt mußte ihm neu erscheinen, wie ein äußerst lebendiger und faszinierender Traum, wie etwas, das er durchlebte, ohne es zu verstehen.

Gaborn ritt ebenfalls neben die Laterne, damit sein Gesicht gut zu erkennen war, dann rief er einen Gruß in

Richtung Tür. Kurz darauf öffnete ein altes Hutzelweib den Türspalt gerade weit genug, um ihn mißbilligend anzublicken. Die vielen Reiter schienen ihr Angst einzuflößen.

»Könnten wir vielleicht etwas Wasser und ein wenig Futter für die Pferde bekommen?« fragte Gaborn. »Und etwas zu essen für uns?«

»Zu dieser späten Stunde?« brummte die Alte. »Nicht mal, wenn Ihr der König selber wärt!« Sie schlug die Tür krachend zu.

Gaborn blickte überrascht zu Iome hinüber. Binnesman schmunzelte. Die Prinzessin lachte leise, ging zum Pflaumenbaum und pflückte dann ein halbes Dutzend der violetten Früchte. Gaborn sah, wie sich im Haus etwas bewegte, als die Frau versuchte, aus dem Fenster zu schauen. In den Fenstern saß jedoch kein teures Glas, sondern sie waren nur mit dünner Tierhaut bespannt, so daß sie außer Schatten nichts erkennen konnte.

»Weg von den Pflaumen!« rief sie von drinnen.

»Wie wär's, wenn wir so viele Pflaumen nehmen, wie wir tragen können, und statt dessen ein Goldstück hierlassen?« rief Gaborn.

Blitzschnell war die Frau wieder in der Tür. »Ihr habt Geld?«

Gaborn griff in den Beutel an seiner Hüfte, holte eine Münze heraus und warf sie der Frau zu. Ihre Hand löste sich pfeilschnell vom Türpfosten, um die Münze aufzufangen. Sie schloß die Tür, noch während sie das Geldstück untersuchte, dann machte sie die Tür wieder einen Spalt weit auf und rief, jetzt etwas freundlicher: »Im

Schweinestall ist Getreide. Guter Hafer. Nehmt soviel Ihr wollt. Und die Pflaumen.«
»Gott segne dich und deinen Baum«, rief Binnesman, »und drei Jahre gute Ernte.«
»Danke«, rief Gaborn und verneigte sich tief. Er und Binnesman führten die Pferde hinten herum, während Iome ihren Vater mit Pflaumen von den Bäumen fütterte. Gaborn öffnete den Schuppen, fand einen Leinensack mit Hafer und begann, das Getreide in einen abgenutzten, hölzernen Trog zu schütten, um die Pferde zu füttern. Dabei war er sich peinlich des Zauberers bewußt, der schweigend auf seinem Pferd saß und ihn beobachtete.
»Euch brennt eine Frage auf der Seele«, stellte Binnesman fest.
Gaborn wollte nicht gleich mit dem herausplatzen, was ihn am dringendsten beschäftigte. Also sagte er beiläufig: »Euer Gewand hat sich rot verfärbt.«
»Wie ich es Euch vorhergesagt habe«, antwortete Binnesman. »Im Frühjahr seiner Jugend muß ein Erdwächter nach Kräften wachsen. Im grünen Sommer seines Lebens reift er heran und wird erwachsen. Ich jedoch befinde mich im Herbst meines Lebens und muß jetzt meine Ernte einbringen.«
Gaborn fragte: »Und was passiert im Winter?«
Binnesman lächelte ihn verständnisvoll an. »Darüber wollen wir jetzt nicht sprechen.«
Der Prinz entschied sich für eine Frage, die ihn sehr viel mehr interessierte. »Warum konnte Raj Ahten mich nicht sehen? Er dachte, ich sei mit einem Zauber belegt.«
Binnesman lachte stillvergnügt in sich hinein. »Als der

Erdgeist Euch in meinem Garten eine Rune auf die Stirn zeichnete, war dies ein Symbol der Macht, wie ich es mir in meiner Schwäche nicht zutrauen würde. Ihr seid jetzt unsichtbar, Gaborn – zumindest für Eure Feinde. Die, die dem Feuer dienen, können Euch nicht sehen. Sie sehen statt dessen Eure Liebe für das Land. Je näher sie Euch kommen, desto stärker beeinflußt sie der Zauber. Mich wundert, daß Raj Ahten überhaupt wußte, daß Ihr Euch auf der Lichtung befandet. Vielleicht hat ihm das Feuer diese Macht verliehen. Das war mir zu dem Zeitpunkt nicht klar, aber jetzt.«

Gaborn dachte nach.

»Ihr dürft Euch nicht zu sehr auf diese Gabe der Unsichtbarkeit verlassen«, warnte Binnesman. »Viele üble Menschen wollen Euch Böses, Menschen, die nicht dem Feuer dienen. Und Flammenweber mit großer Macht könnten Eure Maske durchschauen, wenn sie Euch nahe kommen.«

Sofort mußte Gaborn an die Flammenweberin auf Burg Sylvarresta denken, die Art, wie sie ihn angesehen und wiedererkannt hatte, als sei er ein geschworener Feind.

»Verstehe ...« sagte er leise. »Ich weiß jetzt, warum Raj Ahten mich nicht sehen konnte. Aber warum konnte ich ihn nicht sehen?«

»Was?« Binnesmans Augenbrauen schossen überrascht in die Höhe.

»Ich hatte sein Gesicht schon einmal gesehen, vor der Burg. Ich kenne seinen Helm, seine Rüstung. Doch heute abend war sein Gesicht vor mir verborgen, so wie meins vor ihm. Ich habe ihn angesehen und ... ganze Men-

schenmassen gesehen, die sich voller Verehrung vor ihm verneigten. Menschen, die in Flammen standen.«
Binnesman lachte laut und heftig. »Vielleicht habt Ihr zu genau hingesehen. Sagt mir, was habt Ihr bei dieser Vision gedacht?«
»Ich wollte ihn einfach nur so sehen wie er war, unter all diesen Gaben der Anmut.«
»Nun, dann will ich Euch eine Geschichte erzählen«, sagte Binnesman. »Vor vielen Jahren war mein Herr ein Erdwächter, der den Tieren des Waldes diente – den Hirschen, den Vögeln und alle anderen. Sie kamen zu ihm, und er fütterte sie oder heilte ihre Wunden, je nachdem. Als ich ihn fragte, woher er um ihre Bedürfnisse wisse, schien er überrascht. ›Man kann es ihnen an den Augen ablesen‹, sagte er. Als wäre das Antwort genug. Daraufhin schickte er mich fort, entließ mich aus seinen Diensten, denn er hielt mich für ungeeignet als Erdwächter. Seht Ihr, Gaborn, er hatte die Begabung des Erdblicks, die Fähigkeit, in die Herzen der Geschöpfe zu blicken und intuitiv zu erkennen, was sie wollen oder brauchen oder was ihnen gefällt.
Diese Begabung habe ich nie besessen. Ich kann Euch nicht sagen, wie man sie benutzt, wie sie funktioniert. Glaubt mir, ich wünschte, ich hätte Eure Begabung.«
»Aber ich besitze keine solche Begabung ...«, wandte Gaborn ein. »Ich kann weder in Euer noch in Iomes Herz blicken.«
»Aber Ihr wart an einem Ort von großer Erdkraft«, erläuterte Binnesman. »Ihr besitzt diese Begabung, auch wenn Ihr nicht wißt, wie man sie benutzt. Werdet Euch

darüber in Euren Gedanken klar. Praktiziert sie. Mit der Zeit wird sie sich bei Euch einstellen.«

Gaborn fand dies erstaunlich. Zauberer sprachen oft davon, sie müßten ›sich über etwas klar werden‹.

»Im Augenblick obliegt Euch jedoch eine wichtigere Pflicht«, fuhr Binnesman fort. »So wie Erden Geboren die ihm ergebenen Männer ausgewählt hat, damit sie an seiner Seite kämpfen, so müßt auch Ihr Eure Anhänger suchen. Das ist eine Verantwortung, die einem angst machen kann. Die, die Ihr erwählt, werden untrennbar mit Euch verbunden sein.«

»Ich weiß«, sagte Gaborn. Er kannte die Erzählungen, wie Erden Geboren jene auswählte, die an seiner Seite fochten, stets wußte er, was in ihren Herzen vorging, wußte, wann sie sich einer Gefahr gegenübersahen, so daß von da an niemals mehr jemand alleine zu kämpfen brauchte.

»Ihr müßt anfangen, Eure Wahl zu treffen«, fügte Binnesman noch nachdenklich hinzu, während er den Blick über die dunklen Felder schweifen ließ.

Gaborn betrachtete den alten Mann staunend. »Ihr hattet die Begabung des Erdblicks gar nicht nötig, nicht wahr? Andere Erdwächter dienen vielleicht den Feldmäusen und den Schlangen – aber Euch hat der Erdgeist befohlen, den *Menschen* zu dienen ... in der finsteren Zeit, die uns bevorsteht.«

Binnesman versteifte sich, sah Gaborn nur kurz an. »Ich möchte Euch bitten, dies niemals wieder laut auszusprechen. Raj Ahten würde nicht ruhen, bis er mich getötet hat, wenn er wüßte, was Ihr wißt, und er wäre nicht der einzige Lord.«

»Niemals«, versprach Gaborn. »Ich werde es niemals jemandem erzählen.«

»Vielleicht hatte mein alter Meister recht«, sagte Binnesman, »vielleicht bin ich kein guter Diener der Erde ...«

Gaborn wußte, daß er jetzt an den Verlust seines weiblichen Wylde dachte. »Ist er für uns jetzt verloren?«

»Er ist Bestandteil der Erde. Ein einfacher Sturz bringt ihn nicht um. Dennoch, ich mache mir Sorgen um dieses ... Geschöpf. Es ist bestimmt vollkommen nackt aus der Erde hervorgegangen. Es weiß nichts und wird ohne mich, der es lehrt und nährt, verloren sein ... Und es ist mächtiger, als irgend jemand ahnt. Das Blut der Erde fließt in seinen Adern.«

Gaborn fragte: »Mächtig? Was kann es tun?«

»Es ist ein Brennpunkt meiner Kraft«, erklärte Binnesman. »So wie Wasserzauberer ihre Kraft aus dem Meer ziehen oder die Flammenweber aus dem Feuer, so erlange ich meine Stärke aus der Erde. Doch manche Erdsorten enthalten mehr Urkräfte als andere. Jahrzehntelang habe ich überall nach den richtigen Böden, nach genau den richtigen Steinen gesucht. Dann habe ich meinen Wylde aus ihnen erschaffen.«

»Dann ist er ... nichts weiter als Staub und Stein?« fragte Gaborn.

»Nein«, erwiderte Binnesman, »er ist mehr als das. Ich kann ihn nicht kontrollieren. Er lebt, genau wie du oder ich. Der Wylde wählte seine Gestalt meiner Vorstellung entsprechend. Ich habe versucht, mir einen Krieger vorzustellen, der gegen die Greifer kämpft, einen grünen Ritter, wie den, der in den Diensten Eurer Vorväter gestanden hat. Doch selbst darin hatte ich keine Gewalt über ihn.«

»Wir werden Nachricht geben müssen«, sagte Gaborn, »die Menschen bitten müssen, uns bei der Suche nach ihm zu helfen.«

Binnesman lächelte schwach, riß einen Weizenhalm aus der Erde und kaute auf ihm herum.

»Raj Ahten ist für uns also verloren«, seufzte der Zauberer nachdenklich. »Ich hatte mir mehr erhofft.«

Iome führte ihr Pferd herein und traf Gaborn und den Zauberer neben einem Trog an, wo sie die Pferde fütterten, die fraßen, wie nur Kraftpferde dies zustande bringen: schnell kauend, daß es einem Angst einjagen konnte.

Iome überließ es ihnen, die Tiere zu versorgen, brachte ihren Vater zum Bach und wusch ihn im klaren Wasser. Er hatte sich in der Nähe der Sieben Steine beschmutzt, und sie hatte noch keine Zeit gehabt, sich um ihn zu kümmern.

Als Gaborn schließlich die Pferde Binnesmans Obhut überließ und zu ihr kam, hatte Iome ihren Vater abgetrocknet und ihm saubere Kleidung angezogen, und er lag am Rand des Obstgartens, benutzte die Wurzel eines Baumes als Kopfkissen und schnarchte zufrieden.

Vielleicht ein ungewöhnlicher Anblick, aber ein friedlicher. Iomes Vater war ein Runenlord mit mehreren Gaben des Durchhaltevermögens und der Muskelkraft. Nur ein einziges Mal in ihrem Leben hatte er ihres Wissens geschlafen, und dann auch nur für eine halbe Stunde.

Gelegentlich jedoch fragte sie sich, ob er nicht vielleicht an der Seite ihrer Mutter geschlafen hatte. Iome wußte, daß er von Zeit zu Zeit neben ihr gelegen hatte, wenn seine Gedanken bis spät in die Nacht mit den Belangen des Königreichs beschäftigt waren.

Aber geschlafen? So gut wie nie.

Der lange Tag hatte ihren Vater offenbar erschöpft.

Gaborn setzte sich neben Iome. Die beiden lehnten sich mit dem Rücken an denselben Baum. Der Prinz nahm eine Pflaume aus ihrer Hand und aß.

Erneut begannen Wolken aufzuziehen, den Himmel zu verdunkeln, und der Wind wehte böig von Süden her. So war es im Herbst in Heredon. Dünne Wolkenfronten trieben in Schüben vorüber und zogen Stürme mit sich, die selten länger als ein oder zwei Stunden dauerten.

Binnesman brachte die Pferde hinunter zum Fluß. Die Pferde stillten ihren Durst, stellten dann auf Binnesmans Kommando das Trinken ein. Anschließend fraßen zwei von ihnen das kurze Gras am Ufer des Baches. Ein anderes schlief im Stehen ein.

Raj Ahtens gewaltiges Pferd aber stand am Wasser, ruhelos, ein Spiegelbild der Stimmung Binnesmans. Nach ein paar Augenblicken meinte Binnesman: »Ich muß Euch jetzt verlassen, wir werden uns aber in Longmot treffen. Reitet schnell, dann gibt es nicht viel auf dieser Erde, das Ihr zu befürchten habt.«

»Ich mache mir keine Sorgen«, erwiderte Gaborn. Binnesmans unsicherer Blick ließ darauf schließen, daß er anderer Ansicht war und fand, Gaborn sollte sich durchaus Sorgen machen. Der Prinz hatte es jedoch nur gesagt, um den Zauberer zu beruhigen.

Binnesman stieg auf das große Schlachtroß, das Raj Ahten gehört hatte. »Versucht Euch etwas auszuruhen. Ihr dürft die Tiere höchstens ein, zwei Stunden schlafen lassen. Um Mitternacht wird Raj Ahten wieder bereit sein, Euch zu verfolgen – obwohl ich einen Zauber auslegen werde, der Euch beschützt.«

Ein paar leise Worte murmelnd zog Binnesman einen Kräuterzweig aus der Tasche seines Gewandes. Er ließ das Pferd ein Stück vorantreten und warf ihn Gaborn in den Schoß. Petersilie.

»Behaltet das. Es wird Eure Witterung aufsaugen und Euch vor Raj Ahten und seinen Soldaten verbergen. Und bevor Ihr von hier aufbrecht, Gaborn, reißt Euch ein einzelnes Haar aus und bindet sieben Knoten hinein. Wenn Euch Raj Ahten dann verfolgt, wird er feststellen, daß er im Kreis herumläuft.«

»Danke«, sagten Iome und Gaborn. Dann ließ Binnesman seine gewaltige Stute wenden und galoppierte in die Dunkelheit davon, nach Süden.

Iome war müde, entsetzlich müde. Sie sah sich nach einem weichen Plätzchen um, wo sie den Kopf niederlegen konnte. Gaborn faßte sie an der Schulter und zog sie zu sich, so daß sie ihren Kopf in seinem Schoß ruhen lassen konnte. Es war eine überraschende Geste. Sehr vertraulich.

Dort lag sie, schloß die Augen und hörte ihm beim Essen zu. Sein Magen machte eigentümliche Geräusche, und sie kam nicht recht zur Ruhe.

Gaborn strich ihr sanft übers Kinn, übers Haar. Sie hatte gedacht, seine Berührung hätte etwas ... Beruhigendes, genau. Doch so war es nicht.

Statt dessen wurde sie nervös. Teils, weil sie fürchtete, zurückgewiesen zu werden. Er hatte zwar gesagt, daß er sie liebte, doch glaubte sie nicht, daß er sie wirklich lieben konnte.

Sie war zu häßlich. Von allen Häßlichen auf dieser Erde, dachte sie, bin ich die Fürchterlichste. Eine angsterfüllte Stimme in ihrem Kopf flüsterte ihr zu: »Und du verdienst es auch, häßlich zu sein.«

Es war die Gabe, natürlich. Iome konnte sich nicht erinnern, sich je zuvor so gefühlt zu haben. So vollkommen wertlos. Raj Ahtens Rune der Macht setzte ihr zu.

Aber wenn Gaborn sie ansah oder berührte, dann schien ein Teil des Banns für einen Augenblick gebrochen. Sie fühlte sich würdig. Sie fühlte, daß er, ausgerechnet er, sie von all den Männern vielleicht wirklich liebte. Und sie hatte Angst, ihn zu verlieren. Es war eine fürchterliche Angst. Denn sie schien so begründet.

Und noch etwas machte ihr zu schaffen. Sie hatte sich noch nie mit einem Mann ohne weitere Begleitung getroffen. Und jetzt war sie mit Gaborn allein. Stets hatte Chemoise sie begleitet und ihre Days, die ein Auge auf sie hielt. Doch jetzt hockte sie hier mit dem Prinzen, ihr Vater schlief, und das löste in ihr große Beklemmung aus. Ein erregendes Gefühl.

Es lag nicht an Gaborns Berührung, soviel war ihr klar. Es war der Sog seiner Magie. Sie spürte, wie sich das schöpferische Verlangen in ihr rührte, wie ein Tier, das sich in ihren Kopf hineinbohrte. So hatte sie sich in Binnesmans Gegenwart gefühlt, nie jedoch mit dieser Heftigkeit. Außerdem war Binnesman ein älterer Mann und nicht besonders hübsch anzusehen.

Gaborn war etwas anderes – jemand, der wagte, ihr seine Liebe zu gestehen.

Sie wollte schlafen. Sie hatte weder Gaben der Muskelkraft noch des Stoffwechsels, nur eine einzige Gabe des Durchhaltevermögens, die sie kurz nach ihrer Geburt erhalten hatte. Sie verfügte also über eine leidlich gute Ausdauer, trotzdem brauchte sie fast ebensoviel Schlaf wie jeder andere Mensch.

Im Augenblick jedoch mußte sie sich mit Gaborns elektrisierender Berührung auseinandersetzen.

Das ist harmlos, sagte sie sich, als er ihr über die Wange streichelte. Nur eine freundschaftliche Zärtlichkeit.

Und doch sehnte sie sich danach, von ihm berührt zu werden, wollte, daß er mit der Hand weiter nach unten fuhr, über ihren Hals. Nicht einmal sich selbst wagte sie einzugestehen, daß sie wollte, daß er sie tiefer berührte.

Sie ergriff Gaborns Hand, damit er aufhörte, ihr über die Wange zu streicheln.

Er reagierte darauf, indem er den Druck erwiderte, sie zärtlich küßte, seine Lippen auf den Fingern verharren ließ. Sanft, ganz sanft verschlug ihr das den Atem.

Iome öffnete die Augen ein winziges Stück. Es war so vollkommen dunkel geworden, daß es schien, als lägen die beiden verborgen unter einer Decke. Zwischen uns und dem Haus stehen Bäume, überlegte sie. Die Frau kann uns nicht sehen, weiß nicht, wer wir sind.

Bei dem Gedanken fing ihr Herz heftig an zu schlagen. Gaborn mußte doch gemerkt haben, wie ihr Herz klopfte, mußte gesehen haben, wie sehr sie sich bemühte, beim Atmen nicht zu seufzen.
Er legte seine Hand an ihr Gesicht und begann erneut, ihre Wange zu streicheln. Auf seine Berührung hin drückte Iome ganz leicht den Rücken durch.
Du kannst mich nicht wollen, dachte sie. Du kannst mich nicht wollen. Mein Gesicht sieht grauenvoll aus. Die Adern meiner Hand stehen vor wie blaue Würmer. »Ich wünschte, ich wäre noch immer wunderschön«, flüsterte sie atemlos.
Gaborn lächelte. »Das bist du.«
Er beugte sich vor und gab ihr einen Kuß, mitten auf die Lippen. Sein feuchter Kuß roch nach Pflaumen. Als seine Lippen sie berührten, wurde ihr schwindlig. Er schob seine Hand unter ihren Kopf, zog sie an sich und küßte sie leidenschaftlich.
Iome umfaßte seine Schultern, zog sich hoch, bis sie auf seinem Schoß saß und spürte, wie er vor Verlangen leicht zitterte. In diesem Augenblick wußte sie, er glaubte es: Er glaubte, daß sie schön war, obwohl Raj Ahten ihr die Anmut geraubt hatte, er spürte, daß sie schön war, obwohl das Königreich ihres Vaters in Trümmern lag, spürte, daß sie schön war und daß er sie genauso wollte wie sie ihn.
Gaborn hatte eine seltsame Macht über sie. Sie wünschte, er würde sie weiterküssen. Er liebkoste ihre Wange und ihr Kinn mit seiner Nase. Iome streckte ihm den Hals entgegen, damit er ihn küssen konnte. Er tat es.

Übermütig. Ich bin übermütig, erkannte Iome. Ihr ganzes Leben lang hatte sie unter Aufsicht gestanden, damit sie rein und bar jeglichen Verlangens blieb.

Jetzt, zum allerersten Mal, war sie allein mit einem Mann, einem Mann, den sie, wie ihr plötzlich klar wurde, über alles liebte.

Sie hatte ihre Gefühle stets im Zaum gehalten und nie für möglich gehalten, jemals übermütig zu werden. Das ist nur sein Zauber, redete sie sich ein, der mich so verwandelt.

Gaborns Lippen wanderten über die Vertiefung ihrer Kehle hinauf zu ihrem Ohr.

Sie nahm seine rechte Hand, führte sie an ihre Brust. Doch er zog sie fort und wollte sie nicht anfassen.

»Bitte!« flüsterte sie. »Bitte. Sei jetzt nicht so anständig.«

Gaborn nahm seine Lippen von ihrem Ohr und blickte ihr in die Augen.

Falls das, was er in diesem trüben Licht sah, ihm nicht gefiel oder ihn abstieß, so ließ er sich davon nichts anmerken.

»Ich – äh«, sagte Gaborn schwach. »Ich fürchte, ich kann mich nicht anders als anständig benehmen.« Er versuchte ein beruhigendes Lächeln aufzusetzen. »Ich habe mich zu viele Jahre darin geübt.«

Er rückte ein Stück von ihr ab, aber nicht weit.

Unerklärlicherweise merkte Iome, daß ihr die Tränen kamen. Sicher hält er mich für unverschämt. Er hält mich bestimmt für schlecht, flüsterte die Stimme in ihrem Kopf. Jetzt sieht er mich, wie ich tatsächlich bin, ein verzagtes Tier. Sie ekelte sich vor ihrer eigenen Lust.

»Ich … es tut mir leid!« sagte Iome. »Ich habe so etwas noch nie getan!«

»Ich weiß«, sagte Gaborn.

»Wirklich – noch nie!«

»Wirklich – ich weiß.«

»Du mußt mich für eine Närrin halten oder eine Hure!« Oder für häßlich.

Gaborn lachte unbekümmert. »Das kaum. Ich … fühle mich von deinen Empfindungen für mich geschmeichelt. Und davon, daß du mich wollen könntest.«

»Ich war noch nie mit einem Mann alleine«, gestand Iome. »Immer haben mich eine Hofdame und die Days begleitet.«

»Und ich war noch nie mit einer Frau alleine«, sagte Gaborn. »Du und ich, wir beide standen stets unter Aufsicht. Ich habe mich oft gefragt, ob die Days uns beobachten, nur damit wir artig sind. Kein Mensch will, daß seine Geheimnisse aller Welt preisgegeben werden. Ich kenne einige Lords, die, glaube ich, nur deshalb großzügig und anständig sind, weil sie nicht wollen, daß die Nachwelt erfährt, wie es wirklich in ihrem Herz aussieht.

Aber wie gut sind wir, Iome, wenn wir Güte nur in der Öffentlichkeit vorgeben?«

Gaborn umarmte sie, zog sie wieder an seine Brust, küßte sie aber nicht. Statt dessen schien es eher eine erneute Aufforderung zu sein, sich auszuruhen und ein wenig Schlaf zu finden. Aber Iome konnte sich jetzt nicht ausruhen. Sie versuchte sich zu entspannen.

Dabei fragte sie sich, ob es ihm ernst war. Wollte er

lediglich anständig sein, oder stieß sie ihn insgeheim ab? Vielleicht wagte er nicht einmal, sich selbst die Wahrheit einzugestehen.

»Iome Sylvarresta«, sagte Gaborn, die Stimme kühl und äußerst förmlich. »Ich habe meine Heimat Mystarria verlassen und bin weit geritten, um dir eine einzige Frage zu stellen. Vor zwei Tagen hast du mir gesagt, deine Antwort sei nein. Aber ich frage mich, ob du vielleicht bereit wärst, sie noch einmal zu überdenken?«

Iomes Herz klopfte, und sie dachte heftig nach. Sie konnte ihm nichts bieten. Raj Ahten stand immer noch in ihrem Land, hatte ihre Schönheit geraubt, das Herzstück ihrer Armee vernichtet. Obwohl Gaborn vorgab, sie zu lieben, befürchtete sie, er werde, wenn Raj Ahten überlebte, ihr natürliches Gesicht nie wiedersehen, und müßte statt dessen ihr Leben lang in diese häßliche Maske blicken.

Sie konnte ihm nichts schenken außer ihrer Hingabe. Wie sollte die ihn halten? Als Prinzessin der Runenlords hatte sie sich nie in dieser Position gesehen, in der sie einen Mann liebte und wiedergeliebt wurde, obwohl sie nichts zu bieten hatte außer sich selbst.

»Das darfst du mich nicht fragen«, sagte Iome mit bebenden Lippen und rasendem Herzen. »Ich ... darf meine eigenen Wünsche in dieser Angelegenheit nicht in Betracht ziehen. Aber wenn ich deine Frau wäre, würde ich alles Erdenkliche tun, damit du diesen Handel nie bereuen müßtest. Ich würde nie einen anderen küssen, wie ich dich gerade geküßt habe.«

Gaborn hielt sie fest, bequem, behaglich, so daß ihr

Rücken sich an seine Brust schmiegte. »Du bist meine verlorengegangene Hälfte, weißt du das?« flüsterte Gaborn.

Iome lehnte sich an ihn, genoß seine Wärme, während sein süßer Atem ihren Nacken streifte. Sie hatte nie an die alten Geschichten geglaubt, in denen es hieß, jeder Mensch bestehe nur aus einer halben Seele und sei dazu verdammt, unablässig deren Gegenstück zu suchen. Jetzt spürte sie es, erkannte die Wahrheit, die in diesen Worten lag.

Gaborn flüsterte ihr spielerisch ins Ohr: »Und wenn du mich eines Tages zum Mann haben wirst, werde ich alles Erdenkliche tun, damit du mich nie für zu anständig hältst.« Er schlang ihr die Arme um die Schultern, drückte sie fest an sich und ließ ihren Kopf zurück an seine Brust sinken. Die Innenseite seines linken Handgelenks ruhte auf ihrer Brust, und obwohl die Berührung sie erregte, fühlte sie sich nicht länger übermütig oder verlegen.

So sollte es sein, dachte sie – ich gehöre ihm, er gehört mir. So sollten wir eins werden.

Sie war müde, verträumt. Sie versuchte sich vorzustellen, wie es in Mystarria sein würde, im königlichen Palast. Sie wagte zu träumen. Sie hatte Geschichten gehört, von weißen Booten, die auf dem mächtigen, grauen Fluß und durch die Kanäle der Stadt fuhren. Von grünen Hügeln und dem salzigen Geruch der See. Vom Nebel, der stets im Morgengrauen aufzog. Von den Schreien der Möwen und dem endlosen Brechen der Wellen.

Fast sah sie den königlichen Palast vor sich, darin ein großes Bett mit seidenen Laken, violette Vorhänge, die

in die offenen Fenster wehen, und sich selbst, nackt an Gaborns Seite.
»Erzähl mir von Mystarria«, bat Iome leise. »In Mystarria liegen die Lagunen wie Obsidian zwischen den Wurzeln der Zypressen ...« zitierte sie ein altes Lied. »Ist es wirklich so?«
Gaborn sang die Melodie, und obwohl er keine Laute hatte, um sich zu begleiten, klang seine Stimme wunderschön.

»In Mystarria liegen die Lagunen wie Obsidian
zwischen den Wurzeln der Zypressen.
Kein Sonnenlicht spiegelt sich in schwarzen Teichen,
auf denen still die Lilien treiben.«

Angeblich waren diese Lagunen die Heimat der Wasserzauberer und ihrer Töchter, der Nymphen. Iome sagte: »Ich habe nie die Zauberer deines Vaters kennengelernt.«
»Es sind schwache Zauberer. Den meisten sind noch nicht mal Kiemen gewachsen. Die mächtigsten Wasserzauberer leben draußen im tiefen Ozean, nicht in der Nähe der Küste.«
»Aber trotzdem beschützen sie euer Volk. Es ist ein beständiges Land.«
»O ja«, meinte Gaborn. »In Mystarria sind wir immer um Gelassenheit bemüht. Sehr beständig. Man könnte auch sagen, langweilig.«
»Red nicht so schlecht darüber«, sagte Iome. »Dein Vater ist mit dem Wasser fest verbunden. Das sehe ich. Er hat eine Art ... die Unbeständigkeiten auszugleichen. Hat er

einen seiner Zauberer mitgebracht? Ich würde gerne einen kennenlernen.«

Iome vermutete, daß er es getan hatte, daß er möglicherweise einen seiner Wasserzauberer mitgebracht hatte, wenn er Soldaten mitgenommen hatte, um sie aufmarschieren zu lassen und seine Macht zu demonstrieren. Sie hoffte, daß ein solcher Zauberer helfen konnte, Raj Ahten in Longmot zu bekämpfen.

»Zuerst einmal sind es nicht ›seine‹ Zauberer, ebensowenig, wie Binnesman *dein* Zauberer sein könnte ...«

»Aber er hat einen in seinem Gefolge?«

»Fast«, antwortete Gaborn, und sie sah, daß auch er die Hilfe des Zauberers wollte. Bei Wasserzauberern konnte man sich darauf verlassen, daß sie sich im Gegensatz zu Erdwächtern regelmäßig in die Angelegenheiten der Menschen einmischten.

»Aber es ist eine lange Reise, und in den ausgedehnten Ebenen von Fleeds gibt es nicht viel Wasser ...«

Dann begann Gaborn, ihr von seinem Leben in Mystarria zu erzählen, dem Haus des Verstehens mit seinen vielen sogenannten Sälen, die über die ganze Stadt Aneuve verteilt lagen.

Einige dieser Säle waren große Hallen, wo Tausende zusammenkamen, um Vorlesungen zu hören und an Diskussionen teilzunehmen. Andere waren gemütlich, eher so wie die Bürgerstube eines eleganten Wirtshauses, wo gelehrte Lehrmeister winters neben tosenden Feuern saßen, wie die Lehrmeister früher, am Grog nippten und unterrichteten ...

Iome wurde aus dem Schlaf gerissen, als Gaborn unter ihr sein Gewicht verlagerte und sie sanft an der Schulter rüttelte.
»Komm, meine Liebste«, sagte er leise. »Wir müssen aufbrechen. Das waren fast zwei Stunden.«
Regen wehte aus dem wolkenverhangenen Himmel herab. Sie sah sich um. Der Baum über ihnen bot überraschend guten Schutz, denn der Regen hatte sie nicht durchnäßt und so schon früher geweckt. Sie wunderte sich, daß sie überhaupt geschlafen hatte, doch jetzt sah sie, daß Gaborn seine Stimmgewalt dazu benutzt hatte, sie in den Schlaf zu singen und immer leiser in einem halb gesungenen Rhythmus auf sie eingesprochen hatte. Ihr Vater saß neben ihr, hellwach, die Hand ausgestreckt, während er versuchte, nach irgendeinem imaginären Gegenstand zu greifen. Er lachte leise in sich hinein.
Auf Schmetterlingsjagd.
Iomes Gesicht, Hände und Körper, alles fühlte sich taub an. Ihr Verstand wurde wach, nicht aber ihre Glieder. Gaborn half ihr, als sie sich schwankend erhob. Sie überlegte, wie sie am besten für ihren Vater sorgen konnte. Raj Ahten hat aus mir ein altes Weib mit nichts als Sorgen gemacht, und aus meinem Vater ein kleines Kind, dachte sie.
Wütend wünschte sie sich plötzlich, daß ihr Vater so bleiben konnte, sich die Unschuld und das Staunen bewahren konnte, die ihm jetzt zu eigen waren. In gewisser Weise hatte Raj Ahten ihrem Vater eine Freiheit geschenkt, die er zuvor nie gekannt hatte.
»Die Pferde sind ausgeruht«, sagte Gaborn. »Die Straßen

werden langsam schlammig, trotzdem müßten wir gut vorankommen.«

Iome nickte und mußte daran denken, wie er sie vor ein paar Stunden geküßt hatte – und plötzlich war sie hellwach. Alles, was gestern geschehen war, erschien ihr jetzt als Traum.

Gaborn stand einen Augenblick vor ihr, dann packte er sie derb, küßte kurz ihre Lippen und ließ keinen Zweifel mehr daran, daß ihre Erinnerung an diesen Abend sie nicht trog.

Sie fühlte sich schwach und matt, trotzdem ritten sie durch die Nacht, ließen die Pferde laufen. Binnesman hatte ihnen ein überschüssiges Pferd von Raj Ahtens Leuten dagelassen, also hielten sie jede Stunde an, um die Pferde zu wechseln und den Tieren reihum eine Erleichterung zu gönnen.

Sie flogen wie der Wind durch Dörfer, und während sie so dahinritten, überkam Iome eine äußerst lebhafte Erinnerung an einen Traum, den sie in Gaborns Armen gehabt hatte:

Sie träumte, sie stände auf dem Turm des Horstes, nördlich des Bergfrieds der Übereigner in der Burg ihres Vaters, wo die Graaks landeten, wenn die Himmelsgleiter manchmal im Sommer kamen und Nachrichten aus dem Süden brachten.

In ihrem Traum zogen die Armeen Raj Ahtens durch den Dunnwald, daß die Bäume zitterten – Flammenweber, die nichts weiter trugen als ein Gewand aus lebendigem Feuer. Die Armee bekam sie nur für kurze Augenblicke zu sehen – Nomen mit schwarzen Fellen, die durch die

Schatten unter den Bäumen schlichen. Ritter in safrangelben und leuchtendroten Wappenröcken, die aufgepanzerten Pferden durch den Wald ritten. Und Raj Ahten stand stolz und wunderschön am Rand des Waldes und sah sie an.

Sie hatte fürchterliche Angst gehabt in ihrem Traum, hatte gesehen, wie ihr Volk, die Bauern Heredons, in die Burg liefen. Die Berge im Norden, Osten und Westen waren voll von ihnen – Bauern in braunen Jacken und schweren Stiefeln, die eilig Schutz suchten. Kräftige Frauen mit kleinen Kindern im Schlepptau, Männer, die Schubkarren voller Pastinaken schoben. Knaben, die mit Stöcken Kälber vor sich hertrieben. Eine alte Frau mit Weizengarben auf dem Rücken. Junge Liebende mit Träumen von Unsterblichkeit in den Augen.

Sie alle rannten, suchten Schutz.

Iome wußte aber, daß die Burg ihr Volk nicht schützen konnte. Die Mauern würden Raj Ahten nicht aufhalten können.

Also spitzte sie die Lippen und blies mit aller Kraft nach Westen, dann nach Osten, dann nach Süden. Ihr Atem roch nach Lavendel und färbte die Luft purpurn. Jeder, den ihr Atem berührte, jeder im ganzen Königreich, den sie anhauchte, verwandelte sich in weiße Distelwolle, die in jedem kleinen Windwirbel tanzte und trudelte, dann plötzlich von einer mächtigen Böe erfaßt wurde und hoch über die Eichen, Birken und Erlen des Dunnwalds hinweggetragen wurde.

Zuallerletzt blies Iome auf sich selbst und auf Gaborn, der neben ihr stand, damit auch sie sich in Distelwolle verwandelten und hoch über den Dunnwald flogen und hinabblickten auf das goldene, feuerrote und erdbraune Herbstlaub.

Sie sah, wie Raj Ahtens Armeen mit Gebrüll unter den Bäumen hervorbrachen, Soldaten, die Streitäxte und Speere Richtung Burg schwenkten. Niemand stellte sich ihnen entgegen.

Trostloses Elend. Vielleicht hatte Raj Ahten gehofft, er könnte etwas gewinnen, doch alles, was er erlangen würde, war trostloses Elend.

Iome Pferd trug sie durch die Nacht gegen Süden, und ihr schien es, als fliege sie, als ließe sie die Welt hinter sich zurück. Bis kurz nach Mitternacht, als sie plötzlich eine Woge von Übelkeit überkam. Sie hob den Kopf und sah ihren Vater, der ebenfalls in seinem Sattel hin- und herschwankte. Nun wurde ihr bewußt, was vor sich ging, und Kummer erfüllte sie.

Auf Burg Sylvarresta hatte jemand – Borenson, wie sie vermutete – damit begonnen, ihre Übereigner zu ermorden.

KAPITEL 9
Ein hoher Preis für Gastfreundschaft

Raj Ahtens Armee traf nach Mitternacht in Hayworth ein, wie König Orden es vorhergesagt hatte.
Der Wirtshausbesitzer Stauer Hark lag neben seiner Frau in seiner Hütte, als er den Hufschlag am anderen Ufer bemerkte. Es war eine merkwürdige Laune der Akustik, daß man ihn hier, auf dem Felsvorsprung über dem Fluß, so deutlich hörte. Die felsigen Klippen des Hanges oberhalb der Straße fingen den Lärm der Hufe auf und warfen ihn als Echo übers Wasser zurück.
Stauer Hark hatte sich schon vor Jahren angewöhnt, beim Geräusch von Pferden aufzuwachen, denn wenn ein Mann des Nachts durch das Dorf ritt, bedeutete dies meist, daß Hark sich darum kümmern mußte, ein Bett für den Reisenden zu finden.
Sein Wirtshaus war mit nur zwei Zimmern klein, daher blieb seinen Gästen oft nichts weiter übrig, als zu fünft oder sechst auf einer Strohmatte zu schlafen. Wenn ein Fremder mitten in der Nacht eintraf, mußte Hark vielleicht Gäste wecken und beschwichtigen, da er den Neuankömmling in ihrem Bett mit unterbrachte.
Als er also den Hufschlag hörte, lag Stauer Hark wach und versuchte, die Zahl der Reiter zu schätzen. Eintausend, zweitausend? fragte sich sein schläfriger Verstand. Wo soll ich die alle unterbringen?
Dann fiel ihm ein, daß die Brücke nicht passierbar war

und er König Orden versprochen hatte, die Männer nach Süden zur Wildschweinfurt zu schicken.

Er sprang auf, noch immer im Nachthemd, und mühte sich ab, schnell ein paar Strümpfe überzustreifen, denn nachts wurde es hier, so nahe an den Bergen, kalt. Dann eilte er aus dem Gasthaus und sah über den Fluß. Er hatte für eben diesen Augenblick eine Laterne unter der Traufe seines Daches zurückgelassen, doch deren Licht benötigte er nicht.

Dort standen die Soldaten, am anderen Ufer. Ritter in voller Rüstung, die vier Vorreiter mit flackernden Fackeln, um ihnen den Weg zu leuchten. Der Schein der Fackeln spiegelte sich auf den Messingschilden und der Wasseroberfläche. Der Anblick der Ritter machte ihm angst – die weißen, in die Helme der Unbesiegbaren eingravierten Flügel, die leuchtendroten Hunde auf ihren Wappenröcken. Mastiffs und Riesen und noch finsterere Wesen waren ebenfalls zu erkennen.

»Seid gegrüßt, Freunde, was wollt ihr?« rief Hark. »Die Brücke ist nicht passierbar. Ihr könnt nicht herüber. Die nächste Möglichkeit findet ihr flußaufwärts, bei der Wildschweinfurt. Zwanzig Meilen! Immer den Pfad entlang!«

Er nickte ermutigend, zeigte ihnen den Weg. Ein selten benutzter Pfad führte hinauf zur Furt. Die Nachtluft roch schwer nach Regen, und der Wind blies Hark ins Gesicht und trug den Geruch von Fichten heran. Das dunkle Wasser des Flusses schlug leise plätschernd an die Ufer.

Die Soldaten betrachteten ihn schweigend. Müde, wie es

schien. Vielleicht sprachen sie auch seine Sprache nicht. Stauer Hark kannte ein paar Brocken Muyyatin.
»Chota! Chota!« brüllte er, und zeigte Richtung Furt.
Plötzlich bahnte sich eine schattenhafte Gestalt zwischen den Reitern hindurch den Weg nach vorn. Ein kleiner, finsterer Mann mit funkelnden Augen und ohne Haar. Er sah über den Fluß zu Hark hinüber und grinste breit, als hätte der Wirt einen Scherz gemacht.
Er ließ sein Gewand von den Schultern gleiten und war nackt. Einen kurzen Augenblick lang schienen seine Augen aufzuleuchten, dann züngelte eine blaue Flamme um die Ränder seines Gesichts und stieg auf in die Nacht.
»Die Finsternis einer Täuschung – ich kann sie in dir erkennen!« rief der kleine Mann.
Er hob die Faust, und eine blaue Flamme schoß an seinem Arm entlang, kam über die Flußoberfläche gesprungen wie ein Stein und hüpfte auf Stauer Hark zu.
Der Wirt brüllte vor Entsetzen, als die Flamme die Seitenwand seines Wirtshauses streifte. Das uralte Holz schrie wie gequält und loderte wie Zunder auf. Das Öl in der Lampe, die er unter der Traufe aufgehängt hatte, spritzte über die ganze Wand.
Dann schoß das kleine blaue Licht zurück über den Fluß und kam in den kleinen Augen des Mannes zur Ruhe.
Stauer Hark rannte schreiend in sein Wirtshaus, um seine Frau und seine Gäste herauszuholen, bevor das gesamte Gebäude lichterloh brannte.
Als er seine Frau und seine Gäste schließlich aus ihren Betten gezerrt hatte, waren die Flammen schon auf das

Dach übergesprungen und züngelten flackernd in die Höhe.

Stauer Hark hustete wegen des Rauchs, rannte hinaus und blickte über den Fluß. Der dunkle Mann stand da und sah ihn breit grinsend an.

Er winkte dem Wirt mit einer kleinen, schwungvollen Handbewegung zu, dann machte er kehrt und ging die Straße hinunter – flußabwärts zu Powers Brücke, gut dreißig Meilen östlich. Das bedeutete einen großen Umweg für Raj Ahtens Armee, aber wenigstens würden die Soldaten nicht in Ordens Hinterhalt geraten.

Stauer Hark merkte, wie sein Herz klopfte. Für einen dicken alten Wirt war es ein langer Weg, zu Pferde nach Longmot zu gelangen, und Kraftpferde gab es im Ort nicht. Er konnte Orden nicht warnen, daß sein Hinterhalt mißlingen würde. Er käme niemals rechtzeitig, wenn er nachts durch die Wälder ritt.

Im stillen wünschte er Orden alles Gute.

KAPITEL 10
Verrat

Im letzten Licht des Tages inspizierte König Mendellas Orden die Befestigungsanlagen von Longmot und überlegte, wie sich der Fels am besten verteidigen ließe. Es war eine eigenartige Burg, deren Außenmauern außergewöhnlich hoch und aus dem Granit eben jenes Felsens geschlagen waren, auf dem Longmot stand. Die Festung besaß weder einen zweiten noch einen dritten Mauerring, wie er in größeren Burgen wie Sylvarresta üblich war. Sie hatte kein feines Kaufmannsviertel, sondern enthielt außer dem Bergfried für den Herzog, seine Soldaten und die Übereigner nur zwei befestigte Wohnhäuser für weniger bedeutende Barone.

Doch die Mauern waren massiv und wurden von Erdrunen der Bande geschützt.

Das höchste Bauwerk im Bergfried war der Horst der Graaks – ein rein funktionales Gebäude auf einer Felszinne, auf dem bis zu sechs der großen fliegenden Reptilien nisten konnten. Man erreichte den Horst über eine schmale Steintreppe, die im Zickzack an der Ostwand der Zinne entlanglief. Er besaß weder Schartenbacken, hinter denen Bogenschützen sich verstecken konnten, noch Absätze auf den Treppen, wo Schwertkämpfer ihre Klingen schwingen konnten. Er hatte nur eine breite Landefläche oben auf der Zinne für die Graaks, dann sechs kreisrunde Öffnungen in den Nestern darüber.

Die Herzöge von Longmot hatten hier seit Generationen keine Graaks mehr gezüchtet. Mendellas empfand dies als Schande. Vor einhundertundzwanzig Jahren hatte es mehrere harte Winter in Folge gegeben, und die Graaks waren hier im Norden vor Kälte erfroren. Während eben dieser Winter waren die Frowth-Riesen über den Schnee nach Norden gewandert. Doch als dann die Winter wärmer wurden und wieder wilde Graaks von Süden her heraufzogen, hatten die Könige von Heredon sie nicht mehr, wie ihre Vorväter noch, gezähmt. Wenn sie Botschaften verschickten, vertrauten sie auf Reiter mit Kraftpferden.

Das war eine Schande, dachte Orden. Eine wertvolle Tradition war verlorengegangen. In gewisser Hinsicht wurde das Volk dadurch ein wenig ärmer.

Die Horste waren in schlechtem Zustand. Steinerne Tränken standen leer. Abgenagte Knochen lagen herum, Überbleibsel längst vergessener Fütterungen.

Orden hatte in den vergangenen Jahren mit Hilfe von Graaks Botschaften nach Norden geschickt, und einige Graaks hatten hier Rast gemacht. Niemand hatte je den Boden vom Mist gereinigt, und jetzt war der Boden reichlich mit Kalk bedeckt. Die Stufen, die zum Horst hinaufführten, waren abgenutzt. Purpurwinden rankten aus den Spalten im Gestein hervor und öffneten die violetten Blütenblätter zur Sonne hin.

Orden fand allerdings, daß man vom Landeplatz auf dem Horst einen guten Ausblick hatte – sogar bis auf die Dächer des Bergfrieds der Übereigner und des Herzogs. Also postierte er dort heimlich sechs Bogenschützen mit

Stahlbögen und befahl ihnen, sich zu verstecken, zu beobachten und nur zu schießen, wenn es Raj Ahtens Truppen gelang, durch das Tor einzudringen. Zusätzlich stellte er einen einzelnen Schwertkämpfer auf, der die Treppe bewachen sollte.

Er wartete im Halbdunkel, bis sein Leibdiener eine Laterne anzündete, dann ging er durch den Bergfried der Übereigner. Von außen schien es ein strenger, düsterer Bau zu sein – ein runder Turm, der bis zu dreitausend Übereigner aufnehmen konnte. Als Fenster dienten eine Handvoll schmaler Schlitze im Mauerwerk. Orden glaubte, daß nur wenige Übereigner nach Überlassen ihrer Gaben in den Genuß des Sonnenlichts gekommen waren. Wurde man Übereigner für den Herzog, sperrte man sich praktisch selbst ein.

Das Innere des Bergfrieds der Übereigner war dagegen überraschend luxuriös. Die Wände waren weiß gestrichen, auf die schmalen Fensterbretter hatte man mit Hilfe von Schablonen Bilder von blauen Rosen und Gänseblümchen gemalt. Jedes Stockwerk im Turm hatte seinen eigenen Gemeinschaftsraum, die Feuerstelle lag in der Mitte, und die Betten standen an den Außenwänden. Diese Räume waren so gedacht, daß zwei Wächter des Nachts einhundert oder mehr Übereigner gleichzeitig im Auge behalten konnten. In jedem Zimmer gab es Schachbretter, bequeme Sessel und frische, mit Lavendel gemischte Binsen auf dem Fußboden.

König Orden sorgte sich um seinen Sohn. Noch immer hatte er keine Nachricht von Gaborns Aufenthaltsort erhalten. War der Junge umgebracht worden? Saß er in Sylvarrestas Bergfried fest, als Übereigner von Raj Ahten? Vielleicht ruhte er sich vor einem warmen Feuer aus, schwach wie ein junges Kätzchen, und spielte Schach. Man konnte nur hoffen. Man konnte nur hoffen. Doch Ordens Hoffnung schwand.

Der Bergfried des Herzogs verschloß zur Zeit weniger als einhundert Übereigner vor der Außenwelt, alle in einem einzigen Saal. Mendellas rechnete sich aus, daß sich dort für die Verteidiger der Festung wenigstens fünfhundert Übereigner hätten aufhalten müssen. Allerdings waren beim Kampf um die Burg wenigstens vierhundert von ihnen ums Leben gekommen.

Der Kampf um die Freiheit verlangte viele Opfer.

Die Befestigungsanlagen des Turms konzentrierten sich auf dessen unterstes Stockwerk. Mit großer Sorgfalt inspizierte Orden diese Einrichtungen, denn er hoffte, etwas zu finden, das ihm gegen Raj Ahten einen gewissen Vorteil verschaffte.

Ein Fallgatter öffnete sich zu einem Wachraum hin, wo ein Dutzend Lanzenträger Platz hatten. Der Mechanismus des Fallgatters befand sich gut achtzig Fuß weiter hinten, in einem gesonderten Raum. Dort konnten zwei Wachen untergebracht werden.

Von diesem Raum aus erreichte man eine Waffenkammer sowie die Schatzkammer des Herzogs. Die Waffenkammer war gut mit Pfeilen und Bolzen bestückt – mehr, als Orden erwartet hatte. Eine kurze Schätzung verriet Orden, daß dort wenigstens zweihunderttausend Pfeile lagerten, die meisten frisch mit grauen Gänsefedern versehen – so als hätte sich der Herzog voller Tatkraft auf das Ende der Welt vorbereitet.

Die Rüstung des Herzogs und die seines Pferdes waren verschwunden, zweifellos hatte einer der Unbesiegbaren Raj Ahtens sie gestohlen. Ein kostbares Langschwert war dagegen zurückgelassen worden – edler, biegsamer Stahl aus Heredon, rasiermesserscharf geschliffen.

Orden betrachtete das Heft. Der Name Stroehorn stand dort eingebrannt. Ein Waffenhersteller von außergewöhnlicher Kunst, vor gut fünfzig Jahren – ein wahrer Meister.

Die Indhopaler, die bis vor fünfzig Jahren nie etwas anderes als Lederrüstungen im Kampf getragen hatten, schätzten Rüstungen oder Waffen aus dem Norden nicht. In der Wüste waren schwere Ketten- oder Plattenpanzer zu warm, um darin zu kämpfen. Daher trugen die Männer dort Harnische aus geöltem Leder, und statt mit den schweren Klingen des Nordens kämpften sie mit Krummsäbeln. Durch die Krümmung der Klingen war die Schnittkante des Schwertes optimal, so daß ein einziger Hieb den Körper eines Mannes durchtrennen konnte. Gegen einen unvorsichtigen Gegner war ein Krummsäbel eine elegante, graziöse Waffe. Traf die Schneide eines Säbels aber auf ein Kettenhemd, wurde die Klinge rasch stumpf und verbog.

Wenn man gegen einen Mann in Kettenrüstung kämpfen wollte, benötigte man eine starke Klinge, wie sie im Norden gebräuchlich war, mit einer geraden Schneide aus hartem Stahl. Damit konnte man eine Rüstung mit einem Stoß durchbohren oder ein Kettenhemd durchschlagen.

Orden schöpfte Hoffnung, als er das elegante, zurückgelassene Schwert hier in der Waffenkammer sah. Raj Ahten verfügte über eine große Zahl von Soldaten. Über beängstigend viele sicherlich, doch kämpften sie in einem ungewohnten Klima und mit minderwertigem Stahl. Wie würde es seinen Wüstenkriegern ergehen, wenn es Winter wurde?

Vor achthundert Jahren hatten die Könige Indhopals Geschenke an Ordens Vorfahren geschickt: Gewürze, Salben und Seide sowie zahme Pfauen und Tiger. Sie hatten Handelsbeziehungen aufbauen wollen. Im Gegenzug hatte Ordens Vorfahr Pferde, Gold, feine Wolle und Pelze zusammen mit Gewürzen aus dem Norden zurückgeschickt.

Die Könige von Indhopal wiesen die Geschenke voller Verachtung zurück. Pelze und Wolle waren in warmen Ländern offenbar mehr als lästig. Die Gewürze unbefriedigend. Die Pferde – die sie für minderwertig hielten – nur als Zugtiere zu gebrauchen.

Doch das Gold liebten sie, so sehr, daß sie die Karawanen schickten.

Orden mußte sich also fragen, wie die Indhopaler sich auf das Klima einstellen wollten. Vielleicht mußte erst die Hälfte von ihnen erfrieren, bevor sie den Wert von Wolle und Fellen schätzen lernten. Vielleicht verschmähten sie Pferde, die für die Berge des Nordens gezüchtet waren, ebenso wie den Stahl aus dem Norden.

Zuletzt sah sich Orden in der Schatzkammer um. Der Herzog hatte dort eine überraschend große Menge an Goldrohlingen eingelagert, aus denen Münzen geprägt

wurden. König Orden untersuchte die Stempel – die Sylvarrestas Abbild auf der Vorder- und die Sieben Steine auf der Rückseite trugen.
Es schien eigenartig, daß der Herzog Münzen prägte. Auf dem Fußboden stand eine Waage. Orden nahm eine Goldmünze aus seiner Tasche und legte sie in eine der Waagschalen, dann plazierte er den Rohling des Herzogs auf die andere.
Der Rohling war leichter. Ob er zu knapp beigeschliffen worden oder das Gold mit Zink oder Eisen vermischt war, vermochte Orden nicht zu sagen.
Fest stand jedoch, daß der Herzog von Longmot bereits ein Falschmünzer war, bevor er zum Verräter wurde.
»Gemeiner, lausiger Hund!« murmelte Orden.
»Mein Lord?« fragte einer seiner Kommandanten.
»Geht und schneidet den Kadaver des Herzogs von Longmot herunter. Schneidet die Eingeweide durch, an denen er vom Bergfried hängt, dann werft den Leichnam in den Graben.«
»Mein Lord?« wiederholte der Kommandant. Das schien ein einzigartig respektloser Umgang mit einem Toten.
»Macht schon!« fuhr Orden ihn an. »Der Mann hat keine weitere Nacht königlicher Gastfreundschaft verdient.«
»Jawohl, mein Lord«, antwortete der Kommandant und eilte von dannen.
Nach dem Rundgang durch den Bergfried der Übereigner beschloß Orden, sich den Rest zu ersparen. Die Wohnhäuser für den Herzog und seine Lords wirkten armselig. Orden sah keinen Sinn darin, sie bewachen zu lassen. Außerdem wäre es besser, seine Männer auf den Mauern

zu konzentrieren. Longmot war schmal. Ein Bogenschütze auf der Ostmauer konnte die hundert Meter bis zur Westmauer überbrücken. Wenn es feindlichen Soldaten gelang, eine Mauer einzunehmen, konnten noch immer zahlreiche Verteidiger sie von der anderen beschießen.

Fünfzehnhundert Mann, vielleicht sechzehnhundert. Das war alles, was König Orden derzeit zur Verfügung stand. Er hatte Boten zu Groverman und Dreis geschickt, hoffte auf Verstärkung. Vielleicht kehrte Borenson mit dem größten Teil seiner Armee heil zurück.

Aber sie würden bald eintreffen müssen. Verstärkung, die nicht vor dem Morgengrauen eintraf, würde nicht mehr in die Mauern eingelassen werden können.

König Orden beendete den Rundgang durch den Bergfried der Übereigner, als Kommandant Cedrick Tempest, der Adjutant der Herzogin, erschien, um ihn zu begrüßen. Ihm folgte eine Days, eine plumpe Frau mittleren Alters.

Kommandant Tempest war ein kräftiger Mann mit dichten, braunen, kurzgeschorenen Locken. Er hatte seinen Helm in der Hand – ein Zeichen des Respekts –, verbeugte sich jedoch nicht vor König Orden. Einen Lidschlag lang hatte dieser das Gefühl, herabgesetzt zu werden, dann wurde ihm bewußt, daß dieser Mann den Lord der Burg spielte. In dieser Rolle brauchte er sich von Rechts wegen nicht zu verneigen.

Statt dessen hielt Tempest ihm die Hand hin, um sie als Gleichgestellter am Gelenk zu schütteln. »Lord Orden, wir schätzen uns glücklich, Euch zu begrüßen und bieten Euch und Euren Männern alle Bequemlichkeit an, die in unseren Möglichkeiten steht. Ich fürchte aber, es wird bald zum Kampf kommen. Raj Ahten rückt mit einer Armee von Süden vor.«

»Ich weiß«, sagte Orden. »Wir stehen an Eurer Seite. Ich habe zu Groverman und Dreis geschickt und um Verstärkung gebeten, doch vermutlich werden sie zögern, der Bitte eines fremden Königs nachzukommen.«

»Die Herzogin hat ebenfalls nach Verstärkung geschickt«, sagte Tempest. »Wir sollten bald wissen, was uns das bringt.«

»Danke«, sagte Orden und sah dem Mann in die Augen. Das waren äußerst schlechte Neuigkeiten. Wenn noch keine Hilfe eingetroffen war, bedeutete dies, daß Groverman und Dreis, nachdem sie von der Invasion gehört hatten, sich entschieden hatten, eher ihre eigenen Burgen zu sichern, als Hilfe zu entsenden. Man konnte es ihnen kaum verdenken.

Kurz darauf fragte Orden: »Können wir uns ungestört unterhalten?«

Tempest nickte verständnisvoll. Zusammen gingen sie in den Bergfried des Herzogs, stiegen eine Treppenflucht hinauf. Ordens Männer warteten draußen. Nur sein Days und der seines Sohnes betraten mit ihm den Raum, zusammen mit der matronenhaften Days, die Tempest dicht auf den Fersen blieb.

Der Fußboden des großen Raumes war von den heftigen Gefechten noch immer blutverschmiert. Stühle lagen in Trümmern herum, eine blutverkrustete Axt ruhte auf dem Boden neben einem Paar langer Dolche.

Hier war der Kampf der Herzogin bis aufs Messer geführt worden.

Zwei rote Hunde hoben neugierig den Kopf, als Orden hereinkam, und trommelten zur Begrüßung mit den Schwänzen auf den Fußboden. Sie hatten vor dem erkalteten Kamin geschlafen.

König Orden nahm eine Fackel, zündete sie an und hielt sie unter die Späne im Kamin. Dann nahm er am Feuer Platz, zehn Fuß von Tempests Sessel entfernt.

Der Kommandant wirkte wie Anfang fünfzig, auch wenn sich das unmöglich genau sagen ließ. Ein Mann mit Gaben des Stoffwechsels alterte schnell. Mendellas konnte das Alter eines Kriegers jedoch oft schätzen, indem er ihm in die Augen sah. Selbst mit Gaben des Stoffwechsels behielten manche Männer ihren unschuldigen Blick, einen Blick der Unerfahrenheit. Die Augen eines Mannes blieben jung – auch wenn seine Haut fleckig und faltig wurde.

Tempests braunen Augen jedoch sah man die Qualen, den Kampf und die Erschöpfung an. Ein Blick in sie verriet Orden nichts. Tempests Augen wirkten, als seien sie eintausend Jahre alt.

Der König beschloß, taktvoll zu einem anderen Thema überzuleiten. »Ich würde gern erfahren, was geschehen ist. Offenbar hatte Raj Ahten hier Soldaten stationiert – gute Kraftsoldaten. Wie kommt es, daß die Herzogin sie besiegen konnte?«

Kommandant Tempest erklärte: »Ich ... muß meinen Bericht aufs Hörensagen stützen. Ich wurde selbst gezwungen, eine Gabe abzutreten und war daher im Bergfried der Übereigner untergebracht, als es zur Revolte kam.«

»Ihr sagt, Raj Ahten habe Euch ›gezwungen‹, eine Gabe abzutreten?«

Ein seltsamer Blick zeigte sich in Kommandant Tempests Augen, ein Blick voller Abscheu, gemischt mit Verehrung. »Ihr müßt verstehen, ich habe mich bereitwillig hingegeben. Als Raj Ahten um meine Gabe bat, schienen seine Worte wie Dolche zu sein, dich mich durchbohren. Als ich in sein Gesicht sah, leuchtete es schöner als eine Rose oder die Sonne, die über einem Bergsee aufgeht. Es kam mir wie die Verkörperung aller Schönheit vor. Alles, was ich bis dahin für edel oder schön gehalten hatte, erschien mir wie eine blasse Fälschung.

Als ich die Gabe jedoch abgetreten hatte, und nachdem seine Männer meinen Körper hinunter in den Bergfried der Übereigner geschleppt hatten, war mir, als erwachte ich aus einem Traum. Mir wurde klar, was ich verloren hatte, wie man mich benutzt hatte.«

»Verstehe«, sagte König Orden und fragte sich ganz nebenbei, wie viele Gaben der Anmut und der Stimmgewalt Raj Ahten wohl besaß, daß er derartige Macht über die Menschen hatte. »Und was ist nun hier passiert? Wie ist der Herzogin dieser Schlag gelungen?«

»Ich bin nicht sicher, denn ich saß im Bergfried der Übereigner, schwach wie ein junger Hund, und konnte mich nicht wach halten. Ich habe nur Fetzen von Berichten aufgeschnappt.

Soweit ich weiß, wurde der Herzog dafür bezahlt, daß er Raj Ahten den Dunnwald passieren ließ. Er befürchtete jedoch, daß seine Frau von der Bestechung erfuhr, also

hielt er sich in seinen Privatgemächern versteckt, denn er hatte Angst, man könne es ihm ansehen.
Als die Herzogin nach seinem Tod von dem Verrat erfuhr, durchsuchte sie seine Gemächer und fand über einhundert Zwingeisen.«
»Verstehe«, sagte König Orden. »Also hat sie die Zwingeisen dazu benutzt, einige Meuchelmörder auszurüsten.«
»So ist es«, antwortete Tempest. »Als Raj Ahten in die Stadt einrückte, befand sich nicht unsere gesamte Garde im Bergfried. Vier junge Soldaten waren in der Wildnis und gingen einem Bericht nach, demzufolge ein Holzfäller in Grünstadt einen Greifer gesehen hatte ...«
»Habt Ihr viele Bericht von Greifern hier in dieser Gegend erhalten?« fragte Orden, denn das waren wichtige Neuigkeiten.
»Nein, letztes Frühjahr aber haben wir eine Dreiergruppe in den Dunnwald hinein verfolgt.«
Orden dachte nach. »Wie groß waren die Spuren?«
»Zwanzig bis dreißig Zoll lang.«
»Waren es vier- oder dreizehige Spuren?«
»Zwei waren dreizehig, die größte vierzehig.«
Orden befeuchtete sich die Lippen, stellte fest, daß sein Mund ganz plötzlich trocken war. »Ihr habt gewußt, was das bedeutet, nicht wahr?«
»Ja, Euer Lordschaft«, antwortete Kommandant Tempest. »Wir hatten es mit einer Dreierpaarung zu tun.«
»Und Ihr habt sie nicht getötet? Ihr habt sie nicht gefunden?«
»Sylvarresta wußte davon. Er schickte ihnen Jäger hinterher.«

Sylvarresta hätte Orden zweifellos von den Greifern erzählt. Vielleicht hätten wir dieses Jahr mehr als bloß Wildschweine gejagt, überlegte Orden. Trotzdem bereitete ihm diese Nachricht Sorge, denn er hatte andere besorgniserregende Berichte von Greifern gehört, die längs der Grenzen zu Mystarria durch die Berge streiften – kriegerische Banden von Neunern und Einundachtzigern. Seit den Tagen seines Großvaters hatte man nicht mehr so viele Sichtungen gemeldet. Und als er auf seinem Weg nach Norden durch Fleeds gekommen war, hatte Königin Herin die Rote von Problemen mit Greifern gesprochen, die ihre Pferde töteten. König Orden hatte allerdings nicht gedacht, daß die Raubzüge so weit bis nach Norden führten.

»Aha«, meinte Orden. »Ihr hattet also Soldaten auf Patrouille, als Raj Ahten ...«

»Richtig. Sie blieben außerhalb der Stadt, bis Raj Ahten aufbrach. Sie bekamen mit, wie der Herzog gehängt wurde, also schickten sie der Herzogin eine Nachricht und baten sie um Befehle. Daraufhin schickte sie ihren Annektor mit den Zwingeisen in die Stadt, und die Soldaten übernahmen Gaben von allen, die sie ihnen überlassen wollten, bis sie stark genug waren, um anzugreifen.«

»Sie haben also die Mauern erstürmt?« fragte Orden.

»Das wohl kaum. Nachdem Raj Ahten aufgebrochen war, sind sie ganz gemütlich in die Stadt spaziert. Sie taten, als seien sie Kerzenmacher und Weber, die Waren brachten, um sie der Herzogin vorzulegen. Aber zwischen den Kerzen hatten sie Dolche versteckt, und Kettenhemden in den Falten der Stoffe.

»Raj Ahten hatte nur zweihundert ihm ergebene Soldaten hier, und diese jungen Burschen – nun, sie haben die Situation gemeistert.«

»Wo sind sie jetzt?«

»Tot«, berichtete Kommandant Tempest. »Allesamt tot. Sie sind in den Bergfried der Übereigner eingebrochen und haben ein halbes Dutzend Vektoren getötet. In diesem Augenblick haben wir übrigen in den Kampf eingegriffen. Leicht war es nicht.«

Orden nickte nachdenklich.

»Kommandant Tempest, ich nehme an, Ihr wißt, warum meine Männer und ich hier sind?« Das war ein heikler Punkt, Orden mußte jedoch wissen, ob Tempest die Zwingeisen erbeutet und sie aus Gut Bredsfor fortgeschafft hatte. Er hatte zwar einen Mann losgeschickt, der sie finden sollte, Orden wollte aber nicht, daß man ihn warten ließ, erst recht nicht, wenn er nichts als schlechte Neuigkeiten erwartete.

Der Kommandant schaute gleichgültig zu ihm hoch. »Ihr habt gehört, daß wir angegriffen wurden?«

»Ja«, sagte Orden, »aber deshalb bin ich nicht hier. Ganz Heredon wird angegriffen, und ich hätte meine Kraft lieber dazu verwendet, Burg Sylvarresta zu befreien. Ich bin wegen des Schatzes hier.«

»Wegen des Schatzes?« wiederholte Kommandant Tempest. Er riß die Augen auf. Fast hätte Orden dem Mann abgenommen, daß er nichts davon wußte. Aber so ganz traute er dem Braten nicht. Tempest war zu sehr bemüht, seine Gefühle zu beherrschen und keine Reaktion zu zeigen.

»Ihr wißt, wovon ich spreche?«

»Wegen welches Schatzes?« fragte Tempest ohne eine Spur von Arg in den Augen.

Hatte die Herzogin die Existenz der Zwingeisen sogar vor ihrem eigenen Adjutanten geheimgehalten?

»Ihr habt gewußt, daß der Herzog ein Fälscher war, nicht wahr?« fragte Orden. Er benutzte seine Stimmgewalt ein klein wenig bei dieser Frage und sprach in einem Ton, der jede Schuld ans Licht bringen würde.

»Nein!« protestierte Tempest, doch seine Augen flackerten, und seine Pupillen zogen sich zusammen.

Dieser unehrliche, elende Schuft, dachte Orden. Der Mann belügt mich. Als ich mich nach dem Schatz erkundigte, dachte er, ich spräche über die Goldrohlinge in der Schatzkammer. Er hatte tatsächlich nichts von Raj Ahtens Zwingeisen gehört. Das weckte Ordens Neugier.

Die Herzogin hatte Tempest also nicht vertraut. Demnach durfte Orden ihm ebensowenig trauen.

Er bedrängte ihn mit einer weiteren Halbwahrheit. »König Sylvarresta hat eine Botschaft geschickt, in der es heißt, die Herzogin habe Raj Ahtens Streitkräfte hier besiegt und einen Schatz hier in der Burg vergraben oder versteckt. Habt Ihr entsprechende Spuren bemerkt? Hat irgend jemand den Schatz gefunden?«

Tempest schüttelte den Kopf, die Augen aufgerissen. Orden hatte das sichere Gefühl, daß Tempests Leute noch vor Ablauf einer Stunde mit dem Graben beginnen würden.

»Wem hat die Herzogin am meisten vertraut? Wen wird sie den Schatz vergraben lassen haben?«

»Den Kämmerer«, antwortete Tempest schnell.

»Wo befindet der sich jetzt?«

»Er ist fort! Er hat die Burg kurz nach dem Aufstand verlassen, bevor die Herzogin den letzten Vektor erschlug. Er – ich habe ihn seitdem nicht mehr gesehen!« Dem Klang seiner Stimme nach schien Tempest besorgt, der Kämmerer könnte sich mit dem Schatz aus dem Staub gemacht haben.

»Wie sieht er aus?«

»Ein schmächtiger Bursche, wie eine Weidenrute, blonde Haare, kein Bart.«

Genau jener Bote, den Orden erschlagen aufgefunden hatte. Die Herzogin hatte also Sylvarresta eine Nachricht geschickt, sich dazu des Mannes bedient, der die Zwingeisen versteckt hatte, und danach niemand sonst mehr davon erzählt. Kommandant Tempest mochte ein ausgezeichneter Soldat sein, der in der Lage war, die Burg zu verteidigen, aber offensichtlich war er nicht ehrlich. Kenntnis von dem Schatz hätte ihn sicher in Versuchung geführt, und die Herzogin hatte nicht gewollt, daß ihr König ein weiteres Mal verraten wurde.

Diese Neuigkeit erfüllte Orden mit Traurigkeit, belastete ihn. Warum mußte ein so ausgezeichneter König wie Sylvarresta unter solcher Untreue leiden? Eine ganze Burg war bloßgestellt.

Wenn ein guter Mann wie Sylvarresta von seinen Lords so wenig geliebt wurde, überlegte Orden, wie kann ich dann meinen Untergebenen trauen?

»Danke, Kommandant Tempest«, sagte König Orden in einem Ton, der die Zusammenkunft beendete.

»Oh, und noch etwas, Kommandant«, fügte er hinzu, als Tempest in der Tür zögerte und seinen Helm umschnallte. »Groverman und Dreis werden Entsatz schicken, sobald sie die entsprechenden Vorkehrungen getroffen haben. Ich habe ihnen eine Botschaft gesandt, in der ich sie um Hilfe bat, und ihnen von dem Schatz erzählt. Die Armeen des Nordens werden sich hier sammeln!«

Tempest nickte, atmete erleichtert auf und ging. Die matronenhafte Days folgte ihm hinaus.

Eine ganze Stunde lang saß Orden in dem aus dunklem Walnußholz gemachten Sessel, der vorzüglich gearbeitet war, zu vorzüglich. Die geschnitzten Darstellungen speisender Soldaten auf der Lehne gruben sich in sein Fleisch. In diesen Sesseln kam man nicht zur Ruhe.

Also schürte Orden das Feuer im Kamin, warf ein paar zertrümmerte Stühle als Brennholz hinein, dann legte er sich auf ein Bärenfell und spielte zärtlich mit den Jagdhunden des Herzogs, die mit ihren Schwänzen auf den Fußboden trommelten und seine Liebkosungen freudig entgegennahmen.

Sein Days hatte unbeobachtet in einer Ecke gestanden. Jetzt kam der Mann herbei und nahm in einem der unbequemen Sessel Platz. Gaborns Days blieb in der Ecke stehen.

Seit er ein Junge war, hatte Orden nicht mehr mit einem Hund auf dem Fußboden gelegen. Er erinnerte sich noch, wie er das erste Mal mit seinem Vater nach Longmot gekommen war. Er war neun Jahre alt gewesen, auf dem Heimweg von seiner ersten großen Jagd, einhundert Mann in seinem Gefolge. Es war im Herbst gewesen, zum

Hostenfest natürlich, als er einem jungen Prinzen mit langem, bernsteinfarbenem Haar und schmalen Schultern begegnet war.
Sylvarresta. Prinz Mendellas Ordens allererster Freund. Sein einziger wahrer Freund. Orden hatte Soldaten gehabt, die ihn in den Kriegskünsten schulten, und er hatte sich mit katzbuckelnden Söhnen geringerer Adliger zusammengetan, die ihn vielleicht mochten, die sich aber stets nur zu deutlich bewußt waren, daß ihr Rang sie auf ewig von einem Prinzen unterschied.
Selbst die anderen Prinzen waren Orden mit zuviel Hochachtung begegnet – immer in dem Bewußtsein, daß sein Land reicher und größer war als jedes andere.
Nur Sylvarresta hatte er vertrauen können. Sylvarresta sagte ihm, wenn ihn ein Hut lächerlich anstatt elegant aussehen ließ, er lachte ihn aus, wenn er eine Stechpuppe mit der Lanze verfehlte. Nur Sylvarresta wagte ihm zu sagen, wenn er einen Fehler beging.
Plötzlich seufzte Orden tief. Ich habe einen Fehler gemacht, erkannte er. Den, daß ich Borenson losgeschickt habe, um Raj Ahtens Übereigner zu töten.
Was, wenn Borenson Sylvarresta tötet? Werde ich mir das je verzeihen können? Oder werde ich diese Narbe mein ganzes Leben mit mir herumtragen müssen wie eine Medaille aus diesem Krieg?
Auch andere Könige haben solche Narben mit sich herumgetragen, sagte sich Orden. Auch andere waren schon gezwungen, Freunde zu erschlagen. Als Kind hatte Orden die Männer beneidet, die seinen Großvater getötet hatten.

Jetzt wußte er, daß Schuld nur allzu oft der Preis der Führerschaft war.

»Days?« wandte sich König Orden leise an den Mann, der in seinem Rücken saß.

»Ja, Euer Lordschaft?«

»Welche Neuigkeiten habt Ihr von meinem Sohn?« Er kannte den Mann schon sein ganzes Leben und hatte ihn niemals als einen Freund oder Vertrauten betrachtet. Gleichzeitig aber bewunderte er ihn als einen Gelehrten.

»Davon zu sprechen, würde meine heiligsten Schwüre brechen, Euer Lordschaft. Wir mischen uns nicht in Angelegenheiten des Staates ein«, antwortete der Days leise.

Natürlich hatte er diese Antwort erwartet. Sie durften weder behindern noch helfen. Wenn der König zwei Fuß weit vom Ufer ertrank, durfte der Days seine Hand nicht ergreifen. »Aber Ihr könntet es mir sagen«, fragte Mendellas. »Ihr kennt die Antwort.«

»Ja«, gestand der Days leise.

»Bin ich Euch gleichgültig? Sind meine Gefühle unwichtig?« fragte Orden. »Ist mein Schicksal unwichtig, oder das Schicksal meines Volkes? Ihr könntet mir helfen, Raj Ahten zu besiegen.«

Der Days schwieg lange, und Orden wußte, daß er nachdachte. Manch ein Days hatte schon seinen Schwur gebrochen, hatte seinem König große Geheimnisse verraten. Orden war sich dessen sicher. Warum also nicht auch dieser Mann? Warum nicht jetzt?

Gaborns Days sagte: »Wenn er Eure Frage beantwortet, bricht er damit einen äußerst heiligen Schwur. Sein

Zwilling würde es erfahren.« In diesen Worten schwang eine Drohung mit. Beobachter, die Beobachter beobachteten. »Ich bin sicher, Ihr versteht, mein Lord.«
In Wirklichkeit verstand Orden es nicht. Eine solche Härte war für ihn fast vollkommen unbegreiflich. Ihm erschienen die Days und ihre Religion wunderlich und seltsam. Jetzt fand er sie dazu noch hartherzig.
Trotzdem wollte er sie verstehen. Gaborns Days blieb hier, anstatt zum Prinzen zu gehen. Warum? War sein Sohn gestorben, so daß der Days ihm nicht folgen konnte? Oder wartete der Days lediglich darauf, daß Gaborn hierher zurückkehrte? Oder ... hatte selbst der Days seinen Sohn aus den Augen verloren?
Orden grübelte. Der Days hatte ihn ›Euer Lordschaft‹ genannt, ein Titel, den er noch nie zuvor benutzt hatte. Der Mann wollte sprechen, es fiel ihm schwer, seine Zurückhaltung zu wahren. Noch beherrschte er sich, wollte aber alle unangenehmen Gefühle in dieser schmutzigen Affäre vermeiden.
Durfte ein Days ihn nicht beraten, selbst wenn er sein eigenes Leben dadurch verwirkte? Orden hatte Geschichte studiert und wußte, daß sie in manchen Kriegen Geheimnisse preisgegeben hatten. Das Schicksal dieser Days hatte Orden allerdings nie erfahren.
Die Chroniken berichteten von den Taten der Könige und Völker. War ein Days tatsächlich jemals zum Eidbrüchigen geworden, zu einem Berater, dann war von seinem Schicksal niemals die Rede.
Statt dessen waren die Chroniken so flüssig zu lesen, als habe ein einziger, unbeteiligter Beobachter den König

beobachtet und sich mit seinen Angelegenheiten beschäftigt. Eine ganze Stunde lang dachte Orden darüber nach.

Als Kommandant Stroecker von Gut Bredsfor zurückkehrte, traf er König Orden vor einem niedergebrannten Feuer an, wo er lag und die Hunde streichelte.

König Orden drehte sich um und richtete sich auf. »Was habt Ihr gefunden?«

Stroecker lächelte bitter. Er hatte ein Bündel frischer Pastinaken in seiner rechten Hand. In seinen Augen blitzte etwas auf, was Wut sein mochte. »Das hier, mein Lord. Genug Pastinaken, um eine Armee zu versorgen.«

Entsetzen überkam Orden, als ihm klar wurde, daß die Zwingeisen verschwunden, ja vermutlich gestohlen worden waren.

Stroecker lächelte bösartig. »Und diese hier«, sagte er und langte hinter seinen Rücken. Er zog ein kleines Bündel Zwingeisen aus dem Gürtel.

König Ordens Herz tat vor Erleichterung einen Sprung, und zwar derart, daß er dem Kommandanten seinen Scherz augenblicklich verzieh.

Er sprang auf, packte die Zwingeisen, untersuchte sie. Die Runen in jedem von ihnen schienen vollkommen in Ordnung zu sein – sie wiesen weder Dellen noch Kratzer im Blutmetall auf und waren alle von kartischer Machart. Orden hatte keinen Annektor hier, der das Ritual durchführen konnte, doch den brauchte er auch nicht. Mit der Geisteskraft von zwanzig Männern und der Stimmgewalt von fünfzehn konnte Orden den Sprechgesang ebenso gut anstimmen wie der beste von ihnen.

Eine Waffe. Er hatte seine Waffe.

»Kommandant Stroecker«, sagte Orden leise. »Ihr und ich und Borenson sind die einzigen drei Menschen, die wissen, wo dieser Schatz liegt. Dabei müssen wir es belassen. Ich kann nicht riskieren, daß der Feind ihn findet. Und ich darf nicht riskieren, daß Ihr gefangengenommen werdet.«

»In Ordnung«, antwortete Stroecker in einem Tonfall, der Orden verriet, daß der Mann dachte, der König verlange von ihm das höchste Opfer. Stroecker würde sich augenblicklich den Bauch aufschlitzen.

»Aus diesem Grund, Kommandant«, fuhr Orden fort, »sagt den Männern, daß wir Soldaten brauchen, die einen großen Schatz nach Mystarria schaffen. Wählt drei Männer aus – junge Familienväter, die Euch begleiten sollen. Wählt sie sorgfältig aus, denn möglicherweise rettet Ihr ihnen das Leben. Dann nehmt die Männer und vier schnelle Pferde und füllt Eure Satteltaschen mit Steinen, reitet von hier fort und laßt nichts unversucht, um der Gefangennahme zu entgehen.«

»Mein Lord?« fragte Stroecker.

»Ihr habt mich richtig verstanden. Kurz vor dem Morgengrauen wird es hier zum Kampf kommen. Raj Ahten wird seine ganze Streitmacht gegen uns werfen. Er setzt auf die Unterstützung einer Armee von einhunderttausend Mann, und ich – ich weiß nicht, wer mir zur Seite steht. Wenn diese Burg fällt, wenn wir alle sterben, dann wird es Eure Pflicht sein, hierher zurückzukommen, den Schatz zu holen und nach Mystarria zu bringen.«

»Mein Lord, habt Ihr einen Rückzug in Betracht gezogen?« fragte Stroecker. Einer der Hunde stand auf, drückte seine Schnauze an des Königs Oberschenkel. Das Tier schien hungrig zu sein, gab sich aber sicher auch mit Streicheln zufrieden.

»Ich denke jeden Augenblick daran«, sagte Orden, »aber mein Sohn ist in der Wildnis verschollen, und bislang habe ich noch nichts von ihm gehört. Bis dahin muß ich davon ausgehen, daß Raj Ahten ihn gefangenhält und eine Gabe von ihm übernommen hat – oder daß er tot ist.« Orden holte tief Luft. Sein ganzes Leben lang war er bemüht gewesen, seinen Sohn zu beschützen. Seine Frau hatte ihm vier Kinder geboren. Nur Gaborn hatte überlebt. Seine Sorge um ihn war jedoch nur eine aus einer Vielzahl von Kümmernissen. Seine Stimme brach, als er gestand: »Und ich habe meinen mächtigsten Krieger losgeschickt, um meinen besten Freund zu töten. Wenn meine Befürchtungen sich bewahrheiten, Kommandant Stroecker – wenn es zum Schlimmsten kommt – werde ich diese Schlacht gar nicht überleben wollen. Ich werde mein Schwert gegen Raj Ahten erheben. Ich werde ihn persönlich angreifen. Er oder ich. Im Morgengrauen werden wir einen Schlangenring bilden.«

König Orden hielt die Zwingeisen in die Höhe.

Kommandant Stroeckers Gesicht wurde blaß. Einen Schlangenring zu bilden war ein gefährliches Wagnis. Mit Hilfe dieser Zwingeisen konnte Orden eine Gabe des Stoffwechsels von einem Mann übernehmen, der daraufhin eine Gabe von einem anderen übernahm, der wiederum von wieder einem anderen eine übernahm, so daß jeder Mann zu einem in einer langen Reihe von Vektoren wurde. In der Sprache der Annektoren wurde eine solche Reihe von Männern ›Schlangenring‹ genannt, denn der Mann am Kopf der Kette wurde überaus mächtig, so tödlich wie eine Giftschlange. Sollte er vernichtet werden, sollte die Schlange enthauptet werden, dann würde sich der nächste Mann erheben, der kaum weniger mächtig war als der davor.

Wenn aber ein Mann zu viele Gaben des Stoffwechsels übernahm, bedeutete dies seinen sicheren Tod. Für wenige Tage oder Stunden konnte er zu einem gewaltigen Krieger werden, aber dann würde er verglühen wie eine Sternschnuppe. Verzweifelte Männer hatten in der Vergangenheit manchmal so gehandelt. Es würde jedoch schwer sein, zwanzig fähige Kämpfer zu finden, die bereit waren, eine Schlange zu bilden und ihr Leben zu opfern.

Also ließ Orden ihnen ein wenig Hoffnung. In diesem Fall trat der König ganz zum Schluß selbst eine Gabe des Stoffwechsels an den letzten Mann in der Schlange ab, so daß jeder Mann in der ›Schlange‹ der Vektor eines anderen wurde. Mit Hilfe von zwanzig Zwingeisen konnten also zwanzig Männer alle ihren Stoffwechsel miteinander teilen und eine Gemeinschaft bilden, aus der jeder einzelne Krieger sich bedienen konnte. Da Orden über die meisten Gaben und das größte Geschick im Kampf verfügte, fiele die Aufgabe, gegen Raj Ahten zu kämpfen, an ihn. Er träte freiwillig als ›Schlangenkopf‹ auf, und solange die anderen Männer im Ring unverletzt blieben, wäre Orden imstande, Kraft aus ihrem überschüssigen Stoffwechsel zu ziehen. Als Schlangenkopf wäre Orden also in der Lage, sich mit der Geschwindigkeit von dreißig oder vierzig Männern zu bewegen.

Die Hoffnung, die Orden ihnen ließ, war nun folgende: daß der Schlangenring, vorausgesetzt, es gelang ihm, den Kampf zu überleben, unversehrt blieb und jeder Mann im Ring daher sein Leben in einer gewissen Normalität weiterleben konnte.

Trotzdem war es nach wie vor ein gefährliches Wagnis. Wäre irgendein anderer Mann gezwungen, in den Kampf einzugreifen, konnte dieser Mann Orden womöglich eine Gabe des Stoffwechsels entziehen, die dieser in einem kritischen Augenblick benötigte, und somit Ordens Chancen im Kampf schmälern. Schlimmer noch, würde ein Mitglied des Schlangenrings erschlagen, konnte es geschehen, daß Orden selbst zu einem bloßen Vektor eines anderen Mannes wurde und plötzlich mitten im Kampf zu Boden ging und sich nicht mehr bewegen konnte.

Nein, wenn jemand in diesem Kampf starb, dann am besten der Kopf der Schlange – Orden selbst. Denn wenn er starb, wenn der Ring brach, dann fiele die Bürde des Stoffwechsels an jene Person, die Orden ihre Gabe überlassen hatte.

Dieser nächste Mann in der Reihe würde dann zum neuen Kopf der Schlange werden. Und wäre in der Lage, weiter gegen Raj Ahten zu kämpfen und unter seinen Soldaten zu wüten.

Sollte auch er besiegt werden, bekäme die Schlange abermals einen neuen Kopf, dann noch einen. Die Mitglieder des Ringes würden immer weiter kämpfen und ihr Leben opfern.

Doch selbst wenn Orden seinen Kampf mit Raj Ahten gewann, selbst wenn der Schlangenring an diesem Tag intakt bliebe, selbst dann würde Orden von allen seinen Männern ein hartes Opfer verlangen. Denn irgendwann, hoffentlich an irgendeinem fernen Morgen, würde der Ring brechen. Irgendein Mann aus dem Ring würde im Kampf fallen, einer Krankheit erliegen. Wenn das geschah, verfielen alle anderen Vektoren dem tiefen Schlummer derer, die eine Gabe des Stoffwechsels abgegeben hatten, mit der einzigen Ausnahme des neuen Schlangenkopfes, der dazu verdammt wäre, in wenigen Monaten zu altern und zu sterben.

Unabhängig davon, wie die Schlacht an diesem Tag ausging, jeder Mann im Ring mußte viel aufgeben.

Mit diesem Wissen vor Augen war Orden dankbar, als sein Kommandant sich von der Hüfte an tief verbeugte und lächelnd sagte: »Es wäre mir eine Freude, Euch zu dienen, vorausgesetzt, Ihr nehmt mich in diesen Ring auf.«

»Ich danke Euch«, antwortete Orden, »aber Ihr werdet Euch diese Gelegenheit entgehen lassen müssen. Die Pflicht ruft Euch an einen anderen Ort.«

Kommandant Stroecker machte kehrt und verließ den großen Saal. Orden folgte ihm nach draußen, um seine Männer für die Schlacht zu sammeln.

Seine Kommandanten hatten die Mauern bereits besetzt. Schützen hatten die Katapulte unter den Ummauerungen in den Türmen oberhalb der Tore herausgeschoben und testeten im Dunkeln ihre Reichweite. Es war eine ungünstige Zeit für solche Versuche, doch Orden wußte nicht, ob sie je Gelegenheit erhalten würden, die Katapulte bei Tageslicht auszuprobieren.

In diesem Augenblick erscholl ein Horn in den Bergen im Westen, aus der Richtung der Straße nach Burg Dreis. Orden lächelte bitter. Na bitte, dachte er, der Graf kommt also schließlich doch, weil er hofft, sich einen Teil des Schatzes holen zu können.

KAPITEL 11
Der Läufer

In Kuhram erzählt man sich, ein Läufer mit einem Messer könne in einer einzigen Nacht zweitausend Menschen töten. Borenson arbeitete schneller, doch war er auch ein Kraftsoldat, und er hatte in jeder Hand ein Messer.

Er dachte nicht darüber nach, was er tat, achtete nicht auf das Zucken seiner Opfer oder das Gurgeln der durchschnittenen Kehlen. Den größten Teil der Nacht tat er in bewußtlosem Grauen hastig sein Werk.

Drei Stunden nach seinem Eindringen in den Bergfried der Übereigner war seine Arbeit beendet. Es war unvermeidlich, daß Übereigner aufwachten und sich gegen ihn zur Wehr setzten. Es war unvermeidlich, daß er Frauen töten mußte, die größte Schönheit besaßen, und junge Männer, die das ganze Leben noch vor sich hatten. Es war unvermeidlich, daß, ganz gleich wie sehr er sich darum bemühte, sich diese Gesichter in sein Gedächtnis einbrannten, Gesichter, die er, das wußte er, niemals würde vergessen können: eine alte blinde Frau, die sich an seinen Wappenrock klammerte und ihn um Gnade anflehte, das Lächeln eines alten Trinkkumpans von den Jagdgesellschaften, Kommandant Derrow, der ihm mit einem wissenden Zwinkern ein letztes Lebewohl wünschte.

Als er sein Werk zur Hälfte vollbracht hatte, wurde es

ihm bewußt: Man wollte genau das von ihm – Raj Ahten hatte die Übereigner in dem Wissen, daß sie getötet werden würden, unbewacht zurückgelassen. Der Wolflord empfand kein Mitgefühl für diese Menschen, sie hatten für ihn keinen Wert.

Soll der Freund doch seinen Freund erschlagen, der Bruder gegen den Bruder das Messer erheben. Sollen die Völker des Nordens sich doch selbst zerfleischen. Das war es, was Raj Ahten wollte, und Borenson wußte, indes er diese Unschuldigen niedermetzelte, war er zu einem Werkzeug in Raj Ahtens Hand geworden.

Die Übereigner völlig unbewacht zurückzulassen, war nicht nötig. Vier oder fünf gute Männer hätten einigen Schutz bieten können. Fand das Ungeheuer womöglich Gefallen daran?

Borenson fühlte seine Seele aufbrechen wie eine eiternde Wunde. Jeder Augenblick wurde ihm zur Qual. Trotzdem war es seine Pflicht, seinem Herrn ohne Zögern zu gehorchen. Seine Pflicht, diese Menschen zu töten. Und obwohl ihn das Gemetzel anwiderte, fragte er sich immer wieder, habe ich sie auch alle getötet? Habe ich meine Pflicht erfüllt? Sind das alle, oder hat Raj Ahten einige von ihnen versteckt?

Denn wenn er nicht an die Vektoren herankam, die Raj Ahten gewonnen hatte, dann mußte Borenson jeden Übereigner töten, der Raj Ahtens Macht erhöhte.

Als er daher die Fallgatter des Bergfrieds hochzog, war Borenson vom Helm bis zu den Stiefeln mit Blut bedeckt.

Er ging in die Marktstraße, ließ seine Messer auf das

Pflaster fallen, dann stand er lange da und ließ den Regen über Gesicht und Hände laufen. Das kalte Wasser fühlte sich gut an, im Lauf der letzten Stunden hatte sich das Blut jedoch zu Brocken verklumpt. Ein bißchen Regen würde es nicht herunterwaschen.

Tiefe Trauer überwältigte ihn. Er wollte weder Orden noch irgendeinem anderen König mehr als Soldat dienen. Sein Helm wurde ihm zu eng, es war, als wollte er ihm den Kopf zerdrücken, so sehr schmerzte er. Er schleuderte ihn zu Boden, daß er scheppernd und rasselnd über das Pflaster rollte, die Straße hinunter.

Dann verließ er Burg Sylvarresta.

Niemand hielt ihn auf. Lediglich eine einzige armselige Wache war aufgestellt worden.

Als er das Tor erreichte, warf der junge Mann einen einzigen Blick auf sein blutüberströmtes Gesicht und wich wimmernd zurück. Dabei hob er seinen Zeigefinger und Daumen als Schutzzeichen gegen Geister.

Borenson stieß einen Schrei aus, der von den Mauern widerhallte, dann rannte er hinaus in den Regen und über die verbrannten Felder in das ferne kleine Wäldchen, wo er sein Pferd versteckt hatte.

Bei Dunkelheit und Regen beging ein halbes Dutzend Nomen den Fehler, sich mit langen Speeren auf ihn zu werfen. Sie stürzten in einer kleinen Niederung auf ihn zu, sprangen vom schwarzverkohlten Boden auf wie wilde Tiere und stürmten mit ihren Langspeeren vorwärts.

Ihre grünen Augen glühten fast im Dunkeln, und ihre dichten Mähnen verliehen ihnen etwas Wölfisches.

Knurrend sprangen sie auf ihren kurzen Beinen vorwärts und berührten manchmal mit einem Fingerknöchel den Boden.

Einen Augenblick lang spielte Borenson mit dem Gedanken, sich von ihnen töten zu lassen.

Doch sofort erschien ein Bild von Myrrima vor seinem inneren Auge: ihr weißes Kleid aus Seide in der Farbe der Wolken, die Perlmuttkämme in ihrem dunklen Haar. Er erinnerte sich an ihren Duft, an den Klang ihres Lachens, als er sie vor ihrer kleinen Kate heftig geküßt hatte.

Jetzt brauchte er sie, und die Nomen waren für ihn nur die verlängerte Hand Raj Ahtens. Sie handelten in seinem Auftrag. Der Wolflord hatte sie hergeschafft, damit sie töteten. Zwar hatten Borensons Männer sie in die Hügel gejagt und in alle Himmelsrichtungen verstreut, trotzdem würden sie dieses Land noch auf Monate als Plage heimsuchen.

Raj Ahten kümmerte das nicht. Die Nomen würden in seinem Sinne handeln, wenn sie sich von Menschenfleisch ernährten. Sie würden das Töten übernehmen, ganz wie er es von ihnen verlangt hatte, aber zuerst würden sie über die Schwachen herfallen – über die Kinder in den Wiegen, über die Frauen, die am Fluß Wäsche wuschen.

Der erste Nomen griff Borenson an, schleuderte seinen Speer aus kurzer Distanz, so daß die steinerne Klinge an Borensons Kettenhemd zersplitterte.

Schnell wie eine Schlange zog Borenson die Streitaxt an seiner Hüfte und holte aus.

Er war ein Kraftkrieger, den man nicht unterschätzen

durfte. Einem Nomen schlug er den Arm ab, wirbelte herum und traf einen anderen in die Brust.

Dabei begann er zu lächeln und überlegte sich jeden Schritt in diesem Kampf. Es reichte nicht, die Nomen umzubringen. Er wollte es gut machen, den Kampf in einen Tanz verwandeln, in ein Kunstwerk. Als sich der nächste auf ihn stürzte, rammte Borenson ihm seine linke kettengepanzerte Faust in die Reißzähne, dann packte er seine Zunge und riß daran.

Ein anderer versuchte fortzurennen. Borenson schätzte sein Tempo ab, beobachtete das Auf und Ab der hochgestellten Ohren und schleuderte die Axt mit voller Wucht. Es reichte nicht, der Bestie den Schädel zu spalten, er wollte es perfekt machen, das Ziel genau richtig treffen, so daß der Knochen beim Zersplittern ein ganz bestimmtes Geräusch von sich gab und wie eine Melone zerplatzte.

Der Nomen ging zu Boden. Nur zwei waren noch auf den Beinen, griffen ihn gemeinsam an, die Speere bereit. Ohne seine Gaben der Sehkraft wäre Borenson niemals imstande gewesen, diesen dunklen Waffen auszuweichen.

Als die Nomen zustießen, schlug Borenson die Spitzen einfach zur Seite, so daß die Stöße ihr Ziel verfehlten. Dann packte er einen Speer, warf sich nach vorn und drehte sich, wobei er beide Bestien durch den Nabel aufspießte.

Die beiden Nomen standen da wie erstarrt, über den Spieß verbunden.

Nachdem das erledigt war, trat Borenson zurück und

betrachtete die Nomen. Sie hatten ihren Tod vor Augen. Von einer solchen Wunde konnten sie sich unmöglich erholen. Das Wesen hinten wurde ohnmächtig und riß seinen Gefährten mit auf die Knie.

Borenson ging weiter, ließ sich den Kampf noch einmal durch den Kopf gehen, die präzisen Bewegungen. Mit seiner Tat war er der Poesie oder einem Tanz so nahe gekommen, wie er konnte.

Er fing an zu lachen, ein kehliges, rollendes In-sich-hinein-Lachen, denn genau so sollte Krieg sein: Männer, die um ihr Leben kämpfen, ein braver Mann, der sein Heim und seine Familie beschützt.

Das Scharmützel selbst schien seine Seelenwunden mehr zu lindern als der Regen. Borenson holte seine Axt und lief zu seinem Pferd.

Ich werde mir diese Hände nicht waschen, sagte er sich. Ich werde mein Gesicht nicht waschen, bis ich vor meinem Prinzen und meinem König stehe und sie sehen können, was sie angerichtet haben.

Borenson saß also auf und begann, durch die Nacht zu galoppieren. Vier Meilen östlich des Ortes entdeckte er auf der Straße einen toten Ritter von Orden und nahm die Lanze des Mannes an sich.

Sein Pferd war Gaborns ausgezeichnetem Jagdroß nicht ebenbürtig. Doch die Straße war frei, wenn auch ein wenig schlammig, und in einer solchen Nacht, in der der Regen Roß und Reiter kühlte, konnte es endlos laufen.

Borenson flog über die Berge dahin, bis der Regen nachließ, die Wolken sich auflösten und die Sterne hell und klar leuchteten.

Er hatte vorgehabt, nach Longmot zu reiten. Doch als die Straße sich nach Osten und nach Süden gabelte, hatte ihn die Trauer immer noch im Griff, und er bog kurz entschlossen ab nach Bannisferre.

Das Morgengrauen sah ihn über grüne Felder galoppieren, auf denen keine Spur des Krieges zu entdecken war, durch Weinfelder zwanzig Meilen nördlich von Bannisferre, wo junge Frauen gebückt Körbe mit reifen Trauben füllten.

Auf einem dieser Felder machte er halt und aß, und stellte fest, daß die Trauben nach dem nächtlichen Regen von Wasser nur so troffen. Sie schmeckten so saftig, wie dem ersten Menschen seine erste Traube geschmeckt haben mußte.

Der Fluß hier war breit, ein weites silbriges Band, das unterhalb der grünen Felder glitzerte. Gestern abend hatte Borenson sich überlegt, blutverschmiert zu bleiben, aber jetzt wollte er nicht, daß Myrrima ihn so sah und womöglich ahnte, was er getan hatte.

Er ging zum Fluß hinunter und schwamm, nackt, die Bauern nicht beachtend, die ihre Schweine auf der Straße vorübertrieben.

Als die Sonne ihn getrocknet hatte, legte Borenson seine Rüstung an, seinen blutgetränkten Wappenrock aber warf er ins Wasser, ließ das Bild des grünen Ritters und des blauen Feldes vom Strom davontragen.

Raj Ahtens Truppen, überlegte er, hatten Longmot sicher längst erreicht. Ich bin so weit zurück, daß ich zu spät komme, um noch in den Kampf einzugreifen. In Wahrheit war es ihm längst gleichgültig. Wie die Geschichte bei Longmot auch ausgegangen war, er wollte seinem Lord abschwören.

Mit der hinterhältigen Ermordung unschuldiger Übereigner, Männer und Frauen, die kein anderes Verbrechen begangen hatten, als einen guten und anständigen König zu lieben, hatte Borenson ein größeres Unrecht getan, als irgendein Herr von ihm verlangen durfte. Er würde also seinem Schwur auf Orden entsagen und zu einem Unabhängigen Ritter werden. Er würde aus eigenen Stücken so kämpfen, wie er es für das Beste hielt.

Borenson ging zu einem Birnbaum in der Nähe eines aufgegebenen Bauernhofes, kletterte hinauf und pflückte die dicksten Birnen aus der Krone – ein paar für sich selbst, ein paar für Myrrima und ihre Familie.

Von der Baumkrone aus sah er etwas Interessantes: hinter einer Anhöhe, in einem kleinen Weidenhain, gab es ein paar tiefe Weiher mit steilen Ufern, Weiher so blau wie der Himmel. Gelbe Weidenblätter waren in großen Mengen auf das Wasser gefallen und trieben darauf, aber auch Seerosen, rot und weiß.

Dort lebt ein Zauberer, dämmerte es Borenson ganz langsam. Ein Wasserzauberer – und die Menschen haben die Blüten ins Wasser geworfen, um seinen Segen zu erbitten.

Er kletterte rasch vom Baum hinunter, lief über die Anhöhe zu den stillen Wassern, näherte sich ihnen ernst und voller Hoffnung. Er hatte weder Rosen noch andere Blumen, um das Wasser des Zauberers zu versüßen, doch hatte er die Birnen, die dieser vielleicht mochte.

Also ging er an den Rand des Weihers, wo die Weiden-

wurzeln verschlungen im Kies des Ufers hervortraten, und setzte sich auf eine dicke, schwarze von ihnen. Eine Böe fuhr raschelnd in die festen Blätter über ihm, und minutenlang rief Borenson: »O Zauberer des Wassers, Verehrer der See, o Zauberer des Wassers, so hör doch mein Weh.«
Doch die Oberfläche des Weihers blieb still, und er sah in dem glänzenden Weiher nichts als Wasserläufer, die über seine glatte Oberfläche flitzten und ein paar braune Molche, die darunter schwebten und ihn aus goldenen Augen ansahen.
Verzweifelt begann er sich zu fragen, ob der Zauberer vor langer Zeit verstorben war, und die Menschen die Weiher in der Hoffnung versüßten, daß eines Tages ein anderer käme. Oder ob dies ein von Geistern heimgesuchter Ort war, und die Mädchen aus dem Dorf Rosen ins Wasser warfen, um jemanden gütig zu stimmen, der hier vor langer Zeit ertrunken war.
Nachdem er minutenlang auf der Weidenwurzel gesessen und ohne Erfolg gerufen hatte, schloß Borenson die Augen, sog nur den süßen Duft des Wassers ein und dachte an die Heimat, an Myrrima, an die friedvollen Heilwasser in den Weihern Derras, in denen manchmal Verrückte badeten und denen daraufhin die quälenden Gedanken und Erinnerungen abgewaschen wurden.
Als er dalag und an diesen Ort dachte, spürte er, wie eine kalte Wurzel seinen Knöchel streifte. Er wollte seinen Fuß schon wegziehen, als die Wurzel sich plötzlich um seinen Fuß wickelte und sanft zudrückte.
Er sah nach unten. Am Rand des Wassers, gleich unter

der Oberfläche, schwebte ein Mädchen von zehn Jahren, mit einer Haut, so blaßblau und makellos wie Porzellan, und Haar aus Silber. Sie heftete den Blick aus dem Wasser heraus auf ihn, aus Augen, so groß und grün wie sämtliche Meere, und ihre Augen blinzelten nicht, waren vollkommen still. Nur die dunkelroten Kiemen an ihrem Hals pulsierten sacht, wenn sie atmete.
Sie löste ihre Hand von seinem Fuß, faßte statt dessen in das Wasser und griff nach den Weidenwurzeln.
Eine Wassernixe. Zu jung, um sehr viel Macht zu haben.
»Ich habe dir eine Birne mitgebracht, wenn du magst«, bot Borenson ihr an.
Die Wassernixe antwortete nicht, sondern starrte nur aus seelenlosen Augen zu ihm hoch und durch ihn hindurch.
Gestern abend habe ich Mädchen deines Alters ermordet, wollte Borenson ihr erzählen, wollte er hinausschreien.
Ich weiß, sagten ihre Augen.
Ich werde niemals Frieden finden, flüsterte Borenson wortlos.
Ich könnte dir Frieden schenken, sprachen die Augen der Wassernixe.
Doch Borenson wußte, daß sie log, daß sie ihn hinunter in die Wellen ziehen würde, ihn lieben würde, und solange sie dies tat, würde er im Weiher überleben. Nach einer Weile jedoch würde sie seiner überdrüssig sein, und er würde ertrinken. Sie konnte ihm vor seinem Tod nur kurze Freude schenken.
Ich wünschte, ich könnte wie du eins sein mit dem Wasser und wüßte, was Frieden bedeutet, dachte Boren-

son. Er mußte an die weiten Meere seiner Heimat denken, an die weißen Brecher über einem Grün so satt wie altes Kupfer.
Die Wassernixe bekam große Augen, als er sich an das Meer erinnerte, und ein Lächeln formte sich auf ihren Lippen, aus Dank für die Bilder seiner Phantasie.
Dann nahm er eine seiner goldenen Birnen, beugte sich über das Wasser und reichte sie der Wassernixe.
Sie griff mit nasser, schlanker Hand danach, mit langen Fingernägeln aus Silber, doch dann packte sie sein Handgelenk und zog sich weit genug hoch, daß sie seine Lippen küssen konnte.
Der Zug kam unerwartet, schnell wie ein Fisch, der nach einer Fliege schnappt, und Borenson spürte nur für einen Augenblick, wie ihre Lippen seine streiften.
Er legte ihr die Birne in die Hand und ging, und noch eine ganze Stunde danach konnte er sich nicht recht erinnern, welche Seelenqualen ihn an diesen Weiher geführt hatten, auf dem rote und weiße Rosen zwischen goldenen Blättern tanzten.
Es gelang ihm, sein Pferd wiederzufinden, dann ritt er gemächlich dahin und ließ das Tier im Gehen grasen.
Kurz darauf erreichte er die kleine Wiese außerhalb von Bannisferre, wo inmitten wilder Gänseblümchen Myrrimas kleine Kate stand.
Blauer Rauch stieg kringelnd vom Feuer in der Küche auf, und eine von Myrrimas häßlichen Schwestern – Inette, wie er sich erinnerte – stand da und verfütterte Mais an die hageren schwarzen Hühner bei der Eingangstür.

Als er heranritt, hob Inette den Kopf und sah ihn an, ein Lächeln auf dem verunstalteten Gesicht. Das Lächeln erlosch schnell. »Alles in Ordnung?«
»Nein«, erwiderte Borenson. »Wo ist Myrrima?«
»Ein Bote ist durch die Stadt gekommen«, erklärte sie. »Truppen werden zusammengezogen. Lord Orden befindet sich in Longmot. Sie – Myrrima – ist gestern abend aufgebrochen. Viele der jungen Männer aus dem Ort sind fortgegangen, um zu kämpfen.«
Die ganze Leichtigkeit, die er während der letzten Stunde in seinem Herzen gespürt hatte, war dahin. »Nach Longmot!« rief Borenson. »Warum?«
»Sie will bei dir sein!« antwortete Inette.
»Das – das wird kein Picknick wie am Jahrmarktstag!« brüllte Borenson.
»Das weiß sie«, sagte Inette leise. »Aber ihr seid verheiratet. Wenn du überlebst, will sie mit dir zusammenleben. Und wenn nicht ...«
Borenson ließ den Kopf hängen, dachte wütend nach. Sechzig Meilen. Fast sechzig Meilen bis Longmot. Sie konnte nicht in einer Nacht bis dorthin gelaufen sein, nicht einmal in zweien.
»Ist sie zu Fuß gegangen?«
Inette schüttelte wie betäubt den Kopf. »Ein paar junge Burschen aus dem Ort sind hingefahren. Auf einem Karren ...«
Zu spät. Zu spät. Borenson riß sein Pferd herum und galoppierte los, sie einzuholen.

KAPITEL 12
In starken Armen

Als er auf Longmot zuritt, hörte Gaborn Iome schreien. Ihr Schrei war so alarmierend, daß er zuerst befürchtete, sie sei von einem Pfeil getroffen worden. Sie waren jetzt seit Stunden unterwegs, hatten alle paar Minuten angehalten, um die Pferde zu wechseln, und Iome hatte sich kein einziges Mal beschwert. Er verlangsamte das Tempo und drehte sich um.

Zuerst sah er, daß König Sylvarresta im Sattel hockte, und sein Kopf auf und ab nickte. Der König hielt den Sattel mit beiden Händen fest umklammert. Er weinte leise, sein Atem ging schwer. Die Tränen liefen ihm über die Wangen.

Auch Iome hockte zusammengesunken im Sattel. »Halt, Gaborn. Wir müssen anhalten!« rief sie und ergriff die Zügel des Pferdes ihres Vaters.

»Was ist?« fragte Gaborn.

»Gaaagh«, machte König Sylvarresta.

»Unsere Übereigner sterben«, sagte Iome. »Er ... ich weiß nicht, ob mein Vater noch die Kraft hat, weiterzureiten.«

Gaborn spürte, wie ihn ein überwältigendes Gefühl von Trauer überkam. »Borenson. Ich hätte es wissen müssen.« Er fühlte sich benommen. »Tut mir leid, Iome.«

Er ritt neben den König, faßte ihn am Kinn. »Könnt Ihr reiten? Könnt Ihr Euch auf dem Pferd halten? Ihr müßt weiterreiten! Haltet Euch fest!«

Er schob die Hände des Königs mit Nachdruck auf den Sattelknauf. »Haltet Euch fest! So!«
König Sylvarresta starrte ihm ins Gesicht und umklammerte den Sattelknauf.
»Fühlst du dich stark genug, um zu reiten?« fragte Gaborn.
Sie nickte grimmig entschlossen in die Dunkelheit.
Gaborn ließ die Pferde in leichtem Galopp gehen und behielt seine Schützlinge im Auge. König Sylvarresta starrte zu den Sternen hinauf oder betrachtete die Lichter einer Ortschaft.
Fünf Meilen später bogen sie um eine Kurve, und König Sylvarresta fiel in hohem Bogen vom Pferd. Er landete auf der Hüfte, rutschte durch den Matsch und das Gras neben der Straße. Dann lag er einfach schluchzend da.
Gaborn ging zu ihm und flüsterte beruhigend auf ihn ein, half ihm wieder in den Sattel, dann stieg er hinter ihm auf und nahm König Sylvarresta in die starken Arme.

KAPITEL 13
Der Schlangenring

Die ganze lange Nacht hindurch wartete König Orden ungeduldig auf ein Zeichen seines Sohnes. Es war hart, dieses Warten – das Härteste, was er je erlebt hatte. Ordens Männer trugen alle zweihunderttausend Pfeile aus der Waffenkammer zu ihren Stellungen auf der Brustwehr. Auf dem Wehrgang unterhalb des Westturms entzündeten sie einen großen Scheiterhaufen, eine Botschaft der Verzweiflung, um so die Hilfe eines jeden herbeizurufen, der den Lichtschein oder den Rauch bemerkte. Neben diesem Feuer setzten seine Soldaten große Kessel mit Öl, dessen ranziger Geruch die Burganlage erfüllte, zum Sieden auf.

Orden befahl fünf Männern, sich drei Meilen weit nach Norden zu begeben und ein ähnliches Feuer auf dem Gipfel des Tor Loman zu entzünden, damit es jeder in einem Umkreis von zwanzig Meilen sehen konnte. Herzog Groverman war Ordens Bitten nicht nachgekommen. Vielleicht würde ihn der Anblick dieser Leuchtfeuer so beschämen, daß er sich eines Besseren besann.

Kurz vor dem Morgengrauen trafen tatsächlich zweitausend Ritter von Groverman ein und erklärten, warum sie zu spät gekommen seien. Groverman habe von Longmots Fall gehört und mit dem Gedanken gespielt, es zurückzuerobern, zuvor jedoch Sylvarresta benachrichtigt. Offenbar waren seine Boten nicht lebend bis zum König durchgekommen. Nach einem Tag des Wartens habe er einhundert Späher auf Kraftpferden losgeschickt und erfahren müssen, daß die Burg gefallen war.

Orden fragte sich, welche Straße die Späher genommen hatten und fand es seltsam, daß seine Männer sie nicht gesehen hatten. Was bedeutete, daß die Ritter einen Pfad durch den Wald genommen hatten.

Schließlich seien die Späher mit der schlechten Kunde von Sylvarrestas Niederlage zurückgekehrt, und Groverman selbst warte noch immer auf Verstärkung aus weit entfernten Burgen.

Die Ritter, die Groverman ausgesandt hatte, waren gute Männer, tüchtige Krieger. Doch so sehr er sich auch bemühte, Orden fühlte sich auf diese Schlacht nicht vorbereitet. Vermutlich hielt sie Prüfungen für ihn bereit, auf die er sich gar nicht vorbereiten konnte.

Der Graf von Dreis war König Orden kein Trost. Der Mann war unfähig. Kaum eine Stunde auf der Burg, versuchte er bereits, das Kommando zu übernehmen. Einer seiner ersten Dienste hatte darin bestanden, den Männern von der Artillerie zu befehlen, die Katapulte zurück in den Schutz der Türme zu schieben und damit die gesamte Arbeit der Artilleriebesatzung bei der Ermittlung der Reichweiten zunichte zu machen.

Orden traf den Grafen in den alten Gemächern des Herzogs beim Müßiggang an. Er ließ sich von einem Leibdiener die Füße massieren und nippte dabei warmen Tee.

»Warum habt Ihr die Artillerie in die Unterstände zurückbeordert?« wollte Orden wissen.

Es schien dem Grafen Mühe zu bereiten, zu entscheiden, ob er einen herrischen Ton anschlagen oder in die Defensive gehen sollte. »Eine Kriegslist, mein Lieber, eine Kriegslist. Seht Ihr, mir wurde klar, wenn wir sie bis zum Höhepunkt der Schlacht verborgen halten, können wir sie plötzlich hervorzaubern, so daß ihr Anblick Raj Ahtens Truppen in Angst und Schrecken versetzt!«

König Orden wußte nicht, ob er angesichts solcher Dummheit lachen oder weinen sollte. »Raj Ahten hat schon viele Katapulte gesehen«, sagte er schlicht. »Er hat einhundert Burgen mit Gewalt genommen. Seine Männer werden bei diesem Anblick gewißlich nicht das Fürchten lernen.«

»Ja, schon, aber ...«

»Tatsächlich hat Raj Ahten diese Katapulte bereits gesehen, denn er war vor kurzem persönlich hier. Er *weiß*, daß sie sich hier befinden.«

»Äh, natürlich. Ein gutes Argument!« meinte der Graf und stieß seine Masseurin fort, während er sich mühevoll aus seinem Sessel erhob.

»Wir müssen die Katapulte zurückstellen und unsere Männer die Stellplätze und die Reichweiten erneut ausmessen lassen.«

»Nun ... also gut«, murrte der Graf, als zöge er auch noch einen anderen Plan in Betracht.

»Außerdem«, fügte König Orden hinzu, »habt Ihr Eure Soldaten zur Verteidigung an die Burgtore befohlen und meine Männer auf die Mauern. Gibt es dafür einen Grund?«

»Aber ja, natürlich!« sagte Dreis. »Ihr müßt verstehen, daß

meine Männer für Heim und Vaterland kämpfen. Für sie ist es eine Frage der Ehre, die Tore zu verteidigen.«

»Euer Lordschaft«, versuchte Orden ihm geduldig darzulegen, »Ihr müßt verstehen, daß alle unsere Soldaten in der Hitze des Gefechts um ihr Leben kämpfen werden. Meine Männer kämpfen für ihre Heimat und ihr Land, genau wie die Euren. Und ich habe meine besten Kraftsoldaten hergebracht, Männer, die jeder zehn oder zwanzig Gaben haben. Sie werden besser kämpfen als gewöhnliche Soldaten.«

Dreis hielt dagegen: »Nun, Eure Männer kämpfen mit Schwertern und Hämmern, unsere dagegen werden mit dem Herzen kämpfen und mit ihrem Willen!«

»Euer Lordschaft ...«

Dreis hob eine Hand und schnitt ihm das Wort ab. »Ihr vergeßt Euren Rang, Orden«, fuhr er wütend auf. »Wir sind hier in Heredon, nicht in Mystarria. Ich befehlige diese Burg, bis ein mächtigerer Lord meine Stellung übernimmt.«

»Gewiß«, sagte Orden mit einer leichten Verbeugung, wenn ihm auch das Krümmen seines Rückens nie schwerer gefallen war. »Ich hatte nicht die Absicht, anmaßend zu werden. Ich hatte nur gehofft, daß einige meiner besseren Männer an der Seite der Euren stehen könnten. Das würde Raj Ahten unsere ... Einigkeit beweisen.«

»Einigkeit, ganz recht«, sagte Dreis, nach dem Köder schnappend. »Ein exzellenter Plan. Ein nobles Ideal. Ja, ja, ich werde das sofort anordnen.«

»Danke, Euer Lordschaft«, sagte König Orden mit einer

weiteren Verbeugung, machte kehrt und wollte gehen. Er hatte das Gefühl, soeben den Hebelpunkt gefunden zu haben, an dem auch Dreis' Berater bei ihm angesetzt haben mußten.

»Aber bitte«, sagte Dreis, »bleibt doch. Wenn ich mir eine Frage erlauben darf: Ich habe gehört, Ihr rekrutiert Männer für einen Schlangenring?«

»Ganz recht, Euer Lordschaft«, antwortete Orden, der die nächste Frage fürchtete.

»Ich werde mich natürlich auch beteiligen. Ich denke, ich sollte den Kopf bilden.«

»Und Euch einem solchen Risiko aussetzen?« erwiderte Orden. »Eine tapfere und edle Gesinnung, aber wir werden Euch gewiß brauchen, um die Schlacht zu lenken.« Er konnte nicht umhin, dem Ganzen einen leicht weinerlichen Unterton zu geben, wie es Dreis' Berater offenbar ebenfalls getan hatten.

»Nun, ich bin ein Anhänger der Überzeugung, den Menschen die richtigen Prinzipien beizubringen und sie sich dann selbst zu überlassen«, konterte Dreis. »Es wird nicht nötig sein, daß ich die Schlacht lenke.«

»Dann, mein Lord, bedenkt bitte wenigstens die Sicherheit Eurer Länder nach der Schlacht. Heredon hat schon genug Verluste erlitten. Solltet Ihr getötet werden, wäre dies eine weitere schwere Belastung. Wir sollten Euch nicht als Kopf der Schlange einsetzen, sondern irgendwo unweit davon auf einem Ehrenplatz.«

»Aber nein, ich bestehe darauf ...«

»Habt Ihr je einen Mann getötet, mein Lord?« fragte Orden.

»Doch ja, das habe ich. Vor nicht einmal drei Jahren habe ich einen Dieb gehenkt.«

Natürlich hatte der Graf den Mann nicht gehenkt, das wußte Orden. Dieses Bravourstück hatte er mit Sicherheit dem Kommandanten seiner Wache überlassen.

»Dann wißt Ihr ja, wie schwer es fällt«, fuhr Orden fort, »danach des Nachts zu schlafen. Ihr wißt, wie es ist, einem Mann in die Augen zu blicken, während man ihm das ganze Dasein nimmt. Schuld. Schuld ist der Preis, den wir dafür zahlen, unser Volk zu führen.

Ich habe meinen ersten Menschen getötet, als ich zwölf war«, fügte Orden hinzu. »Irgendeinen verrückten Bauern, der versuchte, mich zu verprügeln. Seitdem habe ich gut zwanzig Männer im Kampf getötet.

Meine Frau ... wurde abweisend darüber, kühl und unnahbar. Man sollte meinen, daß sie einen dafür nur um so mehr lieben, doch die Frauen glauben, daß uns das bißchen Blut an den Händen hartherziger und grausamer macht. Es befleckt die Seele. Natürlich bin ich nicht Raj Ahten. Wer weiß schon, wie viele Menschen er mit eigener Hand getötet hat? Zweitausend, zehntausend?

»Ja, die Schuld ...«, meinte der Graf nachdenklich. »Eine üble Sache.«

Orden konnte förmlich sehen, wie das Räderwerk im Kopf des Grafen, nachdem er die Ängste des Mannes geweckt hatte, sich ganz langsam in Bewegung setzte. Orden ging es gar nicht um Schuld. Er mußte diesen Narren nur daran erinnern, wie viele Menschen durch Raj Ahtens Hand umgekommen waren. »Ganz recht, sie legt sich wie ein Schatten auf die Seele eines Mannes.« Jetzt hatte der

Graf einen Weg, sich um die Schlacht zu drücken. Er konnte ihr im Namen der Rechtschaffenheit aus dem Weg gehen, und nicht etwa, weil ihm der Mut fehlte.
»Also gut, die Zwingeisen gehören Euch«, sagte der Graf. »Vielleicht solltet Ihr der Kopf der Schlange sein.«
»Ich danke Euch, mein Lord«, sagte König Orden. »Ich werde versuchen, in Ehren zu dienen.«
»Aber ich werde der nächste in der Reihe sein.«
»Eigentlich«, wandte König Orden ein, »hatte ich gehofft, diese Position einem anderen reservieren zu können, dem Kommandanten meiner Garde. Einem ganz vorzüglichen Kämpfer.«
»Ah, verstehe!« sagte Dreis. Jetzt, da er über die Geschichte nachdachte, schien er alles andere als sicher zu sein, ob er sich an diesem Kampf beteiligen wollte. »Nun, vielleicht wäre es das beste.«
»Aber wir können die Position hinter ihm für Euch reservieren, mein Lord«, schlug Orden vor. Er wußte, daß er diesem Trottel keinen Ehrenplatz freizuhalten brauchte. Orden konnte den Grafen nach Belieben in der Schlange unterbringen. Irgendwo in der Mitte wäre nicht verkehrt.
»Also dann, einverstanden«, stimmte Dreis in einem Tonfall zu, der das Thema beendete. Dann machte er seinen Dienern klar, daß er vor dem Morgengrauen nicht gestört zu werden wünschte, denn er brauche seinen Schlaf.
Somit kehrte König Orden wieder auf die Brustwehr zurück, ärgerte sich – und hielt Ausschau nach Anzeichen von Hilfe, von Gefahr. Er postierte seine Weitseher,

Männer mit vielen Gaben der Sehkraft, auf der höchsten Zinne des Graakhorsts, dann sandte er Späher aus, die in den Bergen und auf den Straßen sowohl nach Osten als auch nach Westen nach Anzeichen von Raj Ahtens Besatzerarmee Ausschau halten sollten.

Doch bekamen sie von ihr nicht das Geringste zu sehen. Statt dessen kamen Stunde um Stunde, die ganze Nacht hindurch, Männer angeritten, die ihre Hilfe anboten – dreihundert weitere Bauern aus dem Gebiet um Burg Dreis, allesamt mit Langbögen. Sie besaßen keine Rüstungen, sondern trugen wollene Westen, die gerade mal einen schlecht gezielten Pfeil abwehren konnten. Borensons Regiment kam kurz vor Morgengrauen angaloppiert – achtzig Krieger, die im gestrigen Kampf viele Wunden davongetragen hatten.

Sie berichteten, Raj Ahtens Truppen seien gar nicht erst in den Hinterhalt an der Wildschweinfurt geraten. Von Gaborn hatten sie nichts gehört.

Von Westen kam ein Regiment von zweihundert Lanzenträgern auf Kraftpferden aus Burg Johnick, Männer, die losgeritten waren, als sie gehört hatten, daß Burg Sylvarresta gefallen sei, und die dort fast schon angekommen waren, als sie erfuhren, daß die Schlacht bei Longmot geschlagen werden würde.

Aus Osten trafen nach und nach Unabhängige Ritter von freien Lehen ein, ein Dutzend hier, fünfzig dort. Meist waren es ältere Männer, die nichts zu verlieren hatten, oder junge, die noch naiv genug waren, um zu glauben, Krieg sei eine ruhmvolle Angelegenheit. All diese addierten sich zu den fünfzehnhundert Rittern und Bogen-

schützen hinzu, die Graf Dreis mitgebracht hatte und den zweitausend von Groverman.
Dann gab es die Bauernsöhne und die Händler aus den Städten an den Grenzen des Waldes. Junge Burschen mit entschlossenen Gesichtern, manche mit nicht mehr bewaffnet als einer Axt oder einer Sichel. Junge, herausgeputzte Männer aus den Städten, deren leichte Schwerter viel zu viel goldenen Zierat aufwiesen. Orden war über das Erscheinen dieser gewöhnlichen Bürger nicht begeistert, zählte sie kaum zu den Verteidigern. Er wagte aber nicht, ihnen das Recht zu kämpfen abzusprechen. Es war ihr Land, das sie beschützen wollten, nicht seins. Wann immer die einzelnen Trupps zwischen den längs der Straße vor den Stadttoren brennenden Zwillingsfeuern hindurchritten, stimmten die Männer auf den Mauern ein Triumphgeheul an oder stießen in die Hörner und riefen: »Gegrüßt sei Sir Freeman!« oder »Gegrüßt sei Orrin, der Tapfere!«
Orden kannte die Wappen der Männer, konnte die meisten Ritter nach einem Blick auf ihre Schilde beim Namen nennen. Ein Reiter jedoch, der kurz vor Morgengrauen eintraf, verwirrte ihn und erregte seine Aufmerksamkeit. Fast als letzter kam in jener Nacht ein riesenhafter Bursche angeritten, groß wie ein Bär. Er saß auf einem schwarzen Esel mit durchhängendem Rücken, so schnell, wie das Tier nur traben wollte. Einen Wappenrock trug er nicht, nur einen runden Schild mit einem mächtigen Dorn darin, und er trug einen flachen Helm, aus dem sich ein einziges Kuhhorn hervorkrümmte. Er besaß keinen Kettenpanzer, sondern einen dicken Mantel aus

Schweinsleder, und seine einzige Waffe, neben einem Dolch an seinem Gürtel, war eine riesige Axt von gut sechs Fuß Länge, die quer über dem Knauf seines Sattels ruhte. Mit ihm ritten fünfzig Männer, ebenso abgerissen wie er selbst – Männer mit Langbögen und Äxten. Geächtete.

Die Ritter auf den Mauern Longmots zögerten, diesen Krieger und seine Bande mit Namen zu begrüßen, obwohl sie nicht umhin konnten, ihn wiederzuerkennen. Shostag, der Axtmann. Seit zwanzig Jahren waren Shostag und seine Geächteten eine Plage für jeden Runenlord entlang der Trostberge.

Es hieß, er sei ein Wolflord alter Schule und habe viele Gaben von Hunden übernommen. Als Shostag sich den Burgtoren näherte, beobachtete König Orden das grasbedeckte Hügelland hinter ihm, sah die schemenhaften grauen Schatten der Wölfe, die im Licht der Sterne nervös an den Heckenreihen entlanghuschten und über steinerne Feldumrandungen sprangen.

Shostag hielt einhundert Meter vor den Burgtoren mit seinen Gefolgsleuten an, inmitten der Ruinen der niedergebrannten Stadt. Selbst in der fast völligen Dunkelheit konnte man im Schein der Feuer sehen, daß sein Gesicht schmutzig und unrasiert, sein ganzes Auftreten widerwärtig war. Er spie in die Asche, sah hoch zu den Festungsmauern, blickte Orden fest in die Augen.

Shostag fragte: »Ich habe Eure Signalfeuer bemerkt. Wie ich gehört habe, habt Ihr es auf das Leben eines Runenlords abgesehen. Sind wir zu dieser Feier eingeladen?«

Orden war nicht sicher, ob er dem Mann trauen konnte.

Gut möglich, daß die Axtmänner sich gegen ihn stellten und auf dem Höhepunkt der Schlacht innerhalb der Burgmauern ein verheerendes Chaos anrichteten.

»Es wäre mir eine Ehre, an der Seite von Männern Eures ... allseits bekannten Könnens zu kämpfen«, antwortete Orden. Er konnte es sich nicht leisten, irgendeine Unterstützung abzulehnen, nicht einmal die des Axtmannes.

Shostag räusperte sich und spie erneut auf den Boden.

»Wenn ich und meine Jungs diesen Kerl für Euch töten, dann will ich einen Straferlaß.«

Orden nickte.

»Ich will einen Titel und Ländereien, genau wie jeder andere Lord.«

Orden überlegte. Er besaß einen Landsitz in den finsteren Wäldern an der Grenze nach Lonnock. Es war ein finsteres Sumpfgebiet, verseucht von Banditen und Moskitos. Der Besitz lag jetzt seit drei Jahren brach und wartete auf den richtigen Besitzer.

Shostag würde die Banditen entweder aus den Wäldern und Sümpfen vertreiben oder ihnen erlauben, sich ihm anzuschließen.

»Ich kann Euch einen Besitz in Mystarria versprechen, wenn König Sylvarresta nichts Besseres weiß.«

»Den nehme ich«, knurrte Shostag und winkte seine Männer herein.

Zwei Stunden vor dem Morgengrauen hatte Orden noch immer nichts von Gaborn oder Borenson gehört. Ein weiterer Bote brachte Kunde, daß der Herzog von Groverman bereit sei, die Unterstützung benachbarter Burgen anzubieten, Longmot jedoch nicht vor dem Abend erreichen könne.

Raj Ahten wird mit Sicherheit vor ihm hier eintreffen, wurde Orden klar.

Groverman tat recht daran, sich in seiner eigenen Festung zu behaupten, bis er sicher war, daß sie verteidigt werden konnte – ungeachtet dessen, daß man ihm einen Schatz versprochen hatte.

Es sah also ganz danach aus, als würde keine weitere Unterstützung eintreffen. Auch wenn seine Späher ihn noch nicht von Raj Ahtens Anmarsch unterrichtet hatten, erwartete Orden ihn innerhalb der nächsten ein, zwei Stunden.

Allein die Tatsache, daß er noch keine Nachricht von Gaborn erhalten hatte, war quälend. Mit jeder Stunde schwand die Hoffnung. Und schließlich schien ihm weiteres Warten aussichtslos. Raj Ahten hatte ihn bestimmt gefangengenommen.

Und der Wolflord hatte ihn entweder getötet oder dem Jungen seine Gaben abgenommen.

Orden nahm also seine Zwingeisen, ließ die Freiwilligen in einer Reihe antreten und die Annektoren den uralten Zauberspruch für Graf Dreis anstimmen, der die Zwingeisen erglühen ließ und Bande von Licht erzeugte, während ein Mann nach dem anderen seine Gaben abtrat.

Ganz zum Schluß trat Orden selber seine Gabe ab und schloß damit den Schlangenring. Es war ein Akt der äußersten Verzweiflung.

Schweren Herzens und mit weniger als sechstausend Mann ließ Orden im Morgengrauen die Tore schließen und harrte der bevorstehenden Auseinandersetzung. Draußen vor den Mauern hatte er einige Späher zurückgelassen, die ihn vorab Nachricht von jeder Sichtung der Truppen von Raj Ahten geben sollten, auf weitere Verstärkung hoffte er aber längst nicht mehr.

Er hielt eine letzte Ansprache, setzte seine ganze Stimmgewalt ein, um die Entfernung zu überbrücken und in jeden Winkel der Burg vorzudringen. Die Ritter, die gewöhnlichen Bürger und die Schurken auf den Mauern, sie alle blickten erwartungsvoll zu ihm auf.

»Männer«, sagte er, »wie euch sicherlich zu Ohren gekommen ist, hat Raj Ahten Burg Sylvarresta ohne den Einsatz von Waffen eingenommen. Er hat nichts weiter benutzt als seine Anmut und seine Stimmgewalt, um Sylvarrestas Truppen zu entwaffnen. Und ihr wißt auch, was anschließend mit den Rittern in dieser Burg geschah.

Nun, soweit werden wir es hier nicht kommen lassen. Wenn Raj Ahten erkennen läßt, daß er von seiner Stimmgewalt Gebrauch machen will, dann erwarte ich, daß jeder Mann in Reichweite auf ihn schießt, als wäre er eine angreifende Armee.

Wenn er dieses Schlachtfeld verläßt, ist entweder er tot oder wir. Sollten einige von euch jungen Männern seiner Stimmgewalt erliegen, werden euch meine Ritter über die Burgmauern werfen.

Wir werden nicht zulassen, daß Kinder den Kampf von Männern stören.

Mögen die Mächte mit uns sein!«

Nachdem er zu Ende gesprochen hatte, rissen sechstausend Mann die Arme in die Höhe und jubelten: »Orden! Orden!«

Er richtete den Blick über die Mauern nach draußen. Er wußte, seine Warnung, vorgetragen mit der ganzen Wucht seiner Stimmgewalt, würde auf seine Männer große Wirkung haben. Er hoffte nur, daß Raj Ahten nicht in der Lage war, den Zauber aufzulösen, den seine Worte gesponnen hatten.

Er spürte die kalte Luft, die vom Horizont über den Dunnwald heranwehte. Es sah nach Schnee aus.

Aber wo blieb Gaborn?

KAPITEL 14
Junge Burschen unterwegs

Myrrima hockte auf der Ladefläche eines klapprigen Karrens, als das Pferdegespann an jenem frühen Morgen die Straße entlang eilte. Schwankend und knarrend folgte der Karren der Spur. Seit sie die Felder in der Nähe Bannisferres verlassen und den Dunnwald erreicht hatten, war es noch unbequemer geworden, denn dicke Wurzeln zogen sich quer über die Straße und sorgten immer wieder für harte Stöße.

Sie war nur einer von zehn Passagieren aus Bannisferre. Die anderen waren junge Bauernburschen, die mit nichts als ihren Bögen bewaffnet von Vergeltung für die Morde träumten, die man an ihren Familien in den letzten Wochen begangen hatte.

Nicht einmal der Karren gehörte einem von ihnen, sondern er war nur von Bauer Fox oben an der Straße zur Stadt ausgeliehen. Diese jungen Burschen hatten keine eigenen Pferde, um in den Krieg zu ziehen.

Aber sie hörten sich an wie die tapferen Söhne von Edelleuten. Reden konnten sie. »Ich schnappe mir einen Unbesiegbaren und mach ihn fertig«, meinte einer der jungen Burschen, Hobie Hollowell. Er war schlank und kräftig, hatte weizenblondes Haar und blaue Augen, die jedesmal aufleuchteten, wenn er zu Myrrima hinübersah. Vor nicht allzuvielen Wochen hatte sie noch gehofft, ihn zu heiraten.

»Ach, mit deinem Bogen triffst du sowieso nichts«, lachte Wyeth Able. »Deine Pfeile sind genauso krumm wie dein Augenmaß.«

»Ich hab nicht vor, ihn mit Pfeilen fertigzumachen«, lachte Hobie. »Ich werde warten, bis jemand die Burgmauern hochklettert, und dann schmeiße ich ihm deinen fetten Kadaver auf den Kopf! Das macht ihn sicher platt, und deinem weißen Arsch wird kein Haar gekrümmt.«

»Ha, als könntest du mich über die Mauer wuchten«, meinte Wyeth, zog seinen Hut ab und schlug Hobie damit. Wyeth war ein stämmiger Junge, dessen Schicksal es war, ebenso breit wie hoch zu sein. Und dann legten die Jungs los und balgten sich lachend im Karren.

Myrrima lächelte verhalten. Sie wußte, daß die Späße ihr galten, daß sie alle um ihre Aufmerksamkeit buhlten. Die meisten von ihnen kannte sie schon ihr Leben lang, aber seit sie ihre Gaben der Anmut bekommen hatte, hatte sich ihr Verhältnis dramatisch verändert. Jungs, die sie früher einfach nur für irgendein ausgesetztes Balg gehalten hatten, lächelten jetzt schüchtern und vergaßen in ihrer Gegenwart ihre Manieren, wenn nicht gar ihren Namen.

Eigentlich schade, daß ihre Schönheit zu einem Hindernis im ganz normalen Umgang geworden war. Das hatte sie nicht gewollt.

Wyeth rang Hobie ohne große Mühe nieder und grinste Myrrima dann um Anerkennung heischend an.

Sie nickte freundlich, lächelte.

Die letzten Meilen nach Longmot führten durch grasbewachsene Hügel, wo Eichen ihre Äste ausbreiteten. Sie fühlte sich nach der langen Fahrt sehr müde. Die Pferde, die den Karren zogen, waren keine Kraftpferde, aber sie waren ein kräftiges Gespann, das gewohnt war, zusammenzuarbeiten, genau wie die Jungen.

Als sie Longmot erreichten und die langen, hohen Mauern und verheißungsvollen Türme erblickten, wünschte Myrrima sich fast, sie wäre nicht hergekommen. Es tat weh, die Zerstörung zu sehen, die das Land überzog, die rußgeschwärzten Ruinen der Stadt vor der Burg, die niedergebrannten Bauernhäuser überall auf dem grünen Hügelland. Die Berge im Norden und Nordwesten von Longmot waren noch Teil des Dunnwaldes, standen voller Eichen, Eschen und Fichten. Doch die Hügel südlich der Burg wogten dahin wie gewaltige, sanfte Wellen. Dort gab es Weiden, Obstgärten, Weinfelder und Gärten.

Feldbegrenzungen aus übereinandergeschichteten Steinen oder Hecken aus störrigem Dorngestrüpp unterteilten das Land in Quadrate und Rechtecke von unterschiedlicher Farbe wie die Flicken einer Steppdecke.

Jetzt aber lag das Land verlassen da. Wo einst Bauernhöfe, Scheunen oder Taubenschläge gestanden hatten, blieben nur schwarzverbrannte Ruinen wie offene Geschwüre. Sämtliche Kräuter- und Obstgärten waren abgeerntet. Keine einzige Kuh, kein Pferd, kein Schwein, keine Ente war auf den menschenleeren Feldern zu sehen. Myrrima verstand, wieso die Menschen von Longmot dies getan hatten, warum die Soldaten die Stadt niedergebrannt und ihre eigenen Brunnen vergiftet hatten. Sie wollten Heredons Feinden keine Unterstützung gewähren. Also hatten sie im Umkreis der Burg alles vernichtet, was von Wert war.

Dieses Land ... glich allzusehr den fruchtbaren Feldern Bannisferres. Das war der Grund, weshalb Myrrima darum trauerte. Die verkohlten Häuser zu sehen, die menschenleeren Felder, raubte ihr den Mut, erschien ihr wie ein böses Omen für die Zukunft.

Die Burgtore waren verschlossen, als der Karren davor hielt. Nervös beobachteten Wachen oben die Felder und Hügel im Westen.

Als sie die Männer sah, die auf den Mauern standen, wurde Myrrima noch unruhiger. Wenn die meisten der Verteidiger gewöhnliche junge Burschen waren wie die, mit denen sie gereist war, wie konnte Orden dann hoffen, sich gegen Raj Ahtens Unbesiegbare zu wehren?

»Wer seid ihr? Woher stammt ihr?« fragte der Soldat schroff am Tor.

»Aus Bannisferre«, brüllte Wyeth Able und erhob seinen Bogen. »Wir sind gekommen, um unsere Toten zu rächen.«

Über den Toren trat ein Mann mit breitem Gesicht und weit auseinanderstehenden, glühenden Augen auf die Burgmauer. Er war in voller Rüstung. Sein eleganter Brustpanzer war mit dem Bild des Grünen Ritters geschmückt, und er trug einen Umhang aus schimmerndem grünem, mit Gold durchwirktem und besticktem Seidenstoff.

König Orden.

»Sind die Herren imstande, mit diesen Bögen irgend

etwas zu treffen? fragte Orden. »Raj Ahtens Soldaten sind sehr schnell.«

»Ich habe schon jede Menge Tauben vom Himmel geholt«, rief Wyeth zurück.

Orden deutete mit dem Kinn auf Wyeth' stattlichen Körperbau: »Und ich würde sagen, du hast sogar noch mehr als diese Menge selbst verdrückt. Seid willkommen.«

Dann fiel sein Blick wie zufällig auf Myrrima, und darin lag soviel Bewunderung, daß ihr der Atem stockte.

»Und wen haben wir hier, eine Schwertkämpferin? Eine Adlige?«

Myrrima sah auf ihre im Schoß gefalteten Hände hinunter, mehr aus Scheu denn aus Respekt.

»Eine Freundin ... Eures Sohnes. Ich bin einem Eurer Männer versprochen – Borenson. Deshalb bin ich gekommen – weil ich bei ihm sein will. Ich bin keine Schwertkämpferin, aber ich kann gut kochen und weiß, wie man einen Verband anlegt.«

»Verstehe«, sagte Orden leise. »Borenson ist ein ehrenwerter Mann. Ich wußte nicht, daß er verlobt ist.«

»Erst seit kurzem«, sagte Myrrima.

»Meine Dame, er ist noch nicht auf der Burg eingetroffen. Ich hatte gehofft, ihn inzwischen hier begrüßen zu dürfen. Allerdings habe ich ihn mit einem Auftrag nach Burg Sylvarresta geschickt. Ich denke, er wird in Kürze hier sein, aber um die Wahrheit zu sagen, Raj Ahtens Truppen werden uns ebenfalls bald erreichen. Ich kann nicht sagen, wer zuerst eintrifft.«

»Oh«, erwiderte Myrrima und dachte fieberhaft nach. Borenson erwartete sie nicht, und sie hatte nicht damit gerechnet, daß er anderswo beschäftigt sei. Sie machte sie keine Illusionen darüber, wie diese Schlacht ausgehen würde. Doch in der kurzen Zeit mit Borenson war ihr klargeworden, wie wichtig ihm Aufopferung war. Sie kam gar nicht auf die Idee, Borenson könnte etwas zugestoßen sein.

In der Stunde der Not wollte sie bei ihm sein. Denn in ihrer Familie hatte ihnen immer nur die Aufopferung für jene, die man liebte, das Überleben ermöglicht.

Myrrima fuhr sich mit der Zunge über die Lippen. »Ich werde hier auf ihn warten, wenn Ihr nichts dagegen habt.«

KAPITEL 15
Hoffnung

Kurz nach Morgengrauen erreichten Iome und Gaborn das winzige Dorf Hobtown, zweiundzwanzig Meilen nordwestlich von Longmot. Hobtown war eine Ansammlung von fünfzehn Katen und einer Schmiede. An Samstagen wie heute jedoch brachten die paar Bauern Waren zum Tauschen in die Stadt.
Als Gaborn, Iome und König Sylvarresta in den Ort hineinritten, waren bereits einige Menschen auf den Beinen. Die Pferde brauchten Futter und Rast.
Iome erblickte ein junges Mädchen von vielleicht zwölf Jahren, das Zwiebeln und Lauch in einem Garten erntete. Gleich neben dem Zaun wuchs hoher Klee. Iome rief: »Entschuldige, gutes Mädchen. Dürfen wir unsere Pferde von deinem Klee fressen lassen?«
Das Mädchen antwortete: »Natürlich, bedient Euch nur.« Sie hatte sich erst im letzten Augenblick umgedreht und erstarrte, als sie die Prinzessin sah.
»Danke«, sagte Gaborn. »Wir würden gern dafür bezahlen und außerdem etwas zum Frühstück kaufen.«
Das Mädchen drehte sich um, starrte Gaborn an, vermied es dabei deutlich, Iome anzusehen, und versuchte, die Fassung wiederzufinden. »Ich habe noch Brot von gestern abend übrig, und etwas Fleisch«, bot sie an, hocherfreut über die Aussicht auf Geld. In Bauerndörfern wie diesem war Tauschhandel die Regel, und man konnte gut

von einem Jahr zum nächsten überleben, ohne je das Gewicht einer abgewetzten Münze in der Tasche zu spüren.

»Bitte, das wäre sehr gut«, sagte Gaborn.

Das Mädchen ließ den Korb mit Zwiebeln fallen und lief ins Haus.

Iome versuchte, sich zu beruhigen, wollte vergessen, wie ihr die Kränkung des Mädchens zugesetzt hatte und wie wertlos und häßlich sie sich deswegen fühlte.

Ihr Vater war im Laufe der Nacht im Sattel eingeschlafen. Sie war froh darüber. Nachdem er vom Pferd gefallen war, hatte er immer wieder laut geschluchzt. Jetzt hielt Gaborn den König im Sattel vor sich fest, wie ein kleines Kind.

Die Pferde begannen wie ausgehungert am Klee zu rupfen.

Iome sah sich um. Die Katen hier waren aus Stein und Holz gebaut und mit Stroh gedeckt. Blumen und Kräuter gediehen in Töpfen unter Fenstern aus echtem Glas. Die wenigen Bewohner von Hobtown schienen wohlhabend zu sein.

Die Ortschaft war von wundervollen Wiesen und eichenbestandenen Hügeln umgeben. Neben Kornblumen und Nelken wuchsen Gänseblümchen wild im Gras. Wohlgenährtes Vieh graste vor dem Dorf. Reich. Dieser Ort ist reich, weil man hier zufrieden ist, dachte Iome.

Wenn Gaborns Befürchtungen sich bewahrheiteten, dann würde Raj Ahtens Verstärkung heute durch diesen Ort marschieren.

Sie hob den Kopf und ertappte Gaborn dabei, wie er sie

anlächelte. Nur einen Moment zuvor hatte sich das Mädchen erschrocken über Iomes Anblick die Hand vor den Mund geschlagen.

Iome hatte Angst, daß sie nie wieder schön sein würde. Als Gaborn sie jedoch so fest ansah, gab er ihr das Gefühl, ihre Anmut nie verloren zu haben.

»Wie machst du das?« fragte Iome, die dankbar war für seine Aufmerksamkeit.

»Was meinst du?«

»Wenn du mich so ansiehst und mir das Gefühl gibst, ich sei schön.«

»Ich will dir eine andere Frage stellen«, erwiderte Gaborn. »In Internook muß eine Frau strohblondes Haar haben, um schön zu sein, in Fleeds aber muß sie rote Haare und Sommersprossen haben. In Mystarria fanden die Menschen lange Zeit Frauen mit breiten Hüften und schwingenden Brüsten schön. Hier in Heredon wiederum müssen schöne Frauen kleine, kecke Brüste und knabenhafte Körper haben.

In ganz Rofehavan gelten blasse Frauen als schön. In Deyazz dagegen müssen sie dunkelhaarig und braun sein. Dazu tragen die Frauen in Deyazz schwere goldene Ohrringe, die die Ohren in die Länge ziehen. Hier würden solche vergrößerten Ohren grotesk wirken.

Ich frage dich also, wer hat recht? Sind alle diese Frauen in Wahrheit schön oder sind sie häßlich oder alle gleich?«

Iome überlegte. »Vielleicht ist äußerliche Schönheit nichts anderes als ein Trugbild«, erwiderte sie. »Und du kannst hinter dieses Trugbild sehen?«

»Ich finde nicht, daß Schönheit ein Trugbild ist«, sagte

Gaborn. »Sie ist einfach so verbreitet, daß wir sie oft nicht erkennen. Es ist wie mit diesen Wiesen: als Reisende nehmen wir die Blumen wahr, den Menschen aus dem Ort dagegen fällt wahrscheinlich nur selten auf, wie schön ihr Land ist.«

Iome hielt dagegen: »Was aber, wenn man uns die Schönheit nimmt, und es ist nichts mehr da, was man sehen könnte?«

Sein Pferd stand neben ihrem und trat von einem aufs andere Bein, so daß Gaborns Knie plötzlich das von Iome berührte. »Dann solltest du dich freuen«, sagte er. »Menschen können auch innerlich schön sein. Gerade wenn ihnen der Verlust der äußerlichen Schönheit am schmerzlichsten erscheint, sehnen sie sich so nach Schönheit, daß sich ihr ganzes Empfinden verändert. Dann verstrahlen sie eine Schönheit wie die Blumen, die auf diesem Feld sprießen.

Wenn ich in dich hineinsehe«, fuhr er fort, den Blick fest auf sie, in ihr Innerstes gerichtet, »sehe ich das Lächeln der Menschen aus deinem Volk. Du liebst dieses Lächeln mehr als alles andere. Wie kann ich nicht lieben, was in deinem Herzen ist?«

»Woher hast du nur die seltsamen Ideen?« fragte Iome, die über seine letzten Worte staunte und sich wunderte, wie es ihm gelang, ihre Liebe und die Hoffnung für ihr Volk in so wenige Worte zu fassen.

»Von Lehrmeister Ibirmarle, der mich im Saal der Herzen unterrichtet hat.«

Iome lächelte. »Ich würde ihn gerne irgendwann einmal kennenlernen und mich bei ihm bedanken. Aber ich

fange an, mich über dich zu wundern, Gaborn. Du hast im Haus des Verstehens im Saal der Herzen studiert – ein seltsamer Ort für einen Runenlord. Wieso hast du deine Zeit unter Troubadouren und Philosophen zugebracht?«
»Ich habe an vielen Orten studiert – im Saal der Gesichter, im Saal der Füße.«
»Um die Eigenheiten von Schauspielern und Reisenden kennenzulernen? Warum nicht im Saal der Waffen und im Saal des Goldes?«
»Unterricht in Waffenkunde habe ich von meinem Vater und den Palastgardisten erhalten«, antwortete er, »und den Saal des Goldes fand ich ... langweilig. All diese kleinen Kaufmänner, die sich gegenseitig voller Neid beobachteten.«
Iome lächelte Gaborn amüsiert an.
Kurz darauf kam das Mädchen mit einigen kleinen Kuchen, etwas Fleisch und drei frischen Feigen wieder aus der Kate. Gaborn bezahlte und warnte sie, daß Raj Ahtens Armee in wenigen Stunden hier durchmarschieren würde; dann ließ er die Pferde eine Weile gehen.
Draußen vor der Ortschaft machten sie unter einem Baum halt, wo die Tiere aus einem Teich neben der Straße trinken konnten. Gaborn ließ Iome in Ruhe essen. Er versuchte, den König zu wecken, damit auch er etwas aß, Iomes Vater schlief jedoch fest weiter.
Also aß Gaborn das Fleisch selbst und bewahrte ein wenig Brot und eine Feige in seiner Tasche auf. Vor ihnen erhoben sich dunkel, blau und drohend die Berge. Iome war noch nie so weit im Süden ihres Reiches gewesen. Sie hatte von der Schlucht des Leidens gehört, von der

tiefen Schlucht gleich hinten der Bergen, die große Teile des Reiches voneinander trennte.

Schon immer hatte sie sich gewünscht, dort einmal hinzukommen. Die Straße, hatte man ihr erzählt, sei äußerst gefährlich. Über Meilen führte sie dicht an einem steilen Abgrund entlang. Die Duskiner hatten sie vor Jahrhunderten aus dem Stein geschlagen und eine große Brücke über den Fluß des Leidens gebaut.

»Trotzdem finde ich es seltsam«, sagte Iome, »daß du soviel deiner Zeit im Saal des Herzens verbracht hast. Die meisten Lords studieren höchstens den Gebrauch der Waffen oder vielleicht noch der Stimmgewalt.«

»Wenn wir Runenlords«, erklärte Gaborn, »nur Schlachten gewinnen oder unsere Festungen halten wollten, dann brauchten wir vermutlich nur im Saal der Waffen zu studieren.

Aber ... daran glaube ich nicht so recht. Wir suchen viel zu sehr nach Wegen, wie wir uns gegenseitig benutzen können. Ich finde es bedauerlich, daß die Starken die Schwachen beherrschen. Warum soll ich etwas studieren, das ich nicht für richtig halte?«

»Weil es notwendig ist«, sagte Iome. »Jemand muß den Gesetzen Geltung verschaffen und das Volk beschützen.«

»Vielleicht«, sagte Gaborn. »Lehrmeister Ibirmarle fand auch das immer bedauerlich. Seiner Meinung nach war es nicht nur verkehrt, daß der Starke den Schwachen unterdrückt, sondern ebenso verachtenswert sei es, wenn der Kluge den Dummen bestiehlt oder der Geduldige die Ungeduld eines anderen ausnutzt.

Das alles sind bloß verschiedene Arten, andere vor den

eigenen Pflug zu spannen. Warum sollte ich Menschen wie Werkzeuge behandeln – oder schlimmer noch, als bloße Hindernisse auf dem Weg zu meinem Vergnügen?«
Gaborn verfiel einen Augenblick in Schweigen, und sein Blick wanderte nach Norden, zu Burg Sylvarresta, wo Borenson gestern nacht die Übereigner getötet hatte. Iome sah Gaborn sein Bedauern an, und vermutlich betrachtete er es als persönliches Versagen, daß er so naiv gewesen war.

Er sagte: »Einmal, vor langer Zeit, sandte ein alter Schäfer, der Vorsteher seines Ortes war, eine Botschaft an meinen Großvater, in der er ihn bat, ihm seine Wolle abzukaufen. Der Ort, aus dem der Schäfer stammte, hatte seit langem einen Vertrag mit einem gewissen Händler aus Ammendau, der ihre Wolle zum Markt trug, dieser Mann jedoch war unerwartet gestorben. Also schickte der Ortsvorsteher zum König und bat ihn, ihm die Wolle zum Vorzugspreis für seine Truppen abzukaufen.

Der Vorsteher wußte aber nicht, daß der Regen in den westlichen Bergen eine verheerende Wollfäule bei den dortigen Schafen hervorgerufen hatte. Sehr wahrscheinlich hätte die Wolle des Vorstehers den dreifachen Preis erzielt, wenn man sie nur zum Markt gebracht hätte.

Mein Großvater hätte sich, als er die Situation erkannte, die Gelegenheit zunutze machen und billig Wolle einkaufen können. Hätte er auf die Kaufleute gehört, die im Saal des Goldes unterrichteten, hätte er es auch getan. Denn sie hielten es für eine Tugend, billig einzukaufen und teuer zu verkaufen.

Statt dessen schickte mein Großvater zum Lehrmeister

im Saal der Füße und sorgte dafür, daß eine Karawane die Wolle zu einem fairen Preis transportierte – für weniger, als die Dorfbewohner je bezahlt hatten.

Daraufhin schickte er zum Vorsteher und erklärte ihm, was er unternommen hatte, dann bat er den Vorsteher, seine Wolle den Armen zum üblichen Preis zu überlassen, damit sie im Winter nicht frieren müßten.«

Iome lauschte der Geschichte mit einer gewissen Ehrfurcht, denn sie hatte die Familie Orden immer für hartherzig und gefühllos gehalten. Vielleicht war nur Gaborns Vater so. Vielleicht war er nach dem schlimmen Ende seines eigenen Vaters so geworden.

»Verstehe«, sagte Iome. »Dein Großvater hat also die Liebe der Armen gewonnen.«

»Und den Respekt des Vorstehers und seines Dorfes«, fügte Gaborn hinzu. »Das ist die Art Runenlord, zu der ich gehören möchte. Jemand, der fähig ist, eines Menschen Herz und seine Zuneigung zu gewinnen. Das ist meine ganze Hoffnung. Es ist schwerer, ein Herz zu erobern als eine Burg. Es ist schwerer, das Vertrauen eines Mannes zu besitzen als irgend ein Stück Land. Deswegen habe ich im Saal des Herzens studiert.«

»Verstehe«, sagte Iome. »Ich muß mich wohl entschuldigen.«

»Wofür?« fragte Gaborn.

»Dafür, daß ich irgendwann einmal gesagt habe, ich würde dich abweisen, wenn du um meine Hand anhältst.« Sie lächelte ihn an, wollte ihn mit ihren Worten necken, aber sie sah, daß es stimmte. Gaborn war ein eigenartiger und merkwürdiger junger Mann, und im Lauf des gestrigen Tages hatte sie nach und nach begriffen, daß er sehr viel mehr darstellte als es den Anschein hatte. Wenn es in diesem Tempo weiterging, würde es wohl nur noch einen Tag dauern, bis sie sich dermaßen ungestüm in ihn verliebte, daß sie sich nie wieder würde von ihm trennen wollen.

Als die Pferde getränkt waren, ließ Gaborn sie wieder eine Weile in leichtem Trab gehen.

Plötzlich öffnete sich die Schlucht des Leidens vor ihnen – ein tiefer Einschnitt, durch den sich ein Fluß wand und an dessen Seitenwand sich der Pfad entlangzog. Der Legende zufolge hatten die Duskiner diesen Ort geschaffen und dabei die Säulen eingerissen, die die Oberwelt stützten.

Ganz langsam ließen sie die Tiere über den schmalen Pfad längs des Felsvorsprungs gehen, und Iome betrachtete die Säulen aus grauem und weißem Stein, die sich aus der Schlucht erhoben – ein wunderbarer Anblick. Sie fragte sich, ob dies die legendären Säulen waren oder bloß die Wurzeln der Berge, die vor langer Zeit ausgewaschen worden waren.

Bäume klammerten sich an die steilen Seitenwände der Schlucht und sahen aus wie die Borsten einer Pferdebürste. Eine Meile weiter nördlich stürzte sich der Fluß des Leidens schäumend in die Tiefe. Iome konnte nicht erkennen, wo das Wasser landete, denn die Schlucht war so tief, daß ihr Grund sich im Dunkeln verlor. Von dort unten drang kein Geräusch nach oben. Riesige Fledermäuse kreisten in der Schlucht – unten, wo die Schatten den bodenlosen Abgrund füllten.

Wenn jemand von der Straße abstürzte, hieß es, dann könne man seine Schreie noch einen Monat lang hören, bevor sie verhallten.

Sie überquerten langsam den schmalen Paß. Der schwachsinnige König stapfte über den trügerischen Rand der Straße und hielt oft an, um in den Nebel tief unten zu starren.

KAPITEL 16
Der grüne Mann

König Sylvarresta erwachte und bewegte sich in einer Welt des Traums. Die Pforten seines Verstandes waren verschlossen. Er erinnerte sich nicht an viel. Nicht an Worte oder Namen – nicht einmal an seinen eigenen. Doch vieles in dieser Welt hatte etwas vage Vertrautes. Die Pferde, die Bäume.

Er erwachte und sah ein gewaltiges Licht am Himmel in der Farbe von Gold und Rosen. Er hatte das sichere Gefühl, es irgendwo schon einmal gesehen zu haben.

Sie ritten langsam auf einer schmalen Straße, zu seiner Linken ein großer Erdwall, und ein ungeheurer Abgrund rechts von ihm. Er hatte weder Worte für die Dinge, noch für rechts und links. Alles barg das Gefühl des Neuen. Weit, weit unten konnte er außer einem nebligen Grau nichts erkennen. Nur ein paar Fichten standen wie Borsten auf den Felsvorsprüngen.

Sie erreichten eine schmale, aus einem einzigen Felsen gehauene Brücke, die den Abgrund überspannte. Es war, als reckte sich die Brücke in den Himmel. Sylvarresta blickte in die Schlucht hinunter und hatte das Gefühl, an einem seidenen Faden in der Luft zu hängen.

Er konnte sich nicht erinnern, jemals hier gewesen zu sein oder sich jemals so gefühlt zu haben.

Ein paar Dutzend Soldaten standen auf der Brücke,

Männer in dunkelblauen Wappenröcken, die das Gesicht eines grünen Mannes auf ihren Schilden trugen – eines Ritters, dessen Gesicht von grünem Laub umgeben war. Der junge Mann und die junge Frau, mit denen König Sylvarresta ritt, begrüßten sie freudig. Die Soldaten unterhielten sich eine Weile mit dem jungen Mann über ihre Pläne, wie sie die Brücke bewachen wollten, dann verabschiedete sich der junge Mann von ihnen und ließ sie zurück.

König Sylvarresta, der junge Mann und die junge Frau überquerten den Abgrund und ritten auf einen Berggipfel hoch oben im Fichtenwald zu. Die Pferde flogen unter den Bäumen dahin.

Riesige Vögel in der Farbe des Himmels schossen über seinem Kopf dahin, ließen ihre Stimmen zwischen den Bäumen ertönen, und es wehte ein frischer, kalter Wind. Schließlich erreichten sie den Berggipfel und ritten von den bewaldeten Hügeln talwärts in ein Land, wo Getreidefelder waldlose, höher gelegene Hügel mit einem Schachbrettmuster überzogen.

Eine Burg ragte aus den Feldern empor, ein hohes Bauwerk aus grauem Stein. Als Sylvarresta sich ihr näherte, erklangen Hörner auf den Festungsmauern, und ein Wimpel wurde aufgezogen, an den er sich schwach erinnerte – das mitternächtliche Schwarz mit dem silbernen Eber.

Auf den Burgmauern standen Männer zu Hunderten – Männer mit Bögen und Helmen mit breiter Krempe, Männer mit Speeren und Kriegshämmern. Andere trugen Wappenröcke mit dem Abbild des grünen Mannes und

hatten blinkende Schilde in der Hand, die silbern glitzerten wie Wasser.
All die Männer jubelten und winkten, als sie ihn sahen, und König Sylvarresta winkte zurück und jubelte selbst auch, bis die mächtige Zugbrücke der Burg sich öffnete und sie hineinritten.
Die Pferde, deren Hufe auf den Pflastersteinen klapperten, stiegen einen kurzen steilen Hügel hinauf, und die Männer jubelten ihm zu und klatschten, bis ein eigenartiger Ausdruck auf ihre Gesichter trat.
Einige zeigten mit dem Finger auf ihn, die Augen weit aufgerissen, Empfindungen in ihren Blicken, die ihm fremd waren – Entsetzen, Schockiertheit, Verzweiflung. Sie riefen: »Übereigner! Er ist ein Übereigner!«
Dann hielt sein Pferd vor einem grauen Gebäude, einem kleinen Bergfried. König Sylvarresta blieb einen Augenblick lang sitzen, um eine rötlich-braune Eidechse, so lang wie sein Finger, zu betrachten, die sich auf den Steinen im Felsgarten neben der Tür sonnte. Er konnte sich nicht erinnern, jemals ein solches Ding gesehen zu haben, und fragte sich, ob es ein Stock oder ein Stein oder Schlamm oder gar ein lebendiges Wesen war.
Dann flitzte die Eidechse inmitten des Getümmels die Seitenwand des Gebäudes hoch und über dessen graues Dach davon. Jetzt wußte der König, daß es lebte und begann aufgeregt zu rufen und zu zeigen.
Der junge Mann hinter Sylvarresta war abgestiegen und half Sylvarresta von seinem Pferd herunter.
Zusammen mit dem jungen Mann und der häßlichen

Frau trat Sylvarresta unter die Dachtraufe und stieg ein paar Stufen hoch. Er war so müde. Jeder Schritt tat ihm in den Beinen weh, zwang ihn, sie unangenehm zu strecken. Er wollte sich ausruhen, doch der junge Mann drängte ihn weiter, hinein in einen Raum, wo es angenehm nach Essen duftete und wo ein Feuer brannte.
Zwei Hunde trommelten mit den Schwänzen auf den Boden, als König Sylvarresta sich ihnen näherte, so daß er anfangs die zwei Dutzend Männer gar nicht recht bemerkte, die um einen Tisch herumsaßen und wohlriechende Speisen verzehrten.
Dann blickte er über den Tisch, und ihm stockte der Atem. Ein großer Mann saß dort, dunkelhaarig und äußerst gutaussehend, mit weit auseinanderstehenden blauen Augen und einem kräftigen Kinn unter seinem Bart.
Sylvarresta kannte diesen Mann, kannte ihn besser als alles andere. Der grüne Mann. Er trug eine grüne Jacke und einen glänzenden Überwurf aus grünem, golddurchwirktem Seidenstoff.
Ein Gefühl von Wärme erfüllte Sylvarrestas Herz, eine überwältigende Freude. Er erinnerte sich an den Namen des Mannes. »Orden!«
Der junge Mann neben König Sylvarresta rief: »Vater, wenn du den Tod dieses armen Mannes willst, dann habe wenigstens den Anstand, ihn eigenhändig umzubringen!«
König Orden erhob sich halb vom Tisch, trat zögernd vor. Sein Blick ging zwischen Sylvarresta und dem jungen Mann hin und her. Sein Gesicht wirkte gequält und zornig, und seine Hand fuhr zum Heft seines Schwertes.

Er kämpfte damit, als stecke es fest, zog es nur halb heraus.
Dann rammte er das Schwert wütend in die Scheide zurück und taumelte nach vorn, schlang die Arme um Sylvarresta und begann zu weinen.
König Orden schluchzte: »Mein Freund, mein Freund, was haben wir nur getan? Verzeih mir!«
Sylvarresta, der sich fragte, was geschehen war, verharrte in den Armen von König Orden, bis das Schluchzen seines Freundes nachließ.

KAPITEL 17
Ein Befehl wird widerrufen

Gaborn hatte seinen Vater noch nie weinen sehen. Er hatte keine einzige Träne der Trauer vergossen, als seine Mutter und sein kleiner Bruder ermordet worden waren. Niemals hatte eine Träne der Freude in König Ordens Augen geglitzert, wenn er einen Trinkspruch ausbrachte.

Jetzt, als Gaborns Vater König Sylvarresta umarmte, weinte er Tränen der Freude und der Erleichterung.

König Mendellas Orden schüttelte sich unter heftigem Schluchzen. Ordens Kummer war ein so peinlicher Anblick, daß die zwei Dutzend Lords und Würdenträger, die im Saal gefrühstückt hatten, sich verabschiedeten, und nur Iome, König Sylvarresta, drei Days und Gaborn zurückblieben.

Kurz ließ Gaborn den Blick durch den Raum schweifen, entdeckte seinen Days und fühlte sich beklommen. Eine halbe Woche war er ohne Days gewesen und hatte das als angenehm empfunden.

Jetzt fühlte er sich wie ein Ochse, der darauf wartete, ins Joch gespannt zu werden. Der kleine Mann nickte höflich, und Gaborn wußte, daß er eine Weile nicht mehr allein sein könnte. Eine weitere Days war eine matronenhafte Frau in den Vierzigern, eine Frau mit rötlichem Haar, das langsam eine silberne Farbe annahm. Das mußte Emmadine Ot Larens Days gewesen sein, als die

Herzogin noch lebte. Jetzt begrüßte sie Iome mit einem Nicken, und das war vielleicht alles an förmlicher Vorstellung, was diese Frau jemals von sich geben würde, und doch sprach dieses Verhalten Bände: Ich bin Euch zugeteilt.

Und so beobachteten die Days und zeichneten auf.

Gaborn war froh, daß die Days nicht aufzeichnen mußten, wie König Orden seinen besten Freund in dessen Stunde größter Not ermordet hatte. Statt dessen würde man sich eines fernen Tages, wenn sein Vater gestorben war und seine Chroniken niedergeschrieben wurden, erzählen, wie Orden Sylvarresta umarmt und dabei geschluchzt hatte wie ein Kind.

Wie seltsam, dachte Gaborn, daß er keine Tränen der Erleichterung über meine Rückkehr vergießt.

»Er hat seine Gaben verloren?« fragte Gaborns Vater.

Iome nickte.

Gaborn fügte wütend hinzu: »Sie beide. Borenson war gestern auf Burg Sylvarresta. Er blieb zurück, als wir aufbrachen. Du hast ihn losgeschickt, um sie zu töten, nicht wahr?«

Gaborn beobachtete die Augen seines Vaters, während dieser über den Vorwurf nachdachte. Törichterweise hatte er angenommen – als Borenson davon sprach, er habe den Befehl, Raj Ahtens Übereigner zu töten –, dies sei nur ganz allgemein gesprochen gewesen. Er hatte sich nicht vorstellen können, daß man einen Mann allein losschickte, um alle Anwesenden im Bergfried der Übereigner auf Burg Sylvarresta zu ermorden.

Der Gesichtsausdruck seines Vaters bestätigte ihm das

jetzt. Sein Vater senkte kurz den Blick, erlangte aber bald die Fassung zurück und wirkte eher besorgt denn schuldgeplagt. Gaborn ließ seinem Vater Zeit, sich die ganze Bedeutung seiner Worte klarzumachen. Sämtliche Übereigner in Sylvarrestas Bergfried waren getötet worden. Selbst wenn Iome und der König Vektoren für Raj Ahten geworden wären, hatten sie ihm jetzt außer ihren eigenen Gaben nichts mehr zu geben.

»Also«, fragte Gaborns Vater, »hat Raj Ahten bei seiner Flucht von Burg Sylvarresta alle seine Übereigner zurückgelassen?«

»Fast alle. Er hat nur seine Vektoren mitgenommen ...« antwortete Gaborn. Sein Vater zog eine Augenbraue hoch. »Aber es ist mir gelungen, Iome und König Sylvarresta herauszuholen.«

Gaborns Vater legte die Kopf schief und dachte nach. Offensichtlich hatte er begriffen, welche Mühe Gaborn das gekostet hatte. »Ich ... frage mich ...«, er räusperte sich, »wieso Borenson die beiden hat laufen lassen. Ich hatte ihm einen anderen Befehl erteilt.«

»Den habe ich widerrufen«, erwiderte Gaborn.

Die Reaktion seines Vaters erfolgte so schnell, daß Gaborn keine Zeit blieb, sich darauf vorzubereiten. Sein Vater holte blitzartig aus und schlug ihm so hart ins Gesicht, daß er glaubte, es sei ein Zahn, als er Speichel und Blut aus seinem Mund fliegen sah.

»Wie kannst du es wagen«, fuhr König Orden auf. »Du kannst anderer Meinung sein als ich, du kannst mich herabsetzen und mir sogar ins Wort fallen. Aber wie kannst du es wagen, dich mir zu widersetzen!«

In Ordens Augen funkelte Zorn.
Dann öffnete er den Mund und stöhnte vor Gram über das, was er angerichtet hatte. Er wandte sich ab und ging zu einer Schießscharte, stützte sich mit beiden Händen auf die Steine des Fensters und sah starren Blicks nach draußen.
»Iome und ihr Vater standen unter meinem Schutz, durch einen Eid gebunden«, erklärte Gaborn hastig, als er erkannte, daß er soeben sein Versprechen gegenüber Borenson gebrochen hatte. Er hatte seinem Leibwächter gesagt, er würde seinen Vater nicht wissen lassen, daß sie sich begegnet waren. Im Augenblick jedoch fühlte Gaborn sich so verraten, daß es ihm ziemlich gleichgültig war, ob er sein Wort brach. »Ihretwegen hätte ich sogar gegen ihn gekämpft. Dann erklärte ich ihm, ich würde die Angelegenheit mit dir besprechen.« Er hoffte, diese letzten Worte besänftigten seinen Vater.
Durch ein Fenster konnte Gaborn Soldaten jubeln hören. Immer mehr Truppen strömten in die Burg, sammelten sich für die Schlacht.
»Was du getan hast, kommt einem Verrat gleich«, murmelte sein Vater, ihm den Rücken noch immer zugekehrt. »Es widerspricht allem, was ich dir je beigebracht habe.«
»Und doch war es genau das, was du dir von Herzen gewünscht hast«, entgegnete Gaborn. »Mit den Lippen hast du den Tod deiner Freunde angeordnet, doch in deinem Herzen warst du nicht dazu bereit.«
»Wie kannst du nur annehmen, du wüßtest, was in meinem Herzen vorgeht?« meinte Orden abwesend.
»Ich ... kann es einfach«, antwortete Gaborn schlicht.

König Orden nickte nachdenklich, drehte sich um und sah seinen Sohn, während er mit sich rang, lang an. Er atmete tief durch, versuchte beiläufig zu klingen. »Dann werde auch ich den Befehl widerrufen. Danke, Gaborn daß du meine Freunde zurückgebracht hast ...«
Gaborn atmete erleichtert auf.
König Sylvarresta war zum Frühstückstisch hinübergeschlendert. Er aß von den Tellern und riß sich mit beiden Händen riesige Stücke von einem Schinken ab. Gaborns Vater flüsterte: »Dennoch fürchte ich, er ist für mich verloren.«
»Bis zu Raj Ahtens Tod«, sagte Gaborn. »Dann wirst du deinen Freund zurückgewinnen und ich meine Frau.«
Er hatte diese Neuigkeit jetzt nicht verraten wollen, doch er hielt sie für wichtig und wollte, daß sein Vater sie von ihm und nicht von einem Fremden erfuhr. Er rechnete fest mit einem weiteren Schlag. »Vater, ich habe dir erklärt, daß ich einen Eid geschworen habe, Iome zu beschützen. Ich bin ihr verbunden, so wie ein Eidgebundener Lord dem anderen.«
Sein Vater wendete den Blick ab und sah in den Kamin. Sein Kinn spannte sich. Die Nachricht schien ihn zu entsetzen, doch seine Stimme zitterte kaum, als er sagte: »Aha. Verstehe. Es war wohl nur eine Frage der Zeit.«
»Du bist nicht enttäuscht?« fragte Gaborn.
»Enttäuscht ja«, sagte Orden, »aber nicht überrascht. Dennoch muß ich eingestehen, daß du dir den denkbar schlechtesten Augenblick für einen solchen Akt des Gewissens ausgesucht hast.«
»Verärgert bist du nicht?«

Sein Vater unterdrückte ein leises Lachen. »Verärgert? Wohl kaum. Entsetzt, vielleicht. Betrübt. Doch wie kann ich verärgert sein? Mein einziger Freund ist ein Eidgebundener Lord.« Er blieb einen Augenblick gedankenverloren stehen und nickte. »Trotzdem ... ich habe das Gefühl, als hätte ich dich verloren.«
»Wenn wir Raj Ahten erst geschlagen haben, wirst du erkennen, daß wir nichts verloren haben«, ermunterte ihn Gaborn.
»So wie du es sagst, klingt es ganz leicht.«
»Das sollte es auch, bei vierzigtausend Zwingeisen.«
»Aha, Borenson hat dir also davon erzählt? Nun, wir sind im Besitz dieser Zwingeisen, jetzt fehlen uns nur vierzigtausend Übereigner, damit sich die Mühe gelohnt hat.«
»Soll das heißen, du hast noch nicht damit begonnen, sie zu benutzen?« fragte Gaborn.
»Ich halte sie noch immer verborgen, am selben Ort, wo die Herzogin sie versteckt hat«, sagte Orden. »Ich habe nur einige wenige verwendet.«
Gaborn stockte der Atem, er spürte, wie sich seine Brust zusammenzog. »Eine Schlange? Du hast eine Schlange gebildet? Wie groß?«
»Einen Schlangenring«, antwortete er unbekümmert und versuchte Gaborn zu beruhigen. »Zweiundzwanzig Männer, die meisten mit wenigstens zwei Gaben des Stoffwechsels. Zum größten Teil jene, die du eben aus dem Raum hast gehen sehen.«
Gerade noch hatte König Orden gesagt, er habe das Gefühl, seinen Sohn verloren zu haben. Es schien eine Überreaktion auf Gaborns Ankündigung. Jetzt sah er,

daß sein Vater aller Wahrscheinlichkeit nach recht hatte. So oder so, sie waren füreinander verloren. Irgendwann würde der Schlangenring durchbrochen werden, und erst dann würde Gaborn erfahren, welch großes Opfer sein Vater an diesem Tag für ihn erbracht hatte.

Und doch erklärte die Ankündigung seines Vaters, wieso er nicht zornig geworden war, als Gaborn ihm von seinem Eid erzählt hatte. Sein Vater stand im Begriff, sich zurückzuziehen, sich von ihm zu lösen.

König Orden fuhr sich mit der Zunge über die Lippen. »Ich habe die Absicht, Raj Ahten für dich zu töten, ich persönlich, und zwar heute. Nennen wir es ein Hochzeitsgeschenk. Ich werde dir seinen Kopf zum Hochzeitsgeschenk machen, Gaborn. Und mein Freund hier wird seinen Verstand zurückbekommen.«

»Wie denn? Wie viele Männer hast du?« wollte Gaborn wissen.

»Sechstausend in etwa«, antwortete Orden. Er trat ans Fenster, schaute hinaus und sagte nachdenklich: »Heute morgen sind Reiter von Groverman eingetroffen. Er weigert sich, uns zu helfen. Statt dessen will er seinen eigenen Bergfried halten. Von ihm sind nur wenige Männer gekommen, einige Unabhängige Ritter, die es nicht ertragen haben, ihn in seiner Feigheit zu unterstützen.

Das ist Pech – wir hatten große Hoffnungen auf ihn gesetzt. Eigentlich ist Groverman ein hervorragender Mann, ein vernünftiger Mann. Er tut, was ich auch tun würde, er verteidigt seinen Bergfried.«

Gaborn lächelte. »Dein Bergfried steht in Mystarria,

zwölfhundert Meilen von hier. Du würdest einen Freund nicht im Stich lassen.«

König Orden sah Gaborn von der Seite an. »Ich möchte, daß du Iome und König Sylvarresta nimmst und von hier fortschaffst, sofort. Reite nach Burg Groverman. Sie dürfte gut befestigt sein.«

»Ich denke, das werde ich nicht tun«, erwiderte Gaborn. »Ich bin es leid, davonzulaufen.«

»Und wenn ich es dir befehle?« fragte sein Vater. »In dieser Sache sind sich mein Herz und mein Verstand einig.«

»Nein«, sagte er entschieden. Sein Vater hatte stets versucht, ihn zu beschützen. Jetzt erkannte er, daß sein Vater dies auch weiterhin tun würde, selbst wenn es ihn das Leben kostete. Doch Gaborn war ein Runenlord, und auch wenn er nur wenige Gaben besaß, so waren sie über ein breites Spektrum verteilt. Mit Geisteskraft, Anmut und Durchhaltevermögen konnte er in einer Schlacht wie dieser besser kämpfen als jeder gewöhnliche Soldat. Außerdem war er in Taktik und Schwertkampf geübt.

Als Sohn des Königs hatte er gelernt, sich zu verteidigen, wenngleich er zweifelte, ob er es mit einem von Raj Ahtens Unbesiegbaren würde aufnehmen können.

Iome packte ihn am Jackenärmel und zischte wütend: »Tu, was dein Vater dir aufträgt! Bring mich zu Groverman. Wenn wir bei ihm ankommen, werde ich ihm befehlen, zu kämpfen!«

Sinkenden Mutes wurde Gaborn bewußt, daß sie recht hatte. Grovermans Burg war kaum mehr als dreißig

Meilen entfernt. Wenn sie den Pferden die Sporen gaben, konnten sie innerhalb einiger Stunden dort sein.
»Tu, was sie von dir verlangt«, sagte Orden. »Vielleicht nützt es etwas. Groverman zieht seine Truppen schon seit einer Weile zusammen. Gut möglich, daß er mittlerweile zehntausend Verteidiger auf seinen Mauern stehen hat.«
Gaborn wußte, er mußte es tun, er mußte Iome zu Groverman bringen. Doch damit wäre er fünf Stunden oder länger beschäftigt. Er würde nicht vor Mittag hierher zurückkehren können. Bis dahin hätte Raj Ahtens Armee Longmot erreicht und sich zur Belagerung eingerichtet.
Wenn Raj Ahtens einhunderttausend Mann Verstärkung erst eingetroffen wären, würde Gaborn den Wolflord nicht aus seiner Stellung vertreiben können.
»Iome«, fragte Gaborn, »dürften mein Vater und ich einen Augenblick alleine miteinander sprechen?«
»Natürlich«, sagte Iome und ging hinaus. König Sylvarresta blieb und aß weiter. Gaborns und seines Vaters Days blieben ebenfalls.
Gaborn war sich ihrer Anwesenheit seltsam bewußt, sie machte ihn verlegen. Nachdem Iome den Raum verlassen hatte, trat er trotzdem zu seinem Vater, schlang die Arme um ihn und weinte.
»Aber, aber«, tröstete sein Vater leise, »warum sollte ein Prinz weinen?«
»Du schickst mich mit einem sinnlosen Auftrag los«, sagte Gaborn. »Ich spüre es. Etwas ... stimmt ganz und gar nicht.« Er wußte nicht, wie er anfangen sollte, den-

noch spürte er, daß sie darüber reden mußten – was zu geschehen hatte, wenn einer von ihnen den Tod fand. Sie hatten diese Möglichkeit im Laufe der Jahre nach der Ermordung von Gaborns Mutter oft besprochen, und seitdem noch mehrmals. Diesmal jedoch hatte Gaborn ein Gefühl des Unvermeidlichen.

Was er wirklich tun wollte, was er tun mußte, war, sich zu verabschieden.

»Wie können wir wissen, ob unser Kampf sinnlos ist?« fragte sein Vater. »Ich kann Raj Ahten bis zu deiner Rückkehr aufhalten.

Ich werde Ritter hoch zu Roß im Innenhof aufstellen, die bereit sind, einen Ausfall zu wagen. Wenn Grovermans Leute eintreffen, möchte ich, daß du sie von der nördlichen Seite des Hügels angreifen läßt. Der Hang fällt leicht ab. Das dürfte für deine Lanzenträger von großem Vorteil sein. Dann werden meine Ritter zu dir stoßen, und schon haben wir das Ungeheuer in der Zange ...

Aber eins mußt du mir versprechen, Gaborn. Du wirst mich persönlich gegen Raj Ahten kämpfen lassen. Ich bin der Kopf der Schlange. Ich allein bin auf diesen Kampf vorbereitet.«

»Möglicherweise ist Raj Ahten gefährlicher, als du ahnst«, sagte Gaborn. »Er ist darauf aus, die Summe aller Menschen zu werden. Er hat so viele Gaben des Stoffwechsels übernommen, daß du ihn nicht ohne weiteres töten kannst. Du wirst ihm den Kopf abschlagen müssen.«

»Soviel war auch mir bereits klar«, sagte König Orden und blickte lächelnd auf seinen Sohn hinab.

Gaborn sah seinem Vater in die Augen, und ihm wurde ein wenig wohler ums Herz. Das Gewimmel der Soldaten auf den Burgmauern wurde immer dichter, und dies war eine kleine Burg, leicht zu verteidigen. Mit sechstausend Mann auf diesen Mauern müßte sein Vater imstande sein, die Burg sogar gegen Raj Ahtens Unbesiegbare zu halten.

Sein Vater würde sich nicht Hals über Kopf ins Verderben stürzen. Er würde einen wohlüberlegten Kampf fechten. Die Würfel waren längst gefallen. Als Kopf des Schlangenrings mußte sein Vater gegen Raj Ahten antreten. In seinem Herzen wußte Gaborn, daß sein Vater von sämtlichen Männern in der Burg für diese Aufgabe am besten geeignet war.

Und doch schmerzte es, es schmerzte fürchterlich zu wissen, was vielleicht geschehen würde, und es ohne Abschied auf sich zukommen zu lassen.

»Wo ist Binnesman?« fragte Gaborn. »Er kann helfen, dich zu schützen.«

»Sylvarrestas Zauberer?« fragte Orden zurück. »Ich habe nicht die geringste Ahnung.«

»Er sagte ... er wolle mich hier treffen. Gestern abend rief er einen Wylde aus der Erde zu sich, den er hofft, in die Schlacht zu werfen. Er ist unterwegs nach Longmot.«

Gaborn war sicher, daß er kommen würde.

Gaborn umarmte seinen Vater, legte die Stirn an die Wange des älteren Mannes. Ich wurde gesalbt, König dieser Erde zu werden, dachte Gaborn. Es hieß, Erden Geboren sei so empfänglich für die Erdkräfte, für das Leben, daß er, wenn einer seiner auserwählten Freunde in Gefahr geriet, die Angst dieses Mannes spüren konnte. Starb einer von ihnen, spürte er den Verlust dieses Lebens.

Jetzt witterte Gaborn rings um seinen Vater Gefahr, und als er sich an das Gesicht seines Vaters schmiegte, drang er mit seinem Verstand forschend vor, spürte dort den Lebenswillen, einer Lampe gleich, die darum kämpft, nicht zu erlöschen. Es war ein seltsames Gefühl, eines, an das er zuvor nie gedacht hatte, und er fragte sich, ob er es sich jetzt nicht bloß einbildete.

Die ganze Nacht war er durchgeritten. Während dieser Zeit hatte er die Welt klarer wahrgenommen als je zuvor. Der Augentrost wirkte noch immer, lange nachdem er glaubte, die Wirkung habe nachgelassen. Vielleicht ließ seine Wirkung niemals nach.

Doch das war nur eine der Veränderungen. Es geschah etwas noch viel Wundersameres. Er vermutete, wenn er es nur versuchte, dann könnte er jetzt viel weiter sehen, viel tiefer blicken. Er konnte sich des Erdblicks bedienen. Er umarmte seinen Vater fest, schloß die Augen und versuchte mit seinem Herzen in das Innere von König Orden hineinzusehen.

Eine ganze Weile sah er nichts und fragte sich, ob er tatsächlich am Abend zuvor in Raj Ahtens Herz geblickt hatte.

Dann plötzlich, wie aus großer Ferne, bestürmte Gaborn ein seltsames Kaleidoskop aus Bildern und Gerüchen: anfangs sah er das Meer, die blauen Wellen des Ozeans, die stolz und kraftvoll unter klarem Himmel dahinwogten, die weiße Gischt, die auf den Strand zustrebte. Auf diesen Wellen ritten Gaborns Mutter und Schwestern und sogar er selbst, wie Robben tanzten sie im Wasser auf und ab, und auch König Sylvarresta war dabei. Gaborns Mutter jedoch war größer als alle anderen, so als sei sie ein gewaltiges Walroß, während die anderen nur kleine Seehunde waren. Gaborn hatte den Geschmack von frischem Kürbisbrot mit Sonnenblumenkernen im Mund, den er dann mit Apfelwein hinunterspülte. In der Ferne hörte er die Jagdhörner. Während er lauschte, spürte er die Bewegungen eines galoppierenden Pferdes unter sich, dann schien seine Brust vor überschäumender Freude gewaltig anzuschwellen, als er den Blick über die Dächer der Burg in Mystarria schweifen ließ und den lauter werdenden Jubel der Menschen hörte, die »Orden! Orden!« riefen.

Ein gewaltiges Gefühl ergriff von Gaborn Besitz, ein Gefühl von Liebe und von Wärme, als vereinigten sich alle zärtlichen Gefühle, die er je empfunden hatte, zu einem einzigen Schub.

Heute konnte Gaborn noch klarer sehen als am Tag zuvor. Er konnte in das Herz seines Vaters blicken, und da waren die Dinge, die der König liebte: das Meer, seine Familie, Kürbisbrot und Apfelwein, die Jagd und der Jubel seines Volkes.

Nach diesem Einblick zog sich Gaborn, plötzlich von Schuld geplagt, zurück. Warum tue ich das? fragte er sich. In die Seele des eigenen Vaters zu blicken, hatte etwas Verderbliches, war ein voyeuristischer Akt. Er besann sich auf seine Pflicht, besann sich auf die Geschichte darüber, was Erden Geboren bei der Auswahl

seiner Krieger getan hatte. Gaborn hatte Angst um seinen Vater, wollte alles in seiner Macht Stehende tun, um ihn in dieser Angelegenheit, in seiner dunkelsten Stunde, zu beschützen.
Du wirst heute kämpfen, sprach Gaborn leise zu sich selbst, aber ich werde an deiner Seite sein.

KAPITEL 18
Ein Opfer wird ausgewählt

Der Wettlauf von den Sieben Steinen, um zu seiner Armee zu stoßen, war lang und hart, selbst für Raj Ahten. Ein Runenlord mit Gaben des Durchhaltevermögens und des Stoffwechsels kann schneller und weit länger rennen als andere Männer, aber das kostet Energie. Selbst ein Runenlord kann nicht endlos rennen.
So kam es, daß Raj Ahten zwar seine Armee lange vor dem Morgengrauen erreichte, aber der Preis dafür war hoch. Weil er weit über einhundert Meilen in voller Rüstung und ohne Nahrung getrabt war, hatte er fast zwanzig Pfund Körperfett verloren. Der Schweiß lief in Strömen an ihm herunter, daher hatte er, obwohl er oft hielt, um aus Bächen und Pfützen Wasser zu trinken, zusätzlich zehn Pfund Körperflüssigkeit verloren. Die Schläge gegen seine Nieren und Knochen hatten ihn geschwächt. Dies war nicht der Zustand, den er sich zum Kämpfen ausgesucht hätte.
Unterwegs entdeckte Raj Ahten Anzeichen dafür, daß seine Armee, die vor ihm herzog, ins Stocken geraten war. Dutzende von Pferden waren, noch in ihrer Rüstung, neben der Straße gestürzt. Ein weiteres Dutzend Fußsoldaten war auf dem Marsch zusammengebrochen. Er sah Frowth-Riesen und Mastiffs besinnungslos neben Pfützen liegen, japsend, überhitzt vom Rennen.
Als er seine Truppen erreichte, machte es ihm nichts aus,

daß seine Soldaten an der zerstörten Brücke in Hayworth aufgehalten worden waren, denn die Verzögerung hatte sie nur vier Stunden gekostet. Vier Stunden, die er mit Essen und ein wenig Ruhe verbrachte, während er den Rest des Weges nach Longmot ritt.

Den ganzen Weg über war er besorgt. Jureems Verrat und seine Flucht in die Nacht, die düsteren Omen bei den Sieben Steinen – das alles lastete schwer auf ihm. Doch Raj Ahten ließ beides außer acht. Er wollte in Longmot nur eins, seine Zwingeisen. Wenn er sie erst hatte, hätte er auch Zeit, andere Dinge in Betracht zu ziehen.

Seine Männer kamen so gut voran, daß er in der Ortschaft Martin Cross eine Stunde Rast machen ließ, damit seine Männer die Häuser und Scheunen nach Lebensmitteln durchstöbern konnten.

Kurz nach Morgengrauen, dreißig Meilen vor Longmot, berichteten seine Vorreiter, ein Truppenkontingent von mehreren hundert Rittern sei vor ihrer Armee auf der Flucht, Männer, die unter einem Dutzend verschiedener Banner ritten. Unabhängige Ritter von Burg Dreis und den Ländereien dort aus der Gegend.

Raj Ahten war versucht, sie verfolgen zu lassen, wußte aber, daß seine Männer zur Zeit für ein Wettrennen in schlechter Verfassung waren.

Also ließ er sich auf seinem Ritt nach Longmot Zeit, ruhte sich unterwegs aus. Um zehn Uhr morgens bog er um die letzten Hügel und sah Burg Longmot gut zwei Meilen entfernt auf ihrem Felsvorsprung.

Seine Vorreiter erklommen eine Anhöhe, um einen besseren Ausblick zu haben, riefen dann einen Bericht hinunter. »General Vishtimnu ist noch nicht eingetroffen, mein Lord.«

Raj Ahten war unbesorgt. Mit über sechstausend Soldaten und Riesen konnte er Longmot halten, bis Verstärkung eintraf.

Tatsächlich konnte er Katapulte aufstellen lassen und innerhalb von wenigen Stunden mit der Beschießung der Burg beginnen, während er auf Vishtimnus Ankunft wartete.

Orden hatte sich nicht die Mühe gemacht, in der Burg die Schutzzäune aufzustellen – Holzkonstruktionen, die die Dächer der Burg vor Wurfgeschossen schützten. Dank Raj Ahtens Flammenwebern wären die Schutzzäune nur zum Brennstoff für eine gewaltige Feuersbrunst geworden.

Das Bombardement würde alsbald beginnen. Wenn Raj Ahten einen Tag auf Verstärkung warten mußte, konnten seine Leute mit der Arbeit an den Schutzwällen, Unterständen und den beweglichen Belagerungstürmen beginnen. In der Nähe gab es reichlich steinerne Feldbegrenzungen, die man abtragen konnte, sei es, um die Gräben zu befestigen, oder um sie als Wurfgeschosse zu benutzen. Raj Ahten hatte aber nicht die Absicht, hier am Fuße Longmots eine ganze Stadt zu errichten und die Belagerung nach allen Regeln der Kunst auszusitzen. Je länger er hier lagerte, desto mehr Zeit blieb den Königen von Rofehavan, einen Gegenangriff in die Wege zu leiten. Nein, er richtete sich nicht auf eine lange Belagerung ein. Nicht, wenn er so viele Unbesiegbare hatte, so viele magische und irdische Waffen, die er einsetzen konnte.

Verflucht sei deine Einmischerei, König Orden, dachte Raj Ahten. Morgen bei Morgengrauen werde ich dich aus deinem Bau vertreiben!
Seine Männer kippten also ein paar Karren als behelfsmäßige Schutzvorrichtungen um und begannen mit der Arbeit. Auf jeder zur Burg führenden Straße wurden Wachposten aufgestellt. Dreitausend Bogenschützen und Ritter nahmen im Feld Aufstellung. Weitere fünfhundert Soldaten und Riesen begaben sich unter die Bäume auf den Hügeln im Westen, um hohe Fichten für Sturmleitern und Rammböcke zu fällen.
Raj Ahten holte seinen Spionageballon hervor, band dessen Korb an einen kräftigen Baum und hieß einen Flammenweber, die Luft dafür zu erhitzen.
Dann ließ der Wolflord den Rest seiner Soldaten Essen fassen und sich ein wenig ausruhen. Raj Ahten selbst ruhte sich auf dem Hügel im Schatten einer riesigen alleinstehenden Eiche aus, dreißig Fuß vom Karren mit den Übereignern entfernt. Er saß auf mit purpurner Seide bezogenen Kissen, aß Datteln und Reis und studierte währenddessen die Verteidigungsanlagen von Longmot. Raj Ahten zählte nur etwa viertausend Mann auf den Mauern – eine bunte Mischung aus Edelleuten, jungen Burschen und Banditen. Zauberer Binnesman war nicht darunter. Auch Jureem konnte Raj Ahten nirgendwo entdecken.
»Es ist ein König im Land, ein König, der Euch vernichten kann.« Die Worte gingen Raj Ahten immer wieder durch den Sinn. König Orden glänzte ganz in grünem, golddurchwirktem Seidenstoff mit seinem goldenen Schild.

Der König eines der mächtigsten Völker der Welt. Das gab ihm zu denken. Für einen solchen König würden die Männer hier auf den Mauern kämpfen wie Berserker. Dies war der Stoff, aus dem Schlachtgesänge gedichtet wurden. Und wenn Raj Ahten sich nicht täuschte, dann war Orden der Erdkönig.

Normalerweise würden Raj Ahtens Unbesiegbare eine solche Burg mit Leichtigkeit einnehmen. Heute aber war er nicht so sicher.

Zwar erzitterte er nicht gerade beim Anblick der Krieger auf den Mauern, doch irgend etwas an ihrer Aufstellung beunruhigte ihn – eine Unstimmigkeit, die ihn aus dem Gleichgewicht brachte. Er betrachtete die Männer, überprüfte ihre Abstände, ihre Bewaffnung, Rüstungen und Mienen. Er sah die Besorgnis in ihren Gesichtern, sah, daß die, die keine Rüstung trugen, gleichmäßig verteilt zwischen jenen standen, die eine trugen. Die Männer waren zu Kampftrupps zusammengefaßt – Spießträger und Schwertkämpfer zusammen, Bogenschützen dahinter.

Nichts, was er sah, erklärte die Besorgnis, die an ihm nagte.

Der Graben um die Burg war zu dieser Jahreszeit brackig und faul, eine Brutstätte für Moskitos und Krankheiten. Im Graben trieb eine Leiche. Obwohl das Wasser stand, wußte Raj Ahten von seinen eigenen Messungen, daß es recht tief war – gut vierzig Fuß. Zu tief, um das Steinfundament der Burg ohne weiteres von Sappeuren untergraben zu lassen.

Vergangene Woche hatte hier noch eine Stadt gestanden,

eine kleine Ortschaft mit fünftausend Seelen. Über Generationen hatten sich die Stadtmauern unmerklich in die Reichweite der Burg geschoben. Im Schutz dieser Häuser hätte man Belagerungstürme heranschieben und Steine über die Festungsmauern schleudern können. Doch Ordens Soldaten hatten die Stadt klugerweise niedergebrannt, das Gelände in der Vorbereitung auf die Schlacht von jeglicher Deckung gesäubert.

Nein, diese Burg ließ sich nicht ohne weiteres einnehmen, nicht, solange vier- oder fünftausend Mann auf den Mauern standen und weitere in den Innenhöfen und Türmen warteten. Die Burg war gut bewaffnet. Vor weniger als einer Woche noch hatte er stapelweise Pfeile in der Waffenkammer gesehen.

Er seufzte. Wenn Raj Ahtens Leute die Burg den Winter über belagerten, konnte es sein, daß Ordens Männer gezwungen sein würden, ein paar dieser Pfeile zu verbrennen, nur um etwas Wärme zu haben. Aber natürlich würde diese Belagerung nicht solange dauern.

Eine Stunde vor Mittag war General Vishtimnu immer noch nicht eingetroffen, und die ersten sechs Katapulte waren aufgebaut. Raj Ahtens Männer stellten einhundert derbe Sturmleitern her, schafften sie zum Hügel und legten sie dort ab, bereit für die Schlacht.

Die Weitseher in den Ballons konnten im Innern der Burg nur wenige Soldaten ausmachen – die meisten besetzten die Mauern, auch wenn mehrere hundert Ritter zu Roß im inneren Hof warteten. Von den Stadtbewohnern befand sich niemand innerhalb der Tore. Die einzige Ausnahme bildete möglicherweise der Bergfried der Übereig-

ner, den zweihundert von Ordens besten Soldaten bewachten. Vielleicht hatte Orden ein paar Menschen aus der Stadt Gaben entnommen oder hatte Hunderte von Übereignern heimlich im Bergfried untergebracht. Der Bergfried bot allerdings nicht vielen Platz.
Raj Ahten dachte über diese guten Neuigkeiten nach. Orden hatte zwar die Zwingeisen erbeutet, hatte hier aber keine vierzigtausend oder auch nur viertausend Personen, die ihm hätten Gaben überlassen können.
Das bedeutete, daß der weitaus größte Teil der Zwingeisen sich immer noch unbenutzt in der Burg befand.
Raj Ahten besaß vierhundert Zwingeisen aus dem Vorrat, den er zur Burg Sylvarresta mitgenommen hatte.
Er rief seine Annektoren und machte eine Bestandsaufnahme. Die meisten Zwingeisen waren für ihn wertlos. Die Eisen wiesen nur Runen der Sinne auf. An zusätzlichen Gaben des Gehörs, des Geruchs- oder Tastsinns hatte er keinen Bedarf.
Bei der Unterwerfung Sylvarrestas hatte er die meisten Zwingeisen für die Übernahme von Hauptgaben aufgebraucht. Keines aus seinem Vorrat wies Runen der Körperkraft oder Anmut auf. Für Geisteskraft dagegen hatte er viele. Zu seiner Überraschung fand er nur zwölf Zwingeisen, die Runen des Stoffwechsels trugen. Jetzt wünschte er, er hätte mehr mitgenommen. Ein kaltes Gefühl der Ungewißheit überkam ihn, als er darüber nachdachte. Seine Feuerdeuterin hatte einen Blick in die Zukunft geworfen, ihn gewarnt, es gäbe hier in Heredon einen König, der in der Lage sei, ihn zu besiegen. Sylvarresta hatte er bereits unterworfen. Also war es Orden.

Und Orden hatte mit Sicherheit Gaben des Stoffwechsels übernommen. Ein Runenlord seines Formats brauchte im Kampf weder zusätzliche Anmut noch Muskelkraft. Keine zusätzliche Geisteskraft. Durchhaltevermögen wäre vielleicht hilfreich. Die einzige Eigenschaft, die es ihm erlaubte, Raj Ahten zu besiegen, wäre Stoffwechsel.
Doch wieviel hatte Orden übernommen? Zwanzig Gaben? Der Lebenszeit nach war Orden Mitte dreißig, wenn er jedoch nach Gründung seiner Familie die übliche Gabe Stoffwechsel übernommen hatte, müßte sein Körper bereits fünfundvierzig sein. Selbst ein Dutzend Gaben des Durchhaltevermögens konnten die Auswirkungen seines fortschreitenden Alterungsprozesses nicht mildern. Also besaß er vermutlich Gaben der Muskelkraft, der Anmut, des Durchhaltevermögens und der Geisteskraft, die seinem Altern entgegenwirkten.
Raj Ahtens Spione berichteten, Orden habe vor Jahren mehr als einhundert Gaben zu Buche stehen gehabt. Wieviel mehr als einhundert, konnte Raj Ahten nur raten. Auf jeden Fall war Orden ein würdiger Gegner.
Wie viele Gaben des Stoffwechsels mochte er also übernommen haben? Fünf? Nein, das wäre zuwenig. Fünfzig? Das wäre sein sicherer Tod. Er würde innerhalb eines Jahres altern und verwelken. Raj Ahten bräuchte nicht einmal heute zu kämpfen. Er konnte seine Truppen über den Winter einfach zurückziehen, und Orden würde altern. Im Frühjahr wäre er ein schwachsinniger Greis.
Es hieß, zu Zeiten Harridans des Großen habe der Bote Marcoriaus so schnell sein müssen, um Kunde von der bevorstehenden Schlacht bei Polypolus zu überbringen,

daß er einhundert Gaben des Stoffwechsels übernommen hatte – genug, um barfuß über das Carollische Meer zu laufen und sich nur auf die Oberflächenspannung des Wassers zu verlassen, um oben zu bleiben. Marcoriaus war innerhalb von drei Monaten gestorben.

Die Vorstellung einer so ungeheuren Geschwindigkeit war für gewisse Männer natürlich von Reiz. Raj Ahten wußte allerdings, daß eine solche Geschwindigkeit eine große Gefahr barg. Ein Runenlord, der sich zu plötzlich, zu abrupt bewegte, konnte sich ein Bein brechen. Die Kraft der Trägheit eines Gegenstandes war zu groß. Man brauchte eine große Menge Geisteskraft und Anmut, um zu lernen, wie man seine Bewegungen beherrschte.

Nein, Orden mußte zwischen zehn und zwanzig Gaben des Stoffwechsels übernommen haben, entschied er.

Raj Ahten mußte ihm natürlich mindestens ebenbürtig sein.

Oder, überlegte er, ich könnte Gaben des Stoffwechsels übernehmen und meine Übereigner anschließend töten. Diese Taktik hatte er schon einmal angewandt. Um jedoch den rechten Kampfgeist bei seinen Männern aufrechtzuerhalten, hatte er dafür gesorgt, daß keine Zeugen überlebten.

»Ruft zwölf der Unbesiegbaren zu mir, die die meisten Gaben des Stoffwechsels besitzen«, befahl er Hepolus, seinem Obersten Annektor. »Ich brauche sie.«

Die Annektoren verließen das Zelt, kamen einige Minuten darauf zurückgeeilt und brachten die gewünschten Unbesiegbaren mit – Elitesoldaten und Meuchelmörder, die jeder wenigstens drei Gaben des Stoffwechsels besaßen. Es waren sämtlich große Männer mit kräftigem Körperbau, so daß sie die Belastung großer Muskelkraft und schnellen Stoffwechsels verkrafteten. Und sie waren stark an Geisteskraft und Anmut. Er würde jeden einzelnen von ihnen schmerzlich vermissen.

Raj Ahten kannte seine Männer gut. Der Mann, den er am wenigsten schätzte, war Salim al Daub, ein alter Leibwächter, der mehrere Male befördert worden war, obwohl er als Meuchelmörder eine Enttäuschung gewesen war. Zweimal war er ausgezogen, um Prinz Orden umzubringen, und zweimal war er nur mit den Ohren von Frauen und Kindern zurückgekehrt.

»Danke, daß Ihr gekommen seid, meine Freunde«, begrüßte Raj Ahten sie, nachdem er seine Wahl getroffen hatte. »Ihr alle habt mir viele Jahre lang tapfer gedient. Ich bitte Euch jetzt, mir noch einmal zu dienen, denn ich brauche Eure Gaben des Stoffwechsels. Ihr, mein Freund, Salim, werdet die Ehre haben, mir als Vektor zu dienen.«

Die Worte kamen Raj Ahten so süß wie kandierte Datteln über die Lippen. Die Männer konnten der Kraft seiner Stimmgewalt nicht widerstehen. Die Annektoren zogen die Zwingeisen hervor.

Ein kalter Wind von Süden bauschte die Seidenwände von Raj Ahtens Zelt.

KAPITEL 19
Ein kalter Wind

Von der anderen Seite des Schlachtfeldes, aus dem riesigen königlichen Zelt, in das Raj Ahten hineingegangen war, hörte Orden schwach die Sprechgesänge der Annektoren, die vom kalten Wind herübergeweht wurden. Sie waren so leise, daß vielleicht niemand sonst auf den Mauern sie wahrnehmen konnte. Orden gelang es auch nur deshalb, weil er sich darauf konzentrierte, die Stimmen unter dem Gesang des Windes herauszuhören, der rauschend durch die Grashalme auf den Hängen fuhr – ein Rauschen, das ihn so sehr an die Wellen des Meeres zu Hause erinnerte.

»Was hält sie zurück?« fragte ein Soldat auf den Burgmauern. Ein junger Bursche von einem Bauernhof, ein ›Bogenschütze‹, der keine Ahnung von Krieg hatte. Sie warteten jetzt seit einer Stunde. Raj Ahtens Männer hatten während dieser Zeit nicht versucht, Verhandlungen aufzunehmen. Sie schienen nicht angreifen zu wollen.

König Orden begann die Mauern abzuschreiten, vorbei an Soldaten, die Schulter an Schulter standen, vier Reihen tief. Mit wachsender Nervosität beobachtete er, wie Raj Ahten seine Streitkräfte aufstellte und sich zur Belagerung einrichtete.

»Der Gesang gefällt mir nicht«, flüsterte Kommandant Holman ihm ins Ohr. »Raj Ahten besitzt ohnehin bereits

genug Gaben. Wir wären besser beraten, wenn wir die Schlacht beginnen, bevor ihre Verstärkung eintrifft.«
»Und wie?« fragte Orden. »Indem wir einen Ausfall machen?«
»Wir könnten den alten Fuchs zur Schlacht provozieren.«
Orden nickte Kommandant Holman zu. »Dann laßt Euer Horn ertönen. Bittet Raj Ahten zu einer Unterredung. Ich will ihn hier draußen in Reichweite der Bogenschützen haben.«

KAPITEL 20
Der Funke

Die Annektoren hatten gerade die Übertragung der Gaben des Stoffwechsels von neun Männern auf Salim beendet, als die Hörner erklangen und zu einer Unterredung riefen.
Die Annektoren sahen Raj Ahten fragend an.
»Beendet die Arbeit«, sagte Raj Ahten zu seinem Obersten Annektor. Er hatte seine Rüstung abgelegt und saß in Erwartung der Gabe auf einem Kissen.
Mit wachsender Erregung hörte er zu, wie der Annektor den vertrauten Text des Sprechgesangs anstimmte. Salim schrie vor Schmerzen, als das Zwingeisen sein Fleisch versengte und dadurch den Gestank von verbranntem Fett und verschmortem Haar im Zelt noch vermehrte.
Eine Gabe zu übernehmen, den Kuß der Zwingeisen zu spüren, bereitete reiche Wonnen. Es war, als liebte man eine wunderschöne Frau. Jedoch von jemandem eine Gabe zu übernehmen, der bereits viele Gaben empfangen hatte, diese Euphorie wieder und wieder zu kombinieren, das versetzte einen in unaussprechliche Ekstase. Nachdem Salim seine Gaben von elf Männern entgegengenommen hatte – von Männern, die allesamt selbst Gaben übernommen hatten –, hatte er fast vierzig Gaben des Stoffwechsels miteinander kombiniert, die alle darauf warteten, zusammen, auf einen einzigen Schlag, auf Raj Ahten überzugehen.

Selten empfing Raj Ahten derart große Wonnen.

Er schwitzte vor Erwartung, als der Annektor das Zwingeisen von Salim absetzte, seine glühende Spitze in die Höhe hielt, und während er schwefelige Lichtbänder in die Luft malte, quer durch den Raum getänzelt kam.

Als die Spitze des Zwingeisens die Haut unter Raj Ahtens Brustwarze berührte, erschauderte der Wolflord in einer derart unaussprechlichen Ekstase, daß er sich kaum im Zaum halten konnte. Er fiel zu Boden, sein Körper von Wogen reiner Lust gequält, und schrie, als erlebe er einen Orgasmus. Nur seine vielen Gaben des Durchhaltevermögens erlaubten ihm, die Wonnen zu überstehen. Ein paar Augenblicke lang verlor er das Bewußtsein.

Als er aufwachte, knieten die Annektoren nervös über ihm. Raj Ahtens verschwitzte Haut fröstelte. Er sah zu seinen Männern hoch.

»Fühlt Ihr Euch wohl, mein Lord?« fragte Annektor Hepolus. Seine Worte waren undeutlich, als spräche er sehr langsam. Die ganze Welt wirkte fremd und exotisch, wie in einem flüssigen Traum. Die Männer rings um ihn bewegten sich langsam, und die Luft erschien schwer und dick.

Raj Ahten wischte sich den Schweiß vom Körper, darauf bedacht, nicht überhastet aufzuspringen.

Vor langer Zeit hatte er herausgefunden, daß die Übernahme einer Gabe des Stoffwechsels das Gehör beeinflußte. Die Menschen sprachen und bewegten sich nicht nur langsam, auch die gesamte Wahrnehmung von Geräuschen veränderte sich. Hohe Töne wurden tiefer, tiefe dagegen wurden fast unhörbar. Eine Frage so zu beantworten, daß andere sie verstanden, verlangte sowohl Geduld als auch eine große Beherrschung der Stimmgewalt.

»Es geht mir gut«, antwortete Raj Ahten mit Bedacht.

Die Annektoren sahen sich vielsagend an und bewegten sich scheinbar mit der Bedächtigkeit uralter Männer.

Raj Ahten deutete auf Salim, der auf den Teppichen im Zelt lag. »Schafft meinen Vektor zum Wagen der Übereigner. Und die anderen hier sollen bewacht werden.«

In diesem Augenblick besaß er zweiundvierzig Gaben des Stoffwechsels. Würde er mit derart vielen Gaben versuchen, in normalem Tempo zu gehen, würde er sich mit einhundertvierzig Meilen in der Stunde fortbewegen. Selbst stillstehende Luft würde dabei einen Widerstand bieten wie ein Orkan.

Mit erzwungener Langsamkeit legte er seinen Schuppenpanzer an und setzte den Helm auf. Beim Befestigen des Helms bewegte er sich versehentlich zu schnell, so daß sein linker kleiner Finger unter der unerwarteten Belastung brach. Er verheilte augenblicklich in gekrümmter Stellung.

Raj Ahten brach ihn erneut, zog ihn gerade, ließ ihn abermals verheilen.

Im Schlendergang trat er aus dem Zelt und versuchte, so natürlich wie immer zu erscheinen.

Auf den Festungsmauern von Burg Longmot, über dem Tor, schwenkten Lord Ordens Männer die grüne Flagge der Unterredung.

Zwischen zwei Riesen, die wie eine Mauer standen, waren elf Unbesiegbare bereits auf königlichen Pferden aufgesessen und bereiteten sich darauf vor, als Raj Ahtens Ehrengarde aufzutreten. Ein Lakai hielt das zwölfte Pferd für ihn fest.

Raj Ahten schlenderte zu seinem Pferd, nickte den Flammenwebern zu und gab ihnen das Zeichen.

Dann zwang er sich, ganz still zu sitzen, während das Pferd auf die Tore zugaloppierte.

Es war eine eigenartige Situation. Während das Pferd dahinlief, stellte er fest, daß er für Augenblicke in die Luft geworfen wurde, doch diese Augenblicke schienen sich endlos zu dehnen, so daß es für die Hälfte des Ritts so schien, als schwebe er, als fliege er einfach so über dem Grund dahin.

Er war noch nicht weit gekommen, als ein gleißender Strahlenkranz über seinem Kopf Gestalt annahm, ein Geschenk der Flammenweber, ein schillerndes, goldenes Licht, das kurze Funken von Titanweiß absonderte.

Im glänzenden Licht blickte er entschlossen in die aufgerissenen Augen der Verteidiger auf der Burgmauer.

Die Ritter waren grimmige, skeptische Männer. Nicht das verweichlichte Stadtvolk, das er auf Burg Sylvarresta gesehen hatte. Viele von ihnen hielten ihre Waffen wild entschlossen umklammert, und es schien, als legten eintausend Bogenschützen auf den Mauern ihre Pfeile ein und spannten die Sehnen, soweit es ging. Ihre Augen strahlten kühle Berechnung aus.

»Bewohner Longmots«, rief Raj Ahten, wobei er ganz langsam sprach und all seine Stimmgewalt in seine Worte einfließen ließ, damit er klang wie ein Mann des Friedens und der Vernunft.

Auf den Burgmauern ballte Orden seine Fäuste und rief: »Feuer!«

In Zeitlupe senkte sich der Pfeilhagel herab, eine schwarze Wand aus Pfeilen und Bolzen aus den stählernen Langbögen und Wurfgeschützen.

Raj Ahten versuchte ganz ruhig im Sattel zu sitzen und nicht überzureagieren, als die Bolzen auf ihn zugerast kamen. Er konnte ihnen ausweichen oder sie zur Seite schlagen, wie immer er es wollte.

Die Pfeile prasselten in tödlichem Regen auf ihn herab. Raj Ahten sah sich kurz nach beiden Seiten um. Die Ritter seiner Ehrengarde rissen bestürzt über diesen Akt vorsätzlicher Metzelei ihre Schilde hoch.

Raj Ahten hatte keine Zeit, sie zu retten.

Als die ersten Pfeile auf ihn zurasten, griff er danach und wollte sie aus der Luft schlagen. Als seine gepanzerte Faust jedoch gegen den Pfeil traf, waren Geschwindigkeit und Wucht sowohl seiner Hand als auch des Pfeils so groß, daß der hölzerne Schaft zerbrach. Die Pfeilspitze wurde auf seine Brust abgelenkt, und Raj Ahten mußte erneut rasch danach schnappen und sie mit seiner Hand abfangen.

Genau in diesem Augenblick ging der tödliche Pfeilregen krachend auf seine Ritter und ihre Rösser nieder.

Ein riesiger eiserner Wurfgeschützbolzen riß den Mann neben Raj Ahten aus dem Sattel, und der Wolflord war gezwungen, seinen kleinen Schild hochzureißen und weitere Pfeile abzuwehren, die durch die Luft auf ihn zugesirrt kamen.

Ein Schaft schlug zwischen den Schuppen der Panzerung

seines Pferdes ein, bohrte sich in dessen Rippen, und das Pferd begann zu wanken.

Plötzlich sah Raj Ahten sich durch die Luft fliegen, scheinbar in Zeitlupe, aus dem Sattel gerissen, nach Pfeilen in seiner Flugbahn schnappend und tretend, sich so drehend, daß einer an seiner Armschiene zerbrach, anstatt seinen Schuppenpanzer zu durchstoßen.

Er war ein kräftiger Mann, doch selbst er konnte die Gesetze der Bewegung nicht außer Kraft setzen.

Die Wucht des Sturzes katapultierte ihn mit dem Kopf voran über die Schulter des Pferdes.

Er wußte, wenn der harte Aufprall ihm nicht den Schädel zertrümmerte, dann konnte das Gewicht des über ihn stürzenden Tieres ihn zerquetschen.

Es gelang ihm, die Hand auszustrecken und sich langsam vom Boden abzustemmen, als er auf diesen zuflog, und sich klein zu machen, so daß er sauber über das Gras rollte, fort von seinem Pferd.

Doch das Manöver hatte seinen Preis. Denn als er sich umdrehte, blieb ein grellrot gestrichener Pfeil im Schlüsselbein gleich über dem Rand der Rüstung stecken, und ein weiterer traf ihn im Oberschenkel.

Raj Ahten krabbelte von seinem stürzenden Pferd fort, blickte hinauf zu den grimmigen Soldaten auf den Burgmauern.

Er wollte den Pfeil in seinem Schlüsselbein packen, ihn herausreißen und zurück auf seine Angreifer schleudern. Als er jedoch den roten Schaft in seinem Schlüsselbein umfaßte, brach der entzwei.

Er hielt ihn überrascht in die Höhe, denn er hatte ihn ganz vorsichtig angefaßt. Unter so leichtem Druck hätte er nicht brechen dürfen.

Der Schaft war zerbrochen, wie er jetzt sah, weil man ihn ausgehöhlt und eingekerbt hatte. Er hatte brechen sollen.

Raj Ahten ahnte den Grund, noch bevor er spürte, wie das tödliche Gift auf sein Herz zukroch.

Er starrte zur Burgmauer hinüber und sah einhundert Fuß über sich einen Soldaten – einen großen Kerl mit schmalem Gesicht und gelben Zähnen, in einer Jacke aus Schweinsleder. Der Kerl schleuderte seinen Langbogen in die Luft und stimmte ein Triumphgeheul an, weil er Raj Ahten getötet hatte.

Nachdem der erste Pfeilhagel niedergegangen war, folgte ein Augenblick der Ruhe, in dem der Himmel frei von Geschossen blieb.

Raj Ahten zog seinen Dolch. Die Wunde an seinem Hals schmerzte höllisch. Das Gift strömte so schnell durch seinen Blutkreislauf, daß Raj Ahten nicht wußte, ob seine eintausend Gaben des Durchhaltevermögens ihn retten würden.

Die Haut war über der Wunde bereits verheilt und schloß die Pfeilspitze darunter ein. Mit einem raschen Stoß rammte sich Raj Ahten den Dolch ins Schlüsselbein, schnitt es auf und zog die Pfeilspitze heraus.

Dann schleuderte er den Dolch mit tödlicher Genauigkeit auf den jubelnden Bogenschützen.

Er machte kehrt und fing langsam an zu laufen, bevor weitere Pfeile niedergingen. Er wartete nicht ab, um zu sehen, wie den Bogenschützen auf der Burgmauer der

Dolch in die Stirn traf und der Mann unter der Wucht des Treffers nach hinten kippte.

Es genügte ihm, den Todesschrei des Mannes zu hören.

Raj Ahten lief einhundert Meter weit über das Gras. Das Gift ermattete ihn, machte es schwer, erst den einen, dann den anderen Fuß zu heben. Sein Atem ging langsam und schwerfällig. Er befürchtete, das Gift könne ihn ersticken.

Der Pfeil war in der Nähe seiner Lungen tief in seine Brust eingedrungen, und das Gift hatte nicht herausbluten können, bevor die Haut über der Wunde verheilt war.

Er kämpfte um jeden Schritt und brach schließlich vor Erschöpfung zusammen. Die Wunde in seiner Schulter schmerzte höllisch, außerdem spürte er, wie das Gift nach seinem Herzen griff und es wie eine kräftige Faust umschloß.

Er streckte die Hand nach seinen Männern aus, flehte um Hilfe, flehte nach einem Heiler. Er hatte Ärzte, die nur für ihn zuständig waren, Kräutersammler und Chirurgen. Doch er lebte so schnell, daß ihm eine Minute fast wie eine ganze Stunde erschien. Er hatte Angst zu verenden, bevor Hilfe kam.

Sein Herz schlug unregelmäßig, pumpte schwer. Raj Ahten rang um jeden Atemzug. Dank seiner Gaben des Gehörs vernahm er jedes Anspannen und Gurgeln seines schwächer werdenden Herzens. Den Kopf an den Erdboden gepreßt, konnte er hören, wie die Würmer durch das Erdreich krochen.

Dann blieb sein Herz stehen. In der plötzlichen Stille

schwoll das Geräusch der Würmer in der Erde an, als wäre es der einzige Laut der Welt.
Raj Ahten zwang sein Herz durch Willenskraft weiterzuschlagen.
Schlag, verdammt, schlage ...
Er rang nach Atem, keuchte. Er trommelte sich wütend und verzweifelt auf die gepanzerte Brust.
Sein Herz schlug einmal, schwach. Dann begann es zu stottern, krampfartig zu zucken.
Er konzentrierte sich. Fühlte, wie sein Herz einmal schlug, kräftig. Eine Sekunde später schlug es erneut. Er schnappte nach Luft.
Dann stieß er einen stummen Schrei aus, verlangte, daß seine Annektoren ihm in fernen Ländern noch mehr Durchhaltevermögen besorgten, damit er dies ertrug.
»Ein König ist im Land«, hörte er die Worte in seinem Kopf widerhallen. »Ein König, der Euch töten kann.«
Nicht so, flehte er die Mächte an. Nicht so ein unwürdiger Tod.
Plötzlich löste sich die Umklammerung seines Herzens. Es begann wild zu pumpen. Raj Ahten entleerte seine Blase in die Rüstung wie ein alter Mann, der sich nicht mehr kontrollieren kann, und fühlte sich überaus erleichtert, als sein Körper den Sieg über das Gift davontrug.
Er lag im Gras, und die Schmerzen ließen nach. Seinem eigenen Empfinden nach hatte er minutenlang auf der Erde gelegen, in den Augen der Bogenschützen oben auf den Mauern waren jedoch sicher nur Sekunden verstrichen.

Er kämpfte sich erneut auf die Beine, wankte zu den Reihen seiner Truppen, sank hinter einem Riesen auf die Knie, den er wie einen Schild benutzte.

Er blickte sich um, sah, wie einige Männer seiner Ehrengarde noch immer versuchten, sich mit erhobenem Schild im Geschoßhagel wieder aufzuraffen. Doch die Bogenschützen auf den Mauern durchlöcherten sie weiter mit Pfeilen.

Wut drohte ihn zu übermannen, eine blinde, rasende Wut. Raj Ahten unterdrückte sie. Es brächte ihm nichts ein, diese Männer zu vernichten.

Raj Ahten erhob sich keuchend außer Reichweite der Bögen und brüllte Richtung Burg: »Tapfere Ritter, schändliche Lords: Ich komme in diesen harten Zeiten als Freund und Verbündeter. Nicht als Euer Feind!«

Er verlieh den Worten mit der vollen Kraft seiner Stimmgewalt Würze. Die Männer würden sicherlich verstehen, daß *er* hier der Verletzte war. Elf seiner besten Krieger lagen sterbend auf dem Schlachtfeld.

Obwohl er weit entfernt war, zu weit, als daß seine Anmut ganze Wirkung entfalten konnte, mochte vielleicht allein seine Stimmgewalt die Männer ins Schwanken bringen.

»Kommt schon, König Orden«, rief er ganz vernünftig. »Laßt uns gemeinsam beraten. Ihr wißt doch sicher, daß ich eine gewaltige Armee im Rücken habe. Vielleicht seht Ihr sie ja von Eurem Ausguck aus?«

Er hoffte, daß Vishtimnu anrückte. Vielleicht hatte sein Anblick Orden zu dieser heimtückischen Tat getrieben. Mit aller Liebenswürdigkeit, die er aufbringen konnte, sagte er beschwichtigend: »Besiegen könnt Ihr mich nicht, und ich hege keinen Groll gegen Euch. Legt Eure Waffen nieder.

Öffnet die Tore. Werdet meine Diener. Ich werde Euer König sein und ihr mein Volk!« Wie vor Burg Sylvarresta wartete er voller Spannung auf die Kapitulation.

Er schien eine volle Minute zu warten, bis überhaupt eine Reaktion erfolgte. Bei der, die folgte, handelte es sich nicht um die erhoffte.

Nur ein paar Dutzend junger Burschen warfen die Waffen über die Mauern, so daß die Speere und Bögen gegen die Burgwehren schepperten und klatschend in den Graben fielen.

Doch ebenso schnell, wie die Waffen fielen, fielen auch ihre Besitzer – denn die Männer auf den Mauern stießen ihre willensschwachen Gefährten in den Tod.

Ein riesenhafter, schmierig wirkender Bär von einem Mann stand genau über den Toren und spie so weit er konnte, so daß ein Klumpen seines Speichels Raj Ahtens sterbende Ritter traf. Ordens Männer brachen in Gelächter aus und schwenkten ihre Waffen.

Raj Ahten hockte im kühlen Wind und biß die Zähne aufeinander. Vor Burg Sylvarresta war seine Ansprache nicht besser, aber die Wirkung eine vollkommen andere gewesen.

Vielleicht lag es daran, daß er aufgrund seines beschleunigten Stoffwechsels die Worte nicht so langsam wie erhofft gesprochen, sie nicht mit der richtigen Betonung versehen hatte. Jedesmal, wenn man Gaben des Stoffwechsels übernahm, mußte man die Kunst des Sprechens und Hörens von neuem lernen.

Oder vielleicht lag es an den Gaben der Anmut, sagte er sich. Ich habe seit Burg Sylvarresta an Anmut verloren. Das hatte er beim Tod der Herzogin von Longmot gespürt, die ihre Gaben der Anmut mit in den Tod genommen hatte.

»Also gut«, rief Raj Ahten. »Dann werden wir es auf die harte Tour ausfechten!« Wenn Orden die Absicht gehabt hatte, seinen Zorn anzustacheln, dann hatte er sein Ziel erreicht.

Raj Ahten war um Beherrschung bemüht, ertappte sich dabei, wie er vor Wut schäumte. Er wußte, daß es für die Männer in der Burg hart werden würde. Es wäre für alle Betroffenen schneller gegangen, wenn sie sich ergeben hätten. Raj Ahten hatte hundert Burgen eingenommen, viele davon besser befestigt als diese, und seine Erfahrung in diesem Handwerk war unübertroffen.

Ich werde an diesem hochmütigen König Orden ein Exempel statuieren, schwor er.

Er stand vor seinen Schlachtreihen, hob seinen Kriegshammer in die Höhe und ließ ihn mit einer schneidenden Bewegung sinken.

Ein Steinhagel stieg von den Katapulten hoch in die Lüfte. Einige kleinere Steine verschwanden hinter den Mauern, während schwerere Ladungen krachend weiter unten gegen die Befestigungen prallten. Zwei von Ordens Halsabschneidern brachen getroffen zusammen.

Orden konterte mit Artillerie von der Stadtmauer – mit sechs Katapulten und vier Wurfgeschützen. Die Katapulte schleuderten feinen Eisenschrot, der wie ein tödlicher Hagel niederging – fünf Meter vor seinen Männern. Mit etwas leichterem Schrot hätte Orden mehr Erfolg gehabt.

Bei den Wurfgeschützen sah die Sache etwas anders aus. Raj Ahten hatte im gesamten Süden noch keine dieser aus dem Federstahl Heredons gefertigten Waffen zu Gesicht bekommen. In Städten wie Bannisferre und Ironton hatten Tüftler – Erdzauberer, Meister in den Künsten der Metallurgie und der Mechanik – lange daran gearbeitet, einen solchen Stahl herzustellen. Raj Ahten war nicht darauf vorbereitet, als die Geschosse hinter den Mauern dunkel und kaum zu erkennen auftauchten und die Reihen seiner Männer lichteten.

Ein Wurfgeschützbolzen kam, einem riesigen Pfeil aus Eisen gleich, auf ihn zugesirrt. Er wich ihm aus, nur um zu hören, wie er sich mit einem Übelkeit erregenden, dumpfen Schlag in jemand hinter ihm bohrte.

Er drehte sich um und sah, wie ein Flammenweber derb zum Hinsetzen gezwungen wurde, im Nabel ein Loch so groß wie eine Pampelmuse.

Das safrangelbe Gewand des jungen Mannes ging plötzlich in weiße Flammen auf, als sein Zorn außer Kontrolle geriet.

»Rückzug!« Raj Ahten befahl seinen Männern, in Deckung zu gehen. Sie mußten nicht erst lange dazu aufgefordert werden.

Raj Ahten rannte über den Hügel, als der Flammenweber explodierte – und die massige Gestalt der Urgewalt hervorbrach, die wie ein Wurm zusammengerollt im Zentrum seiner Seele gelegen hatte.

Ein schlanker, kahlköpfiger Mann nahm Gestalt an, der

einhundert Fuß hoch auf der Erde saß. Flammen züngelten an seinem Schädel und wirbelten um seine Fingerspitzen. Er betrachtete Longmot mit sorgenvoller Miene.

Raj Ahten sah zu. Eine solche Urgewalt konnte Verwüstungen anrichten, die Steinmauern sprengen und der Vergessenheit anheimfallen lassen, das Tor niederbrennen, die Bewohner der Burg rösten wie Maden auf einem Grill. So wie es die Urgewalt mit Burg Sylvarresta gemacht hatte.

Doch Raj Ahten war enttäuscht. Jahrelang hatte er diese Flammenweber herangezogen. Jetzt waren bei diesem Feldzug bereits zwei getötet worden. Eine verdammenswerte Vergeudung seiner Reserven.

Es gab keine andere Möglichkeit als abzuwarten und zuzusehen, wie die Urgewalt ihre Arbeit tat, um danach aufzuräumen.

Die Urgewalt wurde zu einer tosenden Flammensäule, die das Gras zu ihren Füßen in Brand setzte. Die Luft brauste wie in einem Schmelzofen, und die Hitze versengte Raj Ahten, brannte ihm mit jedem Atemzug in den Lungen.

Der Heißluftballon schwebte noch immer fünfhundert Fuß über dem Schlachtfeld. Raj Ahtens Männer zogen ihn fort, bevor die Hitze der Urgewalt seine Seidenhülle in einen Feuerball verwandelte.

Das Flammenwesen nahm Kurs auf die Stadt, schritt über das Schlachtfeld.

Soldaten auf den Mauern Longmots feuerten entsetzt ihre Bögen ab. Die winzigen Pfeile flogen auf das Ungeheuer zu wie Sternschnuppen, die kurz am Nachthimmel aufleuchten, bevor sie endgültig erlöschen. Diese Stacheln konnten die Urgewalt nicht besiegen, sie gaben ihr nur neue Nahrung.

Nun streckte das brennende Ungetüm die Hand nach dem nächstgelegenen Wald aus, seine Finger reckten sich zu einer züngelnden grünen Flamme, die fast zärtlich über die Zugbrücke von Longmot strich. Das Krachen des Holzes und zersplitternder Balken erfüllte die Luft. Die Soldaten auf den Mauern gingen überstürzt in Deckung, als das Inferno gegen die Burg brandete.

Aus den Kehlen von Raj Ahtens Männern erhob sich ein Jubelschrei, Raj Ahten dagegen lächelte nur erbarmungslos.

Dann plötzlich ergoß sich eine Wasserflut über die Mauern oberhalb des Torbogens, stürzte in Strömen aus den Mäulern der Wasserspeier über dem Tor, schwappte überall in großen Wellen über das Mauerwerk der Burg, so daß die grauen Mauern glänzten.

Überall schoß Wasser aus dem Graben an den steinernen Burgwehren hoch und bildete eine Wand. Die große Urgewalt verwandelte sich durch seine Berührung in Dampf, begann zu schrumpfen und sich aufzulösen.

Raj Ahten kochte vor Wut. Und staunte.

Einer seiner Flammenweber rief: »Der Schutz eines Wasserzauberers!« Wie es schien, besaß die Burg eine ungeahnte, magische Verteidigung. Doch hier in Heredon gab es, soweit Raj Ahten gehört hatte, keine Wasserzauberer. Ja, er staunte. Ein derartiger Schutz hielt nicht einmal ein Jahr und machte es erforderlich, daß man ein magisches Zeichen auf dem Burgtor anbrachte. Vor vier Tagen hatte er kein solches Zeichen, keine solche Rune gesehen. Dann blickte er oben auf das Tor: auf dem Bogen stand Orden und drückte seinen goldenen Schild an die Mauer. Der Schutz war in seinen Schild eingebaut, und indem er den Schild an den Stein der Burg hielt, weitete sich seine Wirkung auf die gesamte Festung aus.

Raj Ahtens Gesicht verzerrte sich vor Zorn, als er mit ansehen mußte, wie seine Urgewalt im Ansturm des Wassers schrumpfte. Sie zog sich zusammen und kauerte sich hin wie ein alleingelassenes Kind, wurde schließlich zu einem ganz normalen Feuer, das im Gras brannte. Einen halben Augenblick später war auch das erloschen. Der Wolflord fühlte sich ohnmächtig, bis aufs Blut gereizt.

Dann erschien Zauberer Binnesman auf Raj Ahtens höchsteigenem Pferd, kam von den bewaldeten Hügeln im Westen heruntergaloppiert, um sich zwischen die Angreifer und die Burg zu stellen.

KAPITEL 21
Der Zauberer Binnesman

König Orden zog seinen goldenen Schild vor die Brust. Er hatte ihn als Geschenk für Sylvarresta mitgebracht, um die Verlobung ihrer Kinder zu feiern. Das Schutzzeichen auf dem Schild hatte Burg Sylvarresta bewahren sollen. Jetzt hatte es Longmot gerettet.
Aber seines Wasserzaubers beraubt, war der Schild außer als Ziel für Pfeile wertlos geworden.
Orden verfluchte sich stumm. Als er Raj Ahten durch den Pfeil hatte stürzen sehen, hatte er gezögert. Er hätte in diesem Augenblick hinausgehen, über den Wolflord herfallen und ihm seinen Kopf abschlagen können. Statt dessen hatte er zugelassen, daß seine Hoffnungen in höhere Regionen stiegen, und einen atemberaubenden Augenblick lang hatte er geglaubt, der Wolflord würde dem Gift erliegen. Dann plötzlich war die Gelegenheit vorbei. Und jetzt das.
Orden beobachtete den Kräutersammler, wie er auf einem prächtigen Kraftpferd über das grüne Gras geritten kam, Verwirrung machte sich in ihm breit. Erdwächter mischten sich nur selten in die Angelegenheiten der Menschen ein. Dieser jedoch, so schien es, war töricht genug, zu versuchen, einen Krieg zu unterbinden.
Orden hatte Binnesman zwar nur ein Jahr lang nicht gesehen, trotzdem hatte sich der alte Zauberer sehr verändert. Er trug ein Gewand in den Farben des Herbst-

waldes – dunkle Rottöne, stellenweise mit etwas Braun und Gold. Sein braunes Haar hatte die Farbe von Eis angenommen. Sein Rücken aber war ungebeugt. Er sah gealtert aus, aber tatkräftig.

Auf dem Schlachtfeld vor ihm standen Raj Ahtens Unbesiegbare, Bogenschützen zu Tausenden, Riesen in Rüstungen und Mastiffs mit Lederhelmen und abstoßenden Halsbändern.

Binnesman ritt bis vor die Burgtore.

Orden fühlte sich seltsam zuversichtlich, voller gewaltiger Kraftreserven. Zweiundzwanzig Krieger verbargen sich in verschiedenen Kellern, Kammern und Zimmern überall auf der Burg Longmot. Jeder Mann trug Waffen und Rüstung, war zu einer Kugel zusammengerollt und wartete auf den Augenblick, in dem Orden auf seinen Stoffwechsel zurückgreifen würde. Der König spürte, wie ihre Energie ihn durchströmte. Sein Blut schien heiß zu brennen, wie Wasser kurz vor dem Sieden.

Auf der anderen Seite des Schlachtfeldes standen Raj Ahtens Männer unter den Bäumen und waren aufgebracht wegen des Verlaufs, den die Schlacht genommen hatte. Der Wolflord ging entschlossenen Schrittes auf Binnesman zu. Seine Bewegungen verschwammen fast, so schnell waren sie.

»Raj Ahten«, brummte der alte Zauberer und richtete sich auf, um den Wolflord unter seinen buschigen Brauen hervor zu mustern, »warum beharrt Ihr darauf, diese Menschen anzugreifen?«

Sein Gegenüber erwiderte ruhig: »Das geht Euch nichts an, Erdwächter.«

Binnesman sagte: »Das geht mich sehr wohl etwas an. Die ganze Nacht bin ich durch den Dunnwald geritten und habe die Unterhaltungen der Vögel und Bäume belauscht. Wißt Ihr, was ich dabei herausgefunden habe? Ich habe Neuigkeiten, die Euch betreffen.«

Raj Ahten hatte sich einhundert Meter weit vorwärts bewegt und war noch immer nicht leicht mit dem Bogen zu treffen, stand er doch jetzt wieder vor seiner Armee.

»Orden hat meine Zwingeisen«, sagte er als Antwort auf Binnesmans vorherige Frage. »Ich will sie zurück!« Der Klang seiner Stimme trug weit über die Felder. Orden konnte kaum glauben, daß Raj Ahten aus solcher Entfernung zu ihm sprach.

Der alte Zauberer lächelte und lehnte sich in seinem Sattel zurück, als wollte er sich ausruhen. Auf der Wiese jenseits des Feldes standen Raj Ahtens drei verbliebene Flammenweber. Jeder einzelne von ihnen begann nun, seinen Körper dem Feuer hinzugeben, wobei die Kleidung in Flammen aufging und rote, gelbe, blaue Feuerranken von ihnen in die Höhe schlugen.

»Wie kommt es«, fragte Binnesman, »daß alle Zwingeisen der Welt Euch gehören müssen?«

»Sie stammen aus meinen Minen«, sagte Raj Ahten und trat einen großen Schritt nach vorn, sein Gesicht erhellt von verführerischer Schönheit. »Meine Sklaven haben das Erz gefördert.«

»Wie ich mich erinnere, gehörten diese Minen dem Sultan von Hadwar – bis Ihr ihm die Kehle aufgeschlitzt habt. Was Eure Sklaven anbelangt, so waren auch sie jemandes Sohn oder Tochter, bevor Ihr sie geraubt habt. Selbst das Blutmetall könnt Ihr nicht für Euch beanspruchen – denn es sind nur die verkrusteten Überreste Eurer Ahnen, die vor langer Zeit bei einem Gemetzel umgekommen sind.«

»Ich kann es sehr wohl als mein Eigentum beanspruchen«, gab der Wolflord leise zurück, »und niemand kann mich daran hindern.«

»Auf welcher Rechtsgrundlage?« rief Binnesman. »Ihr beansprucht die gesamte Welt als Euer Eigentum, und doch seid Ihr nur ein Sterblicher. Muß erst der Tod Euch zwingen, alles herzugeben, auf das Ihr Anspruch erhebt, bevor Ihr erkennt, daß Ihr nichts besitzt? Ihr *besitzt* nichts. Die Erde ernährt Euch von einem Tag zum anderen, von Atemzug zu Atemzug! Ihr seid mit ihr verkettet, so sicher, wie die Sklaven an die Wände Eurer Minen gekettet sind. Erkennt ihre Macht über Euch an!«

Binnesman seufzte, schaute kurz hoch zu Orden auf der Burgmauer. »Wie wärs, König Orden? Ihr scheint mir ein aufrichtiger Mann zu sein. Werdet ihr Raj Ahten diese Zwingeisen überlassen, damit Ihr beide diese Balgerei beenden könnt?« Binnesmans Augen lächelten, als erwartete er, daß Orden lachte.

»Nein«, sagte dieser. »Ich werde sie nicht hergeben. Wenn er sie will, muß er mit mir kämpfen.«

Binnesman schnalzte mit der Zunge wie ein altes Weib, das mit einem Kind schilt. »Hört Ihr das, Raj Ahten? Hier steht ein Mann, der es wagt, Euch die Stirn zu bieten. Und vermutlich wird er siegen ...«

»Er hat keine Chance gegen mich«, sagte Raj Ahten würdevoll, obwohl sich sein Gesicht vor Wut zu verfärben schien. »Ihr lügt.«

»Tu ich das?« fragte Binnesman. »Zu welchem Zweck sollte ich lügen?«

»Ihr habt es darauf abgesehen, uns alle zu verwirren, damit wir tun, was Ihr verlangt.«

»So seht Ihr das? Das Leben ist kostbar – das Eure, meins, das Eures Feindes. Das Leben ist mir sehr wertvoll. ›Verwirre‹ ich Euch etwa, um Euer armseliges Leben zu retten?«

Raj Ahten antwortete nicht, sondern betrachtete Binnesman nur mit unterdrückter Wut.

Binnesman sagte: »Ich trete nun schon zum zweitenmal vor Euch. Ich warne Euch zum letzten Mal, Raj Ahten: gebt diesen tollkühnen Krieg auf!«

»Am besten geht Ihr mir aus dem Weg«, entgegnete der Wolflord. »Ihr könnt mich nicht aufhalten.«

Binnesman lächelte. »Nein, ich kann Euch nicht aufhalten. Aber andere! Der neue König der Erde ist ernannt worden. Gegen ihn könnt Ihr nicht bestehen.

Ich sehe Hoffnung für das Geschlecht der Orden, aber nicht für Euch.

Und ich bin nicht hergekommen, um Euch ein weiteres Mal zu bitten, Euch meiner Sache anzuschließen«, fuhr Binnesman fort. »Daß Ihr das nicht tun werdet, ist mir bewußt.

Aber hört gut zu, ich spreche jetzt zu Euch im Namen jener Macht, der ich diene: Raj Ahten, die Erde, die Euch geboren hat, die Erde, die Euch als Mutter und Vater großgezogen hat: sie verstößt Euch hier und jetzt! Sie wird Euch weder länger nähren noch beschützen.

Ich verfluche den Boden, auf dem Ihr geht, auf daß er Euch nicht länger tragen möge! Die Steine aus der Erde werden Euch zur Qual. Verflucht sei Euer Fleisch, Eure Knochen, eure Sehnen. Eure Arme sollen geschwächt werden. Verflucht sei die Frucht Eurer Lenden, auf daß Ihr keine Nachkommen hinterlaßt. Verflucht seien jene, die sich mit Euch zusammentun, auf daß sie Euer Schicksal teilen!

Ich warne Euch: Verlaßt dieses Land!«

Der Erdwächter sprach mit solchem Nachdruck, daß Orden irgendein Zeichen erwartete – daß der Boden schwankte und zitterte oder Raj Ahten verschluckte oder daß Steine aus dem Himmel fielen.

Doch das grasbewachsene Hügelland sah aus wie zuvor, die Sonne schien noch immer hell.

Die Erde tötet nicht, das wußte Orden. Sie zerstört nicht. Und Orden sah, daß Binnesman keinen Wylde hatte, der ihm den Rücken stärkte, daß er nicht die Macht besaß, irgendeinen überraschenden Fluch zu bewirken.

Vielleicht machten sich die Auswirkungen des Fluchs des Zauberers aber auch erst mit der Zeit bemerkbar. Solche Flüche wurden nicht leichtfertig gesprochen, und in alten Weibergeschichten hieß es warnend, sie seien die wirkungsvollste Form von Magie. Fast hatte Orden Mitleid mit Raj Ahten.

Doch zunächst geschah gar nichts. Orden rief warnend: »Binnesman, zieht Euch aus dieser Schlacht zurück. Ihr könnt nichts mehr tun.«

Binnesman drehte sich nach oben um und sah Orden an, und es lag so viel Zorn in diesem Blick, daß der König einen Schritt nach hinten wich.
Als erkenne er plötzlich selbst die Gefahr, wendete Binnesman sein Pferd nach Westen, Richtung Dunnwald, und ergriff die Flucht.

KAPITEL 22
Ein verstimmter Kavalier

Burg Groverman lag in einer flachen, sandigen Senke, die zu Mangons Heide gehörte, genau dort, wo der Fluß eine weite Biegung machte. Es war weder die am besten befestigte Burg in Heredon noch die größte, doch als Iome an jenem Morgen über die Ebene ritt, schien sie mit ihren ausgedehnten Feldern, den palastartigen Türmen und den weiten Toren die schönste zu sein. Die Morgensonne lag golden am gelben Sandstein, so daß die Festung glänzte wie etwas Flüssiges.

Iome, ihr Vater, Gaborn und die drei Days flogen über das Heidekraut dahin und galoppierten an Herden halbwilder Pferde und Rinder vorbei, die jedesmal erschraken, wenn die Reiter plötzlich auf einem Hügel auftauchten.

Iome kannte diesen Ort nur von Karten, aus alten Büchern und Gesprächen. Jeden Herbst und Winter kam Groverman anläßlich des Rats der Lords auf die Burg ihres Vaters, sein Zuhause hatte sie jedoch noch nie gesehen. Seit Jahrhunderten regierten die Lords der Familie Groverman dieses Land und versorgten Heredon mit Kraftpferden und Rindfleisch. Iomes Vater unterhielt in seiner eigenen Burg keine großen Stallungen – nichts, was den ausgedehnten Stallungen auf Groverman vergleichbar wäre. Hier, an den grünen Ufern des Flusses Wind, wuchsen die Pferde ausgelassen heran, bis

die Pferdekenner des Lords sie in die Stallungen des Königs brachten und die Füllen den Leitpferden zuführten.
Die Leitpferde waren feurig. Ein Leitpferd beherrschte jedes Wildpferd, wenn man ihm erst Gaben der Körperkraft und des Stoffwechsels überlassen hatte. Die wilden Füllen wurden als Übereigner eingesetzt, denn diese Pferde hatten die größte Scheu vor den Hengsten aus der Herde und waren deshalb für die Bereitstellung dieser Eigenschaften am verläßlichsten.
Daher war Burg Groverman zu einer wichtigen Festung geworden, denn dies war der Bergfried der Übereigner für die Pferde, mit denen Sylvarrestas Boten und Soldaten ausgerüstet wurden.
So spät im Herbst war es jedoch auch ein geschäftiges Handelszentrum. Die ansässigen Vasallen und Leibeigenen trieben Rinder zur Herbstschlachtung in die Burg. Morgen war der erste Tag des Hostenfests, eine Zeit der Feierlichkeiten vor den im Herbst anfallenden Arbeiten. Heute in einer Woche, wenn das Fest endete, würden die gemästeten Rinder am fünfundzwanzigsten Tag des Monats der Blätter, bevor die Schneefälle des Winters einsetzten, anläßlich des Tolfestes durch ganz Heredon zur Schlachtung getrieben werden.
Mit dem Vieh kamen Pferdezüchter, die die Füllen des vergangenen Sommers herbeitrieben. Und so verwandelten sich die Felder rings um Burg Groverman in ein Durcheinander aus Schlachtbänken und Zelten.
Als sie das sah, verließ Iome der Mut.
Sie war außer sich gewesen, als sie erfahren hatte, daß

Herzog Groverman Longmot seine Hilfe verweigert hatte. Es war ihr wie ein kleinlicher und boshafter Zug vorgekommen, der nicht im Einklang mit der Freundlichkeit und dem Mut stand, den man von den Lords aus Heredon erwartete.

Doch jetzt sah Iome, daß Groverman vielleicht guten Grund hatte, nicht nach Longmot zu ziehen. Vor der Burg drängten sich Menschen und Tiere auf den Feldern – die Pferdezüchter und Rindertreiber, die Kaufleute, die zum Fest gekommen waren, die Flüchtlinge aus Longmot und aus ein paar ungeschützten Dörfern.

Die aus Longmot Vertriebenen brachen Iome das Herz. Sie kauerten zusammengepfercht an den Ufern des Flusses. Frauen, Säuglinge, Männer. Die meisten von ihnen würden im Winter nur unter Decken Schutz finden, die man über Pfosten gespannt hatte. Groverman hatte den Flüchtlingen großzügigerweise gestattet, nahe den Burgmauern zu kampieren, wo sie wenigstens dem Wind nicht ganz ohne Deckung ausgesetzt waren, der über diese Ebenen fegte.

Trotzdem sah es so aus, als sei am Fluß im Schatten der Mauern eine Stadt aus Lumpen emporgeschossen, eine Stadt, die von zerlumpten Menschen bewohnt wurde. Silberhaarige Männer hantierten ziellos herum, so als warteten sie nur auf den Winter, damit sie endlich frieren konnten. Frauen hüllten ihre Säuglinge in dicke Wolldecken und klemmten sie sich unter den Arm, da sie nichts Besseres als ihre Körper und Tücher hatten, um die Säuglinge zu wärmen.

Viele Menschen husteten übel, und es sah ganz so aus,

als würden sich im Lager schon bald ernste Krankheiten ausbreiten.

Iome schätzte, daß sich mit den Flüchtlingen, den Bewohnern der Burg Groverman und denen, die wegen des Jahrmarktes hergekommen waren, gut dreißigtausend Menschen versammelt hatten. Eine gewaltige Menge, die nicht leicht zu beschützen war.

Und Grovermans Mauern waren aus welchem Grund auch immer nicht so dicht mit Rittern besetzt, wie Iome dies erwartet hatte.

Offenbar setzte Groverman also all seine Mittel ein, um seine Leute zu versorgen.

All dies sah Iome, während sie an den mit rotbraunen Rindern vollgestellten Pferchen vorbei und durch die breiten Straßen ritt. Alles starrte Gaborn an, als er in die Stadt hineinritt. Groverman war es nicht gewöhnt, Soldaten zu beherbergen, die die Tracht des grünen Ritters trugen. Das Trio der Days, das ihnen folgte, verkündete den hohen Rang dieser Prozession, gleich, wie zerlumpt Iome und ihr Vater aussehen mochten.

Am Burgtor hielten vier Wachen sie an. »Ihr bringt neue Nachrichten für den Lord?« fragte einer von ihnen Gaborn, wobei er Iome und ihren Vater ignorierte.

»Ja«, antwortete Gaborn leise, »bitte berichtet seiner Lordschaft, daß Prinz Gaborn Val Orden ihn um Audienz ersucht, und daß er in Begleitung von König Jas Laren Sylvarresta und Prinzessin Iome gekommen ist.«

Als die Wache dies hörte, sperrte sie den Mund auf und blickte entsetzt auf Iomes schlammverschmutzte Kleider. Seiner Gaben beraubt wirkte Lord Sylvarresta alles andere als königlich. Iome glaubte, daß sie und ihr Vater das wahrlich jämmerlichste Paar auf der Straße waren. Deshalb versuchte Iome, noch stolzer und aufrechter im Sattel zu sitzen. Der Preis dafür war hoch, denn sie konnte die starrenden Blicke der Soldaten kaum ertragen. *Sehr nur das schauerliche Bild, das eure Prinzessin bietet*, flüsterte eine traurige Stimme in ihrem Kopf. Sie hätte sich gern verkrochen und ihr Gesicht versteckt, wie es manche Übereigner machten, nachdem sie Gaben der Anmut abgetreten hatten. Doch Iome begehrte innerlich gegen die musternden Blicke der Wachmänner auf und kämpfte weiter gegen die Macht der Rune an, die Raj Ahtens Männer ihr ins Fleisch gebrannt hatten.

Die Wachen betrachteten die drei Days, die im Sattel saßen, als wollten sie Gaborns Anspruch bestätigen. Zwei Männer rannten sich gegenseitig fast um, als sie losstürzten, um Herzog Groverman zu holen.

Der Herr des Hauses eilte in den weiten Innenhof seines Anwesens. Sein reich besticktes Gewand flatterte im Wind. Azurit und Perlen waren in den Ledersaum seines ockerfarbenen Umhangs geknüpft. Sein Days lief ihm hastig hinterher.

»Was gibt's? Was soll das? Was ist hier los?« rief Groverman und zog sich den Umhang fester um den Hals. Der Morgen war kalt, von Süden her zogen graue Wolken auf.

Er blieb ein Dutzend Meter entfernt stehen, blickte blöde zwischen Gaborn, Iome und dem König hin und her.

»Guten Morgen, Sir«, sagte Iome leise, ohne abzusteigen, und hielt ihm ihre Hand so hin, daß er ihren Ring küssen konnte. »Es ist zwar erst vier Monate her, daß Ihr Burg Sylvarresta besucht habt, ich fürchte, mein Aussehen hat sich trotzdem sehr verändert.«

Das war natürlich eine Untertreibung. Was ihren Vater anbetraf, so stellte er nur mehr einen Schatten seines früheren Selbst dar. Aller Anmut beraubt, schien sein Gesicht der wichtigen Rolle hohnzusprechen, die er früher gespielt hatte. Ohne seine Muskelkraft hockte er matt zusammengesunken im Sattel. Ohne Geisteskraft blickte Lord Sylvarresta vom Rindvieh fasziniert und stumpf um sich.

»Prinzessin Iome?« fragte Groverman, als sei er nicht recht sicher.

»Ja.«

Der Herzog trat einen Schritt vor, ergriff ihre Hand und schnupperte unverblümt daran.

Groverman war ein eigenartiger Mann. Manche hätten ihn als Wolflord bezeichnet, denn er hatte Gaben von Hunden übernommen. Doch im Gegensatz zu Männern, die solche Gaben nur übernahmen, um ihre unersättliche Gier nach Macht zu stillen, hatte Groverman einst mit Iomes Vater bis lange in die Nacht gestritten und dabei die Meinung vertreten, es sei moralischer, Gaben von Tieren zu übernehmen als von Menschen. »Was ist gütiger: fünfzig Gaben des Geruchssinns von Menschen zu übernehmen oder eine Gabe des Geruchssinns von einem Spürhund?«

Herzog Groverman besaß also mehrere Gaben von Hunden, doch war er ein gütiger Führer, von seinem Volk wohlgelitten.

Er hatte ein schmales Gesicht und dunkle, engstehende Augen. König Sylvarresta wirkte er überhaupt nicht ähnlich. Niemand, der sie zusammen sah, hätte zu behaupten gewagt, der Herzog stamme von derselben Familie ab.

Mit Iomes Geruch zufrieden, küßte der Herzog ihren Ring. »Willkommen, willkommen in meinem Heim.« Mit einem Wink bat Groverman Iome abzusteigen.

»Wir haben wichtige Dinge zu besprechen«, sagte Gaborn, als wolle er damit gleich hier draußen beginnen. Er hatte es so eilig, zu seinem Vater zurückzukehren, daß er nicht einmal absitzen wollte.

»Sicherlich«, sagte Groverman, der Iome noch immer auf seine Burg zuwinkte.

»Wir sind in Eile«, sagte Iome. Fast hätte sie Groverman angebrüllt, sie hätten keine Zeit für Förmlichkeiten und er müsse seine Krieger zusammenrufen und sie in die Schlacht schicken.

Iome vermutete, daß Groverman sich ihrem Willen widersetzen und versuchen würde, ihr diesen Plan auszureden oder sie mit einem weniger umfangreichen Hilfsangebot zu vertrösten. Sie hatte keine Lust, sich seine Nörgeleien und Ausweichmanöver anzuhören.

»Wir müssen sofort miteinander sprechen«, sagte Gaborn. Der Herzog hatte Gaborns scharfen Unterton herausgehört, schaute auf und sah ihn gekränkt an. »Meine Dame, spricht Prinz Gaborn für Euch und den König?«

»Ja, das tut er«, antwortete Iome. »Er ist mein Freund und Euer Verbündeter.«

»Was verlangt Ihr von mir?« fragte Groverman. »Ihr braucht es nur zu sagen.« Sein Ton war so ergeben, sein Verhalten so gütig, daß Iome fast glaubte, er täusche es nur vor. Doch als sie in die Augen des Herzogs blickte, sah sie dort tatsächlich nur Ergebenheit.
Iome kam sofort auf den springenden Punkt zu sprechen. »Longmot wird bald angegriffen werden. König Orden befindet sich dort, zusammen mit Dreis und anderen. Wie könnt Ihr es wagen, ihm die Unterstützung zu verweigern?«
Groverman breitete die Hände aus, als sei er verblüfft. »Ihm die Unterstützung zu verweigern? Unterstützung verweigern? Wieviel mehr kann ich noch tun? Ich habe ihm die besten Ritter geschickt, die ich hatte, habe sie losreiten lassen, sobald sie dazu in der Lage waren – über zweitausend Mann. Ich habe Cowforth, Emmit, Donyeis und Jonnick benachrichtigt – sie werden sie hier vor Mittag treffen. Wie ich in meinem Brief schrieb, kann ich bis zum Einbruch der Nacht weitere fünftausend Mann zusagen!«
»Aber ...«, sagte Iome. »Orden erzählte uns, Ihr hättet ihm die Unterstützung verweigert.«
»Bei meiner Ehre, da irrt er sich! Ich habe nichts dergleichen getan!« ereiferte sich Groverman. »Wenn Frauen Knappen wären und Rinder Ritter hoch zu Roß, dann würde ich innerhalb einer Stunde mit einer Armee von einer Viertelmillion losmarschieren. Aber ich habe ihm niemals die Unterstützung verweigert!«
Sie überlegte. Auf den Mauern von Longmot hatten viel zu viele Ritter gestanden. Sie hatte gedacht, sie wären

von Dreis gekommen oder Orden habe sie unterwegs gesammelt.

Gaborn berührte Iome am Ellenbogen. »Mein Vater hat uns schlicht getäuscht. Jetzt erkenne ich es. Ich hätte meinem Gefühl trauen sollen. Mein Vater sagte immer: ›Selbst die Pläne des weisesten Mannes sind nur so gut wie sein Wissen.‹ Er hat uns zum Narren gehalten, genauso wie er danach trachtet, Raj Ahten zum Narren zu halten. Er wußte, daß wir Longmot nicht verlassen würden, solange wir darauf vertrauen, daß Verstärkung kommt. Zu unserer eigenen Sicherheit hat er sich diese List ausgedacht, wie er uns außer Gefahr bringen kann.«

Iome schwindelte. Orden hatte mit einer derartigen scheinbaren Aufrichtigkeit gelogen, hatte ihre Wut auf Groverman so angestachelt, daß sie einen Augenblick brauchte, sich auf die neue Situation einzustellen.

Wenn ihre Schätzungen richtig waren, müßten Raj Ahtens Truppen inzwischen in Longmot eintreffen. Selbst wenn sie und Gaborn jetzt umkehrten, würden sie es niemals bis zurück hinter die Tore von Longmot schaffen. Außerdem sollten an diesem Tag einhunderttausend Mann zu Raj Ahten stoßen.

Wenn Groverman mit dem Aufbruch bis heute abend wartete, dann wäre er zu spät dran. Aber Iome konnte es nicht ertragen, hier herumzusitzen, während ihre Verbündeten in Longmot in die Schlacht zogen. Es mußte etwas geben, das sie tun konnte. Sie spannte sich im Sattel an, als ihr Plan Gestalt annahm.

»Herzog Groverman«, fragte sie, »wie viele Schilde habt Ihr zur Zeit?«

»Zehntausend Mann kämpfende Truppen«, antwortete Groverman. »Aber es sind nur gewöhnliche Bürger. Meine besten Ritter sind in Longmot.«
»Nicht Soldaten – Schilde. Wie viele Schilde habt Ihr?«
»Ich – vielleicht könnte ich zwölftausend organisieren, vorausgesetzt, wir plündern die Waffenkammern der benachbarten Ländereien.«
»Tut das«, sagte Iome, »und beschafft Euch alle Lanzen, Rüstungen und Reittiere, die Ihr bekommen könnt – sowie alle Frauen, Männer und Kinder über neun Jahre, die reiten können – und alles an Vieh und Pferden aus ihren Pferchen. Wir werden jede Decke Eurer Flüchtlinge zu einem Wimpel umarbeiten, und sie werden im Wind flattern, an Stangen von Euren Pferchen aufgezogen. Schafft alle Hörner herbei, die Ihr finden könnt. Und beeilt Euch. Wir dürfen, von jetzt an gerechnet, auf keinen Fall später als in zwei Stunden aufbrechen.
Eine gewaltige Armee steht im Begriff, nach Longmot zu marschieren, eine so riesige Armee, daß selbst Raj Ahten erzittern muß!«

KAPITEL 23
Der Fluch

Zwischen den Wolken des kalten, sich beziehenden Himmels über Longmot blitzte eine Finsternis auf wie umgekehrtes Wetterleuchten. Raj Ahtens drei verbliebene Flammenweber trugen jetzt ihr Prunkgewand für die Schlacht – leuchtend rote Flammen. Sie kauerten hinter einem Wall aus aufgeschichteten Steinen – eigentlich eine von einem Bauern zurückgelassene Feldeinfassung – und schleuderten Flammen auf Burg Longmot. Sie reckten sich in den Himmel und griffen nach dem Licht der Sonne, so daß der gesamte Himmel sich für einen Augenblick verdunkelte, dann stürzten ihnen gedrehte Lichtstränge in die Hand und lagen dort glühend wie kleine Sonnen, kurz bevor die Flammenweber sie davonschleuderten.

Viel nützte es nicht. Burg Longmot war aus uralten Steinen erbaut. Dort hinein waren im Laufe der Jahrhunderte von Erdwächtern Zauber hineingeflochten worden. Die Kugeln aus Licht und Hitze flogen aus der Hand der Flammenweber, nahmen auf dem Weg zur Burg an Größe zu – denn auf diese Entfernung konnten die Flammenweber ihre Kraft nicht bündeln – bis die riesigen, glühenden Kugeln wirkungslos gegen die Festungsmauern prallten.

Ihre Bemühungen erzielten trotzdem eine gewisse Wirkung. König Ordens Krieger waren gezwungen, sich hinter den Brustwehren zu verstecken und Deckung zu suchen, und ein Flammenweber traf mit seinem ersten Wurf ein Wurfgeschütz und zwang Ordens Artillerie dadurch, die großen Waffen in die Türme zurückzuziehen.

Im Augenblick war die Schlacht daher ein stiller Kampf – Flammenweber schleuderten Feuer ohne große Wirkung und schwächten sich damit selbst, Riesen beluden die Katapulte, um Steine über die Mauern zu schleudern.

Gelegentlich, wenn eine Flammenkugel krachend gegen die hohen Mauern prallte, jagte das Inferno eine Hitzeexplosion nach oben durch die Schießscharten, wo die Bogenschützen sich verborgen hielten. Dann vernahm Raj Ahten einen erfreulichen Aufschrei, da irgendein Soldat die Schärfe seiner Zähne zu spüren bekam. Hier und dort waren ganze Pfeilbündel wie Zunder in Flammen aufgegangen.

Selbst jetzt ließ Raj Ahten Soldaten und Riesen Brennmaterial für ein gewaltiges Feuer sammeln. Meist diente das Sonnenlicht als geeignete Energiequelle für seine Flammenweber, doch der Nachmittagshimmel bezog sich, und die Arbeit der Weber verlor an Qualität. Wenn sie auf eine unmittelbare Energiequelle zurückgreifen könnten, dann wären ihre Flammenkugeln dichter – und vielleicht sogar klein genug, um durch die Schießscharten an den Doppeltürmen zu dringen.

Die Riesen schlugen daher riesige Eichen, schleppten die gefällten Stämme von den Hügeln herbei und stapelten sie vor der Burg zu einer riesenhaften, dunklen Krone aus verschlungenen Ästen. Wenn die Flammenweber Energie aus dieser Krone zapften, würden sich ihre Kräfte stark vermehren.

Eine halbe Stunde, nachdem Binnesman die Burg verlassen hatte, kam ein Vorreiter von Westen her donnernd mit wichtigen Neuigkeiten angaloppiert. Er ließ sein Pferd durch das Lager rennen und sprang vor Raj Ahtens Füßen ab.

Aha, dachte der Wolflord, endlich ist Vishtimnus Armee gesichtet worden. In seinem Zustand, bei seinem schnellen Stoffwechsel, schien es eine Ewigkeit zu dauern, bis der Mann zu sprechen anfing. Zum Glück wartete er wenigstens nicht noch auf Erlaubnis.

»Verzeiht, Großer König«, sagte er, den Kopf gesenkt. Der Mann hatte die Augen angstvoll aufgerissen. »Aber ich habe wichtige Neuigkeiten. Ich wurde aufgestellt, um die Schlucht des Leidens zu beobachten. Ich muß berichten, daß ein Reiter in die Schlucht kam und die Brücke zerstört hat. Er deutete mit einem Finger auf sie, sprach einen Fluch, und die Brücke fiel in sich zusammen.«

»Was?« fragte Raj Ahten. Hatte der Erdwächter etwa die Absicht, ihn von seiner Verstärkung abzuschneiden? Der Zauberer hatte behauptet, er werde in dieser Schlacht nicht Partei nehmen, und Raj Ahten hatte ihm geglaubt. Doch offenbar führte dieser Kerl etwas im Schilde.

»Die Brücke ist zerstört. Die Schlucht ist unpassierbar«, wiederholte der Späher. Raj Ahtens Späher waren darauf trainiert, jede Frage, auch rhetorische, als Erkundigung aufzufassen. Sie berichteten nur, was sie sahen, ohne Ausschmückungen

»Hast du irgendeine Spur von Vishtimnu gesehen?«

»Nein, Großleuchtender. Ich habe keinerlei Anzeichen bemerkt – weder Späher noch Staubwolken über der Straße. Es ist still im Wald.«

Raj Ahten dachte nach. Daß sein Späher kein Anzeichen für die Verstärkung gesehen hatte, hieß nicht, daß Vishtimnu sich nicht auf dem Weg hierher befand. Gut möglich, daß der Zauberer über eigene Mittel verfügte, sie aufzuspüren. Und um das Eintreffen der Armee in Longmot zu verzögern, hatte der Zauberer die Brücke zerstört. Aber das würde Vishtimnu nur auf-, nicht abhalten. Die Armeen führten große Wagen voller Lebensmittel, Kleidung und Waffen mit sich, Vorräte, die den ganzen Winter reichten, für einen langen Feldzug. Die Wagen würden die Schlucht nicht durchqueren können und müßten einen Umweg von gut einhundertzwanzig Meilen machen.

Das würde die Karawane wenigstens vier Tage lang aufhalten, möglicherweise auch fünf oder sechs. Selbst die Ritter mit Kraftpferden würden dadurch aufgehalten werden, so daß sie heute nicht in Longmot einträfen.

Die Zerstörung der Brücke war kein großer Rückschlag. Es sei denn ... der Zauberer wußte, daß mehr als eine Armee durch die Wälder marschierte, und er daher darauf abzielte, Raj Ahten den Fluchtweg abzuschneiden.

Plötzlich wurde ihm bewußt, daß Jureem erst einige Stunden zuvor davongelaufen war. Vielleicht hatte er Angst gehabt, nach Longmot zu kommen. Vielleicht hatte sich Jureem selbst verschworen, eine Falle aufzustellen!

Raj Ahten zögerte keinen Augenblick. Zweieinhalb Meilen nordwestlich von Longmot stand eine Sternwarte auf einem Felsvorsprung eines einsamen Berges, der sich höher über die Wälder erhob als jeder andere im Umkreis von vielen Meilen. Raj Ahten konnte die Sternwarte von hier aus sehen – ein runder Turm mit einem flachen Dach, errichtet aus blutroten Steinen. Er wurde ›Die Augen von Tor Loman‹ genannt.

Von dessen einsamen Ausguck aus konnten die Weitseher des Herzogs das Land viele Meilen weit beobachten. Raj Ahten hatte zur Zeit keinen Mann dort stehen. Seine Späher und Weitseher hatten sich längs der Straßen nach Norden, Süden, Osten und Westen verteilt, um einen besseren Überblick zu haben. Trotzdem war es möglich, das just in diesem Augenblick seine Weitseher mit irgendeiner schlechten Nachricht hierher unterwegs waren.

Raj Ahten rief seinen Männern zu: »Setzt den Angriff fort! Entzündet den Scheiterhaufen!«

Er wirbelte herum und rannte im höchsten Tempo, das er gefahrlos anschlagen konnte, über die grünen Felder von Longmot dahin.

KAPITEL 24
Die Augen von Tor Loman

Von der Burgmauer aus verfolgte Orden fasziniert, wie der Bote gestikulierend auf Raj Ahten zuritt. Mehrere Riesen liefen gemächlich vor dem Wolflord auf und ab und versperrten ihm die Sicht.

Orden hatte den Wolflord beobachtet und hoffte, der Mann werde versuchen, die Burg durch die zerstörten Tore hindurch zu erstürmen. Seine Männer, Hunde, Riesen und Leitern, alles stand bereit. Die Gelehrten standen bereit. Doch Raj Ahten übte sich in Geduld.

Als dann aber der Bote erschien, faßte Orden Mut. Schlechte Nachrichten für den Feind, schloß er aus dem Verhalten des Kuriers. Jeden Augenblick konnten diese einen Akt der Verzweiflung hervorrufen.

Dann lief Raj Ahten davon. Er sprang über eine steinerne Ummauerung, setzte über die grasbewachsenen Hügel hinweg.

Orden zählte die Sekunden ab, versuchte Raj Ahtens Geschwindigkeit einzuschätzen. Mit einhundertundzehn, vielleicht einhundertundzwanzig Meilen in der Stunde rannte der Runenlord über die Ebene, bremste leicht ab, als er in Schräglage die Burg passierte, und hob ab, als er über einen Hügel die nördliche Straße hinaufraste – zum alten Observatorium.

Wenn du nicht schneller rennen kannst, kann ich dich

schlagen, frohlockte Orden. Er blickte zu seinen Männern auf dem Wehrgang hinüber.

Er hatte einhundert junge Männer unter den Schartenbacken liegen, die nur darauf warteten, daß die Flammenweber ihre höllischen Wurfgeschosse krachend auf die Burg schleuderten. Immer wieder loderten Flammen durch das Gitter der Gußlöcher. Jedes vierte oder fünfte Mal, wenn ein solches Wurfgeschoß ins Ziel traf, hatten die jungen Männer den Befehl zu schreien, als seien sie verwundet. Einige der jungen Männer taten sehr dramatisch, und just in diesem Augenblick sprang einer von ihnen hoch, preßte sich eine Lederweste an den Körper und schlug wild darauf herum, bis er vorgab, zu Boden zu gehen. Der junge Bursche hatte die Weste Minuten vorher dort hingelegt und darauf gewartet, daß sie Feuer fing.

Viele junge Männer in der Nähe mußten ein leises Schmunzeln über diese Clownereien unterdrücken. Aber diese Täuschungsmanöver verfolgten einen Zweck. Solange Raj Ahten glaubte, daß seine Taktik erfolgreich sei, solange würde er sie beibehalten.

Orden machte rasch Bestandsaufnahme. Wenn er Raj Ahten folgen konnte und es ihm gelang, ihn einzuholen, dann konnte er allein gegen ihn antreten, Mann gegen Mann.

»Ich breche jetzt besser auf«, sagte Orden.

Einer seiner Kommandanten neben ihm betrachtete den Wolflord sehnsuchtsvoll. »Mögen die Mächte mit Euch sein!« Er klopfte Orden auf die Schulter.

»Ihr und ich und Sylvarresta, wir werden noch vor

Einbruch der Dunkelheit im Dunnwald jagen«, sagte Orden. »Habt keine Angst.«

Er stieß zum Zeichen ein tiefes Baßjagdhorn. Sofort ließen seine Leute an den Toren die Zugbrücke herunter. Seine Kraft nahm zu, während überall in der gesamten Burg die Männer des Schlangenrings vollkommen still verharrten.

Plötzlich schien die Luft dick wie Sirup zu werden. Orden besaß die Stärke von zwölf Männern, doch wegen des Stoffwechsels von deren sechzig kostete ihn das Atmen größte Mühe.

Er schoß los und trug nur eine einzige Waffe bei sich – ein dünnes Kurzschwert, scharf genug, um Raj Ahten den Kopf abzuschlagen. Er wollte Gaborns Warnung beherzigen und den Wolflord enthaupten. Und er nahm seinen Schild mit.

Er sprang die Stufen der Burgmauer hinunter und war überrascht, welche Kraft es anfangs kostete, die Trägheit zu überwinden. Das Laufen machte einen gleichbleibenden, steten Druck erforderlich. Als er um eine Ecke bog, hatte er einen solchen Schwung, daß es ihn versehentlich aus der Bahn trug.

Er lief zum Tor hinunter, und bereits jetzt hatten seine Männer begonnen, seinen Anordnungen gemäß die Zugbrücke wieder hochzuziehen. Er sprang die leichte Steigung hinauf, setzte leichtfüßig vierzig Fuß weit über den Burggraben hinweg, landete mitten im Lauf und eilte Raj Ahten hinterher.

Der Luftwiderstand auf seinem Schild war ungeheuer. Nach ein paar Metern ließ er ihn fallen, rannte durch die

schwarzverbrannten Straßen der Stadt, bog dann auf einen Fußweg ein, der über das grasbewachsene Hügelland führte.
Das Gras sah an diesem Morgen wunderbar grün aus, nachdem es durch die Regenfälle gestern abend reingewaschen worden war, und überall zwischen den Feldern blühten die kleinen weißen Wintersternblumen.
Orden lief über das grasbewachsene Hügelland und erkannte, daß er sich schnell genug vorwärtsbewegte, um wie Raj Ahten vom Boden abzuheben.
Orden hatte von Männern gelesen, die gewaltige Gaben des Stoffwechsels übernommen hatten. Er wußte, daß das Abheben vom Boden keine große Gefahr darstellte, solange er bei der Landung darauf achtete, ein wenig zu beschleunigen und seine Füße in Bewegung zu halten, damit sie den Stoß des Aufpralls abfingen.
Er kam um eine Biegung. Zu lernen, wie man sich in die Kurve legte, war vielleicht der schwierigste Aspekt beim Laufen mit schnellem Stoffwechsel, das wußte er.
Vielen Menschen fiel es nicht leicht, sich die gleichmäßige Gangart anzueignen, die man zum Rennen brauchte. Sie wollten schnell vorwärtskommen, indem sie einen großen Druck mit den Füßen erzeugten, so wie es ein gewöhnlicher Mann machte, wenn er rasch starten wollte. Doch wer das versuchte, brach sich die Beine. Die Trägheit, die der ruhende Körper überwinden mußte, war zu groß.
Orden war sich dieses Prinzips durchaus bewußt.
Aber daran zu denken, sich im richtigen Winkel in die Kurven zu legen, das kam ihm einfach unnatürlich vor.

Als er beschleunigte und rennend eine Kurve des Pfades nehmen wollte, stellte er fest, daß seltsame Kräfte an ihm zerrten. Die Schwerkraft zog ihn nicht im gleichen Maß nach unten, wie der Schwung ihn in seiner eingeschlagenen Richtung vorwärtstrieb, und als er an einer Kurve auf eine schlammige Stelle traf, konnte er sich nur mit vielen korrigierenden Schritten auf den Beinen halten und so verhindern, daß er einen Baum am Wegrand rammte.

Jetzt sah er, daß Raj Ahten sein Tempo aus gutem Grund auf einhundert Meilen in der Stunde beschränkt hatte. Man hatte kein sicheres Gefühl, wenn man schneller lief.

Trotzdem beschleunigte Orden, denn sein Überleben und das seines ganzen Volkes hing davon ab. Er rannte den Tor Loman immer höher hinauf, zwischen den weißstämmigen Espen hindurch, unter deren goldenen Blättern her.

Als er einen Hang hinaufstieg und in das sonnenüberflutete Tal unten blickte, sah er einen riesengroßen alten Hirsch, dessen Geweih breiter war als die Armspanne eines Mannes. Aufgescheucht, machte dieser einen eleganten Satz und schien ein paar Fuß hoch in der Luft zu schweben.

Ich könnte diesen Hirsch im Nu einholen, erkannte Orden, während er auf ihn zuraste und dicht hinter ihm vorbeirannte, als dieser sich zu einem Bach hinunterstürzte.

Er lief bergan auf die Fichten zu und dann einen felsigen, schmalen Spalt hinauf. Weiter vorne sah er dunkles

Metall aufblitzen, als Raj Ahten gerade im Wald verschwand.

Das Geräusch von Stahlringen eines Kettenharnischs verriet Raj Ahten, daß er verfolgt wurde. Er sah sich um. Orden kam den Pfad hinaufgerannt. Er konnte sich nicht vorstellen, daß jemand so schnell rennen und ihn einholen konnte. Er verdoppelte seine Geschwindigkeit. Der Pfad führte jetzt schnurgerade zwischen dunklen Fichten hindurch. Dahinter ragte der rote Sandstein der ›Augen von Tor Loman‹ in die Höhe.
Der Wolflord wußte, daß es sinnlos war zu fliehen. Orden holte auf. Und wurde schneller.
»Ich habe Euch!« brüllte Orden triumphierend einhundert Meter zurück.
Raj Ahten beschloß, die Geschwindigkeit des Gegners zum eigenen Vorteil zu nutzen. Er überquerte eine kleine Anhöhe und sprang. Er spürte einen scharfen Schmerz in seinem rechten Bein, denn beim Abheben war sein Wadenbein gebrochen.
Er wußte, daß es in Sekundenschnelle heilen würde.
Im Hochkommen drehte Raj Ahten sich um, zog sein Kriegsbeil aus dem Gürtel und schleuderte es dorthin, wo Orden sein mußte.
Zu seiner Überraschung hatte der gebremst und wurde langsamer. Das Kriegsbeil hatte ihn mit etwa zweihundert Meilen in der Stunde spalten sollen, war jedoch zu hoch gezielt.
Geschickt tauchte Orden unter der Waffe hindurch.
Raj Ahtens Flugbahn trug ihn in die Höhe. Der Bruch in

seinem Bein schien zwar unbedeutend, trotzdem hatte der Heilungsprozeß gerade mal genug Zeit, einzusetzen, bevor er wieder auf dem Boden landete.
Sein Schienbein brach abermals, und er versuchte nach vorne abzurollen und die Wucht seines Sturzes mit dem gesunden Bein und den Schultern aufzufangen.
Als Raj Ahten wieder hochkam, fiel Orden über ihn her und hackte grimmig mit seinem Kurzschwert auf ihn ein. Wegen der vielen Gaben des Stoffwechsels, die Orden besaß, war es Raj Ahten unmöglich, sich auf den Angriff vorzubereiten.
Raj Ahten wich der Attacke aus, indem er den Oberkörper nach hinten bog. Ordens erster Hieb traf ihn voll am Hals. Dunkelrote Tropfen spritzten aus Raj Ahtens Kehle hervor, und er fühlte das helle Klirren von Metall, als die Klinge auf Knochen traf.

König Orden frohlockte, als er die entsetzliche Wunde sah, beobachtete, wie das Fleisch sich von Raj Ahtens Kehle schälte, sah, wie die Augen des Wolflords sich vor Entsetzen weiteten.
Kaum hatte die Klinge Raj Ahtens Fleisch wieder verlassen, da schloß die Wunde sich bereits wieder nahtlos. Der Mann besaß so viele Gaben des Stoffwechsels, daß man ihn kaum mehr als Menschen betrachten konnte.
Er war die Summe aller Menschen, befürchtete Orden, jenes Geschöpf, das so vielen anderen Leben ausgesaugt hatte, daß die Bezeichnung ›sterblich‹ nicht mehr zutraf. Raj Ahten wurde zu einer Macht, die mit den Elementen oder den Zeitlords wetteiferte.

In den Chroniken wurde davon berichtet. In den Chroniken hieß es, Daylan Hammer habe vor sechzehn Jahrhunderten eine Weile in Mystarria gelebt, bevor er nach Süden ging, um sein Leid dort klaglos zu ertragen. Denn die Unsterblichkeit war ihm zur Last geworden. Daylans Übereigner gingen dahin, er aber konnte nicht sterben, denn er war auf irgendeine Weise verwandelt worden. Die durch die Zwingeisen übertragenen Fähigkeiten blieben ihm für alle Zeit erhalten – ungewollt, wie ein Fluch. Orden verfügte über ein perfektes Erinnerungsvermögen, und jetzt sah er die Worte vor sich, so wie er sie in seiner Jugend beim Studium des Fragments einer uralten, von einem entfernten Vorfahr verfaßten Chronik gelesen hatte:

»Weil er seine Mitmenschen zu sehr liebte, mußte Daylan erkennen, daß das Leben zur Last geworden war. Denn Männer, mit denen er Freundschaft schloß, Frauen, die er liebte, blühten auf und starben wie die Rosen einer einzigen Saison, während er allein alle Zeiten ewig überdauerte. Also suchte er jenseits von Inkarra, auf den Inseln von Illienne, die Einsamkeit, und ich vermute, dort lebt er noch immer.«

All dies schoß Orden durch den Kopf, als sein Schwert sich wieder aus Raj Ahtens Hals löste. Dann merkte er, daß er so fest zugeschlagen hatte, daß die Klinge ihm zu entgleiten drohte. Ein Schmerz schoß durch seinen Arm, als er im Versuch es festzuhalten seine Muskeln spannte und an seinen Sehnen riß.

Das Schwert zischte davon und landete in einem Beet aus Farnen auf der Hügelkuppe.

Eine weitere Waffe hatte er nicht. Raj Ahten aber hockte noch immer da, starr vor Entsetzen über die Wucht des Angriffs. Orden sprang und trat mit aller Kraft nach Raj Ahtens Kopf.

Er trug die mit Stahlkappen versehenen Kriegsstiefel, jeder mit einem schweren Querstück über den Zehen. Der Tritt würde ihm das Bein zertrümmern. Aber er würde auch Raj Ahten den Schädel zerschmettern.

Als Orden zutrat, drehte Raj Ahten sich zur Seite. Ordens Hacke traf Raj Ahten unter den Schulterstücken.

Ein reißender Schmerz schoß ihm durchs Bein, jeder Knochen im Leib wurde zertrümmert und Orden entwich ein Schrei aus der Kehle.

Aber wenn ich mich zerstöre, dann zerstöre ich auch Raj Ahten, überlegte er. Die Schulter des Wolflords gab nach. Orden spürte, wie die Armknochen des Gegners einer nach dem anderen wie Zweige unter seinem Stiefelabsatz brachen.

Raj Ahten brüllte wie ein Mann, der stirbt.

Orden landete auf seiner Schulter und hockte dort, wie es schien, ein paar Sekunden nach Luft schnappend und fragte sich, was er als nächstes tun sollte. Er wälzte sich vom Wolflord herunter, um nachzusehen, ob der Mann noch lebte.

Zu seiner Überraschung stöhnte Raj Ahten vor Schmerzen und wälzte sich im Gras. Ordens Stiefelabdruck hatte sich in seine Schulter eingeprägt.

Das Schulterblatt war eingebrochen. Der rechte Arme war in einem unnatürlichen Winkel verdreht. Das Fleisch seiner Schulter war sechs Zoll tief eingedrückt.

Raj Ahten lag im Gras, die Augen blind vor Schmerz. Blutiger Schaum quoll aus seinem Mund. In diesem Augenblick waren die dunklen Augen des Wolflords und sein scharf geschnittenes Gesicht so wunderschön, daß Orden es kaum fassen konnte. Er hatte ihn noch nie von so nah, in all seiner Anmut und Schönheit, gesehen. Der Anblick raubte Orden den Atem.
»Werde mein Diener«, flüsterte der Verletzte voller Inbrunst.
In dieser Sekunde wurde Mendellas Val Orden von Raj Ahtens Anmut hingerissen und wollte ihm von ganzem Herzen dienen.
Dann war die Sekunde vorbei, und er bekam es mit der Angst: denn unter Raj Ahtens Rüstung bewegte sich etwas, die Schulter richtete sich und schwoll an, richtete sich noch einmal, als verschmolzen Jahre der Entzündung, des Heilungsprozesses und der Schmerzen alle zu einem einzigen Augenblick, der einem das Herz stillstehen ließ. Schließlich wuchs die Schulter zu einem knollenartigen Buckel aus.
Orden versuchte auf die Beine zu rollen, denn er wußte, der Kampf war noch nicht vorbei.
Raj Ahten kroch ihm hinterher, packte Ordens rechten Arm am Handgelenk und schmetterte seinen Helm in seine Schulter.
Knochen zersplitterten auf der ganzen Länge seines Armes. Orden schrie. Er wälzte sich auf dem Boden, sein rechtes Bein ein Trümmerhaufen, sein Arm und seine Schulter nicht mehr zu gebrauchen.
Raj Ahten wich zurück, blieb stehen und rang keuchend

nach Atem. »Eine Schande, König Orden. Ihr hättet mehr Gaben des Stoffwechsels übernehmen sollen. Meine Knochen sind bereits vollständig verheilt. Wie viele Tage wird es dauern, bis Ihr dasselbe behaupten könnt?« Er trat mit voller Wucht zu und zerschmetterte Ordens gesundes Bein. Orden brach zusammen, fiel auf den Rücken.

»Wo sind meine Zwingeisen?« fragte der Wolflord ruhig. Orden gab keine Antwort.

Ein Tritt ins Gesicht folgte.

Blut spritzte stoßweise aus seinem rechten Auge, und er spürte, daß es ihm auf seiner Wange hing. Fast bewußtlos sank er zu Boden und verhüllte sein Gesicht mit seiner unverletzten Hand. Raj Ahten trat ihm in die ungeschützten Rippen. Irgend etwas riß in seinem Innern, und Orden fing an zu husten, erbrach klumpenweise Blut.

»Ich bringe Euch um!« spie der König aus. »Das schwöre ich!«

Eine leere Drohung. Orden konnte sich nicht wehren. Er mußte sterben. Er brauchte Raj Ahten, der ihn töten mußte, damit der Schlangenring auseinanderbrach und ein anderer Krieger an seiner Stelle kämpfen konnte.

König Orden fing an zu husten. In einer derart dichten, flüssigen Luft konnte er kaum atmen. Raj Ahten trat ihm wieder in die Rippen, so daß Orden am Boden liegenblieb und keuchte.

Der Wolflord drehte sich um und kraxelte fünfzig Meter weit den Pfad hinauf, zum Fuß der Augen des Tor Loman. Eine steinerne Wendeltreppe führte dreimal um die Außenwand des Turms herum. Diese kletterte Raj

Ahten hinkend unter Schmerzen hinauf, eine Schulter fünf Zoll tiefer als die andere. Sein Gesicht war zwar wunderschön, aber von hinten schien er kaum mehr zu sein als irgendein entstellter Krüppel. Sein rechter Arm hing schief, und sein rechtes Bein mochte verheilt sein, wirkte aber kürzer als das linke.
Orden keuchte, schwitzte vor Anstrengung, versuchte zu atmen, wobei ihm die Luft so dick wie Honig vorkam. Das Gras neben seinem Kopf duftete so schwer, daß er einen Augenblick darin liegenbleiben und sich ausruhen wollte.

Gaborn und Iome ritten Seite an Seite durch die gewaltige Menschenmenge auf dem Heideland. Gaborn reckte einen Schild in die Höhe und hielt eine der Lanzen des Herzogs in der Hand. Oben war daran ein Stück roten Vorhangs von den Fenstern des Bergfrieds festgebunden. Dank eines weißen, in der Mitte festgesteckten Stoffkreises würde es aus großer Ferne aussehen wie der Ring von Internook.
Das heißt, es würde jedem, der sie aus zwanzig Meilen Entfernung beobachtete, wie die Farben von Internook erscheinen. Gaborn vermutete, daß Raj Ahtens Weitseher sie beobachteten. Es entsprach der üblichen Taktik bei einer Belagerung, überall rings um das Schlachtfeld Späher aufzustellen.
Die letzte halbe Stunde war er damit beschäftigt gewesen, sich Gedanken über die Logistik seines Planes zu machen: der Versuch, eine einhunderttausendköpfige Herde aus Rindern und Pferden über die Ebene zu treiben, war

harte Arbeit. Selbst die erfahrenen Treiber und Pferdezüchter im Gefolge waren dazu nicht ohne weiteres in der Lage.

Unerfahrene junge Burschen, die verzweifelt helfen wollten, aber dazu neigten, das Vieh bei jedem Schwenk aufzuscheuchen, erschwerten die Arbeit zusätzlich. Gaborn befürchtete, die Herde könne jeden Augenblick nach links oder rechts ausbrechen und die Frauen und Kinder niedertrampeln, die in einer breiten Linie Schilde vor der Herde hertrugen, als seien sie Krieger.

Aber als Gaborn den Himmel über Longmot betrachtete, ergriff ihn eine noch viel größere Angst. Der Himmel wirkte grau, hinten über dem Horizont jedoch blitzte es dunkel, als Raj Ahtens Flammenweber das Feuer aus dem Himmel zogen.

Er befürchtete, daß er dies ausgelöst hatte, daß sein Trick Raj Ahten dazu veranlaßt hatte, seinen Angriff auf Longmot zu verstärken, anstatt ihn einfach in die Flucht zu schlagen, wie er gehofft hatte.

Während er so dahinritt, formten sich Worte in seinen Gedanken, ein halbvergessener Zauberspruch aus einem alten Buch. Er hatte sich zwar nie eingebildet, ein Mensch zu sein, der über Erdkräfte verfügte, doch jetzt ertappte er sich dabei, wie er laut sprach:

»Erde, die du uns offenbarst, werde zum Mantel
im Wind, der uns verhüllt.
Staub, der du uns offenbarst, werde zum Schleier
am Himmel, der uns vor gierigen Blicken schützt.«

Gaborn erschrak, daß ihm ein solcher Zauberspruch ungebeten in den Sinn kam. Dennoch fühlte es sich richtig an, ihn aufzusagen, so als wäre er zufällig auf den Schlüssel einer fast vergessenen Tür gestoßen.
Die Erdkräfte wachsen in mir, stellte er fest. Noch wußte er nicht, was aus ihm werden würde.
Er sorgte sich um seinen Vater und spürte dabei die unmittelbare Gefahr, die dem Mann drohte, spürte, daß ihn die Gefahr einhüllte wie ein Leichentuch.
Gaborn hoffte, daß sein Vater den Angriff überlebte. Er setzte sein Kriegshorn an die Lippen, stieß einmal hinein, und überall ringsum folgten andere seinem Beispiel. Die Fußsoldaten vor der Armee stimmten Schlachtgesänge an.

Raj Ahten hatte Dutzende Weitseher in seinem Gefolge, doch keiner besaß so viele Gaben der Sehkraft wie er. Wie viele Gaben er tatsächlich besaß, wußte er nicht genau, nur, daß sie nach Tausenden zählten. Er konnte auf einhundert Meter die Adern im Flügel einer Fliege erkennen, konnte bei Sternenlicht so deutlich sehen wie ein Durchschnittsmensch bei Sonnenschein. Während die meisten Männer mit so vielen Gaben der Sehkraft tagesblind geworden wären, erlaubte Raj Ahtens Durchhaltevermögen ihm, auch grelles Sonnenlicht zu ertragen.
Es war ihm ein leichtes, die aufragende Wolke im Osten zu erkennen: Eine Armee kam auf ihn zumarschiert.
Auf dem Weg hinauf zum Turm hielt Raj Ahten in südlicher und westlicher Richtung nach Anzeichen von Vishtimnus Armee, nach Anzeichen von Hilfe Ausschau.

Lange Minuten, wie es schien, suchte er mit seinem beschleunigten Stoffwechsel den Horizont nach einem gelben Wimpel ab, der sich über dem Laubdach des Waldes erhöbe, oder dem Blinken der Sonne auf Metall, dem Staub, den viele marschierende Füße aufwirbelten, oder der Farbe, für die die Menschheit keinen Namen kannte – der Farbe warmer Körper.
Doch selbst das Sehvermögen eines Weitsehers hatte seine Grenzen. Er konnte nicht durch Mauern sehen, und das Blätterdach des Waldes im Westen war Mauer genug, um viele Armeen zu verbergen. Außerdem blies ein feuchter Wind von Süden, vom Heideland, herüber, von den weiten Feldern Fleeds, die reich an Staub und Pollen waren und seine Sicht auf dreißig oder vierzig Meilen beschränkten.
Eine ganze Weile stand er da und hielt den Atem an. Die Zeit bereitete ihm keine Sorgen. Bei so vielen Gaben des Stoffwechsels hatte er den Horizont im Südwesten wahrscheinlich kaum länger als sechs Sekunden abgesucht, bis ihm klar wurde, daß er nichts finden würde. Vishtimnus Armee war noch nicht in der Nähe.
Er drehte sich nach Osten und spürte, wie sein Herz gefror. In der Ferne rannte Binnesmans Pferd über die Ebene. Raj Ahten sah, wohin er wollte: An der Grenze seines Sehvermögens ragten die goldenen Türme von Burg Groverman neben einem Fluß aus Silber aus der Ebene. Und vor der Burg marschierte eine Armee, wie er sie selten gesehen hatte: Hunderttausende von Soldaten. Vorneweg marschierte eine Reihe Speerträger, fünftausend Mann breit, auf deren Schilden und Helmen die

Sonne blinkte. Hinter ihnen marschierten Bogenschützen zu Tausenden sowie auf Kavalleriepferden sitzende Knappen.

Sie hatten auf dem Heideland bereits eine Entfernung von fünf bis sieben Meilen von Burg Groverman zurückgelegt. Auf eine so große Entfernung, in so verunreinigter Luft, konnte er sie nicht genau erkennen. Der trockene Staub verbarg ihre Stärke, wurde er doch zu Hunderten Fuß hohen Wolken aufgewirbelt. Fast sah es aus wie der Rauch eines Waldbrandes.

Doch was er unter diesem Staub sah, war nicht die Glut eines Feuers. Er sah die Wärme des Lebendigen, die Wärme Hunderttausender lebender Körper.

Inmitten der Horde schwankten Wimpel in einem Dutzend Farben – die grünen Banner von Lysle, die grauen von North Crowthen, die roten von Internook.

Das kann nicht sein, entschied er. Der König von Internook war tot, hatte seine Feuerdeuterin berichtet.

Schon möglich, sagte ihm sein gepeinigter Verstand, aber Internooks Armee marschiert nichtsdestotrotz.

Raj Ahten beruhigte seinen Atem und schloß die Augen. Auf den Feldern unten kamen Winde auf, die rauschend in die Bäume fuhren, weit weg aber, ganz weit weg, unter dem Rauschen des Blutes, das durch seine Adern brauste, erklangen Kriegshörner. Der Lärm Tausender Stimmen schwoll an zu einem Schlachtgesang.

Sämtliche Armeen des Nordens, erkannte er, sammelten sich gegen ihn.

Vor den Toren von Burg Sylvarresta hatte Ordens Bote davon gesprochen, der König habe diesen Überfall seit

Wochen geplant. Und er hatte angedeutet, daß Verräter aus Raj Ahtens eigenen Reihen die Existenz der Zwingeisen ausgeplaudert hatten.

Er hatte die Möglichkeit, dies könnte wahr sein, nie in Betracht gezogen – denn wenn es stimmte, dann hatte es derart düstere Konsequenzen für die Invasion, daß Raj Ahten es sich kaum erlauben durfte, darüber nachzudenken.

Wenn es stimmte, wenn Orden diesen Überfall Wochen zuvor geplant hatte, dann hatte er nach Hilfe schicken und die Könige des Nordens zur Schlacht herbeirufen können.

König Orden hatte sich vor vier Wochen in Marsch gesetzt. Vor vier Wochen. Möglich war es. Der verbissene Kriegsherr aus Internook konnte seine Horden aufgestellt, sie in Barkassen an die felsigen Gestade von Lysle gesandt und dann hierhergeführt haben, wo sie sich mit den Unabhängigen Rittern aus verschiedenen Königreichen zusammengeschlossen hatten.

Das waren mit Sicherheit keine gewöhnlichen Soldaten. Das waren bestimmt keine Männer, die beim Anblick von Raj Ahtens Unbesiegbaren erzitterten.

Der Wolflord öffnete die Augen just in dem Augenblick, als Binnesmans Pferd sich in weitem Bogen der Prozession anschloß und sich an ihre Spitze setzte.

›Der neue Erdkönig kommt‹, hatte der alte Zauberer gesagt. Jetzt erkannte Raj Ahten die Wahrheit. Dieser Erdwächter würde sich seinen Feinden anschließen. Dieser Erdwächter würde tatsächlich einem König dienen.

»Die Erde lehnt dich ab ...«

Raj Ahten spürte, wie ein seltsames Gefühl des Entsetzens in ihm aufstieg. Ein großer König marschierte an der Spitze dieser Armee, dessen war er sicher. Der König der Zauberer. Der König, vor dem ihn seine Feuerdeuterin gewarnt hatte.

Und ihn begleitete eine Armee, der Raj Ahten nichts entgegenzusetzen hatte.

Vor seinen Augen geschah etwas Wunderbares: genau in diesem Augenblick begann sich eine gewaltige Staubwolke über der Armee zu bilden – hohe Staubsäulen kletterten Hunderte von Fuß weit, den Zacken einer Krone ähnlich, in die Luft, und mitten im wallenden Staub nahm ein Gesicht Form an, das ernste Antlitz eines unerbittlichen Mannes, in dessen Augen der Tod funkelte.

Der Erdkönig.

Ich bin gekommen, ihn zu jagen, und jetzt jagt er mich, erkannte Raj Ahten in aller Deutlichkeit.

Ihm blieb nicht mehr viel Zeit. Er mußte zur Burg zurückkehren, sie rasch einnehmen, seine Zwingeisen wieder in Besitz nehmen und dann rasch den Rückzug antreten.

Mit vor entsetzlicher Angst klopfendem Herzen rannte er die Stufen des Tor Loman hinunter.

KAPITEL 25
Feuer

Raj Ahten hastete zurück, den Waldpfad hinunter, sprang über Felsen, eilte durch enge Täler. Er vermutete jetzt, daß Longmot keine Schätze barg, daß die Zwingeisen woandershin gebracht worden waren.
Alles deutete darauf hin – Orden flehte ihn geradezu an, hingerichtet zu werden. Der Mann hatte sich offenbar einer Schlange angeschlossen. Ihn zu töten, hieße die Schlange enthaupten und einen anderen Soldaten befreien, der mit einem fast ebenso schnellen Stoffwechsel gegen ihn kämpfen würde, wie Orden ihn zur Zeit besaß. Orden dagegen lebendig und bewegungsunfähig zurückzulassen, hielte die Schlange intakt. Raj Ahten brauchte nichts weiter zu tun, als die Krieger zu finden, die sich für die Schlange zur Verfügung gestellt hatten und sie rasch umzubringen.
Die Existenz einer Schlange schien ein Beweis dafür, daß die Zwingeisen sich nicht mehr auf Longmot befanden. Denn wenn Orden tatsächlich Hunderte von Gaben übernommen hatte, hätte er nicht auf eine Schlange zurückgegriffen. Er hätte mehr Durchhaltevermögen gesammelt. Doch dafür war der Mann zu einfach zu verwunden und heilte zu langsam.
Nein, er konnte unmöglich Hunderte von Gaben übernommen haben, nicht einmal Dutzende. Er fand hier keine Menschen, die ihm als Übereigner dienen konnten.

Also hatte er die Zwingeisen fortgeschafft. Wahrscheinlich nicht weit. Menschen, die Gegenstände von hohem Wert verstecken, möchten sie meist in der Nähe wissen. Sie wollen in der Lage sein, des öfteren nach ihnen zu sehen.
Es war jedoch möglich, daß Orden sie einem anderen übergeben hatte.
Den ganzen Morgen über hatte Raj Ahten aus einem Grund, den er nicht benennen konnte, gezögert, die Burg anzugreifen. Irgend etwas an den Soldaten auf den Mauern hatte ihn gestört. Jetzt erkannte er, was es war: Prinz Orden stand nicht auf diesen Mauern. Er hatte erwartet, daß Vater und Sohn Seite an Seite kämpften, wie in den alten Gesängen.
Aber der Sohn war gar nicht da.
Der neue König der Erde kommt, hatte der alte Zauberer ihm erklärt. Aber das Wort *neu* hatte der Zauberer nicht betont. »Ich sehe Hoffnung für das Geschlecht Orden«, hatte der Zauberer gesagt.
Prinz Orden. Das ergab Sinn. Der Junge stand unter dem Schutz von Erdzauberern, hatte einen Zauberer in seinen Diensten. Gaborn war eine Kämpfernatur. Das wußte Raj Ahten. Zweimal hatte er Salim geschickt, um Gaborn zu ermorden und auf diese Weise zu verhindern, daß Mystarria sich mit einem leichter zu verteidigenden Reich vereinte. Doch der Meuchler hatte ein ums andere Mal versagt.
Er ist mir an jedem Wendepunkt zuvorgekommen, hat meine Feuerdeuterin umgebracht, ist mir entwischt.
Dann hat Gaborn jetzt die Zwingeisen, stellte Raj Ahten

für sich fest, hat Gaben übernommen und reitet an der Spitze einer vorrückenden Armee. Sicher, Gaborn hatte nicht viel Zeit, Gaben anzusammeln, doch hatten sie wohl genügt. Orden hatte Longmot vor drei Tagen zurückerobert. In dieser Zeit konnte ein Dutzend treu ergebener Soldaten Gaben für Gaborn übernommen haben, indem sie sich darauf vorbereiteten, als Vektoren zu dienen, wenn der Prinz nach Burg Groverman zurückkehrte. Die neuen Übereigner wurden womöglich auf Longmot oder Groverman oder einer des halben Dutzends Burgen in der Nähe verborgen gehalten.

Raj Ahten hatte sich gelegentlich selbst dieser Taktik bedient.

All diese Dinge gingen Raj Ahten durch den Kopf, während er zurück nach Longmot rannte. Er rechnete aus, wie lange es dauern würde, Longmot zu belagern, die Streitkräfte drinnen zu vernichten und nach dem Schatz zu suchen, um seinen Verdacht zu bestätigen.

Er hatte noch Asse im Ärmel, Waffen, deren Einsatz er für diesen Tag nicht geplant hatte. Er hatte seine volle Kampfstärke nicht preisgeben wollen, aber vielleicht ließe sich das nicht umgehen.

Er überlegte, wie lange er anschließend für die Flucht brauchen würde. Grovermans Armee stand fünfundzwanzig Meilen entfernt. Viele dieser Soldaten waren zu Fuß. Wenn jeder Soldat eine Gabe des Stoffwechsels und eine der Muskelkraft besaß, konnten sie es in drei Stunden bis hierher schaffen.

Raj Ahten hatte die Absicht, in einer Stunde bereits fort zu sein.

Auf Burg Longmot sorgte sich Kommandant Tempest um seine Leute, um Orden, um sich selbst. Nachdem der König und Raj Ahten Richtung Norden davongerannt waren, befanden sich beide Armeen in einem Zustand gespannter Erwartung. Die Männer des Wolflords trafen unterdessen Vorbereitungen zur Schlacht.

Die Riesen hatten ganze Eichen- und Eschenstämme oben auf den Hang geschleppt, als wollten sie ein Freudenfeuer entzünden, und zwischen diese waren die Flammenweber getreten und hatten die toten Stämme in eine Feuersbrunst verwandelt.

Minutenlang tanzten die drei in den Flammen, ließen sie über ihre nackte Haut streichen, während sie um den Rand des Freudenfeuers herumgingen und magische Zeichen in die Luft schrieben, Sinnbilder aus blauglühendem Feuer, die im Rauch standen, als wären sie an einer Burgwand festgemacht.

Es war ein gespenstischer, hypnotisierender Anblick.

Dann stimmten sie einen seltsamen Sprechgesang an, wirbelten herum, tanzten in wildem Tanz, als versuchte jeder einzelne von ihnen, sich im Einklang mit den Flammen zu bewegen, mit dem flackernden Schein des Feuers zu verschmelzen, eins mit ihm zu werden.

So hüpften und sprangen die Flammenweber und sangen ein Lied der Sehnsucht, lockend, verlockend.

Das war eine der größten Stärken der Flammenweber – das Anrufen zerstörerischer Geschöpfe aus dem Jenseits. Tempest hatte schon davon gehört, aber erst wenige Menschen waren Zeugen einer solchen Beschwörung geworden.

Hier und dort gingen Männer auf den Burgmauern dazu über, Schutzsymbole in die Luft zu zeichnen und vergeblich halb erinnerte Zaubersprüche zu murmeln. Ein Heckenzauberer aus der Wildnis malte Runen in die Luft, und die Männer rings um ihn drängten sich in kleinen Gruppen zusammen.

Tempest biß sich nervös auf die Lippe, als die Zauberer ihre Kräfte sammelten. Die Feuerwände des Freudenfeuers wurden jetzt mächtiger, verwandelten sich, anders als jedes weltliche Feuer, in ein grünes Etwas. Ein leuchtendes Portal entstand.

Im nächsten Augenblick sah Tempest, wie innerhalb dieses Lichts Formen Gestalt annahmen – weiße Feuersalamander aus dem Jenseits, die, noch nicht voll ausgebildet, herumsprangen und -hüpften.

Beim Anblick dieser in die Flammen gerufenen Geschöpfe erstarrte Kommandant Tempest. Gegen solche Ungeheuer konnten seine Männer nicht kämpfen. Es war Wahnsinn, hierzubleiben, Wahnsinn, sich zu wehren.

Ein erschrockener Schrei blieb ihm in der Kehle stecken. Hilfe. Wir brauchen Hilfe, dachte er.

Er hatte den Gedanken kaum gedacht, als er östlich der Burg einen verschwommenen Flecken erspähte. Jemand rannte über das grasbewachsene Hügelland, kehrte von Tor Loman zurück. Er hoffte, daß es Orden sei, betete zu den Mächten, daß der König siegreich geblieben wäre.

Doch der Mann, der über das Grasland lief, trug nicht den grünen Umhang aus golddurchwirktem Samt. Es war Raj Ahten, der helmlos auf sie zugeeilt kam.

Tempest fragte sich, ob Orden den Wolflord überhaupt

eingeholt hatte, dann warf er einen Blick in den Bergfried. Shostag, der Axtmann, war als nächster hinter Orden an der Reihe. Wenn Orden umgekommen war, dann müßte Shostag auf den Beinen sein, müßte er der neue Schlangenkopf sein. Der Kommandant konnte unten im Bergfried keine Spur des stämmigen Banditen sehen.
Vielleicht lebte Orden noch und würde kommen, um für sie zu kämpfen.
Raj Ahten brüllte ein Kommando, befahl seinen Truppen, sich für die Schlacht bereit zu machen.
Ein altes Sprichwort besagte: »Wenn Runenlords kämpfen, sterben die gewöhnlichen Menschen.« Das stimmte. Die Übereigner in ihren wohlbehüteten Bergfrieden, die gewöhnlichen Bogenschützen, die Bauernburschen, die um ihr Leben scharmützelten – sie alle würden unbemerkt vor dem Zorn eines Runenlords fallen.
Um diesem Schicksal zu entgehen, hatte Tempest sein ganzes Leben lang mehr sein wollen als ein gewöhnlicher Soldat. Im Alter von zwölf war er ein Kraftsoldat geworden, mit sechzehn hatte man ihn zum Unterkommandanten gemacht, zum Kommandanten der Garde mit zweiundzwanzig. Während all dieser Jahre hatte er sich daran gewöhnt, in seinen Armen die Kraft von anderen zu spüren, die Gesundheit von Übereignern im Blut zu haben.
Bis jetzt. Dem Rang nach hatte er den Befehl über Longmot und war bemüht, seine Truppen gegen Raj Ahtens Streitkräfte zu ordnen. Doch er war kaum mehr als ein gewöhnlicher Mann. Die meisten seiner Übereig-

ner waren beim Kampf um Longmot hingemetzelt worden. Er besaß eine Gabe der Geisteskraft, eine des Durchhaltevermögens, eine der Anmut. Mehr nicht.
Sein Kettenharnisch lastete schwer auf ihm, und sein Kriegshammer lag plump in seiner Hand.
Die von Süden herüberwehenden Winde machten ihn schaudern, und er fragte sich, was dieser Tag wohl bringen würde. Er duckte sich hinter die Brustwehr. Er spürte den Tod in der Luft.
Gegenwärtig waren die Schlachtvorbereitungen zum Stillstand gekommen. Raj Ahtens Soldaten, Riesen und Hunde hielten sich außer Reichweite der Bögen. Nur die Flammenweber arbeiteten, tanzten, drehten sich und kreisten im Herzen ihres Freudenfeuers. Eins mit den Flammen, nahmen die Salamander deutlicher Gestalt an, wurden zu Würmern aus weißem Licht und steuerten ihre magischen Kräfte denen der Flammenweber bei.
Dann hielten die Flammenweber im Zentrum des gewaltigen Feuers plötzlich in ihrem wilden Tanz inne und reckten wie ein Mann die Hände in die Luft.
Der Himmel wurde schwarz wie Onyx, als die Flammenweber dazu übergingen, Energiestränge herunterzuziehen. Immer wieder reckten sich die Flammenweber in den Himmel und packten das Licht. Immer wieder sammelten sie es in ihren Händen und hielten es einfach fest, so daß ihre Hände selbst zu grünlich gleißenden Lichtern wurden, die immer leuchtender erstrahlten.
Der Heckenzauberer stieß murmelnd einen Fluch aus.
Die Magie der Flammenweber entzog dem Himmel mehr als bloß das Licht. Seit Minuten schon war die Luft immer

kühler geworden. Tempest sah, daß sich eine Reifschicht auf den Burgmauern bildete, und das Heft des Kriegshammers in seiner Hand war beißend kalt geworden.
Reif überzog den Boden – am dichtesten in der Nähe des Feuers, von dem er sich weiter über die Felder ausbreitete und schließlich die Armee umringte, so, als entzögen diese Flammen einer anderen Welt allem Wärme, anstatt sie abzugeben. Die Flammenweber nahmen jetzt dem Feuer so erfolgreich seine Energie, daß Tempest vermutete, daß selbst er in diesen smaragdgrünen Flammen stehen, durch sie hindurchgehen könnte, ohne zu verbrennen.
Tempest klapperten die Zähne. Es schien, als werde ihm glatt die Körperwärme entzogen. Tatsächlich konnte er die Salamander in den Flammen jetzt deutlicher erkennen – zarte Geschöpfe mit Schwänzen aus Flammen, die herumsprangen und -hüpften und die Männer auf den Burgmauern anstarrten.
»Hütet euch vor den Augen der Salamander! Seht nicht in die Flammen!« begann der Heckenzauberer zu brüllen.
Tempest bemerkte die Gefahr. Denn als seine Augen den nadelspitzengroßen Flammen begegneten, die die Augäpfel eines Salamanders bildeten, nahm der Salamander festere Gestalt an, während Tempests Blut nur um so kälter floß.
Männer wendeten die Blicke ab, betrachteten den Frowth-Riesen, die Mastiffs oder die Unbesiegbaren aus Raj Ahtens Armee – alles, nur die Salamander nicht.
In der drohenden Finsternis bekam das Feuer etwas Unwirkliches – wurde zu einer eigenen, grünlich lodern-

den Welt, deren Wände mit wilden Runen geschmückt waren, während die Geschöpfe im Mittelpunkt mit jedem Augenblick, der verstrich, an Kraft gewannen.

Die Wolken darüber waren so kalt geworden, daß jetzt ein heftiger, gleichmäßiger Hagel einsetzte, der wie Kies von den Brustwehren abprallte und klingend auf Helme und Rüstungen der Burgverteidiger traf.

Tempest erfüllte bis auf den Grund seiner Seele die Angst. Er wußte nicht, was die Flammenweber im Schilde führten. Würden sie versuchen, den Männern auf den Mauern die lebensnotwendige Körperwärme zu entziehen? Oder würden sie Feuerspitzen aussenden, die sich wie Lanzen in ihre Reihen bohrten? Oder hatten sie einen noch abscheulicheren Plan?

Und als wollte ein Flammenweber seine Frage beantworten, hielt er plötzlich in seinem Tanz im Herzen der grünlichen Flammen inne. Eine kleine Ewigkeit lang wanden sich Stränge grüner Energie aus dem Himmel herab und fielen ihm in beide Hände. Jetzt wurde der Himmel ringsum schwärzer als die tiefste Nacht. In der Ferne grollte der Donner, doch falls ein Blitz zuckte, so bemerkte Tempest nichts davon.

Es schien, als verharre alle Zeit, alles Geräusch ganz plötzlich still und erwartungsvoll.

Dann verdichtete der Flammenweber die Energie in seiner Hand, so wie man einen Schneeball formt, und schleuderte einen grünen Lichtblitz auf die Burg. Sofort sank der Flammenweber nach hinten, als hätte er sich verausgabt.

Der grüne Lichtblitz schlug mit einem donnernden Krachen in die Zugbrücke ein, als wolle er dem Himmel eine Antwort geben. Die Burg erzitterte unter der Wucht der Explosion, und Tempest krallte sich haltsuchend an eine Schartenbacke. Die uralten Erdzauber, die die Eichenplanken und das Mauerwerk der Brücke zusammenfügten, hielten Feuer angeblich stand. Selbst die Berührung durch die Urgewalt etwa fünfzehn Minuten zuvor hatte das Holz der Brücke kaum versengt.

Aber noch nie war etwas erschaffen worden, das einem derart gottlosen Feuer standhalten könnte. Die grünen Flammen schlugen in das Eisengitter auf der Brücke ein, rasten dann das Metall hinauf, verbrannten das Eisen in gleißendem Licht, liefen die Ketten hinauf, die die Zugbrücke geschlossen hielten. Wundersamerweise verbrannten die Flammen nicht die hölzernen Planken der Brücke, versengten nicht die steinernen Verschalungen um sie herum. Statt dessen verschlangen sie nur das Eisen.

Kommandant Tempest malte sich voller Entsetzen aus, was die Berührung dieser Flammen aus einem Krieger in Rüstung machen würde.

Knarrend senkte sich die Brücke. Das Tor war offen.

Tempest rief etwas, kommandierte Verteidiger von den Mauern ab, die die Truppen hinter der zerstörten Brücke unterstützen sollten. Unten im Burghof standen dreihundert Ritter hoch zu Pferd auf Schlachtrossen, bereit, notfalls hervorzustürzen und anzugreifen. Aber im Burghof wimmelte es auch von Karren und Fässern, die eine unzureichende Barrikade bildeten. Soldaten kämpften sich inmitten von Hagel und Dunkelheit in günstigere

Stellungen. Einige Ritter brüllten herum, wollten augenblicklich einen Ausfall machen, solange sie damit noch etwas ausrichten konnten. Andere Verteidiger zu Fuß bemühten sich, die Tore zusätzlich zu verbarrikadieren. Schlachtrosse wieherten und schlugen aus, und mehr als ein Ritter stürzte vom Pferd und wurde niedergetrampelt.

Dann wurde der gesamte Himmel wieder schwarz, als verdrehte Energiestränge einen zweiten Flammenweber aufluden. Eine volle Minute später schleuderte der Flammenweber eine Kugel aus grünem Feuer auf den Ostturm, der über der Zugbrücke aufragte.

Sofort rasten die Flammen im Kreis ganz um das Fundament des Turms herum, so daß sie für einen Augenblick wie ein grüner Ring an einem Finger aus Stein aussahen. Doch diese Flammen lebten, begehrten Einlaß. Sie schienen sich durch Schützenscharten und durch die Gußlöcher nach oben zu winden. Flackernd umzüngelten sie das teilnahmslose Mauerwerk und jagten durch die Fenster. Wenn überhaupt, erkannte Kommandant Tempest mit wachsendem Entsetzen, dann war der Zauber dieses Flammenwebers noch mächtiger als der erste.

Was als nächstes geschah, wollte Cedrick Tempest gar nicht wissen, doch es blieb ihm nichts anderes übrig als hinzusehen.

Das Mauerwerk des Turms schien gequält aufzuschreien, und ein Ansturm aus Wind und Licht schoß aus sämtlichen Öffnungen vom Boden bis zum Dachgiebel, während jedes einzelne Stück Holz, jeder wollene Wandbehang, jeder Fetzen Fell und Haar und Stoff an jedem einzelnen Soldaten in diesem Turm gleichzeitig in Flammen aufging.

Wütende Lichter zuckten aus den Fenstern, und Kommandant Tempest erkannte, daß seine Krieger im Innern gefangen waren, gespenstische Tänzer inmitten des Infernos, die vor Entsetzen und Verzweiflung schrien.

Gegen eine solche Magie war nicht zu kämpfen. Verzweifelt fragte Tempest sich, was tun. Noch war kein Angriff erfolgt, und schon waren die Burgtore heruntergelassen und wurden nur noch halbherzig verteidigt.

Vor den Toren, mit einem Gebrüll, das vom Himmel widerzuhallen schien und die Finsternis und den Hagelvorhang zerriß, erscholl Raj Ahtens Stimme: »Bereitmachen zum Angriff!«

Irgendwie hatte Tempest den feindlichen Kommandeur während der letzten Minuten aus den Augen verloren. Jetzt sah er den Wolflord am Hang inmitten seiner Männer stehen und mit apathischem Blick auf die Burg starren.

Die bestens ausgebildeten Truppen des Wolflords wußten, was sie zu tun hatten.

Seine Artillerieschützen begannen, Eisenschrot in die Körbe ihrer Schleudern zu füllen und ihn gegen die Wehrgänge zu schleudern.

Überall entlang der Mauern kauerten Tempests Männer hinter den Brustwehren. Der Hagel, der aus dem Himmel herabregnete, wurde für die Verteidiger der Burg jetzt tödlich. Ein Bogenschütze gleich neben Tempest bekam eine Kugel an den Kopf und wurde vom Wehrgang heruntergefegt. Männer rissen als Deckung ihre Schilde hoch.

Tempest blickte zum Heckenzauberer hinüber, doch der kauerte, Entsetzen in den Augen, mittlerweile hinter der Brustwehr.

Ein böiger Wind kam von Süden auf, und für ein paar Sekunden war es hell, als die Flammenweber eine Pause einlegten. Tempest sah, wie Raj Ahtens Spionageballon, der eben noch verankert gewesen war, plötzlich trotz des niederprasselnden Hagels aufstieg. Vier Ballonfahrer begannen, Säcke mit geheimnisvollen Pulvern in die Luft zu leeren, Pulver, die in schmutzigen Wolken aus Gelb, Rot und Grau über der Burg niedergingen.

Tempest starrte offenen Mundes und fragte sich, wo König Orden sein mochte, flehte kaum hörbar, sein König möge kommen und sie alle retten. Longmot ist eine mächtige Burganlage, die von Erdrunen geschützt wird, redete er sich ein. Doch bereits jetzt lagen die Tore darnieder, und Raj Ahten hatte mit seinem Angriff noch nicht mal ernstlich angefangen.

Nun langten Raj Ahtens Flammenweber erneut nach Stärke und griffen Stränge voll Feuer aus dem Himmel. Grüne Flammenwände leuchteten wie Smaragde rings um das große Freudenfeuer, blendend hell, ihre feinen Runen gleißend. Die verkohlenden Stämme in dieser Wand boten einen bizarren Anblick, verdrehten Fingern und Armen in einem gewaltigen Haufen brennender Körperteile gleich. Oder wie Metallschrott in der Esse. Alles im Herzen des Infernos fing an zu strahlen –

Flammenweber, Feuersalamander, die um die Stämme im Mittelpunkt der Flammen tanzten.

Während die Flammenweber das Feuer aus dem Himmel stahlen, wurde die Dunkelheit dichter und verwandelte das Schlachtfeld in ein gespenstisch leuchtendes, flakkerndes, kaum zu erfassendes Bild. Der Hagel fiel daraufhin für ein paar Sekunden noch dichter, und wenn Cedrick Tempest atmete, erstarrte die Luft vor seinem Gesicht zu einer gefrorenen Wolke.

In dieser flackernden Finsternis sah Tempest flüchtig einige Riesen, die nach ihren Leitern griffen, und Soldaten auf dem Schlachtfeld, die ihre Waffen blank zogen.

»Schützen, bereitmachen!« brüllte Tempest. Er behielt die Straße nach Norden im Blick, hoffte, Orden möge dort erscheinen.

Aber plötzlich hatte er Angst, daß dies nicht geschehen würde, daß Orden noch lebte, und daß der Schlangenring noch nicht zerbrochen war. Vielleicht war der König überhaupt nicht mit Raj Ahten zusammengestoßen und befand sich noch immer auf einer sinnlosen Verfolgungsjagd. Oder er war außer Gefecht gesetzt.

Tempest klopfte das Herz. Er brauchte jemanden, der ihn beschützte. Es gab nur eins – er mußte die Ritter im Ring auffordern, einen neuen Kopf zu bilden.

Jenseits des Hügels machte Raj Ahten eine ziehende Bewegung mit der Hand, als wollte er die Wolken aus dem Himmel reißen. Hunderte von Mastiffs stürmten in einer schwarzen Woge auf die Burg los, während ihre roten Masken und Eisenkragen den Tieren einen furchteinflößenden Anblick verliehen.

Die Riesen schulterten die gewaltigen Sturmleitern, je zwei von ihnen eine, und trabten in scheinbar gemächlichem Tempo Richtung Burg. In Wirklichkeit jedoch legten sie mit jedem Schritt vier Meter zurück. Schwarze Kampfkolosse in der Nacht.
Tempest hatte keine Zeit, jemandem zu erklären, was zu geschehen hatte. Er verließ seinen Posten über dem Tor, rannte zur Treppe und rief nach Shostag.
»Kommandant?« antwortete einer seiner Männer, als befürchtete er, Tempest könnte sich in diesem Augenblick in eine feige Memme verwandelt haben.
Der hatte keine Zeit für Erklärungen. Gellendes Gebrüll wurde über dem Schlachtfeld laut, als dreitausend Bogenschützen vorstürmten, um die Burgmauern unter Beschuß zu nehmen.
Tempest warf einen Blick über die Schulter, bevor er die steinernen Stufen hinabstieg. Raj Ahtens Unbesiegbare hatten ihre Schilde erhoben und griffen an. Vorneweg liefen fünfzig Mann mit einem Rammbock, an dessen Ende sich ein gigantischer Wolfskopf befand. Tempest wußte wenig über Belagerungsmagie, aber er sah, daß der eiserne Wolfskopf mit mächtigen Zaubern gehärtet worden war. Feuer glühte in seinen todbringenden Augen.
Die Zugbrücke war zwar unwiederbringlich heruntergeklappt, doch Tempests Leute hatten rasch einen beweglichen Schutzschild aus Holz – einen Rahmen aus Balken – aufgestellt. Der Rammbock würde krachend in die inneren Verteidigungsanlagen treffen. Unter Longmots Rittern hoch zu Pferd hatte sich hinter diesen Barrikaden Unruhe breitgemacht. Sie hielten ihre langen Lanzen

bereit, hatten die Helmvisiere heruntergeklappt. Ihre Pferde, ganz versessen auf den Angriff, trampelten von einem Bein aufs andere.
Raj Ahtens Unbesiegbare stürmten voran. Der Boden erzitterte unter ihren eisenbeschuhten Füßen, erbebte unter dem Hagel, der jetzt heftiger zu werden begann. Die Unbesiegbaren waren Männer mit vielen Gaben des Durchhaltevermögens, der Muskelkraft und des Stoffwechsels. Riesen mit Leitern kamen leichtfüßig angetrabt, Unbesiegbare folgten mit ihrem Rammbock. Mittlerweile schwebten geheimnisvolle, aus Ballons verstreute Pulver wie eine graue Hand der Verdammnis über dem Burgtor.
Hinter der Brustwehr im Torduchgang zögerte Tempest einen Augenblick und überlegte, ob er bei seinen Männern durchhalten oder weitereilen sollte, um Shostag zu warnen.
Jenseits der Felder feuerten Raj Ahtens Artillerieschützen die Katapulte ab ...

Raj Ahten verfolgte zufrieden, wie die Katapulte Geschosse mit mineralischem Pulver aus Schwefel, Pottasche und Magnesium losschleuderten, die sich mit anderen Salzen in der Wolke über den Burgmauern verbinden würden.
Das Abfeuern dieser Geschosse war zeitlich so bemessen, daß sie genau in dem Augenblick über den Himmel ziehen würden, wenn sich der Rammbock auf einhundert Fuß der Zugbrücke genähert hatte.
Die Bogenschützen sahen das Abfeuern der Katapulte

trotz Dunkelheit und Hagel, sprangen in Deckung und verloren so jene wertvolle Sekunde, die sie gebraucht hätten, um sich ein Ziel unter Raj Ahtens Unbesiegbaren auszusuchen.
Der Wolflord hatte seine Flammenweber lange Jahre aufgezogen und ernährt. Auf den Bergen südlich von Aven brannten ständig Feuer, um jene Macht günstig zu stimmen, der die Hexenmeister dienten. Raj Ahten glaubte, daß es die furchterregendsten ihrer Art auf der gesamten Erde waren.
Und diese Flammenweber hatten umfassende Studien über die Verwendung explosiver Feuer angestellt. Seit langem war bekannt, daß, wenn Weizen und Reis in Getreidespeicher geschüttet wurden, die Flamme einer winzigen Laterne die Luft entzünden konnte. Minenarbeiter, die tief in den Bergen von Muyyatin Kohle schlugen, wußten längst, daß Kohlenstaub sich durch den Kontakt mit einer ihrer Lampen entzünden konnte und manchmal so heftig explodierte, daß ganze Stollen einbrachen.
Seit Generationen zogen Menschen Boretschpflanzen, die ihnen Mut verleihen sollten, und Kinder warfen mit Vergnügen die getrockneten Stengel ins Feuer, um das knallende Geräusch zu hören, das sie beim Explodieren von sich gaben.
Doch niemand hatte darüber nachgedacht, wie man von der explosiven Kraft solcher Wirkstoffe profitieren könnte. Also hatten Raj Ahtens Flammenweber dieses Phänomen studiert und gelernt, die Pulver kleinzumahlen und zu mischen.

Jetzt verfolgte Raj Ahten respektvoll und zufrieden, wie sich die Jahre der Ausbildung seiner Hexenmeister und die Finanzierung ihrer düsteren Studien auszahlten. Der Himmel ringsum wurde schwärzer als die tiefste Nacht, während die letzten Feuerstränge aus dem Himmel herabzuckten. Hagel stürzte herab, und oben toste Donnergrollen.

Plötzlich erlosch das gewaltige Feuer, dort, wo die Flammenweber mit den herbeigerufenen Wesen standen, wie eine Kerze. Die grünen Wände sanken in sich zusammen, und die Geschöpfe im Innern sogen alles Licht und alle Energie in sich hinein.

Am Himmel blieb es dunkel. Und in dieser unvermittelten totalen Finsternis hätte kein Bogenschütze sein Ziel zum Feuern finden können. Zehn Sekunden lang gab es kein Licht mehr.

Auf den Burgmauern unternahmen Ordens Ritter einen letzten Akt des Widerstands. Sie stimmten ein düsteres Lied an.

Im Schutz dieser Düsternis setzten Raj Ahtens Truppen ihren Ansturm auf die Mauern fort.

Als die Bogenschützen auf den Burgmauern sich aufrichteten, um auf die unsichtbaren Angreifer zu schießen, zuckte aus dem Mittelpunkt des Infernos der Flammenweber ein blendendes Licht hervor.

Die magische Explosion entfernte sich wie eine lebendige Sonne brüllend von den Flammenwebern und Salamandern, und eine Woge grün lodernden Feuers wälzte sich vom Hang herunter und raste auf die Burg zu.

Im plötzlich überhellen Licht konnte man die angster-

füllten Gesichter der Verteidiger von Longmot erkennen. Tapfere Burschen, des Mutes beraubt, tapfere Männer, die bebten, boten Raj Ahten dennoch weiterhin die Stirn.
Während die Flammenwoge unerbittlich auf Longmot zuhielt, geriet sie mit den geheimnisvollen Pulvern im Himmel in Berührung.
Dann verwandelte sich der gesamte Bogen über dem Tor in ein tosendes Inferno. Raj Ahtens Pulver explodierten in einer Feuerwolke, die sich unten pilzförmig über ein paar hundert Meter ausbreitete und dann langsam eine Meile hoch in den Himmel stieg. Die Erschütterung schleuderte Verteidiger wie Lumpenpuppen von den Mauern. Viele stürzten benommen hin. Andere taumelten in äußerstem Entsetzen zurück.
Doch die grüne Feuerwalze war nicht bloß der Funke, der das explosive Pulver zur Entzündung brachte. Sie war weit mehr als das.
Die grüne Feuerwalze brandete krachend gegen die Burgmauern und schlug über einhundert Verteidigern zusammen, die sich noch auf den Beinen hatten halten können. Auf den übervollen Mauern, ein Stück von der eigentlichen Explosion über dem Torbogen entfernt, standen Krieger dichtgedrängt Schulter an Schulter in sechs Mann starken Reihen. Die grünen Flammen rollten über sie hinweg wie die tosende Brandung des Meeres.
Longmot war die perfekte Burg für Raj Ahten, um sein Pulver auszuprobieren.
Seine Südseite war nur einhundertzwanzig Meter breit. In diesem Bereich hatten sich entlang des oberen Wehrgangs die Verteidiger zusammengezogen.

Raj Ahtens Flammenweber verbrannten vielleicht gut zweitausend Mann zu Asche. Noch während die pilzförmige Wolke aufstieg, stürzten Raj Ahtens Flammenweber bewußtlos in die Überreste ihres eigenen Feuers. Daraus züngelten keine Flammen mehr empor. Kein Rauch stieg hoch, denn die Flammenweber hatten ihm den weitaus größten Teil der Energie entzogen, und die mächtigen, schwarzverkohlten Stämme waren in einem einzigen Augenblick verbrannt und zu Asche geworden. Die Flammenweber lagen daher jetzt benommen zwischen den schwelenden Scheiten.

Doch plötzlich sprangen die weißglühenden Salamander auf, als hätte man sie aus einem Käfig befreit, und stürzten gierig auf die Burganlage zu.

Vor den Toren spielte sich ein höllisches Spektakel ab. Im Schutz der Dunkelheit waren die Riesen bis zur Mauer vorgedrungen. Die Bogenschützen ließen einen tödlichen Pfeilhagel los – der sich als beinahe unnötig erwies –, während seine Unbesiegbaren begannen, rasch die Leitern bis zum oberen Rand der Zinnen hochzuklettern.

Hier auf der Südmauer stand inzwischen kein Verteidiger mehr. Die Explosion und die Feuerwalze hatten den Wehrgang so gut wie von Menschen entleert.

Das Burgtor lag schutzlos da. Der Ostturm war eine rauchende Ruine. Im Westturm aber unternahmen ein paar Männer einen letzten Versuch. König Ordens Männer ließen einen Regen aus brennendem Öl los, gossen es in Rinnen, die im Innern des Turms verliefen. Als Raj Ahtens Truppen mit ihrem Rammbock herangestürmt

kamen, sprudelte es plötzlich aus den steinernen Speiern über dem Tor.
Einige von Raj Ahtens Männern gerieten unter der Hitze dieses Öls ins Stocken, doch ihr Schwung war so groß, daß der Kopf des Rammbocks trotzdem gegen die Schutzwand hinter dem Burgtor prallte.
Die gesamte Energie der im Wolfskopf eingebundenen Magie explodierte, entlud sich gegen die Schutzwehr und jagte zersplitterte Holzbalken in alle Richtungen. Verteidiger hinter der Schutzwehr schrien auf und starben.
In Raj Ahtens Kopf loderte eine seltsame Flamme auf.
Er wußte, daß er sich jetzt zurückhalten sollte, daß es falsch war, Menschen so erbarmungslos zu vernichten. Besser wäre es, jene, die er gebrauchen konnte, zu benutzen und ihre Gaben zu übernehmen. Diese Männer besaßen Tugenden und Stärken, die keiner so brutalen Verschwendung zum Opfer fallen sollten. Man hätte ihr häßliches, flüchtiges Leben einem höheren Zweck zuführen können.
Aber der Geruch verbrennenden Fleisches versetzte Raj Ahten plötzlich in Verzückung und in einen Zustand kribbelnder Erwartung. Gegen jedes besseres Wissen gierte er nach Zerstörung.

Cedrick Tempest hatte hinter der Schutzwehr gestanden und rannte gerade zwischen zwei Schlachtrössern zur Küche des Herzogs, wo Shostag versteckt war, als der gewaltige Feuerball den Himmel füllte.
Zum Glück hatte er nach unten geschaut und war im Begriff gewesen, sich von der Explosion zu entfernen.

Deren Hitze und Energie stießen ihn mit dem Gesicht voran auf die Pflastersteine, daß sein Helm sich verbog und seinen Kopf einklemmte. Einen Augenblick lang hatte er gespürt, wie die gewaltige Hitze der Explosion seine Kleider und seine Haut mit einer einzigen Berührung versengte. Dann versuchte er in der grimmigen Hitze Luft zu holen. Pferde schlugen aus und stürzten. Eines von ihnen landete halb auf ihm, und die Leiche eines Knappen warf ihn zu Boden.
Einen Augenblick lang verlor Tempest das Bewußtsein. Sah sich zwischen Steinen herumkriechen, zwischen gestürzten Pferden. Soldaten von den Burgmauern fielen auf ihn herunter, ein Regen aus verbrannten Leibern und zerfetztem Fleisch.
Er blickte sich entsetzt um, als ein schwarzverbrannter Bursche neben seinem Kopf aufschlug, ein Arm neben seiner Hand landete. In diesem Augenblick wußte er, daß er diesen Tag nicht überleben würde. Drei Tage zuvor hatte er Frau und Kinder nach Burg Groverman geschickt, in der Hoffnung, daß er sie lebend wiedersehen würde. Er erinnerte sich noch an ihren Aufbruch – seine beiden Kleinen ritten auf dem Rücken einer Ziege, seine Frau trug ihren Säugling auf den Armen, seine älteste Tochter versuchte, erwachsen auszusehen, während ihre Lippen zitterten und sie sich alle Mühe gab, ihre Tränen der Angst zu unterdrücken.
Tempest blickte die Burgmauer auf der Westseite hoch. Sie war fast menschenleer. Wer sich von den Männern noch auf den Beinen hielt, wirkte benommen, verwirrt.

Plötzlich sprang ein lodernder weißer Salamander auf die Zinne einer Burgmauer und sah sich um. Tempest verbarg sein Gesicht, damit die perlenähnlichen Kugeln seiner Augen sich nicht auf ihn richteten.

Fünfzig Meter hinter ihm war eine zweite, kleinere Explosion zu hören. Tempest versuchte mühsam auf die Knie zu kommen und sah sich um. Raj Ahtens Unbesiegbare waren gerade mit ihrem Rammbock gegen die kleine Schutzwehr innerhalb der Tore geprallt. Die Barrikade ging in Flammen auf und Holzsplitter flogen durch die Luft.

Wer in der Nähe jener Barrikade stand, wurde von brennenden Trümmern zurückgeworfen. Jedoch hatten sich überhaupt nur noch schmerzlich wenige Männer auf den Beinen halten können. Ein paar Ritter saßen immer noch auf ihren Pferden, umgeben von den Leichen ihrer gefallenen Kameraden.

Die Schlacht war verloren. Überall entlang der Mauern vor ihm lagen Verteidiger am Boden. Tausende von Männern schrien und wanden sich vor Schmerzen. Dann sirrten Pfeile über die Mauern hinweg, ein schwarzer, todbringender Regen, der sich in die Verwundeten bohrte.

Gut einhundert Männer stürzten von der Nordseite der Burg herbei und versuchten, sich bis zu den Toren durchzuschlagen, um dort so etwas wie eine Verteidigung zu errichten. Doch Raj Ahtens Unbesiegbare warfen sich ihnen zu Tausenden entgegen.

Kampfhunde in häßlichen Ledermasken hetzten durch die Gassen, sprangen über gefallene Ritter und ihre

Pferde hinweg und rissen jeden Mann und jedes Tier in Stücke, fraßen sich mordend durch.
Tempest hoffte immer noch, er könnte vielleicht Shostag finden und ihn bedrängen, der neue Schlangenkopf zu werden. Doch er war wie betäubt, verwirrt. Blut tropfte ihm aus dem Gesicht.
Er brach zusammen, als Raj Ahtens Kampfhunde über ihn hinweg ins Schlachtgetümmel sprangen.

KAPITEL 26
Der Erdkönig schlägt zu

Binnesman kam unter der von den Füßen Hunderttausender von Menschen und Tieren aufgewirbelten Wolke aus Staub und Pollen über das Heideland auf Gaborn und Iome zugeritten.

Gaborn sah den Zauberer verwundert an. Es war das erste Mal, daß er ihn bei Tageslicht sah. Sein Haar war weiß geworden, und sein ausgebeultes Gewand hatte sich von Waldgrün zu dunkelroten und orangen Tönen gewandelt, wie Blätter, die die Farbe gewechselt hatten.

Der Prinz ritt so dicht neben Iome, daß er mit seinem Knie gelegentlich gegen ihres stieß. Er wagte nicht, haltmachen zu lassen, als der Zauberer auf seinem über das Heidekraut galoppierenden Pferd näher kam. Zu viele Menschen und Tiere befanden sich in diesem gewaltigen Zug. Aber Gaborn wollte mit Binnesman sprechen, wollte hören, was er zu berichten hatte.

Der Zauberer starrte Gaborns Truppen eine ganze Weile an, brachte sein Pferd mit einem Schwenk fast zum Stehen und fragte schließlich überrascht: »Habt Ihr die Absicht, Raj Ahtens Armee mit all dem Vieh zu füttern, oder soll es ihn niedertrampeln?«

»Was immer er wünscht«, antwortete Gaborn.

Binnesman schüttelte verwundert den Kopf. »Ich habe die erschrockenen Rufe der Vögel hier gehört, habe die Erde unter dem Gewicht der Füße ächzen hören. Ich dachte,

Ihr hättet eine Armee herbeigezaubert. Ich hielt es für eine gute Idee, die alte Brücke über die Schlucht der Leiden zu zerstören und so Raj Ahtens Hoffnung auf Verstärkung aus dem Westen zunichte zu machen.«

»Ich weiß diese Geste zu schätzen«, sagte Gaborn. »Was könnt Ihr mir berichten? Ist Raj Ahtens Verstärkung gesichtet worden?«

»Nein«, antwortete Binnesman. »Ich glaube auch nicht, daß sie in der Nähe ist.«

»Vielleicht ist das Glück auf unserer Seite«, meinte Gaborn.

»Vielleicht«, sagte Binnesman.

Über dem Horizont, genau längs der Linie aus grünen, baumbewachsenen Bergen, blitzte ein weiteres Mal die Dunkelheit auf, weit heftiger als zuvor – ein schwarzer Streifen, der den Himmel von Horizont zu Horizont spaltete.

Dann stieg eine riesige Flammensäule tosend in den Himmel, eine Explosion so gewaltig, wie Gaborn sie noch nie gesehen hatte.

»Gaborn«, fuhr Binnesman fort, »schließt Eure Augen. Benutzt Euren Erdblick. Sagt mir, was geschieht.«

Der Prinz schloß die Augen. Einen Augenblick lang spürte er nichts, und er fragte sich schon, ob Binnesman sich geirrt hatte.

Dann, ganz schwach, spürte er die Verbindungen, spürte er die unsichtbaren Kraftlinien zwischen sich und seinem Volk. Bewußt hatte er nur seinen Vater ausgewählt. Jetzt wurde ihm klar, daß er seit Tagen Menschen ausgesucht hatte. Er hatte Myrrima an jenem Morgen auf dem Markt ausgewählt, und er hatte Borenson für sich beansprucht. Er hatte Chemoise erwählt, als er sah, wie sie ihrem Vater auf den Karren half.

Jetzt spürte er alle, die er für sich beansprucht hatte – Borenson, seinen Vater, Myrrima, Chemoise und deren Vater. Er spürte ... Gefahr. Entsetzliche Gefahr. Er fürchtete, wenn sie jetzt nicht kämpften, würden sie alle sterben.

Schlagt zu, flehte Gaborn sie in Gedanken an. Schlagt jetzt zu, wenn ihr könnt!

Zwanzig Sekunden später rollte das Krachen einer Explosion wie fernes Donnergrollen über die Ebene und brachte die Erde zum Zittern.

KAPITEL 27
Das Öffnen

Auf Burg Sylvarresta bekam Chemoise gerade in der Vorratskammer ihr Abendessen, als sie den Drang verspürte, zuzuschlagen. Der Wunsch überkam sie so plötzlich und gründlich, daß sie reflexartig mit der Hand auf den Tisch schlug und einen Laib Käse zertrümmerte.

Myrrima mäßigte ihre Reaktion durch vernünftiges Nachdenken. Das Getöse des Krieges ließ das Landhaus erzittern, in dem sie sich versteckte, und der Himmel draußen war schwarz. Sie konnte nicht gegen Raj Ahtens Soldaten losschlagen, wußte, daß sie ihnen nicht gewachsen wäre. Also rannte sie die Treppe hinauf, um sich unter dem Bett irgendeines Lords zu verkriechen.

Sechs Jahre zuvor hatte sich Eremon Vottania Solette entschieden, als Übereigner von Salim al Daub zu leben, denn er hatte zwei Träume: der erste war, seine Tochter wiederzusehen. Der zweite war, zu überleben, bis er seine Anmut zurückbekam, damit er, kampffähig, mitten unter Raj Ahtens Übereignern wieder erwachte.
Doch mit den Jahren waren Eremons Hoffnungen geschwunden. Raj Ahtens Annektoren hatten ihm zuviel Anmut genommen, hatten ihn in einer todesähnlichen Starre zurückgelassen. Ihrer Beweglichkeit beraubt, wurden seine Arme und Beine unbrauchbar.

Das Leben wurde zur Qual. Die Muskeln in seiner Brust ließen sich leicht genug zusammenziehen, so daß er einatmen konnte, danach aber mußte er sie bewußt entspannen, um ausatmen zu können. Manchmal krampfte sein Herz sich zusammen und ließ sich nicht öffnen, dann rang er insgeheim voller Angst mit dem Tod.

Unfähig, die Lippen zu entspannen, fiel ihm das Sprechen durch die zusammengebissenen Zähne schwer. Er konnte nicht kauen. Sobald er etwas Festeres als die dünne Suppe hinunterschluckte, mit der ihn Raj Ahtens Bedienstete fütterten, lag ihm das wie Blei im Magen. Die Muskeln seines Unterleibs ließen sich nicht weit genug zusammenziehen, um es zu verdauen.

Seine Blase zu leeren oder Stuhlgang zu haben, war eine verwirrende und peinliche Angelegenheit, ein Vorgang, der stundenlange Mühen nötig machte.

Seine fünf Gaben des Durchhaltevermögens waren zu einer Belastung geworden, denn sie hielten ihn am Leben, wo er sich doch längst nach dem Tod sehnte. Er hatte sich oft gewünscht, König Sylvarresta sollte die Männer erschlagen, die Eremon als Übereigner gedient hatten. Doch der König war zu weich gewesen, und so siechte Eremon dahin. Bis gestern abend. Endlich schien der Tod greifbar nahe.

Seine Finger krümmten sich zu unbrauchbaren Fäusten. Seit Jahren lag er zu einem Ball zusammengerollt, an den Hüften abgeknickt. Zwar blieb er dank der Gaben der Muskelkraft kräftig, doch einige Muskeln in seinen Armen und Beinen hatten sich zurückgebildet. So hatte er also, eingesperrt in einen geschwächten Körper, in dem Bewußtsein dagelegen, daß er nie Gelegenheit bekommen würde, sich zu rächen – ein hilfloses Werkzeug von Raj Ahten.

Daher schien es wie ein Wunder, als sein erster Traum in Erfüllung ging, und Raj Ahten beschloß, ihn nach Heredon zu schaffen und seinen schwächer werdenden Körper König Sylvarresta vor die Füße zu werfen. Damit hatte er den guten König entehren wollen. Raj Ahten scheute oft keine Mühe, wenn er solches im Sinn hatte. Eremon war es wie ein Wunder vorgekommen, als er seine Tochter Chemoise sah. Sie war wunderschön geworden, war nicht mehr das sommersprossige Kind aus seiner Erinnerung.

Sie zu sehen hatte genügt. Jetzt hatte Eremon das Gefühl, daß sein Leben abgeschlossen sei. Von nun an würde er langsam in Vergessenheit geraten.

Doch eins mußte er noch tun. Er siechte im Karren für die Übereigner dahin, als dieser zu schwanken begann, denn jemand trat auf das Trittbrett und machte die Tür auf. Eremon öffnete langsam die Augen. Wolken von Fliegen stiegen in dem finstern Karren von den Übereignern rings um ihn auf. Männer und Frauen, die man wie gesalzene Elritzen in einem Tongefäß zusammengepfercht hatte, kauerten auf Lagern aus schimmeligem Stroh.

Dicht bei der Tür standen Annektoren in grauen Gewändern und kommandierten herum. Sonnenstrahlen stachen in den Raum hinein und blendeten ihn, trotzdem konnte Eremon erkennen, daß sie einen Körper an die

Wand gelehnt hatten. Einen neuen Übereigner. Ein weiteres Opfer.

»Was haben wir denn hier?« fragte die Wache. »Stoffwechsel?«

Der Annektor nickte. Eremon konnte die Narben sehen, die der Mann trug – er hatte ein Dutzend Gaben des Stoffwechsels übernommen und diente jetzt als Vektor.

Raj Ahtens Annektoren suchten einen Platz, wo sie den Neuen ablegen konnten. Ein blinder Übereigner, der neben Eremon schlief, wälzte sich im Schlaf herum und schmiegte sich der Wärme wegen an den kraftlosen, zerlumpten Körper eines anderen.

Dadurch entstand eine schmale Lücke neben Eremon, und die Annektoren murmelten etwas in ihrer eigenen Sprache. »Mazza, halab, dao abo.« Hier, schaff' diesen Klumpen Kamelmist her.

Jemand stieß Eremons steife Beine beiseite, so als sei er besagter Klumpen. Den neuen Übereigner legten sie neben ihm ab.

Eremon starrte in das Gesicht des Eunuchen Salim al Daub, kaum fünf Zoll von seinem eigenen Gesicht entfernt. Der dicke Mann atmete ganz langsam, so wie jemand, der Stoffwechsel abgetreten hatte. Neben Eremon lag jener Mann, der seine Gaben besaß – wehrlos. Ein Vektor für Gaben des Stoffwechsels. Ein Vektor, wie Eremon vermutete, für Raj Ahten.

Er war in tiefen Schlaf versunken, aus dem er, das schwor sich Eremon, nicht mehr erwachen würde.

Auf einem Hocker in der gegenüberliegenden Ecke des Karrens saß eine Wache, ein Unbesiegbarer mit Dolch

und gelangweilter Miene. Eremon durfte keine rasche Bewegung riskieren, durfte keine Aufmerksamkeit erregen, aber er hatte sich sowieso seit sechs Jahren nicht mehr schnell bewegt.
Minutenlang versuchte Eremon behutsam, die rechte Hand zu öffnen. Es fiel ihm schwer. Er war zu aufgeregt, zu sehr von Zorn erfüllt. Ein Schauder überkam ihn. Denn wenn er diesen Mann vernichten konnte, dann hätte er doppelt gewonnen – er hätte seine eigenen Gaben zurück und würde Raj Ahten gleichzeitig Gaben des Stoffwechsels rauben.
Aber draußen tobte eine Schlacht. Immer wieder zuckte Finsternis über den Himmel. Auf den Burgmauern schrien Männer.
Eremon hätte gerne noch seine Gaben der Körperkraft besessen, hätte Salim gerne mit übermenschlicher Finesse erwürgt. Doch die waren ihm letzte Nacht abhanden gekommen.
Viele lange Minuten bemühte er sich, seine gottverdammte, nutzlose Hand zu öffnen. Plötzlich, während er sich abmühte, verspürte Eremon plötzlich ein gewaltiges, brennendes Verlangen. Schlag zu. Schlag sofort zu, wenn du kannst!
Und während der Gedanke von ihm Besitz ergriff, entkrampfte sich seine Hand so langsam, wie sich eine Blüte öffnet.

KAPITEL 28
Auf einem Bergpfad

Als Borenson von Bannisferre fortritt, fühlte er sich dem Wahnsinn nahe. Er war wie besessen, nur halb bei Bewußtsein. Er stellte sich vor, welche Verheerungen er unter den Truppen von Raj Ahten anrichten würde.

Da er von Norden kam, sah er keinerlei Anzeichen einer Schlacht. Zu viele Hügel und Berge verstellten ihm den Blick auf Longmot. Er sah nicht, wie der Himmel schwarz wurde, denn die niedrigen, über die Berge ziehenden Wolken verdunkelten alles. Einmal glaubte er Schreie zu hören, doch nur von weitem, und er hielt sie für Stimmen aus einem Wachtraum, für ein Überbleibsel der Zerstörungsphantasien, die sich in seinem Kopf abspielten.

Südlich des Bergdorfes Kestrel bog er von seinem Weg ab und hetzte sein Pferd über den Waldpfad, in der Hoffnung, schneller voranzukommen. In diesen Bergen war er oft mit seinem König auf die Jagd gegangen. Er befand sich ein wenig nördlich von Grovermans Jagdsitz, einer ebenso geräumigen wie bequemen Hütte.

Vor den Wichten und den Tieren des Waldes hatte er keine Angst. Er befürchtete nur, daß er zu spät in Longmot eintreffen könnte.

Als er in die Berge hinaufstieg, wurde es kühler. Ein eiskalter Nieselregen durchnäßte ihn bis auf die Haut und machte den Bergpfad schlüpfrig. Bald darauf ging der Regen in Graupel und Schnee über, so daß er auf dem

Bergpfad mehr Zeit verlor, als wenn er auf der Straße geblieben wäre.

Hoch oben in den Bergen, am eschenbestandenen Rand eines schmalen Tales, sah er Spuren eines Greifers – Fußspuren, die den Waldpfad kreuzten. Der Greifer hatte hier innerhalb der letzten Stunden, kurz vor dem Morgengrauen, etwas Schweres durchgeschleift. Auf dem Boden gab es rote Flecken geronnenen Blutes. Die Spuren waren sehr frisch.

Der Abdruck der Greiferspuren war nahezu drei Fuß lang und zwei breit. Vier Zehen. Ein Weibchen. Ein großes Weibchen.

Borenson blieb auf seinem Pferd sitzen, während er die Fährte untersuchte. In einem Durcheinander aus scharfkantigen Steinen lagen ein paar schwarze Haare. Offenbar hatte der Greifer einen Kadaver quer über den Weg geschleift, vielleicht ein Wildschwein. Doch für ein Wildschwein war das Haar zu fein. Borenson schnupperte. Ein Bär, ganz sicher. Ein großes Männchen. Genauso moschusartig wie die Witterung der Wildschweine aus dem Dunnwald, aber nicht so verdreckt.

Borenson schnupperte noch einmal, versuchte, die Witterung des Greifers aufzunehmen, roch aber nichts.

Greifer besaßen die unheimliche Fähigkeit, den Geruch ihrer Umgebung anzunehmen.

Borenson blickte den Pfad hinauf und verspürte den Wunsch, dem Greifer nachzusetzen – doch im nächsten Augenblick war ihm der schon wieder vergangen.

Möglicherweise war Myrrima in Gefahr. Höchstwahrscheinlich würde Raj Ahten die Burg eine Weile belagern, den Tag mit Ausruhen verbringen und sich auf die Schlacht vorbereiten. Seine Armee müßte bald eintreffen. Borenson befürchtete, daß er die Burg nicht mehr vor der Belagerung erreichen und so Myrrima nicht helfen konnte.

Dann mußte er in Betracht ziehen, wieviel Mühe es kosten würde, auf den Greifer Jagd zu machen. Das Weibchen würde sich oben in den Wäldern aufhalten, in der Nähe des Gipfels, und sich an dem Bären laben. Das Gelände hier war zu unübersichtlich, für einen Mann nicht leicht zu überwinden. Espenäste waren von den Bäumen heruntergeweht worden, nach einem langen Sommer wuchs das Unterholz dicht und hoch.

Es einzuholen würde schwierig werden. Greifer konnten Bewegungen im Boden spüren. Die einzige Möglichkeit, sich ihnen zu nähern, bestand darin, sich ganz langsam anzuschleichen und die Schritte in unregelmäßigen Abständen zu setzen.

Einen Augenblick lang spielte Borenson mit dem Gedanken, den Greifer zu verfolgen.

Plötzlich verspürte er, als würde ihn eine Stimme aus weiter Ferne rufen, einen starken Drang. Schlag zu. Schlag sofort zu, wenn du kannst!

Sein König brauchte ihn. Myrrima brauchte ihn.

Er gab seinem Pferd die Sporen und jagte es über die Bergpfade, während der Schnee liegenzubleiben begann – der erste des Winters. Der Atem von Borensons Schlachtroß stieg in kleinen Wolkenwirbeln auf. Sein Herz klopfte.

Morgen war der erste Tag des Hostenfestes, der erste Tag

der Jagd, erinnerte sich Borenson und begann darüber nachzudenken, um ruhig zu bleiben. Es wäre eine gute Jagd geworden, bei diesem Schneefall. Die Wildschweine würden herunter in die Täler kommen und am Rand der Lichtungen Spuren hinterlassen. Er hätte mit Derrow und Ault gewettet, wer von ihren Lords als erster mit dem Speer ein Wildschwein erlegte.

Er sehnte sich nach dem Gekläff der Hunde, nach dem tiefen Klang der Hörner. Nach den allabendlichen Feiern an den Lagerfeuern.

Aber ich muß jetzt zuschlagen, überlegte er und gab seinem Pferd die Sporen, damit es noch schneller lief. Er wollte zuschlagen, wünschte sich, ein Ziel zu haben.

Wieder quälte ihn der Gedanke, ob er auch alle Übereigner auf Burg Sylvarresta getötet hatte. Ich habe zugeschlagen, so wie ich es kann, sagte er sich. Er hatte alle umgebracht, die er zu Gesicht bekommen hatte, doch vielleicht hatte man einige aus dem Bergfried in die Stadt geschafft, damit auch weiterhin unsichtbare Kraftlinien Raj Ahten mit den Übereignern dort verbanden.

Ein Kampf zwischen Runenlords konnte kompliziert sein. Die Zahl der Gaben spielte im Kampf eine große Rolle, ebenso das Geschick und die Ausbildung der Krieger.

Wichtig war aber auch die Ausgewogenheit des Charakters. Raj Ahten besaß so viele Gaben, daß es fast sinnlos schien, seine Übereigner umzubringen. Andererseits konnte ein seiner Geisteskraft und Anmut beraubter Runenlord zu einem bloßen Tölpel werden, der im Kampf nichts taugte. Man brauchte einen Runenlord bloß seines Stoffwechsels zu berauben, und schon bewegte er sich trotz seiner tausend Gaben der Muskelkraft im Vergleich zu einem ausgewogenen Soldaten so langsam, daß er ebensogut ein Kleiderständer sein konnte. Er wurde zu einem ›Krieger von ungünstigen Proportionen‹.

Mit dem Gemetzel auf Burg Sylvarresta hatte Borenson Raj Ahten zahlreiche Gaben der Anmut geraubt. Der Runenlord hatte sie gehortet, hatte sie von Hunderten Männern in der Burg übernommen. Demnach besaß er jetzt ein Übermaß an Muskelkraft. Damit wäre er kraftorientiert, und es würde ihm an Beweglichkeit fehlen. Vielleicht hatte König Orden, ein solches Ungleichgewicht vorausgesetzt, gegen den Wolflord eine Chance.

Borenson hoffte also, daß er seine Arbeit gut gemacht hatte. Die Vorstellung, König Orden könnte durch sein Unvermögen diesen Kampf verlieren, war unerträglich.

Genauso unerträglich wie die Scham, die ihn überkam, sobald er an König Sylvarresta und Iome dachte, die noch am Leben waren.

Die beiden zu verschonen, hatte Dutzende andere das Leben gekostet. Sie zu verschonen, verlieh Raj Ahten Macht.

Nur wenig Macht, das stimmte. Doch wenn Borenson und einige andere Meuchelmörder im richtigen Augenblick über Raj Ahtens Übereigner herfielen, konnte der Wolflord in den Zustand ungünstiger Proportionen gelangen.

Heute jage ich Raj Ahten, sagte sich Borenson, und ließ seine Mordlust in jeden Muskel und Knochen eindringen, ließ sich von ihr einhüllen wie von einer Decke.

Heute bin ich der Tod. Heute jage ich ihn und nichts anderes.

In seiner Phantasie spielte er das Töten durch, bereitete er sich mit jeder Faser seines Körpers, jeder seiner Reaktionen auf das kaltblütige Morden vor. Er stellte sich vor, wie es wäre, wenn er hier, Meilen nördlich von Longmot, auf der Straße auf Raj Ahtens Späher stieße. Er würde sie niederreiten, sie mit seiner Lanze aufspießen, bis eine Woge ihres warmen Blutes über ihm zusammenschlug und keine Zeugen zurückblieben. Dann würde er eine Uniform stehlen, Hals über Kopf durch die Schlachtreihen reiten und sich auf Raj Ahten stürzen, als hätte er eine Botschaft für ihn. Und seine Botschaft wäre der Tod.

Die Krieger aus Inkarra behaupteten, Krieg sei eine finstere Dame, und daß diejenigen Männer, die ihr am besten zu Willen waren, ihre Gunst gewannen. Sie behaupteten, sie sei eine Macht wie Erde oder Luft, Feuer oder Wasser.

In den Königreichen von Rofehavan jedoch hieß es, Krieg sei nur ein Aspekt des Feuers, und niemand könne ihm zu Willen sein.

Aber die verdammten Inkarrer müßten es eigentlich wissen, dachte Borenson. Sie waren meisterliche Krieger. Borenson hatte sich nie um die Gunst dieser finsteren Dame bemüht, hatte nie zuvor zu ihr gesprochen, jetzt aber formte sich ein Gebet auf seinen Lippen, ein uraltes Gebet, das er bei anderen gehört, aber nie gewagt hatte, selbst laut auszusprechen.

»Nimm mich in deine Arme, finstere Dame,
nimm mich.
Wickle mich in Grabeskleider, und hauche deinen
süßen Atem kalt auf mein Gesicht. Dunkelheit
soll mich befallen, mich erfüll'n mit
deiner Macht.
Heut' ruf ich dich, heut' bin ich der Tod.«

Borenson begann zu lächeln, während er dahinritt, dann fing er tief und kehlig an, in sich hineinzulachen, daß es wie ein Grollen vor irgendwo außerhalb seines Körpers klang, das von den Bergen oder von den Bäumen her erscholl und stetig lauter wurde.

KAPITEL 29
Ein perfekter Tag

Orden wachte unter Schmerzen auf, unfähig zu sagen, wie lange er bewußtlos gewesen war. Das Blut um seinen Mund war noch feucht und schmeckte kupfern auf seiner Zunge. Jeden Augenblick, glaubte Mendellas Orden, wird Raj Ahten mich wieder treten und anfangen, auf mich einzuschlagen, bis ich tot bin.

Doch nichts geschah. Orden war schwach, stand an der Grenze zur Bewußtlosigkeit und wartete auf den tödlichen Hieb, der nicht erfolgte.

Dank seiner fünfzehn Gaben des Durchhaltevermögens war der König imstande, ungeheure Verletzungen zu überleben. Seine Wunden, so schwer sie im Augenblick auch sein mochten, würden nicht seinen Tod nach sich ziehen. Wochen der Genesung vielleicht, aber nicht den Tod.

Er öffnete sein gesundes Auge, versuchte etwas zu erkennen. Die hoch stehende Sonne drang schwach durch die Wolken, dann wurde der Himmel schwarz.

Die nahe Lichtung war menschenleer.

Er schluckte, strengte sich an, nachzudenken. Als er bewußtlos geworden war, hatte er das leise Klingeln eines Kettenharnisches gehört. Dumpf wurde ihm klar, daß dies Raj Ahten gewesen sein konnte, der davongelaufen war. Er ließ den Blick über das Feld am Rand der Hügelkuppe wandern. Der Wind wiegte die Fichten leicht, das Gras

lag flach wie in einem heftigen Sturm. Ein Schwarm Stare stand in der Luft wie Distelwolle, keine zehn Meter von ihm entfernt. Doch Orden lebte so schnell, daß im Vergleich zu ihm der Wind langsam zu blasen schien.
Raj Ahten war geflohen.
Er hat mich zurückgelassen, erkannte Orden, weil er annimmt, daß ich Teil einer Schlange bin. Er hat mich zurückgelassen, damit er die Burg angreifen kann. Er hörte ein leises Brausen wie das Rauschen des Meeres. Ein Tosen wie von einer brodelnden Flut. In seinem Zustand der Schnellebigkeit hatte sich die Welt der Geräusche drastisch verändert.
Jetzt wurde ihm klar, daß dies lauter Lärm sein mußte, Kriegsgeschrei. Mit einer Hand stützte er sich auf und blickte über das hügelig abfallende Gelände des Tor Loman hinunter zur Burg Longmot.
Was er sah, füllte ihn mit Entsetzen.
Hinter einem Schleier von Regen oder Graupel tobte auf dem Hang oberhalb von Longmot ein Feuer. Flammenweber und Salamander hatten diesem jenseitigen Feuer eine furchterregende Energie entzogen und schleuderten Blitze über das grasbewachsene Hügelland gegen die Burg. Frowth-Riesen traben über die Wiesen und schleppten gewaltige Sturmleitern herbei. Die Kriegsmastiffs mit ihren Halsbändern aus Eisen und grimmigen Masken brandeten wie eine dunkle Flut gegen die Tore. Von überall her rannten Raj Ahtens Unbesiegbare wie Kakerlaken in der Dunkelheit gegen die Burg an, die Schilder hochgerissen, um Pfeile abzuwehren, die Waffen blank gezogen.

Raj Ahtens Truppen waren dabei, Longmot zu erstürmen. Der Himmel über der Burg war schwarz, verdrehte Feuerstränge schossen trichterförmig aus dem Himmel.
König Orden verfolgte es von Tor Loman aus. Aufgrund seiner Gaben des Stoffwechsels erschien es ihm, als sei der Himmel bereits seit Minuten schwarz. Man konnte nur die dünnen Feuerstränge erkennen, die sich aus dem Himmel wanden – verdreht und peitschend wie die Winde in einem Wirbelsturm.
Er konnte nichts tun, um zu helfen. Er konnte sich nicht in die Schlacht werfen, konnte kaum kriechen.
Er fing leise an zu schluchzen. Raj Ahten hatte ihm alles genommen – seine Vergangenheit, seine Gegenwart. Und jetzt seine Zukunft.
Mendellas wandte sich im Dunkeln um und kämpfte sich unter Schmerzen die grobe Steintreppe zu den Augen des Tor Loman hinauf.
Um die quälenden Schmerzen seiner zerstörten Glieder aus seinen Gedanken zu verbannen, versuchte er, an gute Zeiten zu denken. Die Festmahle in seinem Palast in Mystarria zur Wintermitte, am Almosentag.
Stets stand an jenen Wintermorgen der Nebel über den grünen Niederungen, und von den Fialen des großen Turms aus konnte man über das Marschland blicken, als sei man ein Lord des Himmels in einem Wolkenschiff – so rein war der hauchfeine Nebel. Stellenweise konnte man kleinere Türme des Tidenhofs erkennen, oder das Grün der fernen Fichtenwälder auf den Bergen im Westen, oder im Süden das glitzernde Wasser des Carollmeeres, das den Himmel widerspiegelte.

An solchen Morgen hatte er immer gerne auf seinem Observatorium im Turm gestanden und die Gänse auf ihrer Winterwanderung beobachtet, die unter ihm als dunkles V vorüberflogen.

Er rief sich die Erinnerung an einen perfekten Tag vor langer Zeit ins Gedächtnis, als er im Morgengrauen gestärkt von seinem Turm herabgestiegen und zum Schlafgemach seiner Frau gegangen war.

Er hatte vorgehabt, sie ins Observatorium mit hinaufzunehmen und ihr den Sonnenaufgang zu zeigen. Wochen zuvor hatte ein früher Frost die Rosen in ihrem Garten absterben lassen, und er hatte ihr zeigen wollen, wie die Sonne langsam im zartesten bläulichrosa Farbton über den Horizont kletterte, einem Farbton, der den Nebel im Umkreis von Meilen färbte.

Doch als er in ihr Schlafgemach kam, hatte sie über sein Ansinnen bloß gelächelt und sich einen anderen Zeitvertreib ausgedacht.

Sie hatten sich auf dem Tigerfell vor dem Kamin geliebt. Als sie fertig waren, stand die Sonne bereits seit Stunden hoch am Himmel. Die Armen Mystarrias hatten sich in den Straßen vor der Burg versammelt, um die Winteralmosen in Empfang zu nehmen.

Daher waren König und Königin gezwungen gewesen, am Nachmittag das Haus zu verlassen und den Rest des Tages in riesigen Wagen durch die Straßen zu fahren und dabei Fleisch, Pastinaken, Trockenfrüchte und Silber an die Bedürftigen zu verteilen.

Orden und seine Frau hatten oft angehalten, um jemanden anzulächeln oder sich berühren zu lassen.

Er hatte seit Jahren nicht mehr an diesen Tag gedacht, obwohl jeder Eindruck, jedes Geräusch und jeder Geruch ihm perfekt im Gedächtnis geblieben war. Dank seiner zwanzig Gaben der Geisteskraft konnte er solche Augenblicke nach Belieben wieder aufleben lassen. Es war ein Tag voller Magie gewesen – jener Tag, wie er Wochen später herausfand, an dem er seine Frau mit ihrem ersten Kind, Gaborn, schwängerte.

Wie sehr er sich noch immer nach ihr sehnte.

Als Orden die Spitze der Augen des Tor Loman erreichte, kehrte die Helligkeit in den Himmel zurück, und er starrte voller Grauen auf den gewaltigen Meteor, den Raj Ahtens Bestie gegen die Burg schleuderte. Der Himmel war wie von seltsamen Farbpulvern durchzogen – Grau und Schwarz, Gelb und Schwefel, ein wenig Rot.

Die endlose, brodelnde grüne Feuerwalze schien aus dieser Entfernung langsam über den Himmel zu rollen, im selben Tempo wie er lebte. Quälende Minuten lang, so kam es ihm vor, kroch Orden über die steinernen Stufen.

Und derweil fragte er sich, wieso Raj Ahten hierhergekommen war. Bestimmt nicht, um einen Blick auf Longmot zu werfen. Die Aussicht hier hatte nichts zu bieten.

Nein, etwas anderes mußte den Wolflord alarmiert haben.

König Orden ließ also den Blick nach Osten wandern und sah Staub, der von den Ebenen aufstieg, als stünden sie in Flammen, und das Licht, das auf den Schilden blinkte. Eine Armee kam von Burg Groverman heranmarschiert.

Trotz der gewaltigen Staubwolke konnte es keine große Armee sein, das wußte Orden. Dreißigtausend gewöhnliche Soldaten kamen ihm über das staubige Heideland zu Hilfe geeilt, mehr nicht. Raj Ahtens Unbesiegbaren würden sie nicht gewachsen sein.

Aber Orden wußte, daß sein Sohn an der Spitze dieser Armee stand.

Gaborn würde sicher nicht so töricht sein, den Wolflord anzugreifen. Nein, es mußte sich um eine Kriegslist handeln. Orden schmunzelte. Gegen einen Mann von Raj Ahtens Geisteskraft konnten falsche Berichte eine mächtige Waffe sein. Sein Sohn kämpfte, so gut er eben konnte.

In fast jedem Wettstreit fiel der Sieg an den, der sich nicht geschlagen gab. Der Prinz ließ sich nicht einschüchtern.

Das war eine gute List, redete sich Orden ein. Raj Ahten glaubt, Groverman sei schon seit Tagen eingenommen. Jetzt sieht er eine Armee, die kommt, ihn zu vernichten. Der König hoffte nur, daß die List ihre Wirkung tat.

Und dann beschlich ihn eine noch düsterere Befürchtung. Gaborn würde gewiß nicht angreifen. Oder doch? Oder etwa doch?

Ja, das würde er, erkannte Orden. Weil er glaubte, dadurch seinen Vater retten zu können. Habe ich ihm nicht selbst gesagt, er solle angreifen? dachte Orden. Habe ich ihm nicht gesagt, er solle mit seinen Rittern den Hang hinunterstürmen?

Orden bekam es mit der Angst zu tun. Dieser Junge

riskierte sein Leben, um feindliche Übereigner zu retten. Der Junge war zu einem Eidgebundenen Lord geworden.
Orden hatte keine Zweifel mehr. Und wenn er bei dem Angriff draufginge, Gaborn würde angreifen!
In diesem Augenblick schlug das große Wurfgeschoß in der Burg ein und jagte Feuersäulen in den Himmel. Orden konnte den fürchterlichen Schaden sehen, den es angerichtet hatte – Männer flogen wie brennende Vögel über die Mauern, er sah Riesen und Kampfhunde, Unbesiegbare und Bogenschützen, die allesamt auf die Burgtore zustürmten.
Und doch spürte er nicht die leise Regung, die den Tod eines Übereigners anzeigt. Von den Übereignern aus seinem Schlangenring verbrannte in diesem Feuer keiner. Die Burg dagegen würde sicher fallen.
Tief in seinem Innern verspürte er einen überwältigenden Drang. Schlag zu. Schlag zu, so gut du kannst!
Orden wurde bewußt, daß er vielleicht selbst den Schlüssel in Händen hielt, der dafür sorgte, dieses gewaltige Fiasko einer Schlacht einem höheren Ziel zu opfern. Die Männer auf der Burg waren über einen Schlangenring miteinander verbunden, und wenn die Burg überrannt wurde, waren dessen Mitglieder alle gezwungen, zu kämpfen, da keiner Gaben des Stoffwechsels von einem anderen bezog. Irgendwann würde einer von ihnen sterben, und es würde sich eine Schlange bilden. Doch wer wäre dann ihr Kopf?
Bestimmt nicht dieser Idiot Dreis, hoffte Orden.
Nein. Es mußte Shostag sein. Auf seine derbe Art vor-

trefflich und angsteinflößend. Ein erbarmungsloser Krieger.

Orden kroch zum Rand des Observatoriums und sah hinunter.

Die Augen des Tor Loman standen über dem Rand eines Felsvorsprungs, und am westlichen Rand bohrten sich gewaltige Felsnasen aus der Erde. Dort, dachte Orden. Dort werde ich aufschlagen.

Er stürzte sich vom Turm. Es wurde Zeit, daß der Schlangenring zerbrach. Soll Shostag sich jetzt sein Land und seinen Titel verdienen. Soll Gaborn überleben, damit er das Erbe seines Geburtsrechts antreten kann.

Und laßt mich in die Arme jener Frau zurückkehren, die ich liebe.

Wegen der vielen Gaben des Stoffwechsels kam es Orden so vor, als fiele er ganz langsam, fast so, als schwebte er in seinen Tod.

KAPITEL 30
Das Flattern

Wie ein Pilz schoß eine Feuersäule am weit entfernten Himmel in die Höhe, und das Geräusch von Donner rollte über die Ebene.

Gaborn jedoch spürte etwas noch weit Verwirrenderes – er spürte, daß weit entfernt, ganz weit entfernt ein einzelnes Herz flatterte und schließlich ganz stehenblieb.

Es zerriß ihn, es entsetzte ihn – weit mehr als dieser Lichtblitz oder das Gestöhn der Erde.

Im Sattel schwankend sprach er leise: »Vater.«

Irgendwie befürchtete Gaborn, daß sein Wunsch, Raj Ahten einen Schlag zu versetzen, den Tod seines Vaters verursacht hatte.

Es war nicht Wille der Erde gewesen, zuzuschlagen. Gaborn hatte keinen Zwang verspürt, der stärker war als seine Wut. Und doch hatte er den Befehl gegeben.

Nein, dachte Gaborn. Das glaube ich nicht. Ich glaube nicht, daß ich seinen Tod verursacht habe. Wie kann ich wissen, daß er nicht mehr lebt, bevor ich es nicht gesehen habe?

Der Zauberer Binnesman drehte sich zu Gaborn um, endlose Traurigkeit in den Augen, und sagte leise: ›Ihr habt nach Eurem Vater gerufen. Er ist also gestorben?«

»Ich ... ich weiß es nicht«, sagte Gaborn.

»Benutzt den Erdblick. Ist er gestorben?«

Gaborn grub in seinem Innern, versuchte seinen Vater zu erreichen, spürte aber nichts. Er nickte.

Binnesman sprach so leise, daß nur Gaborn es hören konnte. »Damit wird der Königsmantel weitergereicht. Bis jetzt seid Ihr nur ein Prinz gewesen. Jetzt müßt Ihr ein wahrhaftiger König werden.«

Gaborn sackte im Sattel nach vorn, ihm war bis auf den Grund seiner Seele schlecht. »Wenn ich der Erdkönig bin, was kann ich dann Gutes tun?«

»Vieles. Ihr könnt die Erde zu Hilfe rufen«, erklärte Binnesman. »Sie kann helfen, Euch zu beschützen. Euch verstecken. Ihr müßt nur lernen, wie man das anstellt.«

»Ich will Raj Ahtens Tod«, meinte Gaborn ausdruckslos.

»Die Erde tötet nicht«, antwortete Binnesman leise. »Ihre Stärke liegt darin, das Leben zu erhalten, zu beschützen. Außerdem wird Raj Ahten von anderen Mächten unterstützt. Ihr müßt nachdenken, Gaborn. Wie könnt Ihr Euer Volk am besten schützen? Die ganze Menschheit ist in Gefahr, nicht nur die paar in Longmot. Euer Vater ist nur ein einzelner Mann, und ich fürchte, er hat selbst beschlossen, sich in Gefahr zu bringen.«

»Ich will Raj Ahtens Tod! Sofort!« schrie Gaborn, nicht an Binnesman, sondern an den Erdgeist gerichtet, der versprochen hatte, ihn zu beschützen. Aber er wußte, daß es nicht die Schuld des Erdgeists war. Er hatte eine düstere Vorahnung gehabt, daß sich sein Vater in Gefahr begab. Doch hatte er diese Warnung in den Wind geschlagen und seinen Vater nicht von Longmot ferngehalten.

Gaborn fühlte sich bis auf den Grund seiner Seele miserabel.

Er war zwanzig Meilen von Longmot entfernt. Sein Kraftpferd konnte diese Entfernung in weniger als einer halben Stunde zurücklegen. Aber was würde ihm das einbringen? Er würde sein Leben verlieren.

Er spielte mit dem Gedanken, seinem Pferd trotzdem die Sporen zu geben.

Iome neben ihm schien seine Gedanken zu lesen. »Tu es nicht«, sagte sie leise. »Geh nicht.«

Gaborn sah auf den Boden. Zu den Füßen seines Pferdes flogen grasgrüne Grashüpfer erschrocken auf, fette Grashüpfer, die mit dem Ende des Herbstes träge geworden waren.

»Können wir den Menschen in Longmot helfen, was meint Ihr?« fragte Gaborn Binnesman.

Der Zauberer zuckte die Achseln. Sein Gesicht bekam einen besorgten Ausdruck. »Ihr helft ihnen bereits – mit dieser Kriegslist. Aber glaubt Ihr, Ihr könnt Raj Ahten besiegen? Nicht mit diesen Truppen. Die Schlacht geht schlecht für Longmot aus – wie sie auch schlecht für Euch ausgehen würde, wenn Ihr zu früh angreift. Eure Stärke liegt nicht im Niedermetzeln, sondern in Eurer Rolle als Verteidiger. Laßt Eure Leute beim Gehen noch mehr Staub aufwirbeln. Dann werden wir sehen, was passiert …«

Zwei lange Minuten ritten sie in fast greifbarem Schweigen weiter. Gaborn fühlte sich während der ganzen Zeit zerrissen, dem Tod geweiht. Er gab sich selbst die Schuld am Tode seines Vaters, am Tode Rowans, am Tode aller

Übereigner auf Burg Sylvarresta. Die Welt zahlte einen solchen Blutzoll, einen so hohen Preis für seine Schwäche. Denn er war sicher, wäre er stärker, hätte er nur eine Kleinigkeit anders gemacht, sich nach links anstatt nach rechts gewandt, dann hätte er sie alle retten können.

Ein seltsames Geräusch hallte über das Heideland heran – ein einzelner Ton, ein Schrei, wie ihn Gaborn noch nie gehört oder sich vorgestellt hatte. Er hallte über die Ebene wie ein Ruf aus weiter Ferne.

Raj Ahtens Todesschrei! dachte er.

Doch fast augenblicklich folgte ein zweiter solcher Schrei.

Im selben Augenblick, als schwere Graupeltropfen hoch vom Boden aufzuspritzen begannen, trat Binnesmans Pferd aus und spitzte die Ohren. Bangen Herzens sah Gaborn, wie der Zauberer seinem Pferd die Sporen gab und nach Longmot preschte, und wünschte sich, er könnte ihm nachreiten.

»Los, Gaborn, schafft Eure Armee hierher!« rief Binnesman. »Die Welt erleidet Qualen!«

Dann sah er es – der Graupel vor ihm war dazu übergegangen, in gewaltigen Sturzbächen vom Himmel zu fallen und das Heideland unter Wasser zu setzen. Kein Weitseher wäre imstande, den bevorstehenden Wolkenbruch mit seinem Blick zu durchdringen. Wenn seine List nicht bereits Erfolg gehabt hatte, konnte sie keine Wirkung mehr erzielen.

Mit einem Schrei reckte Gaborn die Faust in die Höhe und gab den Befehl zum Angriff.

KAPITEL 31
Shostag

Shostag, der Axtmann, hielt sich in den Kellern des Herzogs versteckt, als er die Belebung verspürte. Ein Gefühl alles durchdringender Energie ging kribbelnd durch jeden Zoll seiner Haut, und er war mit einem Schlag zum Kampf bereit.

Orden war also gefallen. Shostag fragte sich, wie.

In seinem kurzen Leben hatte er ein Dutzend Runenlords ausgetrickst. Er war weder ein Mann von großer Intelligenz noch von weitgefächerter Bildung, doch er hielt die Augen offen und traf schnelle Entscheidungen. Weil seine bärenhaften Muskeln von Fett bedeckt waren, nahmen die meisten Menschen an, er sei obendrein noch dumm. Das war keineswegs so.

Er packte seine doppelschneidige Axt, rannte die Treppen hinauf und warf sich durch die Kellertüren. Er tat dies mit berechneter Wucht und schob beim Hinausgehen sogar den Riegel zurück, so daß die Tür bei seinem Aufprall aufflog.

Dann lief er durch die Vorratskammer der Küchen, durch die Küchentür und hinaus auf das Gras vor dem großen Saal.

Dort kämpften Hunderte von Raj Ahtens Unbesiegbaren mit den Verteidigern der Burg. Kampfhunde sprangen zwischen ihnen umher, riesige gesprenkelte graue Ungeheuer mit roten Ledermasken. Längs der Westmauer sah er einen Feuersalamander, und vor allen Mauern lagen Männer, die brannten oder im Kampf gefallen waren.

Entlang der nördlichen Burgmauer feuerten einige von Ordens Bogenschützen herunter, denn seine Männer befanden sich in einer so erbärmlichen Lage, daß jeder Pfeil mit großer Wahrscheinlichkeit Raj Ahtens Männer traf, ohne daß auch nur geringe Chance bestand, einen Verteidiger zu verletzen.

Doch selbst der schnellste Kampfhund oder Unbesiegbare aus der Gruppe bewegte sich mit nicht mal einem Achtel von Shostags Geschwindigkeit. Sie schienen kaum schneller als Statuen zu sein. Von Raj Ahten konnte Shostag keine Spur entdecken.

Er nahm seine gewaltige Eisenaxt und pflügte sich einen Weg durch die Menschenmenge. Er schwang die Axt in komplizierten Kreisen, schlug Raj Ahtens Unbesiegbaren in fast beiläufiger Manier die Köpfe ab, spaltete Kampfhunde entzwei, wich Pfeilen und Klingen und Speerspitzen aus.

Er hatte gerade mal zweihundert dieser Bastarde erledigt, als er an den Toren eine rasche Bewegung bemerkte. Raj Ahten höchstpersönlich kam auf ihn zugestürzt.

Der Wolflord trug keinen Helm, hielt jedoch eine Streitaxt in der einen und einen Krummsäbel in der anderen Hand. Zumindest glaubte Shostag, daß es der Wolflord war. Sein Gesicht strahlte wie die Sonne, seine Schulter dagegen war häßlich entstellt. Um so leichter war es, gegen ihn zu kämpfen, glaubte Shostag.

Raj Ahten warf einen Blick auf Shostag und fing an zu

lächeln. »König Orden ist also tot, und du glaubst, du bist der nächste, ja?«

Shostag reckte sein Kinn vor und ließ seine riesige Axt geschickt kreisen. »Der Arm sähe noch besser aus, wenn ich Euch den Rest davon abhackte, was meint Ihr?«

»Komm und versuch's«, forderte Raj Ahten ihn auf. Der Wolflord musterte die Schneise aus Toten, von denen einige noch im Niedersinken begriffen waren und die verstreut auf einem Weg lagen, der von den Küchen herüberführte.

Erschrocken schoß Raj Ahten nach links und rannte die schmale Straße zum Wohnhaus irgendeines Lords hinauf, fort von Shostag. Dabei schlitzte er die Kehle jedes Verteidigers in Reichweite auf und stieß seine eigenen Leute aus dem Weg.

Mit einem Satz war Shostag ihm auf den Fersen. Er wußte, was Raj Ahten vorhatte.

Shostag befand sich an der Spitze von einundzwanzig Männern, die ihm Gaben des Stoffwechsels zuführten. Mehrere dieser Männer hatten zuvor bereits Gaben des Stoffwechsels übernommen, so daß er sich jetzt mit der Geschwindigkeit von vierzig Männern bewegte. Wenn es Raj Ahten gelang, einen Mann aus der Schlange ausfindig zu machen und ihn zu erschlagen, kappte er somit Shostags Energiezufuhr und ›schnitt die Schlange entzwei‹.

Dadurch würde er zwei separaten Kriegern einen schnellen Stoffwechsel verschaffen und so zwei Schlangenköpfe erzeugen, von denen jedoch keiner imstande wäre, so schnell zuzuschlagen wie Shostag jetzt.

Wenn er Glück hatte, dann stieß Raj Ahten auf einen Mann nahe dem Schwanzende der Schlange. Wenn nur der Schwanz starb, bliebe ihm nach wie vor der schnelle Stoffwechsel und die Geschwindigkeit von nahezu vierzig Männern erhalten.

Aber Shostag, der Axtmann, wollte sich lieber nicht aufs Glück verlassen.

Raj Ahten hatte einen flüchtigen Blick auf die Leichen geworfen, die überall verstreut im Küchengarten lagen, und festgestellt, daß Shostag von den Küchen hergekommen war. Daher nahm er an, daß die Übereigner sich nicht im Bergfried verborgen hielten, sondern irgendwo in der Burg versteckt waren. Der Wolflord rannte zum nächsten ungesicherten Gebäude.

Shostag folgte ihm und bog zu schnell um eine Ecke. Sein Schwerpunkt trug ihn weiter, so daß er in ein halbes Dutzend Burgverteidiger stolperte. Er schlitzte sich das Bein am Langspieß eines Mannes auf. Kam wieder auf die Beine. Rannte weiter.

Die Luft schien schwer, war kaum zu atmen. Shostag besaß nicht die Gaben der Muskelkraft, die nötig waren, um bei so schnellem Stoffwechsel mühelos Luft zu holen. Ihm drehte sich der Kopf, ihm wurde schwindelig.

An einer Tür, die in die Wohnräume des Lords führte, bog Raj Ahten ab und rannte in das Haus hinein. Shostag folgte ihm.

Der Axtmann war ein Wolflord mit Gaben des Geruchssinns dreier Hunde. Er konnte besser riechen, als die meisten Menschen sich dies je erträumten – und Männer waren solch stinkende Bestien. Insofern war er nicht

überrascht, als er das Zimmer betrat und sah, wie Raj Ahten die Tür einer Garderobe aus Zedernholz aufriß. Wie Shostag brauchte auch der andere Mann nicht zu sehen, um zu wissen, wo er sich versteckte.
Shostag stürzte sich mit kreisender Axt auf Raj Ahten. Der wirbelte herum, blockte Shostags Hieb mit seiner Streitaxt. Funken stieben von den Waffen. Der Eisengriff der kleineren Axt von Raj Ahten verbog sich. Shostag staunte, daß sein Hieb dem Gegner nicht den Arm zertrümmert hatte. Mit tödlicher Eleganz schwang Raj Ahten seinen Krummsäbel eiskalt unter Shostags Leibschutz und durchbohrte ihm seinen Unterleib mit einem Stich von grauenerregender Kaltblütigkeit.
Doch Shostag war kein gewöhnlicher Mann, der beim Anblick seines eigenen Gedärms verzweifelte. Er besaß mehr Durchhaltevermögen als die meisten Lords, das Durchhaltevermögen von Wölfen, die im winterlichen Wald Jagd auf Wildschweine und Bären machten.
Die kleine, kribbelnde Wunde erregte bloß seinen Zorn. Also riß er seine gewaltige Axt beidhändig herum, drehte sich und teilte einen Schlag aus, der den Wolflord in zwei Teile hätte spalten müssen.
Doch der schnellte nach hinten, ließ seine verbogene Axt fallen, tauchte unter Shostags Hieb hinweg, der die schön gearbeitete Tür des Kleiderschranks zertrümmerte, und fiel dann selbst hinein.
Unter Raj Ahten lag ein Übereigner. Halb begraben unter Zedernholztrümmern kauerte er zwischen einigen Magdkleidern, in einer Hand einen Kriegshammer, einen Schild in der anderen. Sir Owlsforth, ein Krieger, fünf

Mann hinter Shostag in der Reihe der Verteidiger in der Schlange.

Wenn er Raj Ahten jetzt nicht tötete, bekäme er nie wieder Gelegenheit dazu. Er riß seine gewaltige Axt zurück und machte sich bereit, den Wolflord in zwei Teile zu zerhacken.

Just in diesem Augenblick bohrte Raj Ahten Owlsforth zwei Finger durch die Schlitze seines Helms in dessen Hirn.

Shostag spürte eine alles durchdringende Übelkeit und verfolgte mit Grauen, wie Raj Ahten vor der sich senkenden Axt nach hinten wich und plötzlich zu einem kaum erkennbaren Fleck verschwomm, der auf ihn zugesprungen kam.

Sonst sah Shostag nichts mehr.

KAPITEL 32
Der Schrei

Raj Ahten machte sich nicht die Mühe, den Kopf der Schlange ausfindig zu machen. Er folgte seiner scharfen Nase durch die Gebäude, entdeckte in wenigen Augenblicken mehrere weitere Männer, die sich versteckt hielten, und schlachtete sechs weitere Übereigner ab. Bei dieser Gelegenheit erschlug er auch gleich noch sechzig Verteidiger von Burg Longmot. Er hatte ein wenig darauf gehofft, Jureem hier zu finden.

Die Schlacht ging ihrem Ende entgegen. König Orden war tot, die meisten der Verteidiger auch. Selten hatte Raj Ahten einem Widersacher eine derart grauenhafte Niederlage beigebracht. Noch nie hatte er soviel wertvolles Blut vergossen.

Einmal war er einem Mann begegnet, der in ungewöhnlich hohem Tempo aus einem Gebäude herausgerannt kam – einem Adligen. Er erkannte den Grafen von Dreis eher an seinem Grauschimmel und den vier Pfeilen in seinem Schild als an seiner eleganten Kleidung. Noch ein Teil der Schlange.

Was für ein elegant aussehender Krieger der Graf doch war. Schauerliche graue Augen, sein ganzes geziertes Auftreten großspurig und elegant.

Ahten bremste weit genug ab, um dem Kerl die Beinsehnen durchzuschneiden, dann erschlug er ihn, als der Mann stürzte.

Raj Ahten hatte die Schlacht mittlerweile gut im Griff. Er stand auf der Anhöhe unterhalb des Bergfrieds der Übereigner, vielleicht fünfzig Schritte von den etwa zweihundert Rittern entfernt, die dort die Stellung hielten.
Er blieb einen Augenblick stehen, um das Schlachtfeld zu betrachten. Unten hatten seine Männer den Burghof eingenommen. Die Mauern waren von Verteidigern so gut wie geräumt.
Raj Ahtens Männer liefen jetzt über die östlichen Wehrgänge, während ein Salamandertrio die Mauern im Westen säuberte. Überall erschollen die Schreie sterbender Soldaten, die für seine Ohren unwirklich, kraftlos klangen. Der Wind trug den Geruch von Blut und Rauch und schwefeligem Pulver heran.
Ihm blieb nicht mehr viel zu tun.
Er rannte zum Bergfried der Übereigner, um die zweihundert Krieger zu erschlagen, als ihn ein mächtiges, banges Gefühl überkam, jenes vertraute Magendrehen, das den Tod eines Übereigners begleitet.

Eremon Vottania Solette stand im Begriff, Salim al Daub zu erwürgen. Es dauert lange, einen Menschen zu erwürgen, besonders, wenn er Gaben des Durchhaltevermögens besitzt. Eremon befand das Unterfangen als ungeheuer schwierig. Schweiß trat ihm in Perlen auf die Stirn, und seine Hände wurden feucht, so daß seine Finger abglitten.
Salim wehrte sich nicht, blieb ohne Bewußtsein. Aber er drehte langsam seinen Kopf, unbehaglich, versuchte in

seiner Stumpfheit sogar zu fliehen. Seine Beine begannen langsam rhythmisch zu treten. Seine Lippen wurden blau, und seine Zunge quoll hervor. Er öffnete die Augen in blinder Panik.

Die Wache bekam nichts davon mit, denn der Mann stand da und sah zur grobgezimmerten Tür hinaus, um die Erstürmung der Burg zu verfolgen. Unter den stinkenden, ungepflegten Übereignern erregte der Kampf kein Aufsehen. Das rhythmische Treten von Salims Füßen schien nichts weiter zu sein als ein Hintergrundgeräusch, ein schläfriger Übereigner, der auf dem schimmeligen Stroh nach einer bequemeren Lage suchte.

Ein tauber Übereigner beobachtete Eremon aus der Nähe, die Augen vor Angst weit aufgerissen. Das war kein Ritter, den man hergeschafft hatte, um einen Lord aus dem Norden bloßzustellen. Das war einer von Raj Ahtens eigenen Übereignern, ein Bursche, der Hunderte von Gaben des Gehörs an den Wolflord weiterleitete. Er wurde für seine Dienste schlechter behandelt als ein Hund und hatte allen Grund, seinen Lord zu hassen und ihm den Tod zu wünschen. Eremon sah dem tauben Mann in die Augen, während er Salim würgte, und hoffte insgeheim, daß der Mann keinen Schrei ausstieß.

Salim trat einmal aus, fest, stieß klopfend mit dem Stiefel auf.

Die Wache an der Karrentür wirbelte herum und sah, wie Salim mit den Füßen trat. Der Mann machte einen Satz nach vorn, durchtrennte Eremons Arm mit seinem krummen Messer und hackte ihn ab.

Blut spritzte stoßweise dicht unter dem Ellenbogen aus

Eremons Arm, und der Stumpf brannte wie Feuer. Aber seine Hand, die Hand, der man die Anmut geraubt hatte, die sich nach all diesen Jahren kaum entkrampfen konnte, klammerte sich wie der leibhaftige Tod um Salims Kehle.

Die Wache schnappte danach, versuchte, die abgehackte Hand von Salims Kehle fortzureißen. Es gelang Eremon, dem Kerl von hinten ins Knie zu treten, so daß er rücklings zwischen die Übereigner stürzte.

Genau in diesem Augenblick, als die Anmut ihn durchströmte, spürte Eremon eine ungeheure Erleichterung in seiner Brust, und er fühlte, wie sich sein Herz und seine Muskeln zum allerersten Mal seit vielen Jahren vollkommen entspannten.

Er holte tief Luft, schmeckte mit seinem letzten Schnaufen den süßen Geschmack der Freiheit. Dann war der Wächter über ihm.

In einem einzigen, schwindelerregenden Augenblick wurde die Welt für Raj Ahten entscheidend langsamer. Die tiefen Schnalzgeräusche des verhallenden Schreis von Graf Dreis drangen jetzt als Hilferuf an seine Ohren, und Raj Ahten ertappte sich dabei, wie er bei seinem Versuch, vor einer Gruppe aus Soldaten, die den Bergfried der Übereigner bewachten, anzuhalten, ins Schlingern geriet.

Er merkte, daß er nur noch seine sechs alten Gaben des Stoffwechsels besaß. Gut möglich, daß einige dieser Ritter ihm fast ebenbürtig waren.

Er stieß einen Schlachtruf von solch ungeheurer Lautstärke aus wie noch kein menschliches Organ zuvor. Er hatte nur die Krieger vor sich entmutigen wollen.

Doch die Wirkung seines Gebrülls überraschte sogar ihn. Die Männer sanken auf die Knie und griffen sich schmerzgequält an ihre Helme. Die Mauern des Bergfrieds hinter ihnen bebten und vibrierten, Staub regnete aus Ritzen im Mauerwerk herab, als sei es ein Teppich und seine Stimme ein Prügel, der ihn klopfte.

Der Wolflord besaß Gaben der Stimmgewalt von Tausenden sowie Gaben der Muskelkraft, die es ihm erlaubten, Luft mit ungeheurer Wucht hervorzustoßen. Doch selbst er hätte nie vermutet, daß sein Gebrüll eine solche Kraft besäße.

Raj Ahten war so überrascht, daß er seinen Ruf im Schreien veränderte, den Klang um mehrere Oktaven senkte, bis Gestein und Kies aus der Mauer bröckelten.

Dann brüllte er erneut, erhöhte die Lautstärke, drang tiefer in das Mauerwerk ein und verwandelte seine Stimme in eine grauenvolle Waffe.

In Taif stand geschrieben, der Emir Moussat Ibn Hafir habe einst seine Krieger einen solchen Schrei ausstoßen lassen. In der Wüste von Dharmad waren die Mauern der Stadt Abanis unter einem solchen Urlaut in sich zusammengebrochen, was dem Emir ermöglichte, seine Kavallerie in die Trümmer zu schicken.

Aber damals war der Schrei aus den Kehlen von eintausend Soldaten gekommen, die wie ein Mann gebrüllt hatten, und die Stadtmauern hatten aus weichen Lehmziegeln bestanden.

Man nannte ihn den Todesschrei von Abanis, der, wie es in der Legende hieß, Stein spalten könne, ganz so wie gewisse geübte Sänger Kristall zerspringen lassen vermochten.

Und jetzt stieß Raj Ahten einen solchen Schrei alleine aus.

Die Wirkung war äußerst befriedigend. Vor ihm sanken Krieger nieder, als habe man sie mit dem Knüppel erschlagen. Viele gingen vor Schreck zu Boden, viele waren bereits tot. Blut schoß den Männern aus Ohren und Nasen.

Als Raj Ahten sein Crescendo erreichte, bekam der gewaltige Turm des Bergfrieds der Übereigner plötzlich von oben bis unten einen Riß.

Doch der Turm zerfiel noch nicht und stürzte auch nicht ein.

Raj Ahten wiederholte diesen Schrei ein weiteres Mal, ließ seine Stimme hin und her über das Gestein spielen, experimentierte mit unterschiedlichen Tonhöhen, bis er genau die richtige gefunden hatte.

Diesmal zerbröckelte der Turm wie durch Magie und brach mit einem gewaltigen Krachen zusammen, das die Erde erzittern ließ und eine Staubwolke gen Himmel trieb. Riesige Mauersteine regneten herab und landeten krachend auf am Boden liegenden Verteidigern, die die Stufen des Turms bewacht hatten.

Raj Ahten drehte sich um und betrachtete die Mauern von Burg Longmot. Stellenweise durchzogen Risse sie. Der Bergfried des Herzogs sah aus, als hätten Katapultgeschosse ihn getroffen, die riesige Mauerbrocken her-

ausgesprengt, ein Fenstersims zerbröckelt und Wasserspeier abgeschlagen hatten.
Wer von den Männern noch dazu in der Lage war, starrte Raj Ahten voller Entsetzen an.
Besiegt. Longmot war besiegt.
Raj Ahten stand da und genoß seine Macht. Mag sein, daß der König der Erde kommt, dachte er, aber ich bin mächtiger als die Erde.
Alle, selbst Raj Ahtens Soldaten, schauten ihn voller Entsetzen an. Von seinen Unbesiegbaren waren nur wenige durch den Todesschrei verletzt worden. Jeder von ihnen besaß wenigstens fünf Gaben des Durchhaltevermögens – was offenbar genügte, um der zerstörerischen Kraft seiner Stimmgewalt standzuhalten.
Vielen gewöhnlichen Männern jedoch, die die Mauern verteidigten, hatte es die Trommelfelle zerfetzt oder gar das Bewußtsein geraubt.
In dem Augenblick, der nun folgte, beendeten Raj Ahtens Unbesiegbare ihren Schwertkampf. Wer sich wehrte, wurde erschlagen, und wer sich ergab, wurde in den Innenhof geschleppt.
Nachdem man die Verteidiger von Longmot entwaffnet und ihnen ihre Rüstungen abgenommen hatte, waren weniger als vierhundert Mann übrig. Zu Raj Ahtens Freude waren die anderen alle umgekommen, entweder in der Schlacht oder durch seinen Schrei.
Die Salamander auf den Burgmauern hielten einen Augenblick lang inne und warfen sehnsüchtige Blicke auf die Gefangenen. Doch da die Schlacht gewonnen und keine weitere Beute zu erwarten war, begannen sie zu

flimmern, bis ihre feurigen Umrisse nur noch Hitzeschlieren waren, dann waren sie wieder in die Unterwelt entschwunden, aus der man sie hervorgerufen hatte.

Eine ganze Weile stand Raj Ahten einfach nur da und betrachtete, seinen Sieg auskostend, das Bild, das sich ihm bot.

Er richtete eine einfache Botschaft an die Überlebenden. »Ich stelle Euch jetzt eine Frage. Dem Mann, der mir als erster eine Antwort gibt, schenke ich das Leben. Der Rest von euch wird sterben. Hier also meine Frage: Wo sind meine Zwingeisen?«

Man mußte ihnen hoch anrechnen, daß die meisten Ritter die Antwort verweigerten. Einige stießen Flüche aus, ein halbes Dutzend rief Dinge wie: »Verschwunden! Orden hat sie fortgebracht!«

Sechs Männer versuchten, sich ihr Leben zu erkaufen. Einigen lief Blut aus den Ohren. Manche weinten. Andere waren junge Burschen, die noch nie einer Gefahr ins Gesicht gesehen hatten. Wieder andere waren vielleicht Familienväter, die sich um das Wohlergehen ihrer Frauen und Kinder sorgten. Einen grauhaarigen, alten Mann hielt Raj Ahten einfach nur für einen Feigling.

Raj Ahten rief sie nach vorn, führte sie zur Zugbrücke, während seine Unbesiegbaren zur Hinrichtung vortraten. »Einer von euch sechs«, sagte Raj Ahten, »hat euch das Leben gerettet, nur weiß ich noch nicht, wer von euch überleben wird. Vielleicht einer, vielleicht auch alle …«

Er wußte ganz genau, wer zuerst gesprochen hatte – der alte Feigling. Doch der wagte nicht, es zuzugeben. Raj Ahten wollte, daß sie alle antworteten. Er mußte wissen, ob der Verräter die Wahrheit sprach. »Daher muß ich euch noch eine weitere Frage stelle. Wohin hat er meine Zwingeisen bringen lassen?«

»Das wissen wir nicht. Seine Soldaten sind ohne ein Wort fortgeritten«, antworteten die Männer einstimmig.

Zwei hatten mit der Antwort gezögert. Raj Ahten sprang vor und schlug sie mit dem Säbel nieder, vielleicht mit ein wenig zuviel Begeisterung. Er hatte befürchtet, daß die Zwingeisen nicht mehr hier waren, daß dieser Angriff reine Zeitverschwendung war.

»Die Chancen steigen«, zischte er boshaft. Die vier verbliebenen Männer verfolgten das Geschehen mit Entsetzen. Schweißperlen traten ihnen auf die Stirn. »Sagt mir, wann wurden die Zwingeisen fortgeschafft?«

Zwei weitere Männer zögerten. Ein junger Familienvater sagte: »Kurz nach unserer Ankunft.«

Ein vierter Mann nickte stumm zum Zeichen, daß er derselben Ansicht war, seine Augen glühten, dann verließ ihn plötzlich der Mut. Der ältere Mann, der Feigling. Er hatte zu spät den Mund aufgemacht, und er wußte es. Raj Ahten erschlug zwei weitere und ließ nur die beiden letzten Soldaten übrig. Einer der Verräter trug die Farben Longmots, ein Kommandant – vielleicht würde der Mann einen brauchbaren Spion abgeben. Der ältere Feigling war mit Schweinehäuten bekleidet, ein nach Wild stinkender Kerl aus den Wäldern. Raj Ahten nahm an, daß er seine Antworten gar nicht aus erster Hand hatte und ihm daher nichts anderes übrigbliebe, als allem beizupflichten.

»Wo steckt Gaborn Orden?« fragte Raj Ahten. Der Mann

in den Schweinshäuten wußte keine Antwort. Der Wolflord sah es ihm im Gesicht an.

»Er ist beim Morgengrauen in die Burg geritten und hat sie kurz danach wieder verlassen«, antwortete der Kommandant von Longmot.

Von der Burg schallten die letzten gequälten Rufe der Gefangenen herüber, ihr Gestöhne, ihre Schreie. Der Alte in den Schweinehäuten wand sich. Er wußte, daß er an der Reihe war, der Kommandant dagegen schwitzte stark und keuchte.

Der Kommandant hatte den nach innen gerichteten Blick, den Männer mit Gewissen bekommen, wenn sie etwas Unrechtes tun. Raj Ahten traute ihm nicht zu, daß er noch eine Frage wahrheitsgemäß beantwortete. Man konnte einen Mann nur bis zu einer gewissen Grenze unter Druck setzen.

Er trat vor und schlug den Alten in den Schweinshäuten in zwei Hälften.

Nun spielte er mit dem Gedanken, auch den Kommandanten von Longmot zu töten. Er hatte keine Zeugen zurücklassen wollen, die das Geheimnis seiner magischen Pulver weitergeben oder seine Schlachttaktiken verraten konnten. Es wäre ein leichtes, dem Kerl die Därme aus dem Leib zu reißen.

Doch vielleicht ließe sich der Kommandant für einen höheren Zweck einspannen. Indem er berichtete, wie Raj Ahten die Mauern Longmots zerstört hatte, konnte dieser einsame Überlebende überall in den Königreichen des Nordens Angst und Schrecken verbreiten.

All die Burgen des Nordens, all die stolzen Festungen,

die über Tausende von Jahren dem Zeitenlauf getrotzt hatten, während die Menschen gegen die Toth und die Nomen und gegen sich selbst gekämpft hatten – sie alle waren jetzt nutzlos. Todesfallen.

Die Männer aus dem Norden sollten das erfahren. Sie sollten bereit sein, sich zu ergeben.

»Ich bin Euch äußerst dankbar«, sagte Raj Ahten zum Kommandanten. »Ihr habt Euch das Leben gerettet. Ich möchte, daß Ihr den anderen Menschen erzählt, was hier geschehen ist. Wenn Euch jemand fragt, wie Ihr diese Schlacht überstanden habt, dann sagt ihm: Raj Ahten hat mich leben lassen, damit ich seine Macht bezeugen kann.«

Der Kommandant nickte kaum merklich. Seine Beine zitterten. Raj Ahten glaubte nicht, daß er in der Lage wäre, sich noch länger auf den Beinen zu halten. Der Wolflord legte ihm eine Hand auf die Schulter und fragte beiläufig: »Habt Ihr Familie, Kinder?«

Der Mann nickte, brach in Tränen aus und drehte sich zur Seite.

»Wie lautet Euer Name?«

»Cedrick Tempest«, jammerte der junge Mann.

Raj Ahten lächelte. »Wie viele Kinder habt Ihr, Cedrick?«

»Drei ... Mädchen und einen Jungen.«

Raj Ahten nickte anerkennend. »Ihr haltet Euch für einen Feigling, Cedrick Tempest. Ihr haltet Euch für einen Verräter. Aber Eure Kinder habt Ihr heute nicht verraten, nicht wahr? ›Kinder sind wie Edelsteine, und wer viele hat, ist wirklich reich.‹ Wollt Ihr ihretwegen überleben?«

Cedrick nickte heftig.

»Es gibt viele Arten von Helden, viele Formen der Treue«, sagte Raj Ahten. »Ihr braucht Euren Entschluß nicht zu bedauern.«

Er machte kehrt und ging zu seinem Zelt, blieb stehen, um das angetrocknete Blut auf seinem Krummsäbel am Gewand eines Toten abzuwischen. Derweil überlegte er sich, was er als nächstes tun sollte. Seine Zwingeisen waren fort – vielleicht nach Mystarria oder in irgendeinen anderen von einhundert Bergfrieden. Seine Verstärkung ließ auf sich warten. Eine Armee marschierte auf ihn zu.

Aber er war im Besitz einer neuen Waffe, die es ihm ermöglichte, gegen alle Hoffnungen und Erwartungen die Stellung zu behaupten.

Die Soldaten ganz in seiner Nähe hatten durch Raj Ahtens Schrei den größten Schaden davongetragen, ebenso wie die Männer, die nur wenige Gaben des Stoffwechsels besaßen. Raj Ahten wagte nicht, seine Waffe zu dicht bei seinen eigenen Leuten einzusetzen. Was bedeutete, daß er Gaborn mit der Macht seiner Stimmgewalt allein gegenübertreten mußte.

Ein paar erste, kleine Schneeflocken rieselten aus dem bleiernen Himmel und wirbelten um seine Füße. Er hatte gar nicht gemerkt, wie kalt es geworden war.

Er besah sich die Schäden an Burg Longmot von außen. Risse hatten das Mauerwerk auseinandergebrochen, an zahlreichen Stellen das Gestein gespalten. Über ihm ragten mächtige Mauern aus schwarzem Stein von fast einhundert Fuß in die Höhe. Die Steine des Fundaments waren dreißig Fuß stark, vierzehn Fuß breit und zwölf

Fuß hoch. Jeder Stein wog Tausende von Tonnen. Diese Festung hatte Jahrhunderte lang gestanden, unbezwingbar. Auf ihren Toren hatte er die Schutzzeichen der Erdbindung gesehen.

Selbst die mächtigsten Zauber seiner Flammenweber hatten die Mauern kaum durchdringen können. Seine Katapulte hatten ihnen nichts anhaben können. Seine Stimme aber hatte einige der gewaltigen Steine des Fundaments geborsten.

Das versetzte selbst Raj Ahten in Erstaunen. Noch war nicht klar, was aus ihm werden würde. Er hatte Burg Sylvarresta mit der Kraft seiner Anmut besiegt. Jetzt stellte er fest, daß seine Stimme sich zu einer mächtigen, verwirrenden Waffe entwickelte.

In seinen Reichen im Süden starben Übereigner von einem Augenblick zum nächsten, gleichzeitig wurden ständig neue angeworben. Die Zusammensetzung seiner Eigenschaften befand sich in stetem Fluß. Eins aber wußte er sicher. Es kamen mehr Gaben hinzu als verlorengingen. Sein Wachstum wurde gefördert. Er wurde zur Summe aller Menschen.

Vielleicht war dies der richtige Augenblick, diesem jungen Narren gegenüberzutreten – diesem Erdkönig und seiner Armee. Raj Ahten bekam einen wütend grollenden Blick.

Er drehte sich um, stieß ein gewaltiges Gebrüll aus, wandte seine Stimme gegen die nächste Mauer. »Ich bin mächtiger als die Erde!«

Longmot bekam Risse – die gesamte Südmauer erzitterte. Auch Cedrick Tempest, der vom Tor fortrannte, stürzte zu Boden, griff sich an den Helm und krümmte sich zusammen, als er nicht mehr weiterlaufen konnte.

Zu Raj Ahtens Entsetzen fiel links von ihm die obere Hälfte des Bergfrieds in sich zusammen. Im Innern der Burg schrien einige seiner Männer auf, als das Gebäude über ihnen zusammenstürzte. Es war, als zerbröckelten die Schutzzeichen der Erdmacht, die die Burg festigten, und ließen sie in Trümmern zurück.

Im selben Augenblick hörte Raj Ahten auf dem Hang hinter sich einen Zweig knacken.

Er drehte sich um, sah die große Eiche neben seinem Zelt. Der Stamm der mächtigen Eiche brach ... und die eine Hälfte des Baumes brach krachend durch das Dach des Karrens für die Übereigner.

In diesem Augenblick spürte Raj Ahten ein Dutzend kleiner Tode, jene schwindelerregende Atemlosigkeit, die mit dem Verlust von Tugend einherging.

Die Welt verlangsamte sich in beängstigendem Maße. Lange Jahre hatte Raj Ahten den Karren überallhin mitgenommen. Er transportierte darin Dervin Feyl, einen Mann, der Raj Ahten vor vielen Jahren eine Gabe des Stoffwechsels hinterlassen hatte und zu einem Vektor geworden war.

Dervin war soeben gestorben, zusammen mit jenem Übereigner, der Raj Ahten Anmut übermittelte, und mehreren anderen weniger wichtigen Männern.

Er wunderte sich über seine plötzliche Trägheit. Hat meine Stimmgewalt den Baum gefällt, oder will die Erde mich bestrafen? überlegte er.

Hat die Erde einen Schlag gegen mich geführt? Er hatte

keine Möglichkeit, die Frage zu beantworten. Und doch spielte sie eine große Rolle. Binnesman hatte ihn verflucht, scheinbar ohne Wirkung. Hatte womöglich der Fluch des Zauberers den Baum geschwächt?
Oder war seine Stimmgewalt dessen Ende gewesen? Ein kleiner Schlag. Und doch so wirksam.
Raj Ahten staunte. Im Augenblick jedoch spielte dies keine Rolle mehr. Trotz seines Sieges war er der Besiegte. Er besaß zwar die Geisteskraft, die Anmut und Muskelkraft von Abertausenden, doch ohne seine Geschwindigkeit war er zu einem Krieger mit ungünstigen Proportionen geworden. Ein gewöhnlicher Soldat, irgendein junger Bursche ohne Gaben, konnte ihn womöglich töten.
Gaborn brauchte ihn bloß mit der Geschwindigkeit von fünf Männern und den Gaben des Durchhaltevermögens von weiteren fünf anzugreifen, und schon hätte der Wolflord gegen ihn keine Chance mehr.
Er ließ verzweifelt seinen Blick umherschweifen. Seine Flammenweber waren ausgebrannt. Seine Zwingeisen waren verloren. Die Salamander waren ins Jenseits zurückgekehrt und würden sich für lange Zeit nicht mehr ohne weiteres herbeirufen lassen. Seine geheimnisvollen explosiven Pulver waren sämtlich aufgebraucht.
Ich bin hierhergekommen, um Orden und Sylvarresta zu vernichten, überlegte er, und das ist mir gelungen. Aber dadurch habe ich mir einen noch größeren Feind geschaffen.
Es wurde Zeit, rasch von Longmot zu verschwinden, Heredon und alle Königreiche Rofehavans schnellstens zu verlassen und seine Taktik neu zu überdenken. Wel-

chen Sieg seine Männer hier im Norden auch noch erringen mochten, im Augenblick spürte er, wie die Königreiche Rofehavans seinem Zugriff entglitten.
Raj Ahten hatte seine Gaben, Tausende und Abertausende davon. Doch seine Minen standen kurz davor, sich zu erschöpfen, und seine Zwingeisen befanden sich in der Hand seines Feindes. Was immer er an Gaben besaß, der junge König würde ihm vielleicht bald ebenbürtig sein.
Verzweiflung übermannte ihn.
Schnee fiel. Der erste Schnee, den Raj Ahten in diesem Winter zu sehen bekam. In ein paar Wochen waren die Pässe in den Bergen unpassierbar.
Er konnte diese Auseinandersetzung später fortsetzen, überlegte er. Erschüttert. Die Vorstellung, bis zum Frühling zu warten, machte ihm angst.
Er brüllte Befehle, seine Männer sollten sich zurückziehen, ließ ihnen keine Zeit, die Burg zu plündern.
Mehrere Minuten stand er da, während seine Soldaten sich beeilten zu gehorchen, Zelte niederrissen, den Pferden das Zaumzeug anlegten, Wagen beluden.
Die Frowth-Riesen kamen aus der Burg, die Leichen der Verteidiger in ihren Pranken, um sie auf dem Heimweg zu verspeisen. Entlang der Hügel im Westen stimmten Wölfe ein trauriges Geheul an, als sei der Anblick von Longmot in Trümmern ein Verlust für sie.
Raj Ahtens Berater Feykaald rief mit heller Stimme: »Bewegt euch, ihr Nichtstuer! Laßt die Toten! Du da – hilf, die Wagen zu beladen!«
Der Schnee fiel dichter. In wenigen Augenblicken hatte er sich zu Raj Ahtens Füßen zwei Zoll hoch aufgeschich-

tet. Der stand einfach da und starrte auf Burg Longmot. Er überlegte, wie es kam, daß er hier gescheitert war, wollte begreifen, wie Jureem ihn an König Orden verraten hatte.
Totenstill lag Burg Longmot da. Keine Feuer brannten mehr in ihrem Innern, keine Soldaten schrien mehr schmerzgequält ...
Vor den Toren lief Cedrick Tempest auf und ab. Der einsame Soldat hielt sich leise fluchend und murmelnd das blutende Ohr. Womöglich hatte er den Verstand verloren.
Raj Ahten nahm sich ein Pferd, erinnerte sich daran, wie der Zauberer Binnesman ihm seins gestohlen hatte, und ritt über die Hügel davon.

KAPITEL 33
Der Gruß

Als Gaborn in Longmot eintraf, war das Land von den Truppen verlassen, und die Ruinen der Burg lagen unter einer Schicht frischgefallenen Schnees.
Der größte Teil von Gaborns Armee war noch weit zurück. Nur gut fünfzig Ritter hatten Pferde, die schnell genug waren, um Schritt zu halten. In den Wäldern im Westen heulten Wölfe, deren Stimmen sich in gespenstischem Rhythmus hoben und senkten.
Binnesman war vorausgeritten und stöberte in den Trümmern des Bergfrieds der Übereigner herum.
Überall traf man auf Spuren von Gewalt und Zerstörung – Mauern und Türme von Longmot waren eingestürzt, Ordens Soldaten lagen zerschmettert unter Trümmern. Von Raj Ahtens Soldaten fanden sie nur etwa ein Dutzend, von Pfeilen durchbohrt, tot vor den Toren.
Der Wolflord hatte hier einen großen Sieg davongetragen, einen lähmenden Sieg, der in den Chroniken, die Gaborn gelesen hatte, ohne Beispiel war. Während der vergangenen Stunde hatte Gaborn versucht, seine Gefühle zu unterdrücken, seinen Verdacht, daß sein Vater umgekommen sei. Jetzt befürchtete er das Schlimmste.
Nur ein einziger Soldat stand lebend auf dem Schlachtfeld, ein Kommandant, der die Farben Longmots trug.
Gaborn ritt zu ihm. Das Gesicht des Soldaten war bleich, in seinen Augen stand das Grauen. Blut tropfte

aus seinem rechten Ohr unter seinem Helm hervor und gerann im dunklen Haar seiner Koteletten zu einer Kruste.

»Kommandant Tempest«, fragte Gaborn, der sich noch von zuvor an den Namen des Mannes erinnerte, »wo ist mein Vater, König Orden?«

»Tot – mein ... mein Lord«, antwortete der Kommandant, dann setzte er sich mit hängendem Kopf in den Schnee. »Sie sind alle tot.«

Gaborn hatte das erwartet. Trotzdem traf ihn die Nachricht wie ein Schlag. Er legte sich eine Hand auf den Bauch und ertappte sich dabei, wie er schwerfällig atmete. Ich war nicht gerade eine Hilfe, dachte er. Alles, was ich getan habe, war vergeblich.

Als er den Schaden begutachtete, wuchsen sein Entsetzen und sein Grauen noch. Nie zuvor hatte er eine Burg gesehen, die innerhalb von Stunden solche Zerstörung erlitten hatte.

»Wie kommt es, daß Ihr überlebt habt?« fragte Gaborn matt.

Der Kommandant schüttelte den Kopf, als suchte er nach einer Antwort. »Raj Ahten hat ein paar von uns als Gefangene genommen. Die anderen hat er ... umgebracht. Mich hat er am Leben gelassen, damit ich Zeugnis ablegen kann.«

»Wovon?« wollte Gaborn wissen.

Tempest zeigte benommen auf die Türme. »Als erstes schlugen seine Flammenweber zu. Sie riefen Geschöpfe aus dem Jenseits herbei, welche die Burg mit Zaubern angriffen, die das Eisen verbrannten – und mit einem

Feuerball, der über den Toren in der Luft explodierte und die Männer wie Kleinholz herumschleuderte.

Aber das war noch nicht das Schlimmste, denn dann erschien Raj Ahten selbst und zerschmetterte die Grundmauern der Burg mit dem Schrei seiner gewaltigen Stimme. Damit tötete er weitere Hunderte von uns! Ich ... mein Helm hat dicke Lederpolster, trotzdem kann ich auf meinem rechten Ohr nichts hören, und in meinem linken klingelt es noch immer.«

Gaborn starrte wie betäubt auf die Burg.

Er hatte gedacht, Raj Ahten hätte diesen Mauern vielleicht mit irgendwelchen entsetzlichen Katapulten zugesetzt oder seine Flammenweber aufgefordert, irgendeinen unbeschreiblichen Zauber auszusprechen.

Er hatte gesehen, wie der gewaltige Feuerpilz in den Himmel gestiegen war. Aber er hätte nie für möglich gehalten, daß die Mauern unter einem einzigen Schrei zerbröckeln könnten.

Die Soldaten hinter ihm hatten sich verteilt und ritten langsam über das Schlachtfeld, um in den Ruinen nach Überlebenden zu suchen.

»Wo ist – wo kann ich meinen Vater finden?«

Tempest deutete einen Pfad hinauf. »Er ist dorthin gelaufen, zum Tor Loman. Er ist Raj Ahten hinterhergerannt, kurz bevor die Schlacht begann.«

Gaborn wendete sein Pferd, Kommandant Tempest jedoch warf sich nach vorn und ließ sich auf die Knie fallen. »Vergebt mir!« jammerte er.

»Wofür? Daß Ihr überlebt habt?« fragte Gaborn. Selbst er verspürte die Schuld all derer, die unerklärlicherweise mit dem Leben davonkommen, während ringsum alles starb. Sie lastete schwer auf ihm. »Ich vergebe Euch nicht nur, ich lobe Euch sogar.«

Er ließ sein Pferd begleitet von Tempests Jammern und dem Geheul der Wölfe über das Schneefeld traben.

Die Ringe seiner Kettenrüstung klirrten leise, als sein Pferd in einen Galopp verfiel und er einen schlammigen Pfad hinaufritt.

Zuerst war er nicht sicher, ob er in die richtige Richtung ritt. Schnee bedeckte den Weg, und er konnte keine Spuren erkennen.

Nach einer halben Meile aber, als der Pfad unter die Eschen führte, entdeckte er Spuren in Matsch und Laub – die riesigen Schritte von Männern mit gewaltigen Gaben des Stoffwechsels, die durch die Wälder gerannt waren. Fußspuren, zwischen denen zehn normale Schritte lagen.

Danach war die Spur leicht zu verfolgen. Der Weg zum Tor Loman war gut gepflegt, das Gestrüpp zurückgeschnitten. Das machte den Ritt mühelos, fast angenehm. Gaborn hielt längs des Pfades nach Anzeichen seines Vaters Ausschau, konnte aber keine entdecken.

Schließlich erreichte er die kahle Kuppe des Tor Loman, fand die Wiese, an deren oberen Ende das alte Observatorium des Herzogs stand. Hier hatte es heftig geschneit. Der Schnee lag vier Zoll hoch, und Gaborn sah Raj Ahtens edlen Helm am Fuß des Observatoriums liegen.

In den Helm waren feine Silberzeichen getrieben, wie die zu Zöpfen gedrehten Flammen, die die Flammenweber aus dem Himmel zogen. Diese Zöpfe führten bis zum

Nasenschutz und liefen über die Augenschlitze. Ein riesiger einzelner Diamant war zwischen den Augen eingepaßt. Gaborn nahm ihn als Kriegsbeute an sich, band den zerrissenen Gurt am Sattel fest und achtete sorgfältig darauf, die weißen Eulenflügel auf dem Helm nicht zu zerdrücken.

Während er sich damit beschäftigte, sog er die Luft witternd ein. Durch den Schnee war der Himmel aufgeklärt, und der größte Teil der Witterung war fortgetragen worden, noch immer aber konnte Gaborn den Geruch des schweren golddurchwirkten Umhangs seines Vaters ausmachen, des Öls, das er zum Schutz seiner Rüstung benutzte. Sein Vater war hier gewesen. War vielleicht ganz in der Nähe – womöglich verwundet und noch am Leben.

Er stieg auf das Observatorium und ließ den Blick in die Ferne schweifen. Zehn Minuten zuvor hatte der Schnee zu fallen aufgehört, daher konnte er recht gut sehen, wenn er auch mit seinen zwei Gaben der Sehkraft kaum als Weitseher bezeichnet werden konnte. Nach Osten hin, zehn Meilen weiter hinten, zogen Iome und ihr Volk über das Heideland. Sie hatten die Straße nach Bannisferre fast erreicht.

In der Ferne, nach Südwesten hin, an der Grenze von Gaborns Sehvermögen, zogen sich Raj Ahtens Truppen über die Berge zurück. Das Rot und Gold ihrer Standarten verblaßte durch die Entfernung.

Er sah Männer, die auf ihren Pferden anhielten und zu ihm nach hinten schauten. Gaborn nahm an, daß ihn irgendwelche Weitseher beobachteten, die sich fragten, wer jetzt auf den Augen des Tor Loman stand. Vielleicht beobachtete ihn sogar Raj Ahten selbst.

Gaborn sprach leise: »Raj Ahten, ich verstoße dich. Ich werde dich vernichten.« Er erhob die Faust zum Zeichen der Kampfansage. Falls die Männer auf dem fernen Hügel selbst ebenfalls irgendwelche Zeichen machten, dann konnte er sie nicht sehen. Sie wendeten bloß ihre Pferde und galoppierten über die Hügelkuppe davon.

Selbst, wenn ich eine Armee hätte, erkannte Gaborn, ich würde Raj Ahten jetzt nicht mehr einholen.

Trotzdem wurde ihm jetzt ein wenig leichter ums Herz. Er liebte dieses Land, genau wie sein Vater. Sie hatten nichts weiter gewollt, als den Wolflord daraus zu vertreiben, um seine Schönheit und Freiheit zu bewahren. Vielleicht hatten sie für eine Weile Erfolg damit gehabt.

Gaborn sah auf seine Füße. Der Schnee war erst nach Raj Ahtens Abstieg gefallen. Doch der Geruch sowohl von Gaborns Vater als auch der des Wolflords hielt sich noch immer. Der metallische Geruch von Blut.

Aha, mutmaßte Gaborn. Raj Ahten war hierhergekommen, hatte die Staubwolke von Gaborns Aufmarsch, die Massen von Vieh und Soldaten in der Ferne gesehen und war der Täuschung erlegen.

Das war ein kleiner Trost für Gaborn. Man konnte Raj Ahten täuschen, er war zu schlagen.

Er ging um den Turm herum und versuchte, einen Blick nach unten in die Wälder zu werfen. Er stellte sich vor, wie der König und Raj Ahten auf dem Turm gekämpft hatten, bis sein Vater am Ende vielleicht hinuntergeworfen worden war.

Er sah nach unten und fand, was er befürchtet hatte: Am Fuße des Observatoriums, zwischen den Felsen, ragte eine Hand in die Höhe – tote Finger, die eine Handvoll Schnee umklammert hielten.

Gaborn rannte die Wendeltreppe hinunter, fand seinen Vater, zerrte an dem Leichnam und schüttelte ihn, um ihn vom Schnee zu befreien.

Was er sah, brach ihm das Herz. Denn das erstarrte Gesicht seines Vaters lächelte. Vielleicht hatte im Sterben eine flüchtige Erinnerung sein Gesicht entspannt. Vielleicht war es nur die Maske des Schmerzes. Gaborn aber stellte sich vor, daß sein Vater ihn anlächelte, als wollte er ihn zu seinem Sieg beglückwünschen.

KAPITEL 34
Heute bin ich der Tod

Gaborn war bereits vorausgeritten, als Iomes Anmut zurückkehrte. Iome hatte keine Ahnung, wie der Vektor gestorben war, empfand jedoch wenig Erleichterung über das Dahinscheiden der Frau. Wie sie selbst war diese Frau nur ein Werkzeug in Raj Ahtens Hand gewesen, eines, das erbärmlich ausgenutzt worden war.

Iomes Schönheit aber kehrte zurück. Ihr war, als würde ihr ganz leicht ums Herz, als kehrte ihr Selbstvertrauen zurück. Wie eine Blume, die erblühte.

Es war aber nicht jene unnatürliche Schönheit, die sie seit ihrer Kindheit besessen hatte, nicht die geborgte Anmut. Die Haut an ihren Händen wurde geschmeidiger und verlor ihre Falten. Der rosige Teint der Kindheit kehrte zurück auf ihre Wangen. Dieses eine Mal, zum allerersten Mal in ihrem Leben, war Iome einfach sie selbst, ohne jegliche Gaben.

Und es genügte. Sie wünschte, daß Gaborn da wäre, um es zu sehen, doch er war vorausgeritten.

Boten aus Longmot hatten berichtet, welcher Anblick sie dort erwartete, daß der Wolflord sie mit einem einzigen Schrei in Trümmer gelegt habe, aber keines ihrer Worte hatte sie auf diese Zerstörung vorbereiten können.

Sie ritt an der Spitze von zehntausend Menschen aus Burg Groverman und den umliegenden Dörfern. Viele der

Frauen hatten bereits kehrtgemacht und zogen zu Heim und Herd zurück. Ihre Arbeit hier war getan.

Andere aber hatten sich Iome angeschlossen, vor allem Menschen, die in Longmot gelebt hatten, und die hatten sehen wollen, was aus ihrem Zuhause geworden war.

Als sie sich der zerstörten Burg näherten, die verlassenen Felder mit den Wölfen sahen, die durch die Heckenreihen streiften, beweinten viele Frauen und Kinder ihren Verlust.

Sie hatten ihre Häuser erst drei Tage zuvor verlassen. Doch schon diese kurze Spanne, in der sie zusammengedrängt in zerlumpten Behausungen auf Burg Groverman kauern mußten, hatte ihnen gezeigt, wie schwer das Leben werden würde, hatte der Schnee erst einmal eingesetzt.

Sicher, die meisten hofften darauf, nach Hause zurückzukehren und alles wiederaufzubauen. In schweren Zeiten aber, in denen Kriege bevorstanden, konnte man es ohne eine nahe Festung nicht wagen, irgend etwas aufbauen. Die Burg lag nahezu vollständig in Trümmern. Gewaltige Steinblöcke, die sich zwölf Jahrhunderte aufeinander getürmt hatten, waren jetzt zerbröckelt und zermalmt.

Sofort, fast unbewußt, begann Iome auszurechnen, was für einen Wiederaufbau der Festung gebraucht werden würde: einhundert Steinmetze aus Eyremoth, denn das waren die besten Kärrner, um die Steine herbeizuschleppen, Frowth-Riesen, die man in Longnock auslieh, um die Steine einzusetzen. Arbeiter für das Ausheben von Gräben. Holzfäller zum Fällen von Bäumen. Köche und

Schmiede mit Mörsern, Meißeln, Sägen, Ahlen, Äxten und ... die Liste nahm kein Ende.
Aber wozu das alles? Wenn Raj Ahten die Burg einfach wieder mit einem Schrei zerstören konnte?
Sie blickte den Hügel hinauf, sah Gaborn in einem schneebedeckten Stück auf einem Feld knien. Er hatte den Leichnam seines Vaters auf dem Hügel oberhalb der Burg niedergelegt und eine Art Zaun errichtet, um die Wölfe fernzuhalten.
Den goldenen Schild hatte er über dem Leichnam in den Baum gehängt. Er nahm den Helm seines Vaters, legte ihn zu Füßen des Toten in den Schnee – als Zeichen, daß sein Vater im Kampf gefallen war.
Sie wendete ihr Pferd, ritt zu ihm hin, den Hengst ihres Vaters führend. Hinter König Sylvarresta folgten die drei Days. Ihrer, der ihres Vaters und Gaborns. Wenige Minuten zuvor wäre König Sylvarresta beinahe tief und fest eingeschlafen, jetzt aber schaute er sich trüben Blicks um und betrachtete lächelnd den Schnee – ein Kind erfüllt von Freude.
Gaborn sah hoch zu Iome, als sie sich näherte. Sein Gesicht wirkte leer und verzweifelt. Da wußte Iome, daß sie keine Worte finden würde, ihn zu trösten. Sie hatte nichts, was sie ihm bieten konnte. In den letzten Tagen hatte sie fast alles verloren – ihr Zuhause, ihre Eltern, ihre Schönheit – und weniger greifbare Dinge.
Wie werde ich jemals wieder schlafen können? fragte sie sich. Für sie war eine Burg immer das höchste Sinnbild der Geborgenheit gewesen. In einer Welt der Gefahren hatte sie immer einen sicheren Zufluchtsort dargestellt.

Vorbei.

Jetzt glaubte sie, ihre Kindheit, ihre Unschuld verloren zu haben. Man hatte ihr gewaltsam den Seelenfrieden geraubt.

Nicht nur, weil ihre Mutter tot war und eine ihrer Burgen in Trümmern lag. Sie hatte sich an diesem Vormittag während des Ritts überlegt, was geschehen war. Gestern hatte sie befürchtet, Borenson könnte in die Burg Sylvarresta hineinschleichen und ihre Übereigner umbringen. Sie bildete sich ein, insgeheim gewußt zu haben, was er tun würde, auch wenn sie es abscheulich fand.

Indem sie ihn nicht darauf angesprochen, ihn nicht zur Rede gestellt hatte, hatte Iome sich damit einverstanden erklärt. Seit gestern mittag war ihr all das Grauen mehr zu Bewußtsein gekommen. Jetzt mußte sie erkennen, daß sie schutzlos war. Sie hatte seit zwei Nächten nicht geschlafen. Seit Stunden war ihr schwindelig und sie befürchtete, vom Pferd zu fallen.

Nun fühlte sie sich, als spränge eine unsichtbare, unter ihrem Bewußtsein verborgene Bestie sie plötzlich an und packte sie.

Iome hatte Gaborn ein Wort des Trostes sagen wollen, doch plötzlich merkte sie, wie ihr eiskalte Tränen über die Wangen liefen. Sie versuchte, sie fortzuwischen, und fing leicht an zu frösteln.

Gaborn hatte den Leichnam seines Vaters mit Liebe hergerichtet. Das Haar des Königs war gekämmt, sein Gesicht war totenbleich. Die Anmut, die er besessen hatte, war mit ihm gestorben, so daß der Mann, den sie sah, nicht jener Orden war, der im Leben so königlich, so mächtig ausgesehen hatte.

Er sah aus wie ein gealterter Herrscher mit breitem Gesicht und leicht wettergegerbter Haut. Er lächelte geheimnisvoll. In voller Rüstung lag er auf einem Brett. Sein reich bestickter Umhang aus glänzendem, golddurchwirktem Seidenstoff hüllte ihn wie eine Robe ein.

Mit seinen Händen umklammerte er die Knospe einer einzigen blauen Rose, vielleicht aus dem Garten des Herzogs.

Gaborn drehte sich um und schaute hoch zu Iome, sah den Ausdruck in ihrem Gesicht und erhob sich dann langsam, als bereitete ihm die Anstrengung Qualen. Er ging zu ihr, nahm sie bei den Schultern, während sie von ihrem Pferd herunterglitt, und drückte sie an sich.

Sie glaubte, er würde sie küssen, ihr sagen, sie sollte nicht weinen.

Statt dessen klang seine Stimme hohl und leblos, als er wütend zischte: »Trauere um uns. Trauere.«

Borenson kam in einem Zustand äußerster Erregung nach Longmot galoppiert. Von dem Augenblick an, da er fünf Meilen zuvor die Hügelkuppe erreicht und die zertrümmerten Türme und die Menschenmengen gesehen hatte, die zu Tausenden vor der Burg umherliefen, hatte er gewußt, daß ihn keine guten Neuigkeiten erwarteten. Viele Flaggen wehten inmitten der Menschenmengen, aber keine von Raj Ahten.

Borenson wünschte, Raj Ahten wäre tot, wollte mit so

glühendem Zorn, wie er ihn noch nie verspürt hatte, über den Wolflord herfallen.

Daher befand er sich noch immer in einem Zustand verzweifelter Wut, als er die Nordseite hinunter nach Longmot hineinsprengte und auf zerlumpte Bürger traf, die zu Tausenden herumirrten. Er suchte in der Menge nach Ordens Flaggen, konnte sie aber nirgendwo entdecken.

Er ritt auf ein paar junge Burschen zu, die sich im Schnee draußen vor der Burg balgten und die Leiche eines von Raj Ahtens Soldaten plünderten. Einer der jungen Burschen war vielleicht vierzehn, ein anderer achtzehn. Zuerst dachte er, die Straßenjungen wollten Geldbeutel oder Ringe stehlen, wofür sie in seiner Achtung gesunken wären. Doch dann erkannte er, daß einer der Jungs die Rüstung von der Leiche herunterzerrte, während der andere half, die schwere Last zu heben.

Gut. Sie hatten es auf Rüstungen und Waffen abgesehen, die sie sonst nirgendwo kaufen konnten.

»Wo ist König Orden?« fragte Borenson und versuchte, sich seine Aufgewühltheit nicht an der Stimme anmerken zu lassen.

»Tot, wie all die armen Schweine aus der Burg«, antwortete der jüngste Bursche. Er stand mit dem Rücken zu Borenson und hatte nicht gesehen, mit wem er sprach.

Borenson Kehle entwich ein Laut, eine Art Knurren oder Schnauben. »Alle?«

In seiner Stimme mußte so etwas wie Gequältheit mitgeschwungen haben, denn der Junge drehte sich um und schaute hoch, die Augen ängstlich aufgerissen. Er ließ die Leiche fallen, wich zurück und hob die Hand zum Gruß. »Ja ... jawohl, Sir«, sagte sein älterer Freund förmlich. »Ein einziger Mann hat überlebt und kann berichten. Alle anderen sind tot.«

»Ein *Mann* hat überlebt?« fragte Borenson gedankenverloren, obwohl er am liebsten laut geschrien und Myrrimas Namen gerufen hätte, um zu sehen, ob sie antwortete. Myrrima hatte sich in der Burg aufgehalten.

»Ganz recht, Sir«, erwiderte der ältere Junge. Er wankte zurück, aus Angst, Borenson könnte ihn schlagen. »Ihr – Eure Männer haben tapfer gekämpft. König Orden hat eine Schlange gebildet und Mann gegen Mann mit dem Wolflord gekämpft. Sie – ein solches Opfer werden wir nie vergessen.«

»Wessen Opfer?« fragte Borenson. »Das meines Königs oder das der Kerle aus der Burg?«

Der junge Mann machte kehrt und rannte los, als wollte Borenson die beiden erschlagen, was er auch fast getan hätte, wenn er auch wenig Verärgerung über sie empfand.

Er ließ den Blick verstört über die grasbewachsenen Hügel schweifen, so als könnte er einen von Raj Ahtens Spähern auf einen Kamm hinaufreiten sehen. Statt dessen entdeckte er, als er den Kopf hob, unter einer Eiche Gaborn.

Der Prinz hatte den Leichnam König Ordens für das Begräbnis vorbereitet, ihm mit einem Ring aus Speeren seiner gefallenen Soldaten umgeben, wie es in Mystarria Brauch war. Er stand einfach da, über seinem toten Vater, und drückte Iome an sich. Die Prinzessin wandte Borenson den Rücken zu und trug eine Kapuze, aber die Rundungen ihres Körpers waren unverkennbar. Ein kleines Grüppchen aus drei Days stand dicht zusammengedrängt ein paar Meter seitlich und beobachtete die Szene mit geheuchelter Geduld.

Der blödsinnige König Sylvarresta war von seinem Pferd abgestiegen, stand im Ring aus Speeren, scharwenzelte um König Orden herum und blickte stumpf um sich, als wollte er um Hilfe bitten.

Borenson überkam ein solches Gefühl des Grauens und der Hoffnungslosigkeit, daß er vor Verwunderung und Verzweiflung aufschrie.

Die gefallene Burg, die gefallenen Könige.

Vielleicht war ich es, der ihn getötet hat, dachte Borenson verstört – meinen eigenen König. Orden hatte Mann gegen Mann mit Raj Ahten gekämpft und verloren. Ich hätte die Befehle meines Königs befolgen und alle Übereigner töten können. Hätte ich den Befehl genau befolgt, vielleicht hätte das etwas geändert. Vielleicht wäre der Wolflord bei dem Kampf umgekommen.

Ich habe meinen König sterben lassen.

Das Schuldgefühl, das in Borenson keimte, war ungestüm, ein Unwetter, das von überall zu kommen und jede Faser seines Verstandes zu entwurzeln schien.

Ein uraltes Gesetz in Mystarria besagte, daß der letzte Befehl eines Königs befolgt werden mußte, selbst wenn der König in der Schlacht fiel. Der Befehl mußte befolgt werden.

Die Luft um Borenson schien dichter zu werden. Tief aus seiner Kehle drang sein rauhes, nach innen gekehrtes

Kampflachen, als er seine Lanze senkte, mit einer knappen Bewegung des Kinns das Visier seines Helms nach unten klappte. Dann gab er seinem Pferd die Sporen. Die Lippen fest gegen die Zähne gepreßt.

Zuvor hatte es aus grauen Wolken weiß geschneit. Eine milde Kälte. Eine in Eis erstarrte Schönheit, die alles überdeckte und zu glitzern begann, sobald ein Flecken Sonnenlicht darauf fiel.

König Sylvarresta glotzte staunend und stöhnte manchmal entzückt auf, sobald er ein neues Wunder entdeckte – die Schneewehen, die über einer Pfütze auf der Straße verharscht waren, oder Klumpen schmelzenden Schnees, die von den Bäumen fielen. Er hatte keine Wort für das kalte Weiß und auch keine Erinnerung daran.

Alles schien neu, voller Wunder. Er fühlte sich sehr müde, aber als er zur Burg kam, konnte er erst recht nicht schlafen.

Hier umgab ihn zuviel Aufregendes, Menschen, die hinter ihm vor Schmerzen schrien. Er betrachtete die Feste, sah eingestürzte Türme. Er konnte sich nur verwundert fragen, wie sie zerstört worden waren.

Eine Frau führte ihr Pferd den Hügel hinauf zu einem großen Baum, wo Speere im Kreis standen.

Sylvarresta hörte zu, wie der junge Mann mit der Frau sprach, dann sah er hoch in den Baum. Eine orange Katze, die Sorte halbwilder Mäusefänger, wie man sie häufig auf Bauernhöfen antraf, saß auf einem Ast und starrte ihn an. Dann erhob sie sich, machte einen Buckel und lief einen dicken Ast entlang, bis sie sich über König

Sylvarresta befand und sich ihr Schwanz in der Luft kringelte. Sie miaute hungrig und betrachtete etwas auf dem Boden.

König Sylvarresta folgte ihrem Blick und bemerkte einen Mann, der auf dem Boden unter einem glänzenden grünen Umhang lag. Er erkannte diesen königlichen Mantel wieder, es war derselbe, der ihn am Morgen in seinen Bann gezogen hatte. Und auch den Mann darunter erkannte er wieder.

König Orden. Sein Freund.

Im selben Augenblick wurde ihm klar, daß hier etwas ganz und gar nicht stimmte. Orden bewegte sich nicht. Seine Brust hob und senkte sich nicht. Er hatte bloß die Hände um eine blaue Blume gefaltet.

In einem winzigen Augenblick brach Sylvarrestas Welt in sich zusammen. Ihm fiel wieder ein, was das hier war, er holte es aus irgendeinem tiefen Ort herauf, wo all sein Grauen verborgen lag.

Er brüllte wortlos, denn er wußte nicht, wie er dieses Etwas benennen sollte, und sprang von seinem Pferd. Er landete auf dem Boden, stolperte durch den Schnee, glitt aus im Matsch, dann hatte er den Zaun aus Speeren durchbrochen und ergriff Ordens Hand.

Die kalten Finger des Toten hielten eine einzige Blume umklammert, blau wie der Himmel. Sylvarresta grabschte nach den Fingern, hob sie an und versuchte sie dazu zu bringen, daß sie sich bewegten. Er berührte Ordens Wange, streichelte sie und stellte fest, daß sie so kalt war wie alles übrige an ihm.

Sylvarresta weinte und drehte sich um, weil er heraus-

finden wollte, ob die anderen dieses große, dunkle Geheimnis kannten, ob sie von dieser Bestie wußten, die hinter ihnen allen her war.
Er blickte in die Augen eines jungen Mannes und einer Frau und sah das Entsetzen dort.
»Ja«, sagte die junge Frau. »Tot. Er ist tot.«
Sie kannten das Geheimnis.
Die Frau forderte ihn in traurigem, gleichzeitig tadelndem Ton auf: »Vater – bitte komm dort weg!«
Unten ritt ein Ritter auf einem mächtigen Schlachtroß über die Felder, kam pfeilschnell auf sie zugerast, Visier und Lanze gesenkt. Er kam so schnell näher. So schnell.
Sylvarresta schrie das große Geheimnis heraus. »Tod!«

KAPITEL 35
Gebrochene Männer

Gaborn vernahm dumpfe Hufschläge und das Klirren eines Kettenharnisches, als einzelne Glieder gegeneinander schlugen. Er hatte angenommen, daß es nur ein hiesiger Ritter sei, der über das grasbewachsene Hügelland ritt – bis er das kehlige, nach innen gekehrte Kampflachen hörte, ein Geräusch, das ihn mit Angst erfüllte.
Er hatte König Sylvarresta beobachtet, erschüttert und traurig darüber, daß dieser arme Narr, der so gut wie nichts wußte, gezwungen worden war, dem Tod gegenüberzutreten. Es war, als sähe man zu, wie ein Kind von Hunden zerrissen wurde.
Ihm blieb gerade noch genug Zeit, Iome hinter sich zu schieben, herumzuwirbeln, eine Hand zu heben und zu rufen: »Nein!«
Dann donnerte Borensons Hengst mit scheppernder Rüstung vorbei. Gewaltig. Unaufhaltsam.
Borenson hatte seine Lanze auf der anderen Seite des Pferdes gesenkt, zwanzig Fuß polierten, weißen Eschenholzes mit der geschwärzten Stahlspitze am Ende. Gaborn spielte mit dem Gedanken, sich nach vorne zu werfen und die Lanzenspitze abzulenken.
Doch Borenson war vorbei, bevor er handeln konnte.
Gaborn stand nur dreißig Fuß von König Sylvarresta entfernt, in dieser einen Sekunde jedoch schien die Zeit sich zu dehnen.

Hundertmal hatte er seinem Leibwächter beim Turnierkampf zugesehen. Der Mann hatte eine feste Hand, ein sicheres Gespür. Er konnte eine Pflaume mit der Lanze von einem Zaunpfahl herunterholen – sogar auf einem Schlachtroß, das mit sechzig Meilen in der Stunde vorangaloppierte.

Jetzt näherte sich Borenson mit gesenkter Lanze, als habe er es auf eine Bauchverletzung abgesehen, dann sah Gaborn, wie er sie ein winziges Stück hob, sie ruhig hielt und auf Sylvarrestas Herz zielte.

Sylvarresta seinesteils schien nicht zu begreifen, was geschah. Das Gesicht des Königs war zu einer Grimasse verzerrt, denn gerade eben war ihm wieder eingefallen, was, wie Gaborn gehofft hatte, er nie würde erfahren müssen. Und er hatte das Wort *Tod* herausgebrüllt, auch wenn er von seinem eigenen nichts ahnen konnte.

Dann preschte der Hengst auf Sylvarresta zu. Borenson zog seine Lanze den Bruchteil eines Zolls nach rechts hinüber, damit sie keinen Speer des Zauns streifte.

Dann brach das Pferd durch den Speerzaun, drückte Schäfte zur Seite, zersplitterte andere. Fast im selben Augenblick erfaßte Borensons Lanze König Sylvarresta genau unterhalb des Brustbeins. Die Lanze glitt mühelos hinein, warf den König nach hinten und hob ihn von den Beinen.

Borenson ließ die Lanze zehn Fuß weit durch die Brust des Königs gleiten, damit das dicker werdende Holz seine Rippen weit auseinanderbrach, dann ließ er das Heft der Lanze plötzlich los und wandte sich von dem Sterbenden ab.

Das Pferd nahm zwei donnernde Schritte Anlauf, setzte über der Leiche von Gaborns Vater hinweg, durchbrach den Speerzaun auf der anderen Seite und raste am Stamm der mächtigen Eiche vorbei.

König Sylvarresta stand einen Augenblick lang da und betrachtete blöde blinzelnd die gewaltige Lanze, die ihn durchbohrte, starrte staunend auf sein eigenes Blut, das rhythmisch über das polierte weiße Eschenholz spritzte. Dann gaben seine Knie nach. Sein Kopf sackte auf die Brust, und er kippte auf seine linke Seite.

Als er starb, sah er zu seiner Tochter hinüber und stöhnte matt.

Gaborn hatte keine Waffen griffbereit. Den Kriegshammer hatte er am Sattel zurückgelassen.

Er stürzte vor, hob einen Speer vom Boden auf und rief Iome etwas zu. Sie brauchte keine Aufforderung. Ihr Pferd hatte bei Gaborns Gebrüll gescheut.

Iome rannte hinter ihm her. Er dachte, sie würde zulassen, daß er sie abschirmte. Doch sofort wurde klar, daß sie keinesfalls die Absicht hatte, sich hinter ihm zu verstecken. Sie wollte lediglich an ihm vorbei zu ihrem Vater, der zusammengekrümmt und blutend am Boden lag.

Borenson riß sein Pferd herum, zog die Streitaxt aus ihrem Futteral hinten am Sattel und klappte das Visier seines Helms nach oben. Eine halbe Sekunde lang starrte er auf die Szene vor sich.

In seinen blauen Augen standen Schmerz und Irrsinn. Sein Gesicht war vom Zorn gerötet, die Zähne zusammengebissen. Er hatte aufgehört zu lächeln.

Gaborn lief los und schnappte sich den Schild seines Vaters von der Eiche, wo er ihn hingehängt hatte, riß ihn hoch, um Iome und Sylvarresta zu schützen, dann wich er zurück und blieb fünf Fuß hinter der erkalteten Leiche von König Orden stehen.

Gaborn wußte, Borenson würde nicht zulassen, daß sein Pferd den Leichnam König Ordens zertrampelte und ihn entweihte. Er würde sein Pferd nicht in den Kampf hetzen.

Gaborn war aber nicht so sicher, ob sein Leibwächter davon absehen würde, ihn anzugreifen: Borenson war gezwungen gewesen, die Übereigner auf Burg Sylvarresta heimtückisch und blutrünstig zu morden. Man hatte ihn gezwungen, sich zu entscheiden, ob er König Sylvarresta und seine Mannen – seine eigenen Freunde – töten oder ob er zulassen wollte, daß die Übereigner weiterlebten und Raj Ahten dienten.

Es war eine grausame Wahl, die keinen Ausweg zuließ, keine gerechte Möglichkeit, mit der ein Mann hoffen konnte, weiterzuleben.

»Überlaßt sie mir!« brüllte Borenson.

»Nein!« meinte Gaborn. »Sie ist keine Übereignerin mehr.«

In diesem Moment blickte Borenson unter Iomes Kapuze und sah ihr hübsches, längst nicht mehr faltiges Gesicht. Sah ihre klaren Augen. Ihn überkam ein Ausdruck des Erstaunens.

Ein dunkler, verschwommener Fleck raste an Gaborn vorbei, einer von Sylvarrestas Rittern mit schnellem Stoffwechsel, der sich aus vollem Lauf auf Borenson stürzte. Der Bursche sprang, und Borenson wich nach hinten aus, schwenkte seine Streitaxt, erwischte den Krieger im Gesicht. Eine Gischt aus Blut erfüllte die Luft, als der sterbende Krieger über das Pferd hinwegflog.

Hunderte von Menschen waren Zeugen des Mordes an Sylvarresta geworden. Gaborn hatte alle Aufmerksamkeit auf Borenson gerichtet, doch jetzt bemerkte er die anderen.

Herzog Groverman und gut einhundert Ritter kamen mit blankgezogenen Waffen den Hang heraufgeprescht. Hinter ihnen lief gemeines Volk. Manche der Menschen sahen aus, als seien sie außer sich vor Zorn, andere wirkten verzweifelt. Einige konnten nicht fassen, was sich zugetragen hatte. Gaborn hörte Rufe, lautes Gezeter: »Mord, ein feiger Mord!« und: »Tötet ihn!«, während andere in wortlosem Kummer lauthals den Tod ihres Königs beweinten.

Junge Burschen mit Sicheln und Knüppeln kamen den Hang hinaufgerannt, ihre blutleeren Gesichter ein Zerrbild der Verzweiflung.

Iome sank auf die Knie, nahm den Kopf ihres Vaters in den Schoß. Sie wiegte sich leise weinend hin und her. Das Blut ihres Vaters spritzte aus der riesigen Wunde, so als sei er ein Stier, den ein Schlächter ausbluten läßt. Das Blut sammelte sich und vermischte sich mit dem schmelzenden Schnee.

Alles war so schnell gegangen. Gaborn stand einfach nur benommen da. Sein Leibwächter hatte den Vater jener Frau getötet, die er liebte. Gut möglich, daß Gaborns Leben in Gefahr war.

Manche hier würden es als ihre Pflicht ansehen, das Geschlecht der Sylvarresta zu rächen. Eine Flut von Menschen wälzte sich auf Borenson zu. Einige junge Burschen spannten ihre Langbögen.
Indem er seine ganze Kraft der Stimmgewalt zusammennahm, rief er: »Halt! Überlaßt ihn mir!«
Borensons Pferd tänzelte auf das Gebrüll hin rückwärts, und er hatte Mühe, das Pferd im Zaum zu halten. Die, die Gaborn am nächsten waren, blieben erwartungsvoll stehen. Andere kamen noch immer unsicher den Hang hinaufgerannt.
Iome blickte zu ihren Leuten hinunter und hob die Hand, um sie aufzuhalten. Gaborn nahm an, daß ihr Kommando alleine den Mob kaum aufgehalten hätte, wäre Borenson nicht ein so tödlicher Gegner gewesen. Doch teils aus Angst, teils aus Respekt vor ihrer Prinzessin, rückte die Menschenmenge nur noch zögernd vor, und einige ältere und weisere Lords nahe der vordersten Reihe breiteten die Arme auseinander, um die heißblütigeren Männer zurückzuhalten.
Borenson funkelte den Mob voller Verachtung an, dann schwang er seinen Hammer, zeigte auf Iome und blickte tief in Gaborns Augen: »Sie hätte mit all den anderen sterben sollen! Auf Befehl Eures eigenen Vaters!«
»Er hat diesen Befehl widerrufen«, antwortete Gaborn ruhig und setzte alles ein, was er gelernt hatte, um seine Stimmgewalt zu beherrschen, jede einstudierte Tonveränderung exakt wiederzugeben, um Borenson begreiflich zu machen, daß er die Wahrheit sprach.
Borenson klappte vor Entsetzen das Kinn herunter, denn

er steckte voller Schuldgefühle, und Gaborn trug ihm jetzt nur noch dicker auf. Fast bildete Gaborn sich ein, das höhnische Gespött zu hören, das man auf Jahre hinter Borensons Rücken äußern würde, ›Schlächter. Meuchelmörder. Königsmörder.‹

Aber Gaborn konnte nichts anderes als die Wahrheit sagen, ganz gleich, wie fürchterlich sie sein mochte, ganz gleich, ob sein Freund an ihr zugrunde ging. »Mein Vater hat diesen Befehl widerrufen, als ich ihm König Sylvarresta vorgeführt habe. Er hat den Mann wie einen lieben Freund umarmt, der ihm teurer als ein Bruder war, und um Vergebung gebeten!«

Gaborn deutete mit dem Speer auf König Sylvarresta, um das Gesagte zu unterstreichen.

Wenn er zuvor geglaubt hatte, Borenson sei dem Irrsinn verfallen, dann war er sich dessen jetzt sicher.

»Neeeeiin!« heulte Borenson auf, und Tränen traten ihm in die Augen, in deren Starre sich nun Grauen abzeichnete. »Neeeeiin!«

Er schüttelte heftig den Kopf. Er ertrug nicht, daß er sich so verhalten sollte, konnte mit dieser Wahrheit nicht leben.

Borenson ließ seine Streitaxt halb fallen, halb schleuderte er sie zu Boden, dann drehte er sich im Sattel um, zog sein rechtes Bein hoch und stieg unbeholfen von seinem Pferd ab, so als klettere er eine hohe Stufe hinunter.

»Nein, bitte nicht!« sagte er, seinen Kopf von einer Seite auf die andere werfend. Er packte seinen Helm, zog ihn ab, so daß sein Kopf nackt war. Er krümmte sich, den

Hals nach vorn gereckt, und als er dann vorwärtsging, starrte er, kaum hörbar stammelnd, auf den Boden.
Er hatte einen merkwürdigen Gang – den Rücken krumm, den Kopf gesenkt, die Knie berührten fast bei jedem Schritt den Boden.
Gaborn sah, daß Borenson innerlich zerrissen war, daß er nicht wußte, ob er auf ihn zugehen oder auf die Knie fallen sollte.
»Mein Lord, mein Lord, oh, oh, erschlagt mich, mein Lord. Erschlagt mich!« rief Borenson, während er weiter vorwärtskroch.
Ein junger Mann eilte mit einem Hammer herbei, als wollte er den tödlichen Hieb selbst austeilen, doch Gaborn brüllte den Jungen an, er solle zurückbleiben. Die Stimmung in der Menschenmenge wurde immer haßerfüllter. Die Leute wollten Blut sehen.
»Euch erschlagen?« fragte Gaborn Borenson.
»Erschlagt mich«, flehte Borenson. »Nehmt meine Geisteskraft. Nehmt sie, bitte! Ich will nichts mehr wissen. Ich will nichts mehr sehen. Nehmt meine Geisteskraft!«
Gaborn wollte nicht, daß Borenson so wurde, wie Sylvarresta gewesen war, wollte nicht sehen, wie diese Augen, die so oft gelacht hatten, einen leeren Blick bekamen. In diesem Augenblick fragte er sich jedoch, ob er dem Mann einen Gefallen damit tat.
Ich und mein Vater, wir waren es, die ihn in den Wahnsinn getrieben haben, erkannte Gaborn. Seine Gaben zu akzeptieren wäre abscheulich – wie ein König, der die Armen besteuert, bis sie nicht mehr zahlen können,

und ihnen dann erzählt, es wäre großzügig von ihm, ihnen ihre Gaben abzunehmen.

Ich habe ihn verletzt, stellte Gaborn fest. Ich habe seine Unsichtbare Sphäre verletzt, ihn seines freien Willens beraubt. Borenson hat stets versucht, ein guter Soldat zu sein. Jetzt wird er sich nie wieder als guten Menschen sehen.

»Nein«, antwortete Gaborn leise. »Ich werde Eure Geisteskraft nicht übernehmen.« Doch noch während er die Worte sprach, fragte er sich, welche Gründe er wohl hatte. Borenson war ein großartiger Krieger, der beste Kämpfer in Mystarria. Geisteskraft von ihm zu übernehmen wäre Verschwendung, einem Bauern gleich, der ein prächtiges Pferd tötete, um sich den Bauch zu füllen, wenn ein Huhn den gleichen Zweck erfüllen würde.

»Bitte«, schrie Borenson noch einmal. Er kam jetzt an Gaborns Seite gehinkt, war kaum mehr als eine Armeslänge entfernt. Sein Kopf wackelte hin und her, und seine Hände zitterten, als er sich die Haare raufte. Er wagte nicht, aufzuschauen, hielt den Blick auf Gaborns Füße gerichtet. »Bitte – Ihr, Ihr versteht nicht! Myrrima war in dieser Burg!« Er deutete auf Longmot und jammerte: »Myrrima ist hierhergekommen. Dann nehmt eben meinen Stoffwechsel. Erzählt mir nichts, bis das alles vorbei ist!«

Gaborn wich entsetzt einen Schritt zurück. »Seid Ihr sicher?« fragte er und versuchte vernünftig zu klingen, obwohl ihn längst alle Vernunft verlassen hatte. Er hatte andere Tode gespürt – den seines Vaters, den des Vaters von Chemoise, sogar König Sylvarrestas. Aber nicht den von Myrrima. »Habt Ihr sie gesehen? Habt Ihr ihre Leiche gesehen?«

»Sie ist gestern aus Bannisferre fortgeritten, um in der Schlacht hier bei mir zu sein. Sie war in der Burg.« Borensons Stimme brach, er sank auf die Knie und schluchzte.

Gaborn hatte ein so gutes Gefühl gehabt, als er die beiden zusammenbrachte. Er hatte geglaubt, daß eine fremde Macht ihn lenkte, daß die Kräfte der Erde ihn durchströmten. Bestimmt hatte er sie zusammengebracht, nur damit sie ein so tragisches Ende fanden.

»Nein«, entgegnete Gaborn mit mehr Nachdruck, entschiedener. Er würde Borensons Gabe nicht übernehmen, selbst wenn das Schuldgefühl ihn zu vernichten drohte. Königreiche standen auf dem Spiel. Er konnte sich einen solchen Gnadenakt nicht leisten, so sehr ihn das auch schmerzte.

Borenson ließ sich auf die Knie fallen, legte beide Hände mit den Handflächen auf den Boden. Es war die traditionelle Haltung von Kriegsgefangenen, die um ihre Enthauptung baten. Er flehte: »Wenn Ihr meine Gaben nicht wollt, dann nehmt meinen Kopf!«

»Ich werde Euch nicht töten«, antwortete Gaborn. »Wenn Ihr mir Euer Leben schenkt, dann nehme ich es gerne an – froh über den guten Handel. Ich erwähle Euch. Werdet mein Diener. Helft mir, Raj Ahten zu besiegen.«

Borenson schüttelte den Kopf und begann zu schluchzen, ein heftiges, erschütterndes Schluchzen, das ihm den Atem raubte. Gaborn hatte dergleichen noch nie bei dem

Krieger erlebt und war wie betäubt, als er sah, unter welchen Qualen dieser Mann litt.

Gaborn legte ihm die Hände auf die Schultern, gab ihm damit zu verstehen, daß er sich erheben sollte. Doch Borenson blieb auf den Knien und weinte.

»Meine Dame?« rief jemand.

Unten auf den Feldern unterhalb von Gaborn herrschte völlige Stille. Groverman und einhundert weitere Ritter traten jetzt entgeistert näher. Starrten Borenson voller Entsetzen an. Fragten sich, was sie tun sollten. Ein Ritter hatte Iome gerufen, doch sie hielt nur ihres Vaters Kopf, wiegte ihn hin und her, fast blind für ihre Umgebung.

Nach einer ganzen Weile sah Iome auf. Sie beugte sich vor, um ihren Vater zum Abschied auf die Stirn zu küssen.

Sein Vater hatte sie zuletzt nicht mal erkannt, stellte Gaborn fest. Er hatte vergessen, daß es sie gab, oder hatte sie, ihrer Anmut beraubt, nicht wiedererkannt. Das war vielleicht der schlimmste Schlag.

Iome richtete sich auf, blickte den Hang hinunter zu ihren Rittern. »Laßt uns allein«, sagte sie mit der festesten Stimme, die sie zuwege brachte.

Eine beklemmende Stille breitete sich aus. Jemand hustete. Herzog Groverman sah sie aus unerschrockenen Augen an. »Meine Königin ...«

»Es gibt nichts, was Ihr tun könnt. Es gibt nichts, was irgend jemand tun könnte!« sagte Iome. Gaborn sah, daß sie nicht den Mord meinte, nicht die Erfordernisse der Gerechtigkeit, sondern alles – Raj Ahten, diesen ganzen sinnlosen Krieg. Am meisten meinte sie den Tod.

»Diese Männer ... es geht hier um Mord«, beharrte Groverman. »Das Geschlecht Orden sollte für diese Schmach bezahlen!« Einem uralten Gesetz zufolge war ein Lord verantwortlich für das Verhalten seiner Untergebenen, so wie ein Bauer für den von seiner Kuh angerichteten Schaden verantwortlich war. Nach dem Gesetz war Gaborn ebenso des Mordes schuldig wie Borenson.

»Gaborns Vater liegt hier zusammen mit zweitausend seiner besten Ritter«, erwiderte Iome. »Was verlangt Ihr vom Geschlecht der Orden noch?«

»Er ist nicht der Mörder – es ist der Ritter zu seinen Füßen, den wir wollen! Das ist eine Frage der Ehre!« schrie irgendein Edelmann, nachdem er ganz allein beschlossen hatte, daß Gaborn unschuldig sei. Gaborn kannte sein Wappen nicht, zwei Krähen und eine Eiche über dem Eber Sylvarrestas.

Iome rief: »Ihr sagt, die Ehre steht auf dem Spiel? Der Ritter zu Gaborns Füßen, Sir Borenson, hat mir gestern das Leben gerettet und meinem Vater auch. Er hat, um uns zu retten, vor Longmot einen Unbesiegbaren erschlagen. Und er hat seine Geisteskraft mit Raj Ahten gemessen und geholfen, den Schurken aus unserem Königreich zu jagen ...«

»Hier geht's um Mord!« schrie der Ritter und schwenkte die Axt. Doch Groverman hob seine Hand und brachte den Mann zum Schweigen.

»Ihr sagt«, stammelte Iome, »es sei eine Frage der Ehre, und vielleicht ist es das. König Orden, meines Vaters bester Freund, hat als erster unseren Tod befohlen. Und wer von Euch will behaupten, daß er damit nicht recht hatte? Mein Vater und ich, wir waren Übereigner unseres geschworenen Feindes. Wer von euch hätte einen solchen Befehl mißachtet, wären unsere Rollen vertauscht gewesen?

Mein Vater hat Gaben an Raj Ahten abgetreten, im Glauben, dies sei eine Kleinigkeit – genau wie ich. Doch viele kleine Irrtümer können zu großem Unrecht führen. Ist es Mord, wenn dieser Ritter seine Feinde erschlägt, seine Befehle befolgt? Oder ist das ehrenhaft?«

Dann richtete Iome sich auf, die Hände blutverschmiert, Tränen liefen ihr übers Gesicht. Sie stritt von ganzem Herzen für Borenson, und Gaborn fragte sich, ob er die Geistesgegenwart hätte, unter solchen Umständen dasselbe zu tun.

»Geht schon«, sagte Gaborn leise zu Borenson. Zu seiner Erleichterung stand der Mann auf, marschierte zu seinem Pferd und befolgte den Befehl ohne Murren.

Gaborn ging zu Iome, streifte seinen rechten Handschuh ab und legte ihr die Hand auf die Schulter. Sie wirkte so schmächtig, so zerbrechlich unter dem dünnen Baumwollstoff ihres Kleides. Er konnte sich nicht vorstellen, daß sie dem Druck, der jetzt auf ihr lastete, länger standhielt.

Sie sah nicht mehr so schön aus wie der erste Stern des Abends. Sie sah auch nicht mehr elend aus. Ihre einzige Anmut war nun ihre eigene, und doch hätte Gaborn sie nicht mehr lieben können als in diesem Augenblick, hätte sich nicht mehr danach sehnen können, sie in den Armen zu halten als eben jetzt.

»Du sollst wissen, daß ich dich liebe«, sagte er. Iome

nickte einmal, nur leicht. »Ich bin nach Heredon gekommen, weil ich um Eure Hand anhalten wollte, meine Dame.« Er sagte das nicht, um seine Gefühle für Iome zu bekräftigen. Er sagte dies ausschließlich zu ihrem Volk, damit es Bescheid wußte.

Mehrere Menschen aus der Menge zischten wütend, als sie das Eheversprechen hörten. Einige riefen lauthals: »Nein!«

Gaborn sah, daß er im Augenblick nicht gut angesehen war. Diese Menschen hatten keine Ahnung, wie sehr er sich eingesetzt und für sie gekämpft hatte. Sie waren bloß Zeugen dieser letzten feigen Tat geworden. An diesem Tag würde er ihre Herzen nicht gewinnen, aber er hoffte, es möge ihm irgendwann gelingen.

Iome streichelte seine Hand, fand aber keinerlei tröstliche Worte für ihn.

Borenson dagegen starrte die Ritter bloß leeren Blicks an, als sei es ihm egal, wie sie über ihn urteilten. Tötet mich, schienen seine Augen zu sagen, oder laßt mich leben. Aber bringen wir es hinter uns.

Groverman und seine Männer rückten weder weiter vor, noch zogen sie sich zurück. Sie behaupteten, noch unentschieden, ihre Stellung.

Iome biß sich auf die Lippe, und ihr Kinn bebte so sehr, daß sie, ohne es zu merken, ihre Lippe zerbiß. So sehr glühten ihre Augen vor Wut und Verletztheit. Sie hielt das nicht länger aus, konnte nicht länger streiten. Ihr Volk war wütend, und sie fühlte sich verletzt und bis auf den Grund ihrer Seele verraten – innerhalb von zwei Tagen hatte sie ihre gesamte Familie verloren.

Gaborn hatte seine Mutter sterben sehen und jetzt seinen Vater. Er wußte, wie verzweifelt sie sein mußte, wußte, daß ihr Schmerz den seinen gewiß noch übertraf. Iome sagte im Scherz zu Gaborn: »Mein Lord König Orden, Sir Borenson – nach all Eurer großen Freundlichkeit in diesen letzten zwei Tagen möchte ich Euch bitten, diesen Ort zu verlassen, damit mein Volk Euch nicht erschlägt. Unser Land ist arm, und darunter leidet unsere Gastfreundschaft. Geht fort von hier. Für Eure Verdienste schenke ich Euch Euer Leben, auch wenn meine Untertanen es gerne sähen, wenn ich etwas weniger großzügig wäre.«

Sie sprach in einem Ton, der ihr eigenes Volk verhöhnte, doch Gaborn wußte, daß sie es ernst meinte, daß sie nicht länger damit fertig wurde.

Er ging zur Hügelkuppe, wo sein Pferd im Schnee scharrte, um darunter süßes Gras zu finden, dann folgte er Borenson nach Süden.

Hinter ihm löste sich sein Days aus der Menge und folgte ihm in seinem Schatten.

KAPITEL 36
Der Heiler

Als Iome an der Seite der Leiche ihres Vaters saß, wußte sie nicht recht, ob sie auch nur einen Tag länger würde leben können. Ihre Energie, ihr Kampfeswille schienen ihr ebenso vollständig geraubt worden zu sein, wie zwei Tage zuvor ihre Schönheit.

Sie stand über der Leiche und wollte verzweifelt schlafen – oder schreien. Der kalte Schnee schmolz, drang durch ihre dünnen Stiefel wie der starke Wind durch ihr dünnes Kleid.

Ihr Volk war ein schwacher Trost. Die Menschen wußten, daß sie einen Lord brauchten, der sie beschützte, Iome verfügte jedoch nicht über die Geisteskraft, sie zu führen, besaß nicht die Anmut, sie anzuspornen, ihr zu folgen, besaß weder genug Muskelkraft noch Geschick im Kampf.

Ohne meine Anmut durchschauen sie mich, dachte Iome. Sie sehen, daß ich eine Täuschung bin, ein Nichts. Sämtliche Runenlords sind nichts ohne ihre Übereigner, die ihnen Macht geben und Bedeutung verleihen.

Iome stand zitternd auf dem Hügel und mußte erkennen, daß ihr Volk in diesem Augenblick keine Anstalten machte, ihr etwas anzubieten. Niemand brachte ihr einen Schal oder bot ihr eine Schulter, an der sie sich hätte ausweinen können. Niemand traute sich in ihre Nähe. Vielleicht glaubten sie, sie brauche Zeit, um alleine zu leiden.

Doch Iome konnte nicht gut alleine leiden.
Sie war verwirrt. Gaborn hatte den Tod ihres Vaters nicht befohlen. Er hatte sich alle erdenkliche Mühe gegeben, um ihren Vater zu retten. Doch irgendwie kam sie sich verraten vor. Vielleicht, weil er nicht wütend auf Borenson geworden war.
Hätte Gaborn die Geisteskraft des Mannes übernommen oder ihm den Kopf abgeschlagen, hätte sie ihn grausam und hart gefunden. Doch ein Teil von ihr fand, daß Borenson irgendeine unsägliche Strafe verdient hatte.
Zu ihrer Überraschung war es Binnesman, der nach einer Stunde als erster zu ihr kam und eine Decke um sie legte. Der Zauberer hockte sich neben sie und reichte ihr heißen Tee.
»Ich – möchte nichts«, sagte Iome. »Ich brauche nichts als Schlaf.« Sie war sogar zu müde, um zu ihm hochzusehen.
»Manchmal ist etwas Ruhe ebenso gut wie Schlaf«, sagte Binnesman und betrachtete sie. »Ich habe Zitrone und Lindenblüten in den Tee getan, dazu ein wenig Kamille und Honig.«
Er drückte ihr den heißen Becher in die Hände, und Iome trank. Sie hatte längst gelernt, daß Binnesman ihre Bedürfnisse besser kannte als sie selbst, und daß es ihm nicht schwerer fiel, ein Herz zu trösten, als eine Wunde zu versorgen.
Der Tee schien ihre verspannten Muskeln zu lösen, ja regelrecht zu entknoten. Sie schloß die Augen, legte den Kopf zurück und staunte über die Wirkung. Der Tee gab ihr das Gefühl, gerade eben vor wenigen Augenblicken

aus dem Schlaf geweckt worden zu sein. Trotzdem empfand sie eine tiefgreifende Mattigkeit, eine Müdigkeit und einen Schmerz tief in den Knochen.

»Was soll ich nur tun, Binnesman?« fragte Iome.

»Ihr müßt stark sein«, antwortete Binnesman. »Euer Volk braucht Euch, damit Ihr stark für es seid.«

»Ich fühle mich nicht stark.«

Darauf erwiderte Binnesman nichts, legte ihr nur seine dürren Arme um die Schultern und hielt sie so, wie ihr Vater es immer getan hatte, wenn sie als Kind aus einem bösen Traum aufgewacht war.

»Gaborn würde Euch helfen, stark zu sein, wenn Ihr ihn lassen würdet«, schlug Binnesman vor.

»Ich weiß«, antwortete Iome.

Unterhalb von ihr hatten die meisten Ritter sich daran begeben, auf den Feldern ein Lager aufzuschlagen. Der Schnee war weggeschmolzen, und die Nacht würde nicht kalt werden. Doch nur ein Teil der Burg sah benutzbar aus. Die Kasernen des Herzogs und einer der größeren Wohnsitze standen noch, hatten aber Risse. Auf gar keinen Fall konnte die Burganlage die Abertausende von Menschen hier beherbergen. Einige Ritter hatten allerdings Knappen und Zelte mitgebracht – genug, daß jeder für die Nacht ein Obdach fand.

Doch als das Volk Zelte aufstellte, fing Iome viele mißtrauische Blicke auf und hörte mürrische Kommentare.

»Was reden die Menschen dort unten über Gaborn?«

»Das Übliche ...«, meinte Binnesman. »Es werden Gerüchte verbreitet.«

»Und was ist das Übliche?« hakte Iome nach.

»Sie meinen, Ihr hättet deutlicher auf den Tod Eures Vaters reagieren sollen.«

»Er ist gestorben, als Raj Ahten ihm seine Geisteskraft nahm.«

»Ihr seid aus hartem Holz«, sagte Binnesman. »Aber hättet Ihr geweint und Borensons Tod gefordert, vielleicht würde sich Euer Volk dann erleichterter fühlen.«

»Erleichtert?«

»Einige argwöhnen, Gaborn habe Eures Vaters Tod befohlen?«

»Gaborn? Wie kommen sie darauf?« fragte sie erstaunt. Sie blickte den Hang hinunter. Eine alte Frau mit einer Ladung Zweige aus dem Wald schaute zu Iome hinauf, und das Mißtrauen war ihren Augen deutlich abzulesen.

»Damit er Euch heiraten und Euer Königreich übernehmen kann. Einige denken, die Tatsache, daß Ihr ihn am Leben laßt, sei ein deutlicher Beweis, daß er Euch eingewickelt hat und daß Ihr jetzt in seine gierigen Hände fallt.«

»Wer wollte so etwas behaupten? Wer wollte so etwas auch nur denken?« fragte Iome.

»Macht ihnen keinen Vorwurf«, lächelte Binnesman sie an. »Das ist nur natürlich. Sie wurden in diesen letzten Tagen tief gekränkt, und Argwohn entsteht schnell. Vertrauen bildet sich viel schwerer und braucht Zeit.«

Iome schüttelte sprachlos den Kopf. »Ist Gaborn hier sicher? Ist er vielleicht in Gefahr?«

»So wie die Dinge liegen«, sagte Binnesman, »glaube ich, daß einige Leute hier im Tal eine Bedrohung darstellen, ja.«

»Ihr müßt gehen und ihn warnen, daß er fortbleibt!« sagte Iome. Sie hatte insgeheim darauf gehofft, er würde am Abend zurückkommen. Die Vorstellung, von ihm getrennt zu sein, ertrug sie nicht. »Sagt ihm … sagt ihm, wir dürfen uns nicht sehen. Mit der Zeit vielleicht … in ein paar Monaten.« Iome ertappte sich dabei, wie sie bei dem Gedanken gequält erschauderte.

Ein paar Monate kamen ihr vor wie eine Ewigkeit. In ein oder zwei Monaten aber würden die Schneefälle erst richtig einsetzen. Das Reisen von einem Königreich ins andere würde schwierig werden.

Sie würde Gaborn nicht vor dem Frühling wiedersehen. Frühestens in fünf oder sechs Monaten.

Iome brach bei dem Gedanken fast in sich zusammen. Aber es wäre für sie beide das Beste, wenn sie die Sache langsam angingen und ihrem Volk Zeit ließen. Kein anderer Prinz würde sie wollen, niemand würde eine Frau nehmen, die ein Übereigner des Feindes gewesen war.

Jetzt, da ihr Vater und König Orden tot waren, würden ihre Days die Chroniken ihrer Taten innerhalb weniger Wochen nach und nach unters Volk bringen, mal einen Band hier, mal einen dort. Vielleicht würde ihr Volk besser über Gaborn denken, wenn die Wahrheit ans Licht käme.

Es stellte sich aber noch ein anderes Problem. Ihre Hofdame, Chemoise, würde hochschwanger sein, wenn Gaborn zurückkehrte. Wenn Iomes Volk nicht mit ihrer Ehe mit Orden einverstanden war, wie würde sein Volk dann über sie denken?

Gaborn war vorgeblich hierhergekommen und hatte eine

Vereinigung angestrebt, weil der Reichtum und die Sicherheit Heredons Mystarria zum Vorteil gereichen sollten. Doch Raj Ahten hatte den Reichtum vernichtet, hatte Heredons Burgen zum Gespött gemacht, die Prinzessin ihrer Schönheit beraubt.

Außer ihrer Liebe hatte sie nichts zu bieten. Und Iome wußte, daß Liebe billig zu haben war.

Noch immer hoffte sie, daß Gaborn sie ebenfalls liebte. Sie hatte Angst, daß ihre Hoffnung auf eine Vereinigung mit Gaborn nichts weiter als eine Selbsttäuschung gewesen war. Sie schien töricht, wie diese Kindergeschichte über einen faulen Kerl, der eines schönen Tages reich werden wollte, indem er einen auf seinen Feldern verborgenen Topf voll Gold entdeckte, dem der Regen den Dreck abgewaschen hatte.

Bestimmt würde Gaborn in den kommenden Monaten erkennen, daß sie nichts zu bieten hatte, und alles noch einmal überdenken. Auch wenn er sagte, er liebe sie, er würde bestimmt zu dem Schluß kommen, daß die Liebe allein nicht ausreichte, um ihre Königreiche zu vereinen.

Während sie sich all diese Dinge durch den Kopf gehen ließ, nickte Binnesman freundlich, einen besorgten Ausdruck im Gesicht, in seine eigenen Überlegungen versunken. Er sah sie unter buschigen Brauen hervor an. »Ihr wollt also, daß ich Gaborn warne, hierherzukommen. Habt Ihr ihm sonst noch was zu sagen?«

»Nein«, sagte Iome. »Außer ... da ist noch die Sache mit Borenson.«

»Was ist mit ihm?« fragte Binnesman.

»Ich weiß nicht, was ich in seiner Sache unternehmen

soll. Er hat meinen Vater getötet, einen König. Eine solche Tat darf nicht ungesühnt bleiben. Und doch quält ihn die Schuld allein fast mehr, als er ertragen kann. Ihm darüber hinaus noch eine Strafe aufzubürden, wäre grausam.«
Binnesman antwortete: »Es gab einmal eine Zeit, in der man Rittern, die geirrt hatten, eine zweite Chance bot ...«

KAPITEL 37
Ein Schatz wird gefunden

Gaborn hatte im Haus des Verstehens, im Saal der Herzen, gelernt, daß es verstörende Träume und Erinnerungen gibt, die der Verstand sich zu merken weigert.

Als Gaborn schweigend auf der Straße nach Gut Bredsfor ritt, holte er Borenson ein, betrachtete das Gesicht des Ritters und fragte sich, ob der Mann zerbrechen würde.

Immer wieder sackte Borensons Kinn auf die Brust, und seine Lippe bebte, als wollte er etwas Unaussprechliches sagen. Doch jedesmal, wenn er den Kopf wieder hob, waren seine Augen ein wenig klarer, ein wenig leuchtender, sein Blick ein wenig fester.

Gaborn nahm an, daß Borenson seine Taten nach einer Woche, einem Monat vergessen haben würde. Er könnte behaupten, irgendein anderer Ritter habe Sylvarresta getötet, oder der gute König sei im Kampf gestorben oder von einem Pferd gestürzt.

Er hoffte, Borenson würde vergessen. Schweigend ritten sie dahin. Ab und zu hustete Gaborns Days, als wäre eine Erkältung im Anzug.

Nachdem das zwanzig lange Minuten so weitergegangen war, drehte Borenson sich um und wirkte nach außen hin fast sorglos, so tief hatte er den Schmerz in sich vergraben. Aber er war da, lag tief in seinem Innern verborgen.

»Mein Lord, vor einer Weile war ich oben bei der Hütte

des Herzogs und habe dort die Fährte eines Greifers gesehen. Eines großen Weibchens. Dürfte ich um Eure Erlaubnis bitten, es heute abend zu jagen?«

Das war offenkundig ein Scherz. »Nicht ohne mich«, sagte Gaborn nachdenklich. »Letzten Herbst war ich im Dunnwald, um Eber zu jagen. Dieses Jahr werden wir Greifer jagen. Vielleicht begleitet uns Groverman. Was meint Ihr?«

»Ha, das ist verdammt unwahrscheinlich«, spie Borenson aus. »Nicht, nach dem, was ich getan habe!«

Sofort bekamen Borensons Augen wieder einen sorgenvollen Blick, und Gaborn versuchte, ihn auf andere Gedanken zu bringen. »Ich sag' Euch was, wenn wir einen Greifer töten, dann bekommt Ihr die Ohren«, scherzte Gaborn. Bei einer Jagd die Ohren des ersten Ebers zu verspeisen, galt als große Ehre. Greifer hatten aber keine Ohren, und kein einziges Stück des Greifers war genießbar. »Oder ich schneide Euch wenigstens ein wie ein Ohr geformtes Stück Haut heraus.«

»Ihr seid zu großzügig, mein Lord«, begeisterte sich Borenson wie irgendeine Bäuerin auf dem Markt, die einen Adligen mit unverdientem Lob überschüttet. »Oh, Ihr seid so gnädig. Alle Ihr Lords seid so ... äh, nun ja, wie Lords eben sind, wenn Ihr wißt, was ich meine.«

»Nun, äh, danke, gute Frau«, antwortete Gaborn in einem gelangweilten Akzent, der an den Marquis von Feracia, einen bekannten Wichtigtuer, erinnerte. Er reckte die Nase in die Höhe, so wie es der Marquis tun würde, und benutzte dann seine ganze Stimmgewalt, um den Akzent des Marquis nachzuahmen. »Ein Segen über Euch und

Euer Elendsloch und alle Eure rotznäsigen Wunderkinder, gute Frau. Und bitte, kommt nicht näher, sonst könnte es sein, daß ich niesen muß.«

Borenson lachte herzhaft über den Scherz, denn der Marquis nieste oft, wenn ihm verdreckte Bauern zu nahe kamen. Die Drohung vor einer Krankheit hielt die Bauern fern, damit der Marquis nicht die Ausdünstung ihrer Armut ertragen mußte.

Es war ein bitterer Humor, aber zu mehr war Gaborn im Augenblick nicht in der Lage, und er hob Borensons Stimmung ein wenig. Fast hoffte Gaborn, daß die Dinge zwischen ihnen eines Tages wieder so sein konnten wie früher.

Vor einer Woche war Gaborn fast ohne Sorge nach Heredon gekommen. Jetzt spürte er, wie das Gewicht der ganzen Welt auf seinen Schultern lastete. Tief in seinem Herzen wußte er, daß nichts wieder so sein würde wie früher.

Mehrere Meilen weit durchquerten sie das grasbewachsene Hügelland, ritten über das sanft geschwungene Gelände.

Der Himmel brach auf, und die Nachmittagssonne begann, den Schnee zu schmelzen. Eine Meile von Longmot entfernt standen die Bauernhäuser an den Straßen noch, steinerne Katen, deren Reetdächer nicht Raub der Flammen geworden waren. Sämtliche Tiere waren aus den Ställen verschwunden, und das Obst war abgeerntet worden, was der Gegend eine gespenstische Leere verlieh, aber die Behausungen standen noch.

Dann kamen sie über einen Hügel und sahen Gut Bredsfor, das sich in ein gemütliches Tal schmiegte, ein längliches Gebäude aus grünem Stein mit zwei fächerförmig davon abgehenden Flügeln. Dahinter lagen Scheunen und Taubenschläge, Kutschenhäuser, die Unterkünfte der Bediensteten sowie ummauerte Gärten. Ein kreisrunder Fahrweg wand sich zwischen Blumenbeeten und künstlich beschnittenen Gärten bis vor das Gutshaus. Ein tiefer Bach durchschnitt das Tal, und eine breite Brücke überspannte den Bach ein Stück weiter die Straße hinunter.

Auf den Stufen des Gutshauses saß eine Frau in wolkenfarbener Seide. Das dunkle Haar fiel in Stufen über ihre linke Schulter.

Myrrima schaute zu ihnen hoch, stand nervös auf. Ihre Schönheit war in den vergangenen paar Tagen nicht weniger geworden. Gaborn hatte fast vergessen, wie wunderhübsch sie aussah, wie verlockend.

Borenson gab seinem Pferd die Sporen, jagte den Hang hinunter und rief: »Wie – was tust du hier?«

Im Nu war Borenson von seinem Pferd gesprungen, und Myrrima sank in seine Arme.

Gaborn blieb einhundert Meter entfernt stehen.

Myrrima lachte und umarmte Borenson weinend. »Du hast es nicht rechtzeitig bis Longmot geschafft. König Orden riet mir, hier auf dich zu warten. Oh, ich hatte solche Angst. Der Himmel wurde schwarz, und entsetzliche Schreie erschütterten den Erdboden.

Raj Ahtens Armee ist hier durchgekommen – genau über diese Straße. Also habe ich mich versteckt, aber sie hatten es so eilig – sie sind nicht mal langsamer geworden ...«

Gaborn wendete sein Pferd, ritt, gefolgt von seinem Days, zurück über den Hügel, so daß die beiden ein paar Augenblicke für sich hatten. Dort machte er unter einer Ulme halt, wo der Boden frei von schmelzendem Schneematsch war. Teils fühlte er sich erleichtert. Er hatte irgendwie angenommen, Myrrima sei für seine Zukunft wichtig und werde eine wichtige Rolle in den bevorstehenden Kriegen spielen. Daher war er froh, als er sah, daß sein Vater sich entschlossen hatte, sie zu retten und dorthin zu schicken, wo ihr nichts zustoßen konnte.
Gleichzeitig aber konnte er nicht anders, er wurde ein wenig eifersüchtig auf das Glück, das sie und Borenson gefunden hatten.
Iome war durch ihre Begegnung so entsetzlich entstellt worden, so erschüttert. Der Tod ihres Vaters würde sie mit Sicherheit auseinanderbringen. Gaborn wußte nicht, ob sie je wieder mit ihm sprechen wollte.
Vielleicht war es besser, sie zu vergessen, überlegte er. Trotzdem war ihr Glück ihm keineswegs gleichgültig. Er fühlte sich noch immer wie betäubt, sein Atem ging stoßweise, und er zitterte.
Beide hatten in diesem Krieg Verletzungen davongetragen, und diese tiefen Wunden waren erst der Anfang.
Aber wir dürfen uns nicht den Schmerzen hingeben, überlegte Gaborn. Es ist die Pflicht eines Runenlords, sich zwischen seine Untergebenen und die Gefahr zu stellen, die Schläge des Feindes einzustecken, damit schwache Menschen nicht leiden müssen.
Obwohl er über jedes Maß verletzt war, klagte er nicht, und erlaubte sich auch nicht, seinen Verlust zu betrauern.

Ebensowenig, gelobte er, wie er im Angesicht der Gefahr niemals weichen würde.

Aber er fürchtete, daß dieser Tag, diese Taten, ihn bis in seine Träume verfolgen würden.

Sein Days stand hinter ihm unter der Ulme. Gaborn sagte: »Ich habe Euch vermißt, Days. Ich hätte es nicht geglaubt, doch ich habe Eure Anwesenheit vermißt.«

»Genau wie ich die Eure, Euer Lordschaft. Wie ich sehe, hattet Ihr ein kleines Abenteuer.«

Dies war die Art des Days, ihn zu bitten, die leeren Stellen in seinem Wissen auszufüllen. Gaborn kam in den Sinn, daß der Days eigentlich gar nicht wußte, was er alles erlebt hatte – wie er sich dem Erdgeist verschworen hatte, oder wie er das Buch des Emirs von Tuulistan gelesen oder sich verliebt hatte.

»Sagt mir eins, Days«, bat Gaborn, »in alter Zeit wurden die Männer und Frauen Eures Ordens die ›Wächter des Traumes‹ genannt, nicht wahr?«

»Vor langer Zeit, im Süden, ja«, antwortete der Days.

»Und warum?«

»Ich will Euch eine Gegenfrage stellen, Euer Lordschaft. Wenn Ihr träumt, seht Ihr Euch dann manchmal durch vertraute Länder wandern, zu Orten, die nicht miteinander in Verbindung stehen?«

»Ja«, sagte Gaborn. »Hinter dem Palast meines Vaters in Mystarria gibt es einen Pfad, und wenn ich in meinen Träumen auf meinem Pferd dort entlangreite, finde ich mich manchmal in den Feldern hinter dem Saal des Herzens wieder, die wenigstens vierzig Meilen vom Palast entfernt liegen. Oder ich reite über diese Felder und finde mich an einem Teich im Dunnwald wieder. Hat das etwas zu bedeuten?«

»Das ist lediglich ein Zeichen für einen wohlgeordneten Verstand, der versucht, sich einen Reim auf diese Welt zu machen«, antwortete sein Days.

»Und wieso beantwortet das dann meine Frage?« wollte Gaborn wissen.

»In Euren Träumen gibt es Pfade, die Ihr nicht zu betreten wagt«, erklärte der Days. »Euer Verstand scheut vor dieser Erinnerung zurück, aber auch sie sind Teil der Traumlandschaft. Erinnert Ihr Euch auch an sie?«

Gaborn erinnerte sich. Während der Days sprach, dachte er an eine Zeit vor vielen Jahren zurück, als er mit seinem Vater durch die Berge gereist war, und sein Vater gewollt hatte, daß er einen Pfad durch eine steile, enge Bergschlucht aus schwarzen Felsen, zwischen denen Spinnweben hingen, hinaufreitet. »Ich erinnere mich.«

Der Days sah Gaborn mit zusammengekniffenen Augen an und nickte kaum merklich. »Gut, dann seid Ihr ein Mann mit Mut, denn nur tapfere Männer erinnern sich an diesen Ort. Eines baldigen Tages werdet Ihr Euch durch Eure Träume reiten sehen. Wenn, dann nehmt diesen Pfad und schaut, wohin er Euch führt. Vielleicht werdet Ihr dann die Antwort auf Eure Frage finden.«

Gaborn sah den Days fragend an. Es war ein Trick, das wußte er, wenn man jemandem erzählte, was er in seinen Träumen machen soll. Der Verstand würde exakt so arbeiten, wie man es ihm aufgetragen hatte, und den Befehl ausführen.

»Ihr wollt wissen, was mir in den vergangenen drei Tagen

zugestoßen ist«, sagte Gaborn. »Wäre es egoistisch, wenn ich mein Wissen für mich behielte?«

»Ein Mann, der ein Diener aller sein will, sollte nie einem egoistischen Verlangen nachgeben«, entgegnete der Days.

Gaborn mußte lächeln. »Nachdem ich Euch verlassen hatte«, begann er, und dann erzählte er ihm die Geschichte in voller Länge.

Eine volle Stunde lang berichtete er die Ereignisse und dachte dabei über seine neuen Verpflichtungen nach. Inzwischen hatten die Übereigner seines Vaters ihre Gaben zurückerhalten, das Volk von Mystarria wäre also darüber informiert, daß der König tot war. Die Menschen würden auf Nachrichten warten. Inzwischen waren die kleinen Jungs auf ihren Graaks bestimmt auf dem Weg nach Burg Sylvarresta. Gaborn würde dorthin gehen und Briefe nach Hause schicken müssen. Seinen Krieg planen müssen.

Myrrima kam angelaufen und riß ihn aus seinen quälenden Gedanken. Ihre Hüften wogten wie ein aufgewühltes Meer unter dem grauen Seidenstoff ihres Kleides.

Sie tat etwas, das noch keine Frau bei ihm getan hatte.

Sie kam zu ihm, legte mitfühlend ihre Hand auf seine, streichelte sie einfach und sah ihm dabei tief in die Augen. Nur wenige Frauen hatten es gewagt, ihn so vertraulich zu berühren.

»Mein Lord«, sagte sie leise, »ich ... Euer Vater war ein guter Mann. So tief, wie er empfunden hat, so sehr wird er vermißt werden. Ich werde ... sein Angedenken stets in Ehren halten.«

»Danke«, sagte Gaborn. »Er hat es verdient.«
Myrrima zog an Gaborns Hand und forderte ihn auf: »Kommt hinunter zum Haus, in den Garten. Es ist ein schöner Garten. Das wird Eure Stimmung heben, während Borenson und ich das Abendessen zubereiten. An den Reben hängen Trauben, und auf dem Feld gibt es Gemüse. Im Räucherhaus habe ich Schinken gefunden.«
Gaborn hatte seit gestern abend nichts gegessen. Er nickte matt, ergriff ihre Hand und führte sein Pferd hinunter zum Haus. Hinter ihnen ritt schweigend sein Days.
Der Garten hinter dem Gutshaus war genau so, wie es Myrrima versprochen hatte. Der Schnee war fast völlig weggeschmolzen und hatte den Garten naß und frisch zurückgelassen. Mit Rosen und Wistarien überwachsene Steinmauern umschlossen den Garten. Überall wuchsen Kräuter und hübsche Blumen.
Ein breiter Bach schlängelte sich quer durch die Wiese. In seinem tiefen, felsigen Becken sonnten sich fette Forellen und schnappten nach Bienen, die summend durch die Blumen am Wasserlauf flogen.
Gaborn wanderte eine volle Stunde zwischen den Kräutern umher und untersuchte Pflanzen. Er war nicht so großartig wie Binnesmans Garten, bei weitem nicht so weitläufig, wild und mannigfaltig. Gaborn wußte ein wenig über Kräuterkunde, soviel, wie die meisten Prinzen lernten. Daher war es unvermeidlich, daß er beim Umherwandern Dinge entdeckte, die er brauchen würde: Hundstod, der auf einem Spalier an der Südmauer des Gutshauses wuchs, ein wenig Hirtentäschel zum Stillen

von blutenden Wunden, Mohnsamen, der ihm beim Einschlafen helfen sollte. Es gab so viele Kräuter, daß er nicht wußte, was er mit ihnen anfangen sollte.

Er war so in das Ernten von Malvenwurzeln vertieft, mit denen man Verbrennungen behandelte, daß er anfangs gar nicht mitbekam, daß Binnesman kurz vor dem Abendessen eintraf.

»Hallo«, sagte Binnesman der Zauberer hinter Gaborns Rücken und erschreckte ihn. »Ihr sammelt jetzt also Kräuter?«

Gaborn nickte. Er befürchtete, einem meisterlichen Kräutersammler wie Binnesman könnten seine Bemühungen jämmerlich vorkommen. Gerade kniete er neben den aromatisch duftenden, gezackten Blättern dicht über dem Boden und fühlte sich plötzlich verunsichert, fragte sich, ob diese rosa Blütenblätter tatsächlich Malven waren, oder ob er sich geirrt hatte.

Binnesman nickte bloß freundlich und lächelte, dann kniete er neben Gaborn nieder und half ihm beim Graben.

»Die Wurzel der Malve ist für Verbrennungen am besten, wenn sie noch frisch ist«, erklärte er, »auch wenn Händler sie getrocknet anbieten. Man braucht den kühlenden Saft, nicht irgendeinen getrockneten Zweig. Aber auch eine getrocknete Malvenwurzel kann noch etwas Linderung verschaffen, wenn man sie zuvor in Wasser einweicht.«

Gaborn hielt im Graben inne, doch Binnesman drängte ihn, weiterzumachen. »Achtet auf die Spitzen der Wurzeln, die dicksten Stellen. Es ist gut, daß Ihr dies tut und lernt, welche Teile man benutzt.«

Er riß an der Malve, brach dann die violett-braune Wurzel ab, damit Gaborn sie betrachten konnte. Der Saft sickerte auf Binnesmans Finger, und der alte Zauberer tupfte Gaborn die kühlende Flüssigkeit auf die Stirn.
»Seht Ihr?«
»Ja«, antwortete Gaborn.
Zwischen ihnen machte sich ein verlegenes Schweigen bereit, und der Zauberer blickte Gaborn fest in die Augen. Gaborn sah grüne Flecken auf der Haut des alten Mannes, sein Gewand aber hatte ein flammendes Rot angenommen, die Farbe von Ahornblättern im Herbst.
»Ihr denkt, ich verfüge über irgendwelche großen Kräfte«, sagte Binnesman, »dabei ist es nur die Kraft, die aus dem Dienst an der Erde erwächst.«
»Nein, Eure Kräuter sind weit stärker als alle, die ich in Mystarria kennengelernt habe«, erwiderte Gaborn.
»Wollt Ihr das Geheimnis wissen?« fragte der Zauberer.
Gaborn nickte stumm. Er wagte kaum zu glauben, daß der Zauberer es ihm verraten würde.
»Ihr müßt die Samen selbst einpflanzen, mein König«, sagte Binnesman, »in einen von Euren eigenen Händen gedüngten und umgegrabenen Boden. Wässert sie mit Eurem Schweiß. Werdet ihr Diener – erfüllt ihnen jeden Wunsch –, und sie werden Eure Dienste voll und ganz erwidern. Selbst unter den Weisen verstehen nur wenige Männer die große Kraft, die man aus dem Dienen ziehen kann.«
»Das ist alles?« fragte Gaborn.
»Meine Pflanzen wachsen, um den Menschen dieses

Landes zu dienen. Ihr habt gesehen, wie ich sie mit menschlichem Abfall gedüngt habe. Ich habe den Dung von vielen Menschen verwendet, über viele Generationen hinweg. Daher dienen die Pflanzen diesen Menschen.
Wir sind alle ... miteinander verbunden. Die Menschen, Pflanzen, Erde, Himmel, Feuer, Wasser. Wir sind nicht viele Dinge, sondern ein Ganzes. Und wenn wir das erkennen, dann fangen wir an, aus der Einen Großen Kraft zu schöpfen – der heiligen Kommunion.«
Binnesman verstummte und sah Gaborn erwartungsvoll an. »Versteht Ihr das?«
Gaborn dachte nach und glaubte nach und nach zu erfassen, was Binnesman zu sagen versuchte, aber ob er es wirklich begriff, wußte er noch nicht.
»Es gibt Gärten in Mystarria«, sagte Gaborn mangels einer anderen Antwort. »Ich werde mit meinen Gärtnern sprechen und in Erfahrung bringen, was ich pflanzen muß. Im Haus des Verstehens sollte es möglich sein, viele verschiedene Arten von Samen zu bekommen.«
»Darf ich mir Eure Gärten ansehen?« fragte Binnesman. »Vielleicht könnte ich Euch in Fragen ihrer Nutzung beraten.«
»Sehr gern«, meinte Gaborn. »Aber Ihr habt Euer ganzes Leben hier verbracht. Warum bleibt Ihr nicht im Dunnwald?«
»Welchen Sinn hätte das?« fragte Binnesman. »Der Siebente Stein ist gefallen. Der Obalin ist tot. Ich kann nichts mehr von ihm lernen, und ich kann ihm nicht länger dienen. Mein Garten ist zerstört.«

»Euer Wylde. Was ist damit?«
»Ich habe den ganzen Nachmittag nach ihr gesucht, auf die Bäume und Gräser gelauscht. Wenn sie auf der Erde wandelt, dann weit entfernt von hier. Ich werde in Fleeds und weiter südlich nach ihr suchen, bis ich sie finde. Vielleicht in Mystarria.«
»Aber die Wälder?«
»Sind wirklich wunderschön«, meinte Binnesman. »Ich werde sie vermissen. Jetzt seid Ihr mein König. Ich werde Euch folgen.«
Es hatte einen so seltsamen Klang, dieses Treuebekenntnis. Nach Gaborns Wissen hatte noch kein Erdwächter einem König die Treue geschworen. Zauberer waren Einzelgänger, die abgeschieden von den Menschen lebten.
»Er wird schrecklich werden, nicht wahr?« fragte Gaborn.
»Der Krieg. Ich fühle ihn. Ich fühle ... wie sich unter der Erde etwas verschiebt. Energien, die in Bewegung geraten.«
Binnesman nickte bloß. Gaborn sah nach unten und bemerkte, daß der Zauberer barfuß war, obwohl zwischen den Blättern des Gartens stellenweise noch immer Schnee lag.
Jetzt sprach Gaborn endlich aus, was ihn den ganzen Nachmittag über belastet hatte. »Ich habe mich ihm von ganzem Herzen verschworen. Ich hatte mich meinem Vater verschworen. Ich habe versucht, ihn zu beschützen und ihm zu dienen – genau wie ich mich Sylvarresta und Chemoises Vater und Rowan verschworen hatte. Und doch habe ich sie enttäuscht. Sie sind alle

tot – die Samen der Menschheit, zu deren Rettung ich mich entschlossen hatte. Sagt mir Binnesman, was muß ich noch tun?«

Der Zauberer betrachtete Gaborn ganz offen. »Versteht Ihr nicht, mein Lord? Es genügt nicht, sie einfach nur zu wollen. Ihr müßt ihnen mit Eurem ganzen Verstand, mit Eurem ganzen Willen dienen.«

Tief in seinem Herzen fragte Gaborn sich, was er tun mußte, und als Antwort verspürte er ein erschreckend elendes Gefühl, ein Gefühl, daß die gesamte Welt ins Wanken geriet, sich unter seinen Füßen bewegte, und er nichts hatte, um Halt zu finden. Er hatte seinen Vater und Sylvarresta ganz bestimmt geliebt und hatte alles getan, um die beiden Könige am Leben zu erhalten.

»Es ist meine Schuld, daß Raj Ahten noch lebt«, sagte Gaborn nachdenklich. »Ich habe ein zu dünnes Netz gewoben, um eine so große Fliege zu fangen.« Gaborn mußte über das Bild lächeln.

Doch da war noch etwas, das er tun mußte, etwas, das er weder recht fassen noch aussprechen konnte. Für Gaborn waren diese Kräfte noch so neu. Er kannte sein eigenes Maß nicht, seine Verantwortung.

Dann sagte Binnesman etwas, Worte, die Gaborn Zeit seines Lebens nicht mehr loslassen würden. Und als Binnesman das Geheimnis aussprach, spürte Gaborn, wie sein Verstand aus den Angeln geriet: »Begreift Ihr nicht, mein Lord? Es reicht nicht, einen Mann für den Erdgeist auszuwählen. Die Kräfte der Erde lassen nach, während die des Feuers immer stärker werden. *Jeden, den Ihr zu retten wünscht, wird das Feuer nur um so vernichtender zerstören wollen. Und vor allem wird es danach trachten, Euch zu vernichten.«*

Gaborn stockte der Atem, und die Erkenntnis ließ ihm das Herz gefrieren, denn genau dies hatte er die ganze Zeit gespürt – diesen geheimnisvollen, nagenden Verdacht. Die neuen Kräfte, deren Regung er in sich gespürt hatte, verlangten einen ungeheuren Preis. Indem er sich entschied, jemanden zu lieben, indem er danach trachtete, einen Menschen zu retten, markierte er den Betreffenden und machte ihn zur Zielscheibe.

»Wie dann? Wie kann ich dann etwas tun?« fragte Gaborn. »Was nützt es einem Mann, erwählt zu werden?«

»Im Lauf der Zeit lernen wir, unsere Kräfte zu gebrauchen«, erklärte Binnesman. »Ihr denkt, der Nutzen sei gering, und vielleicht ist es so. Aber ist der Nutzen gering für einen Mann, wenn er den Unterschied zwischen Leben und Tod bedeutet?«

Indem Gaborn darüber nachdachte, wurde ihm bewußt, daß er einiges richtig gemacht hatte. Er hatte Iome gerettet, als Raj Ahten sie gejagt hatte. Es war ihm gelungen, Borenson zu retten. Er hatte Myrrima aus Gründen hierhergeschafft, die er noch nicht so recht verstand, und plötzlich war er bis ins Mark seiner Knochen sicher, wenn er Borenson nicht zurückgeschickt hätte, um Myrrima vor den Invasoren in den Wäldern zu warnen, dann wäre die gesamte Familie hingemetzelt worden.

Ihm wurde klar, daß es ohne die Hilfe seiner frisch erwachten Kräfte noch viel mehr Tote gegeben hätte.

Gut, ich habe etwas erreicht. Aber ich muß weit, weit mehr tun.

»Was werdet Ihr jetzt machen, mein Lord?« fragte Binnesman, als hätte er seine Gedanken gelesen.

»Was würdet Ihr mir raten?«

»Ihr seid König. Ich bin nur ein Diener und kein Berater«, erwiderte Binnesman. »Die Erde wird Euch auf eine Weise dienen, wie sie mir nie gedient hat. Ich habe keine Ahnung, was Ihr tun sollt.«

Gaborn dachte nach. »Hier im Garten liegen Zwingeisen versteckt«, sagte Gaborn mit einem Seufzer. »Ich werde sie ausgraben. Raj Ahten glaubt, ich hätte sie bereits, hätte sie bereits benutzt. Wenn er zurückkommt, werde ich damit fertig sein. Vielleicht wird er die Summe Aller Menschen, ich aber werde die Summe aller seiner Alpträume sein.«

»Ihr kennt Euch gut mit den alten Sagen aus«, sagte Gaborn. »Kann er das schaffen? Kann er die Summe Aller Menschen werden?«

»Nicht aller Menschen«, sagte Binnesman. »Er giert nach Macht, nach der Garantie fortgesetzter Existenz. Über die Kunst der Runenlords weiß ich nicht viel, aber ich weiß eins: wenn er danach trachtet, die Summe Aller Menschen zu werden, vielleicht sollte er dann zur Quelle gehen und lernen, wie man es macht.«

»Wie meint Ihr das?« fragte Gaborn.

»Wir Erdwächter haben ein langes Leben. Dem Dienen gewidmete Leben währen gewöhnlich lange, und dem Dienst an einem Land gewidmete Leben können die längsten von allen sein. Als ich jung war, vor vierhundert

Jahren, lernte ich einen Mann aus dem Süden kennen. Ich traf ihn bei einem alten Gasthaus nahe der Anlegestelle Danvers. Er schien nur ein junger Runenlord zu sein, irgendein Adliger auf Reisen. Einhundertachtzig Jahre später aber kam er nach Norden und besuchte den Sommer über Burg Sylvarresta. Zumindest glaube ich, daß er es war. In jenem Jahr gab es im Norden Ärger mit Greifern und Banditen. Er machte beidem ein Ende. Dann ging er wieder nach Süden.«

»Daylan Hammer? Soll das heißen, daß Daylan Hammer noch lebt? Die Summe Aller Menschen? Nach sechzehnhundert Jahren?«

»Das soll heißen, daß er vielleicht noch lebt«, antwortete Binnesman. Er schüttelte nachdenklich den Kopf. »Ich kann mich täuschen. Ich habe diese Geschichte nie jemandem erzählt. Vielleicht war es nicht klug, sie jetzt zu erwähnen.«

»Warum?«

»Er schien kein glücklicher Mann zu sein. Wenn er Geheimnisse hat, dann sollte er sie für sich behalten.«

»Ist Glück denn alles?« fragte Gaborn.

»Ja, letztendlich glaube ich, daß es so ist«, meinte Binnesman. »Es sollte der Zweck Eures Daseins sein: in Frieden und Freude zu leben.«

Gaborn dachte nach. »Ist es verkehrt, wenn ich Raj Ahten mit seinen eigenen Mitteln bekämpfe? Wenn ich überhaupt gegen ihn antrete?«

»Es ist gefährlich, gegen ihn zu kämpfen«, meinte Binnesman. »Nicht bloß gefährlich für Euch, gefährlich für die ganze Welt. Würde er sich unserer Sache anschlie-

ßen, würde ich mich sehr freuen. Doch er wird sich gegen Euch stellen, und es liegt nicht an mir zu sagen, ob Ihr gegen ihn kämpfen sollt. Eure Aufgabe wird es sein, die Samen der Menschheit zu sammeln. Ihr müßt entscheiden, welche gerettet und welche fortgeworfen werden sollen.
Ihr habt mit Eurer Arbeit bereits begonnen.« Er deutete mit einer flüchtigen Handbewegung auf das Gutshaus, wo Borenson und Myrrima im Speisesaal das Essen vorbereiteten.
Gaborn schauderte beim Gedanken an seine Aufgabe, irgendwie den Wert der Menschen abschätzen zu sollen, einige retten, andere aufgeben zu sollen. Er würde dieses Werk mit seiner ganzen Seele, seinem ganzen Verstand angehen müssen. Doch selbst dann hatte er keine Garantie auf den Erfolg. »Was ist mit Iome?«
»Eine gute Frau, glaube ich«, sagte Binnesman. »Sie steht sehr mit den Kräften in Verbindung, spürt ihren leisesten Einfluß – besser als Ihr oder ich. Sie wäre eine wertvolle Hilfe.«
»Ich liebe sie«, sagte Gaborn.
»Was tut Ihr dann noch hier?« fragte Binnesman.
»Ich lasse ihr ein wenig Zeit, damit sie trauern kann. Ich fürchte, ihr Volk könnte sich erheben, wenn sie mich erwählt. Die Menschen werden mich nicht wollen.«
»Ich würde mir über ihr Volk keine Gedanken machen, nur über sie. Glaubt Ihr, sie will, daß Ihr sie alleine laßt? Glaubt Ihr, sie liebt Euch nicht?«
»Sie liebt mich«, sagte Gaborn.
»Dann geht zu ihr, jetzt gleich. Wenn sie trauert, dann

trauert mit ihr. Geteiltes Leid läßt unsere Wunden schneller heilen.«

»Ich ... das wäre keine gute Idee. Nicht jetzt. Nicht so ... kurz danach.«

»Ich habe vor nicht mal einer Stunde mit ihr gesprochen«, sagte Binnesman. »Sie fragte nach Euch. Sie will Euch in einer wichtigen Angelegenheit sprechen, heute abend – bald.«

Gaborn betrachtete das Gesicht des Zauberers. Er war verunsichert. Es schien verrückt, jetzt zu ihr zu gehen, wenn man bedachte, wie ihr Volk über ihn dachte. Aber wenn Iome nach ihm gefragt hatte, dann hatte sie vielleicht guten Grund dazu. Vielleicht gab es Verträge zu besprechen. Sie würde Geld benötigen, um ihre Burg instandzusetzen. Die Familie Sylvarresta brauchte möglicherweise Geld oder Soldaten ...

Er würde ihr natürlich geben, was immer sie verlangte.

»Also gut«, sagte Gaborn. »Ich werde zu ihr gehen.«

»Bei Sonnenuntergang«, sagte Binnesman. »Laßt sie heute abend nicht allein.«

Binnesmans Worte machten ihm Mut. Was nützte es, einen Zauberer als Berater zu haben, überlegte er, wenn man seine Weisheit in den Wind schlug?

KAPITEL 38
Frieden

Gaborn verließ das Gut erst bei Sonnenuntergang. Er nahm sich Zeit, ein wenig Wasser in der Küche warm zu machen, zu baden und sein Haar mit Lavendel einzureiben, seine Rüstung mit den weichen Blättern von Lammohr abzureiben, damit er einen guten Eindruck machte.

Gegen Abend hatten sich die Wolken ganz verzogen, und wärmere Luft erfüllte jetzt die Nacht, fast wie an einem ganz gewöhnlichen Spätsommernachmittag. Der Duft von Gras und Eiche hing schwer in der Luft.

Borenson und Myrrima blieben auf dem Gut zurück. Nur der Zauberer Binnesman und Gaborns Days ritten mit nach Longmot. Im Zwielicht dort waren Tausende von Menschen damit beschäftigt, Vorräte aus der Burg zu schaffen und die Toten zu beerdigen. Von weiter nördlich kamen weitere Krieger – achttausend Ritter und Bewaffnete von Burg Derry, angeführt von Herzog Mardon, trafen auf Geheiß von Groverman soeben ein.

Gaborn erreichte das Lager und wurde von einem recht freundlich wirkenden Soldaten zu Iome geführt.

Hier in Heredon verlangte es der Brauch, daß die Toten am Tage ihres Todes vor Sonnenuntergang begraben wurden. Aber es drängten so viele Lords und Ritter von den Bergen um Longmot herein, die zuvor ihre Zelte aufschlagen wollten, daß König Sylvarresta nicht begraben werden konnte. Auch König Orden war noch nicht beerdigt worden. Ob dies aus Gründen der Ehre geschah, damit den Königen zusammen die letzte Ehre erwiesen werden konnte, oder weil die Menschen keinen fremden König in ihrer Erde beerdigen wollten, wußte Gaborn nicht.

Zu viele Menschen wollten die Leichname sehen, um ihnen die letzte Ehre zu erweisen.

Gaborn fand Iome noch immer in Trauer um ihren Vater vor. Die Toten waren gewaschen und auf edlen Tüchern über Lagern aus Pflastersteinen aufgebahrt worden. Graf Dreis lag in der Nähe ihrer Füße auf einem Ehrenplatz.

Bei ihrem Anblick rissen die Wunden in Gaborns Herz von neuem auf. Er ging zu Iome, setzte sich neben sie und nahm ihre Hand. Sie umklammerte seine Finger so fest, als hinge ihr Leben davon ab, daß er sie berührte.

Mit hängendem Kopf saß sie da, die Augen ins Leere gerichtet. Gaborn wußte nicht, ob sie sich nur tief in ihr Inneres zurückgezogen hatte und gegen den Schmerz ankämpfte, oder ob sie ihr Gesicht einfach gesenkt hielt, um es zu verbergen, denn jetzt war sie nicht hübscher als jedes andere junge Mädchen auch.

Eine volle halbe Stunde lang saßen sie dort, während die Soldaten von Sylvarresta kamen und sich von ihnen verabschiedeten. Dabei tuschelten sie mit gedämpften Stimmen untereinander. So mancher stolze Soldat warf Gaborn einen finsteren, mißbilligenden Blick zu, wenn er sah, daß er Iome so vertraulich berührte – doch er bot ihnen die Stirn.

Er fürchtete, daß Raj Ahten hier auch insofern einen Sieg

errungen hatte, daß es ihm gelungen war, einen Keil zwischen zwei Völker zu treiben, die lange Zeit befreundet gewesen waren.
Vergeblich fragte er sich, wie er diese Kluft je wieder würde schließen können.
Überall auf dem grasbewachsenen Hügelland im Umkreis von einer Meile leuchteten Lagerfeuer auf. Ein Soldat kam und brachte zwei große Fackeln und wollte die eine neben den Köpfen anbringen, die andere bei den Füßen, doch Binnesman verscheuchte den Mann.
»Sie sind im Kampf gegen Flammenweber gefallen«, erklärte er. »Es wäre unpassend, jetzt so nahe bei ihnen ein offenes Feuer anzuzünden. Das Licht der Sterne ist hell genug.«
Tatsächlich war der Himmel voller Sterne, so wie das Tal von Lagerfeuern ausgeleuchtet wurde.
Gaborn hatte es für eine seltsame Gefühlsregung von Binnesman gehalten. Vielleicht fürchtete er die Flammen ebenso sehr, wie er die Erde liebte. Selbst jetzt noch, in der Kühle des Abends, lief er barfuß und hielt auf diese Weise Verbindung mit der Quelle seiner Kraft.
Doch fast gleichzeitig mit dem Entfernen der Fackeln spannte Iome sich an, als verkrampfe sich jeder Muskel in ihrem Körper.
Sie sprang auf die Füße und hob die Hände hoch über die Augen, schaute hinauf zu den umliegenden Bergen und rief: »Sie kommen! Sie kommen! Gebt acht!«
Gaborn fragte sich, ob Iome vielleicht während der letzten zwei Tage zuwenig Schlaf bekommen hatte, fragte sich, ob sie jetzt mit offenen Augen träumte. Denn sie

sah sich nach allen Seiten um und blickte hinauf zur Baumgrenze auf den Bergen im Westen, wobei in ihren Augen eine heftige Verwunderung aufleuchtete.

Gaborn konnte nichts erkennen. Iome dagegen rief weiter und griff nach Gaborns Arm, als geschähe etwas ebenso Entsetzliches wie Wundervolles.

Dann sprang der Zauberer Binnesman von den Leichen der toten Könige auf und rief: »Halt! Halt, niemand rührt sich, es sei denn auf eigene Gefahr!«

Überall im Lager, über Hunderte von Metern, schauten die Menschen mit besorgter Miene hinauf zum Lagerfeuer ihrer verrückt gewordenen Prinzessin.

Binnesman packte Iome an einer Schulter, zog sie an sich und flüsterte zufrieden: »Tatsächlich, da kommen sie!«

Dann, aus großer, aus sehr großer Ferne, vernahm Gaborn ein Geräusch: den Klang eines Windhauchs, der durch die Bäume wehte, und der von nordwestlich der Burg auf sie zugebraust kam. Es war ein eigenartiges Geräusch, ein gespenstischer Ton, der anstieg und fiel wie Wolfsgeheul oder das Lied des Nachtwinds, der durch die Kamine von seines Vaters Winterpalast pfiff. Nur hatte das Heulen des Windes ein Ungestüm, eine Unmittelbarkeit, wie er sie erst ein einziges Mal gehört hatte.

Gaborn schaute angestrengt nach Westen, und ihm war, als berührte ihn ein eisiger Wind. Doch der Wind war unsichtbar, er wehte, ohne die Äste zu bewegen oder das Gras niederzudrücken.

Kein Wind, entschied Gaborn, sondern das Geräusch vieler zierlicher Füße, die in den Blättern und im Gras raschelten. Und aus den Wäldern, vermischt mit dem seltsamen Lied des Windes, drangen die schwachen Klänge von Jagdhörnern, das Gebell von Hunden und die Rufe von Männern herüber.

Unter den Bäumen auf den fernen Bergen begannen blasse, graue Lichter zu tanzen, als Tausende von Reitern hoch zu Roß erschienen. Die grauen Lichter leuchteten schwach. Die Farben der Trachten der Reiter waren gedeckt – so, als betrachtete Gaborn sie durch eine verrußte Scheibe.

Aber er konnte die Einzelheiten ihrer Trachten und Wappen erkennen: die alten Lords aus Heredon ritten auf diesen Pferden, in Begleitung ihrer Damen und Hunde, ihrer Gefolgsleute und Knappen, alle gekleidet für die große Jagd, mit Eberspeeren in der Hand. Und außer den Lords ritten noch andere neben ihnen, denn Gaborn konnte Bürger und Kinder in dem Gefolge erkennen, Irre und Narren, Gelehrte, Schwachsinnige und Träumer, junge Mädchen und Frauen, Bauern, Pagen und Schmiede, Weber, Pferdemeister und Zauberer – ein ganzes Volk in ausgelassener Stimmung.

Das seltsame Heulen in den Wäldern war das eines gespenstischen Gelächters, denn alle lachten munter, als hätten sie etwas zu feiern.

Die Geister des Dunnwalds ließen ihre Pferde unter den ersten Bäumen auf den Bergen im Westen haltmachen, standen da und blickten erwartungsvoll Gaborn und Iome an.

Gaborn erkannte einige der Männer dort drüben wieder – Kommandant Derrow und Kommandant Ault, Rowan und andere Männer und Frauen aus Burg Sylvarresta,

von denen die meisten für ihn namenlos geblieben waren.
An ihrer Spitze ritt ein großer König, den Gaborn nur an seinem Wappen erkannte, denn sein goldener Schild trug das uralte Zeichen des Grünen Ritters.
Erden Geboren.
Zehntausende und Aberzehntausende von anderen Lords mit ihren Damen und Untertanen ritten neben ihm und folgten nach, eine gewaltige Menschenmenge, die die Berge und das grasbewachsene Hügelland bedeckte.
Der Geisterkönig setzte mit beiden Händen ein großes Jagdhorn an seine Lippen und stieß hinein.
Der tiefe Klang hallte über die Hügel und brachte jeden zum Schweigen, der im Lager der Sterblichen noch gesprochen hatte. Noch zweimal blies er eine klagende, kurze Melodie.
Es war der Ruf, den König Sylvarresta letztes Jahr zu Beginn seiner Jagd geblasen hatte, die Aufforderung an alle Reiter, aufzusitzen.
Neben Gaborn rührte sich ein kalter Wind, ein Frösteln, das ihm bis ins Mark fuhr, so stark und beängstigend war es. Angst packte ihn, jagte ihm einen Schrecken ein, daß er nicht zu blinzeln oder zucken wagte. Er hatte das Gefühl, wenn er es täte, wäre das sein sicherer Tod. Also stand er da, erstarrt, bis ihm die Worte seines Vaters in den Sinn kamen. »Kein Prinz von Mystarria braucht die Geister des Dunnwalds zu fürchten.«
Aus den Augenwinkeln sah er, wie der Geist König Sylvarrestas sich von dem Leichnam dort auf seinem Totenlager erhob. Sylvarresta richtete den Oberkörper

auf, setzte sich hin und schaute sehnsüchtig über das Feld zu den Männern der großen Jagdgesellschaft hinüber.
Dann streckte er die Hand aus und rüttelte König Orden an der Schulter, weckte ihn wie aus einem tiefen Schlummer, damit auch er aufwachte.
Die Könige erhoben sich zusammen und schienen etwas über das Tal zu rufen. Zwar bewegten sich ihre Lippen, aber sie sprachen keine Worte, die Gaborn hören konnte. Dennoch breitete sich ein seltsames Stöhnen über dem grasbewachsenen Hügelland aus.
Auf der anderen Seite des fernen Tales erfolgte rasch eine Reaktion. Zwei berittene Damen lösten sich aus jener fernen Menschenmenge und entfernten sich fünfzig Meter vom Waldrand. Beide führten ein gesatteltes Pferd an der Hand.
Gaborn erkannte sie wieder. Die eine Frau war Königin Venetta Sylvarresta und die andere seine eigene Mutter. Sie lächelten strahlend und schienen sich miteinander zu unterhalten, als hätten sie beide nicht die geringste Sorge in der Welt. Beeindruckend. Glücklich.
König Sylvarresta und König Orden nahmen sich bei der Hand und schlenderten gemächlich über das Feld, so wie sie es getan hatten, als sie noch junge Männer waren. Sylvarresta schien lang und breit einen Scherz zu erzählen, und Orden lachte ihn aus vollem Herzen an und schüttelte den Kopf. Ihre Stimmen wurden vom Wind als seltsames Gezwitscher herangetragen, so daß Gaborn die Worte nicht verstand.
Sie bewegten sich mit täuschender Behendigkeit, diese Geister, wie Rehe, die durch das Gras sprangen. Bereits

nach einer Handvoll Schritte trafen König Orden und König Sylvarresta bei ihren Frauen ein, begrüßten sie mit einem Kuß und stiegen dann auf ihre Hengste.

Überall auf den Feldern erhoben sich weitere Ritter, um sich der Jagdgesellschaft anzuschließen. Männer aus der geschleiften Burg. Am Fuße einer Eiche tauchte Chemoises Vater auf und lief über das Feld zu der großen Menschenmenge hinüber.

Als die Ritter und Könige sich der großen Jagdgesellschaft anschlossen, wandten sich die Erscheinungen hinter ihnen gemeinsam ab und begannen in den Dunnwald hineinzureiten. In der Ferne bellten Hunde, schwacher Lärm verschiedener Lords, und über allem erscholl Erden Geborenes Jagdhorn.

Vom Rücken seines Pferdes aus warf Gaborns Vater einen Blick zurück über das Tal, so als sähe er die lebenden Ritter, die auf ihren Feldern lagerten, zum allerersten Mal. Einen halben Herzschlag lang öffnete sich entsetzt sein Mund, als erinnere er sich an sein sterbliches Leben oder als hätte er gerade an einen sorgenschweren Traum gedacht. Dann klärte sich sein Blick, und er lächelte breit. Die Welt der Sterblichen ging ihn nichts mehr an.

Er wendete sein Pferd und galoppierte in den Wald hinein. Dann war er verschwunden.

Verschwunden für immer, wie Gaborn erkannte, bis ich mich zu ihm geselle.

Er merkte, daß er weinte, nicht aus Kummer oder Freude, sondern voller Staunen. Als sein Vater im letzten Jahr mit ihm während der Jagd im Dunnwald sein Lager aufgeschlagen hatte, da hatte er erzählt, die Könige

von Mystarria und Heredon brauchten die Geister des Dunnwalds nicht zu fürchten. Jetzt verstand Gaborn warum.
Die Geister des Dunnwalds, das sind wir, erkannte er.
Doch als die große Menschenmenge kehrtmachte und wieder im Wald zu verschwinden begann, blieb ein Reiter zurück. Erden Geboren starrte eine volle Minute lang durchdringend in Gaborns Richtung, dann gab er seinem Pferd die Sporen.
Er sieht mich. Er sieht mich, stellte Gaborn fest, während Erden Geboren in einem einzigen Herzschlag, so kam es ihm vor, über das grasbewachsene Hügelland hinwegflog und nur Sekunden später persönlich im Sattel vor ihm auftauchte und auf ihn herabblickte.
Gaborn schaute hoch in das Gesicht des Wichts. Er hatte seinen Schild in der Hand, trug eine Rüstung aus grünem Leder. Sein Helm war ein einfaches, rundes Ding uralter Machart.
Er blickte Gaborn tief und anerkennend in die Augen.
Gaborn hatte sich Erden Geboren jung vorgestellt, wie in den Liedern aus alter Zeit: edel und tapfer. Doch er war ein alternder Mann, der längst die Blüte seiner Jahre hinter sich hatte.
Erden Geboren deutete auf den Boden zu Gaborns Füßen, und Gaborn sah nach unten, um zu sehen, wohin er zeigte.
Indes er das tat, begann trockenes Eichenlaub im Gras zu rascheln und geriet dank einer leichten Brise in Bewegung, wurde wie in einem Wirbelwind nach oben gesogen, dann plötzlich stieg es in die Höhe, verflocht

die Stiele miteinander und verfing sich dann in seinem frischgekämmten Haar.

Ein überraschtes Stöhnen ging durch die Reihen der Männer und Frauen aus Heredon auf dem gesamten Hügelland ringsum.

Erden Geboren hatte Gaborn mit dem Blätterkranz gekrönt. Es war das uralte Symbol von Mystarria, das Zeichen des Erdkönigs.

Doch nur ein einziger Mann aus der gewaltigen Menschenmenge, die dort zusammengekommen war, wagte von den Feldern unten heraufzurufen: »Heißt alle den neuen König der Erde willkommen!«

Gaborn schaute hoch und blickte in die Augen des Geisterkönigs Erden Geboren, und plötzlich wurde ihm etwas klar. Er konnte diese Geister befehligen. Er hätte sie die ganze Zeit schon befehligen können. Zornig sagte er: »Wenn Ihr mich zu Eurem König macht, dann befehle ich Euch und Euren Legionen, alles zu tun, was in Eurer Macht steht, um diese Wälder zu beschützen. Raj Ahten hat hier viele Leben genommen. Seht zu, daß er nicht noch mehr raubt.«

Erden Geboren nickte ernst und feierlich, dann wendete er sein bleiches Pferd und ritt über die Felder. Sein riesiges Pferd sprang über Zäune und Hecken, und er zog sich in den Dunnwald zurück.

Augenblicke später erschollen die fernen Klänge des Jagdhorns plötzlich laut, dann, als die Kreaturen aufbrachen, verhallten sie ein weiteres Mal in der Ferne.

Alle starrten Gaborn sprachlos an. Viele wirkten besorgt, so als seien sie nicht sicher, was hier geschehen war oder nicht gewillt, es zu glauben. Andere staunten einfach offenen Mundes. Es hieß, daß die alten Könige den Dunnwald befehligten, daß der Wald ihnen diente. Jetzt verstand Gaborn, daß es die Geister des Waldes waren, die seinen Vorvätern gedient hatten – und nun hatte er es gewagt, sie zu befehligen.

Er getraute sich fast nicht zu atmen, denn er wußte, was immer er an diesem Tag sagte, würde allen in Erinnerung bleiben.

Iome schaute mit glitzernden Tränen in den Augen zu ihm auf. Er hielt ihre Hand bereits, jetzt aber drückte sie fest seine Finger, ihre rechte Hand in seiner Linken. Und dann hob sie ihre Hand in die Höhe. In beiden Königreichen wurde eine Vermählung unter armen Leuten auf ähnliche Weise besiegelt: der Mann und die Frau, die heiraten wollten, standen händehaltend vor den Zeugen, während ein Freund sie mit einem weißen Band aneinanderknüpfte. Dann erhoben die Frischvermählten zusammen ihre Hände, damit alle sie sehen konnten.

Daher verstand jeder die Bedeutung ihrer Geste. Ich bin eine arme Frau, die eine Ehe schließen möchte.

Gaborn hob ihre Hand noch höher und rief allen im Lager zu: »Ihr habt selbst gesehen, wie Orden und Sylvarresta zusammen geritten sind, so wie sie es im Leben getan haben, vereint in wahrer Freundschaft. In Anbetracht dessen, daß auch der Tod sie nicht trennen kann, sollen sich auch unsere Völker nicht voneinander abwenden!«

Das ganze Lager schwieg. Noch wagte niemand sich zu rühren.

Herzog Mardon stand zweihundert Meter von ihnen

entfernt weiter unten im Feld. Ein Lagerfeuer glomm zu seinen Füßen und beleuchtete sein Gesicht. Sein goldener Becher war vor kurzem gefüllt worden. Er war ein riesiger Mann, mehr ein Führer als jeder andere in Heredon. Ein Lord, den die Männer liebten und zu dem sie aufsahen. Jetzt schienen sich ihm Hunderte von Augenpaaren zuzuwenden und auf ein Zeichen seiner Zustimmung zu warten.

Mardon war kein Narr. Vielleicht sah er ein, daß Heredon diese Vereinigung brauchte. Möglicherweise hatte er die Muße, sich die Reichtümer und die Macht durch den Kopf gehen zu lassen, über die Mystarria verfügte. Unter Umständen erkannte er die Notwendigkeit, sich mit dem neuen Erdkönig zu verbünden.

Doch falls dem Herzog solche eigensüchtigen Gedanken durch den Kopf gingen, dann war ihm davon nichts anzumerken. Denn fast augenblicklich erhob er seinen goldenen Becher im Toast auf Gaborn, und sein Gesicht verzog sich zu einem breiten Lächeln. Er rief: »Und was, meine Dame, sagt Ihr dazu?«

Iome umklammerte fest Gaborns Hand und schaute zu ihm hoch. Das Licht der Sterne leuchtete in ihren Augen. »Was Sylvarresta betrifft, so nehme ich an ... von ganzem Herzen.«

Herzog Mardon stieß einen Jubelschrei aus und hob seinen Becher in die Höhe. »Es scheint, unser König Sylvarresta feiert das Hostenfest dieses Jahr am Ende doch mit einer Jagd! Freuen wir uns für ihn ... und für seine Tochter. Damit haben wir doppelten Grund zu feiern!« Er leerte rasch seinen goldenen Becher und schleuderte ihn weit in die Nacht hinein, mitten ins Lager seiner Männer, damit er zur Freude irgendeines armen Soldaten wurde.

Mehr als alles andere entlockte schließlich diese Geste dem Lager einen Jubelschrei und sicherte Mardon Gaborns Verbundenheit für alle Zeiten.

DRITTES BUCH

Der 23. Tag im Monat der Ernte: Die Ankunft des Erdkönigs

KAPITEL 39
Danach

Die Erdkräfte setzten Iome am Abend ihrer Verlobung mit Gaborn heftig zu und sorgten dafür, daß sie sich mehr als je zuvor nach ihm sehnte. Vielleicht lag es daran, daß Gaborn und Binnesman zusammen gekommen waren und neben ihr gestanden hatten, sie sich zwischen den beiden eingeklemmt und von ihrer schöpferischen Energie angeregt gefühlt hatte. Oder möglicherweise war sie wegen ihrer Müdigkeit auch offener für Magie als sonst.

Oder vielleicht lag es daran, daß sie spürte, wie die Erdkraft in Gaborn heranwuchs und ihn allmählich verwandelte.

Sie war jedenfalls froh, daß ihr Volk ihre Verlobung akzeptiert hatte. Denn als er sie an jenem Abend berührt und ihre Hand in die Höhe gehoben hatte, da hatte sie mehr gespürt als die bloße Berührung eines anderen Menschen. Seine Finger hatten sich mit ihren verflochten wie zwei spalierte Reben. Sie glaubte, daß sie nicht mehr von ihm getrennt leben konnte. Noch einmal hätte sie sich nicht von ihm trennen können. Hätte jemand versucht, sie von ihm loszureißen, sie wäre dahingewelkt und gestorben, davon war Iome von ganzem Herzen überzeugt.

An jenem Abend rief sie Sir Borenson zu sich, um ihm ihr Urteil mitzuteilen.

Für Borenson sprach, daß er die drei Meilen zurücklegte, ohne sich zu beklagen, vor ihr auf Hände und Knie fiel, bereit, ihr ein weiteres Mal den Kopf hinzuhalten, sollte sie ihn verlangen. Tausende von Rittern und Kriegern hatten sich um sie versammelt.

Sie betrachteten die Sache mit gemischten Gefühlen, das sah Iome ihren Gesichtern an. So mancher hätte diesen Mann gerne bei lebendigem Leib zerrissen. Andere runzelten nachdenklich die Stirn, weil sie fürchteten, sie könnten sich eines Tages unter ähnlichen Umständen in der gleichen Lage wiederfinden.

Sie hätte ihn zum Gesetzlosen machen, ihm seinen Rang und seinen Schutz nehmen können. Sie hätte ihn auf der Stelle hinrichten lassen können.

»Sir Borenson«, sagte Iome, »Ihr habt der Familie Sylvarresta entsetzliches Leid zugefügt. Habt Ihr etwas zu Eurer Verteidigung vorzubringen?«

Borenson schüttelte den Kopf, daß sich sein mächtiger roter Bart über dem Staub hin- und herbewegte. Nein.

»Dann werde ich für Euch sprechen«, sagte Iome. »Vielleicht habt Ihr der Familie Sylvarresta Leid zugefügt, aber Ihr habt sie auch geliebt und Ihr wart ein Diener des Volkes von Heredon.« Iome seufzte. »Die Gerechtigkeit jedoch verlangt nach einer Strafe. In alter Zeit, so hat man mir erzählt, war es möglich, eine Tat wie Eure zu verzeihen, wenn der gesetzesbrecherische Ritter einen ›Akt der Reue‹ beging.«

Iome fiel das Atmen schwer, sie hatte Mühe, die nächsten Worte auszusprechen, obwohl Binnesman sie auf die Idee gebracht hatte und sie ihr in jenem Augenblick angemessen erschienen war. Ein Akt der Reue sollte etwas sein, das ein Mann zu schaffen hoffen konnte – eine große Tat, die seine Seele auf die Probe stellte und ihn wachsen ließ. Und nicht eine Tat, die einen Mann vernichtete.

Sie hatte Angst, Borenson könnte an ihrer Strafe zerbrechen. »Ich verurteile Euch dazu, nach Süden zu gehen, jenseits der Länder Inkarras. Ich gebe Euch den Auftrag, Daylan Hammer zu finden, die Summe Aller Menschen, damit wir in Erfahrung bringen, wie wir Raj Ahten am besten besiegen können.« Ein überraschtes Stöhnen ging durch die Menge der Zuschauer, rasch gefolgt von Getuschel.

Borenson hüstelte leise und schaute verwirrt hoch zu Iome, dann zu Gaborn, der neben ihr stand. »Wie? Und wann? Ich meine – ich stehe unter dem Eid der Familie Orden.«

»Ich entbinde Euch von allen Eiden, Sir Borenson«, sagte Gaborn, »bis Euer Akt der Reue vollbracht ist. Ihr werdet, wenn Ihr wollt, ein Unabhängiger Ritter sein, der nur sich selbst verantwortlich ist.«

»Wenn ich will?« Er schien zu überlegen. Er würde durch feindliche Länder reisen, sich zahllosen Gefahren stellen müssen, und das in der vagen Hoffnung, eine Legende aufzuspüren. Es war eine Aufgabe, die das ganze Leben eines Mannes in Anspruch nehmen konnte. Oder mehr. Für einen Mann mit Gaben des Stoffwechsels verging Zeit sehr schnell.

Borenson blickte über seine Schulter zu Myrrima. Wenn er Iomes Bestrafung akzeptierte, würde er sie zurücklassen müssen. Vielleicht würde er sie nie wiederse-

hen. Myrrimas Gesicht war bleich, zerfurcht von Angst. Mit einem kaum merklichen Nicken gab sie ihm ein Zeichen.
»Ich nehme Eure Strafe an«, antwortete Borenson zögernd. Er erhob sich von seinen Knien.
Er trug längst nicht mehr die Tracht des Hauses Orden und brauchte sie daher nicht abzulegen. Aber er nahm seinen Schild, zerschnitt die Bindungen hinter dem Holz, daß sich die Lederverkleidung mit dem Bild des grünen Ritters löste. Unter der Lederverkleidung bestand der Schild aus blankem Stahl, den man auf einen Holzrahmen genietet hatte.
»Wann werdet Ihr aufbrechen?« fragte Gaborn und gab Borenson einen Schlag auf die Schulter.
Borenson zuckte die Achseln und sah hinüber zu Myrrima. »In zwei, höchstens vier Wochen. Bevor die Berge tief verschneit sind.«
Wenn er Zeit gehabt hatte, zu heiraten, wie Iome erkannte.
Sie sah Gaborns abschätzenden Blick und wußte, daß er Borenson begleiten wollte.
Doch Gaborns Pflichten hielten ihn hier im Norden fest.

Am nächsten Tag bei Morgengrauen bereitete Gaborn einen Wagen vor, der die Leichen der Könige nach Burg Sylvarresta zurückbringen würde. Dort würde Sylvarresta begraben werden, während Gaborns Vater einbalsamiert und zurück nach Mystarria transportiert werden sollte.
Bei den Leichnamen versteckte Gaborn zehn große Kisten

mit Zwingeisen, die aus den Gärten von Gut Bredsfor Manor stammten.

Gaborn beaufsichtigte die gesamte Prozedur. Das Lager war mit dem Morgengrauen zu Geschäftigkeit erwacht, Tausende von Soldaten rissen ihre Zelte in Vorbereitung auf den Abmarsch ab, andere trafen noch immer von überall aus Heredon ein.

Als Gaborn mit dem Einladen der Leichname fertig war und die Räder des Wagens und sein Fahrgestell überprüft hatte, um festzustellen, ob sie imstande waren, die schwere Last zu tragen, richtete er sich auf und mußte erkennen, daß sich eine kleine Menschenmenge angesammelt hatte. Hiesige, die auf Longmot lebten.

»Wir sind gekommen, um Euch zu fragen«, sagte ein stämmiger Bauer, »ob Ihr bereit wärt, unsere Gaben zu übernehmen.«

»Wieso kommt ihr zu mir?«

»Ihr werdet unser König sein«, meldete sich ein junger Mann aus der Menge zu Wort.

»Ihr habt Gold«, antwortete der Bauer. »Ihr könnt bezahlen. Wir verlangen nicht viel, nur daß Ihr Euch um unsere Familien kümmert und sie durch den Winter bringt. Ich bin ein kräftiger Mann. Hab' mein Leben lang gearbeitet. Ich könnte Euch meine Muskelkraft verkaufen. Und mein Sohn da drüben – er war noch keinen einzigen Tag krank. Ihr könntet ihn gebrauchen.«

Gaborn schüttelte traurig den Kopf. »Ihr werdet Gold genug haben, ohne daß ihr eure Gaben zu verkaufen braucht.« Er sprach laut, damit ihn alle in der Menge hören konnten. »Ich brauche Männer, um die Festung wiederaufzubauen. Ich bezahle euch gut für eure Arbeit. Bringt eure Familien den Winter über mit, und wohnt in den Gebäuden, die noch stehen. Jeder von euch wird Fleisch für seine Kinder haben und Brot im Bauch.« Er spielte mit dem Gedanken, ihnen noch mehr zuzusichern, Wild, Eber, sämtliche Früchte des Waldes und der Felder. »Ihr könnt einige Tage für mich arbeiten und die anderen für euch, damit ihr eure Häuser wieder aufbauen könnt. Von Menschen in Not kaufe ich keine Gaben.«

»Und was ist mit uns anderen, die wollen, daß Ihr für uns kämpft?« fragte ein älterer Mann. »Ich habe keine Familie. Ich bin zu alt, um einen Kriegshammer zu schwingen. Aber Ihr könnt meine Geisteskraft haben. Sie ist so scharf wie ehedem. Ich werde an Eurer Seite kämpfen, so gut ich kann.«

Gaborn ließ den Blick über die Menge schweifen. Dies war die einzige Sorte Mann, von der er bereit gewesen wäre, Gaben zu übernehmen, ein Mann, der wußte, daß dies ein Akt des Krieges war, daß sich hinzugeben eine Verpflichtung war, die man nur in tödlichem Ernst eingehen sollte.

Aber Gaborn wollte keine Gaben, spielte mit dem Gedanken, mit ihrer Übernahme bis zum Frühjahr oder zu einem fernen Tag in der Zukunft zu warten. Und dennoch, Raj Ahten war nicht weit und konnte Meuchelmörder schicken. Diese Menschen brauchten einen Lord, und Gaborn war auf ihre Hilfe angewiesen.

»Wie viele von euch übrigen empfinden genauso wie dieser Mann?« fragte Gaborn.

Einstimmig riefen fünfzig Männer und Frauen: »Ich!«

An jenem Tag zogen Iome und Gaborn mit gut fünfhundert Lords und Rittern auf Kraftpferden zurück nach Burg Sylvarresta.

Durch jedes Dorf und jede Ortschaft ritten sie langsam und ließen durch die Ausrufer ihre Ankunft verkünden: der Erdkönig, Gaborn Val Orden, und seine zukünftige Braut, Iome Sylvarresta. Mittlerweile hatte man die Kunde vom Aufstieg des Erdkönigs in fast allen Orten Heredons vernommen. Und jetzt machte sie zusätzlich noch die Runde durch die benachbarten Länder Fleeds und Süd-Crowthen.

Vor dem König und der Königin ritt der Zauberer Binnesman mit einem Eichenzweig in der Hand.

In jedem Dorf machten die Kinder eine ehrfurchtsvolle Miene und lächelten Gaborn, dem jungen König, zu. Hölzerne Bildnisse des Erdkönigs schmückten Türen und Fenster eines jeden Hauses, und die Gesichter der Kinder waren von Freude erfüllt, denn dieser Tag stand für mehr als die Niederlage von Raj Ahten. Dies war der erste Tag des Hostenfestes, und endlich, nach eintausendsechshundertneunundzwanzig Jahren, wandelte ein neuer Erdkönig über das Land, einer, der seinem Volk den Segen erteilen konnte, wie es die großen Könige aus alter Zeit getan hatten.

Die Kinder empfingen ihn zwar voller Ehrfurcht und Freude, manche der älteren jedoch hatten tränenverschmierte Gesichter. Denn einige von ihnen begriffen, welch düsteres Omen es war, daß der Erdkönig wieder durch die Lande zog. Harte Zeiten standen ihnen bevor, härtere Zeiten, als sie je erlebt hatten.

Als Gaborn an einem Gasthaus vorbeikam, ging der Wirt zu dem Bildnis an seiner Tür, riß dessen feine Krone aus geflochtenem Eichenlaub herunter und brachte sie Gaborn, damit der sie trage. Danach rissen die Menschen an jedem Haus die Kronen aus Eichenlaub als Zeichen ihrer Unterwerfung von den Bildnissen an ihren Türen und warfen sie Gaborn zusammen mit Blumen zu Füßen. Und obwohl die Menschen die Bedeutung dessen, was er tat, nicht verstanden, blickte er immer wieder, wenn er an einem solchen bescheidenen Heim vorbeikam, in das Gesicht eines stämmigen Bauern oder das seiner Frau und seiner Kinder und schaute dabei weit in die Ferne, als blicke er tief in sie hinein oder durch sie hindurch. Dann lächelte er geheimnisvoll, hob die linke Hand zum Segen und sprach dabei leise: »Ich habe euch erwählt. Ich habe jeden einzelnen von euch erwählt – für die Erde. Möge die Erde euch verstecken. Möge die Erde euch heilen. Möge die Erde euch zu den ihren machen!«
Innerlich stöhnte er, wenn er das sagte, denn er ertrug den Gedanken nicht, daß er auch nur einen von ihnen verlieren könnte. Auf diese Weise begann er die Saat der Menschen zu sammeln und sich selbst ein ganzes Volk zu erwählen.
Der Trupp war noch keine zwanzig Meilen weit gekommen, als den Soldaten aufzufallen begann, daß jede Eiche im Wald über Nacht ihr Blätterkleid verloren zu haben schien, denn als sie am Abend zuvor vorbeigekommen waren, hatten die Blätter ganz bestimmt noch an den Bäumen gehangen.
Als sie dies dem Zauberer gegenüber erwähnten, erklärte

Binnesman: »Die Eichen tun dies aus Achtung vor ihrem neuen König.« Und sie erkannten, daß es stimmte. Jede Eiche im gesamten Dunnwald hatte über Nacht die Blätter abgeworfen.

Auf dieser Straße hatte Gaborn eine Begegnung, die ihm noch wie ein viel größeres Wunder erschien. Denn während er so dahinritt, trat ein Mann aus dem Wald, der auf einem gewaltigen, prächtigen Schlachtroß ritt und der ein Gewand aus goldenem Seidenstoff trug. Ein dicker Mann, alt und von dunkler Hautfarbe. Er warf einen mit Juwelen besetzten Dolch zu Boden, und Gaborn erkannte Raj Ahtens Berater von den Sieben Aufrechten Steinen wieder.

»Gelobt sei der König der Erde«, sprach der Mann mit schwerem Akzent, faltete die Hände unter dem Kinn und verneigte sein Haupt.

»Ich kenne Euer Gesicht«, sagte Gaborn.

»Mein Leben ist verwirkt, wenn Ihr es nehmen wollt«, sagte der Berater. »Oder ich aber werde Euer Diener, ganz wie Ihr wollt. Mein Name ist Jureem.«

Gaborn sah dem Mann einen Augenblick lang fest ins Gesicht. »Die Diener des Feuers haben Euch lange Zeit geblendet. Wie kann ich Euch vertrauen?«

»Ich war ein Sklave, der Sohn eines Sklaven«, antwortete Jureem. »Mein Vater war der Ansicht, ein guter Sklave sei der bestmögliche aller Menschen, und ein guter Diener ahne die Wünsche seines Lords im voraus. Wenn Ihr es nicht bereits getan habt, so rate ich Euch, Boten nach Indhopal zu schicken, die die Nachricht vom Aufstieg eines Erdkönigs überbringen. Laßt verkünden, daß

Raj Ahten sich vor ihm auf der Flucht befindet. Erzählt den Menschen auch, der Wolflord kämpfe bei seinem Versuch, die Königreiche von Rofehavan zu unterwerfen, gegen die Erdkräfte.

In Orwynne belagern zweihunderttausend Soldaten das Kapitol. Sie haben Befehl, das Kapitol einfach nur zu halten und Verteidiger abzuziehen, so daß keine Hilfe hierher nach Heredon eilen kann.

In Eurer Heimat Mystarria sind mittlerweile drei von vier Burgen gefallen. Ich werde Euch die Namen der Lords dieser Festungen nennen. Ich glaube, Raj Ahten wird nicht nach Hause zurückkehren, sondern statt dessen in eine dieser Festungen fliehen, um diesen Konflikt noch weiter anzuheizen.

Ich werde Euch auch die Burgen nennen, in denen er seine Übereigner versteckt hält, und Euch die Namen und Beschreibungen seiner wichtigsten Vektoren geben.

Was immer mein Lord von mir verlangt, ich werde es tun. Denn auch ich will jetzt der Erde dienen.

Ihr habt eine große Schlacht gewonnen, mein Lord, aber ich versichere Euch, Ihr steht erst am Anfang.«

Gaborn konnte das alles nicht recht glauben. »Ihr meint also, wenn ich Zwietracht in Raj Ahtens Heimat säe, wird er gezwungen sein, sich zurückzuziehen?«

Jureem schüttelte den Kopf. »Ich bin ziemlich sicher, daß er sich nicht zurückziehen wird. Trotzdem werden ihn solche Nachrichten ablenken. Ich denke, mein Lord, daß ich eine kleine Hilfe sein kann, diesen Krieg zu gewinnen – wenn Ihr mich laßt. Ich biete mich als Euer guter Diener an.«

»Euer Leben gehört Euch«, meinte Gaborn. »Ich halte keine Sklaven, Eure Dienste sind mir allerdings willkommen.«

Die beiden Männer ritten an jenem Tag lange nebeneinander und schmiedeten Pläne für den Krieg.

Es gab eine große Feier, als Gaborn an jenem Abend auf Burg Sylvarresta eintraf. Reiter waren vorausgeritten, um die Königin und den König anzukündigen, und nachdem man König Sylvarresta neben seiner Frau ins Grabmal gebettet hatte, wurde ein riesiges Fest gefeiert.

Spät in der Nacht kamen gut zehntausend Ritter in die Burg geritten, Soldaten aus Orwynne. Der alte dicke König Orwynne selbst ritt an ihrer Spitze.

Beim Anblick von Gaborn brach er in Tränen aus, und er sank vor ihm auf die Knie. »Danke«, sagte er schluchzend.

»Womit habe ich solche Dankbarkeit verdient?« fragte Gaborn.

»Gestern abend belagerten zweihunderttausend von Raj Ahtens Soldaten meine Burg, und ich dachte, alles sei verloren. Doch auf Euer Geheiß kam jemand uns zur Hilfe.«

Gaborn wollte den Rest überhaupt nicht hören – wie die Geister aus dem Dunnwald hervorgekommen waren und was sie vollbracht hatten. Aber er mußte es wissen.

»Alle Soldaten von Raj Ahten sind verloren?«

»Jeder einzelne Mann in Sichtweite des Waldes«, berichtete Orwynne triumphierend.

Auf diese Neuigkeit hin brachen viele im großen Saal in Jubel aus, Gaborn allerdings bat um Ruhe. »Der Tod dieser Männer ist alles andere als ein Sieg«, murmelte Gaborn. »Durch ihren Tod haben wir alle etwas verloren. Wir werden solche Männer in den bevorstehenden dunklen Zeiten brauchen.«

In dieser Nacht konnte Gaborn nicht schlafen. Er ging hinaus in Binnesmans Garten. Von Bäumen und Gräsern war nichts als knorrige Asche geblieben. Und doch spürte er Leben unter sich – Samen und Wurzeln, die sich bereits zu regen begannen. Das Feuer hatte diesen Ort zwar verbrannt, aber mit dem Frühling würde er wieder zu einem Hort des Lebens werden.
Auf den Ebenen von Fleeds, weit entfernt von der Grenze des Dunnwalds, eilten Raj Ahtens Truppen einen Tag lang Richtung Süden, bevor sie auf die Überreste von Vishtimnus Armee stießen, die neben einer Felszinne ihr Biwak aufgeschlagen hatten.
Der Clan der Lords von Fleeds hatte die Armee auf ihrem Zug durch die Wildnis entdeckt, hatte befürchtet, sie sei gekommen, um eine Festung am Tor Billius anzugreifen, hatte die Armee daraufhin eingekreist und gut achtzigtausend Mann erschlagen.
Raj Ahten durchbrach die Feindeslinien. Als er vor dem Clan erschien, erinnerte er sie daran, ihm zu dienen. An jenem Tag traten dreißigtausend Mann in seine Armee ein, viele andere aber kämpften auch weiterhin gegen den Wolflord.
In vorderster Reihe standen der Hohe General König Connel und seine tapferen Krieger, die Angriff auf Angriff gegen den Wolflord führten, bis alle Lanzen

der Ritter zerbrochen und ihre Schilde zertrümmert waren.
Connel kämpfte sogar mit Beil und Dolch weiter.
Bei Sonnenuntergang verfütterte Raj Ahten Connel bei lebendigem Leib an seine Frowth-Riesen.
Anschließend stand er lange Zeit da und blickte nachdenklich auf die Überreste seiner Armee. Dann blickte er zurück nach Norden, als sei er hin- und hergerissen.
Manche sagen, er habe kaum hörbare Flüche gemurmelt, er habe gezittert und sei abwechselnd von Zorn und Angst ergriffen worden. Andere behaupten, er habe einfach nur nachdenklich dagestanden. Mit so vielen zusätzlichen Soldaten im Rücken fühlte er sich in hohem Maße versucht, nach Heredon zurückzukehren, den Erdkönig sofort anzugreifen und die Angelegenheit zu Ende zu bringen.
Schließlich kehrte Raj Ahten Heredon den Rücken zu und begab sich eilig in die Berge.

Drei Nächte nach dem Fall von Longmot heirateten Gaborn und Iome auf Burg Sylvarresta.
Es war eine große Zeremonie, denn aus den umliegenden Völkern fanden sich Tausende von Lords ein. Iome trug keinen Schleier. Wenn Gaborn sich darüber freute, so ließ er sich das nicht anmerken. Seine Liebe zu ihr war nicht ins Schwanken geraten, als sie häßlich geworden war, sie wurde auch jetzt nicht plötzlich beflügelt.
In ihrer Hochzeitsnacht hielt Gaborn sein Versprechen. Er erwies sich im Bett nicht als feiner Herr, jedenfalls nicht mehr, als sie es wünschte.

In jener Nacht lag Iome, nachdem sie sich geliebt hatten, lange Zeit im Bett, drückte ihre Hand sanft auf den Bauch und überlegte, was für ein Kind sie in sich trug.
Denn daß sie ein Kind in sich trug, wußte sie. Die Erdkraft in Gaborn war so stark geworden, daß er keinen Samen mehr pflanzen konnte, ohne daß dieser Wurzeln schlug.

Borenson und Myrrima heirateten am selben Tag ohne großes Aufsehen. Sie entschieden sich für eine Armeleutehochzeit.
Am nächsten Abend ging ein Viertelmond über den Hügeln östlich von Burg Sylvarresta auf. In seinem schwachen Licht bestiegen Gaborn, Borenson und fünfzig Unabhängige Ritter ihre Kavalleriepferde und ritten in großer Eile in den Dunnwald, die Lanzen bereit, um nach Greifern zu jagen.
Die Männer waren wild entschlossen, sehnten sich nach der Jagd, und ein jeder versprach, daß dies eine werden würde, an die man sich erinnerte.
Binnesman begleitete sie, denn er behauptete, es gäbe tief unter dem Dunnwald Erdlöcher, die einst von den Duskinern gegraben worden seien. Erdlöcher, die die Magie der tiefen Erde enthielten und die den Waffen, die die Schmiede des Erdkönigs diesen Winter schmieden würden, magische Eigenschaften verleihen konnten.
Über das, was auf dieser Jagd ruchbar wurde, wurde später wenig geredet. Drei Tage später jedoch kehrten der Erdkönig und sein Zauberer sowie einige seiner Ritter kurz nach dem Morgengrauen zurück – am letzten und

prächtigsten Tag des Hostenfestes, dem Tag der großen Feier.

Durch ein großes Unglück hatten sie in den Minen der Duskiner mehr Greifer aufgestöbert, als sie hatten erlegen können – siebenundzwanzig halberwachsene Greifer, zusammen mit ihrer Greifermagierin.

Einundvierzig tapfere Ritter verloren bei diesem Kampf ihr Leben.

Borenson erschlug die Greifermagierin eigenhändig in ihrem Lager und schleifte den massigen Kopf des Geschöpfs hinter seinem Hengst als Trophäe her.

Er legte den Kopf aus klumpiger, grauer ledriger Haut auf der Wiese von Burg Sylvarresta aus, damit alle ihn sehen konnten. Er war fast sechs Fuß lang, vier Fuß hoch und ein wenig eiförmig von Gestalt. Er ähnelte sehr dem Kopf einer Ameise oder einem Insekt, nur daß er weder Augen, Ohren noch Nase hatte. Sein einziges Sinnesorgan waren die Fühlerbüschel, die wie graues Gewürm an der Hinterseite seines Kopfes und in der Nähe des Mundes wie eine schlechte Imitation von Haaren herabhingen.

Die Reihen kristallener Zähne in ihren gewaltigen Kiefern machten auf die Bauern und Kinder mächtig Eindruck. Viele von ihnen hatten Angst, die harten Lippen zu berühren. Die Tausende von Zähnen in diesen Kiefern waren wie bei einem Hai in sieben Reihen angeordnet, jeder einzelne mit Zacken versehene Zahn aber war so klar und hart wie Quarz. Wie auch die dahinterliegenden Schädelknochen.

Zehntausende von Bauern kamen, um den Kopf des Ungeheuers zu bestaunen. Kinder kreischten vor Vergnügen, wenn sie ihn berührten, und so manche Magd bestaunte ihn mit offenem Mund und kicherte, während ältere Leute ihn bloß lange und nachdenklich anstarrten. Seit annähernd siebzehnhundert Jahren war dies die erste Greifermagierin, die man im Dunnwald gefunden hatte, und viele der Anwesenden glaubten, es sei die letzte, die sie in ihrem Leben je zu Gesicht bekommen würden.

Doch sie sollten sich irren. Denn es war nicht die letzte. Es war die erste.

EXCALIBUR – zeitlose Klassiker mit den besten Romanen der modernen Fantasy vereint.

(70102)

(70103)

(70104)

(70106)

(70107)

(70147)